낭만 수의사, 희망을 처방합니다

獸醫五年生

낭만
수의사,
희망을
처방합니다
린리신 지음
차혜정 옮김
약국

루산

부드럽고 다정하며 사랑으로 충만하다. 어렸을 적 집에서 키우던 강아지 포메라니안이 오진으로 죽자 그때부터 수의사의 꿈을 키웠다. 수의학과 5학년에 올라올 때까지는 순조로웠지만 실습을 시작하면서 수의사라는 직업이 자신이 생각한 모습과는 다르다는 걸 깨닫는다.

이민

모든 학기의 시험에서 1등을 놓치지 않는 우등생으로 적극적인 성격과 강한 경쟁심의 소유자. 성적과 성과를 가장 중요하게 생각해 실습할 때 성적과 관련된 일이라면 아무리 더럽고 힘들고 냄새나더라도 마다하지 않고 뛰어들며 누구보다 좋은 성과를 낸다.

자하오

돼지 농장을 3대째 운영하는 집의 장남으로 삼수 끝에 부모의 염원대로 수의학과에 합격했다. 단순하여 집중을 잘하며 재주가 좋아 뜻밖에도 교수에게 외과의 인재로 인정받는다. 그러나 전문 지식을 아무리 외워도 금세 잊어버리는 치명적인 약점 때문에 어려움을 겪는다.

MJ

예술가 기질이 있어 낭만에 쉽게 빠지며 즐거움을 좇는다. 틀에 박힌 생활 방식을 거부하며 술을 좋아하고 풍류와 유머에도 강하여 인기가 많다. 머리가 잘 돌아가고 약삭빨라서 사람들의 환심을 잘 사고 인맥을 잘 활용하여 수의학과의 과제를 해결한다.

청한

진중하고 과묵하며 편집증적인 면이 있어 까다로운 편이다. 사람에게는 경계심이 강하지만 동물에게는 조건 없는 사랑을 쏟는다. 정의로워 동물을 다치게 하는 행동이라면 그게 무엇이든 용납하지 못한다. 수의학과에서는 도피자이자 전설로 통하는 미스터리한 인물이기도 하다.

목차

4학년 말

기막힌 운명으로 얽힌 5인방

1

계단 아래 선 루산이 건물을 올려다본다.

불빛이 환한 수의과대학 부속 동물병원 건물의 정문이 활짝 열려 있다. 이제 몇 걸음만 더 가면 안으로 들어선다. 10년 넘게 간직해온 수의사의 꿈이 드디어 실현되는 순간이다. 내딛는 한 걸음 한 걸음이 감동으로 떨려오고, 그동안 있었던 일들도 머릿속에서 하나하나 재생된다. 극적인 효과 음악이 귓가에 울려 퍼지며, 루산은 영화제의 레드카펫을 걸어가듯 계단을 오른다.

어릴 때부터 루산은 꿈이 많았고 뭐 하나에 꽂히면 미친 듯 열정을 쏟았다. 그렇게 한동안 열광하다가 심드렁해진 일만 해도 수백 가지다. 루산의 방에는 아직도 그 흔적들이 남아 있었다. 지금은 해체한 남자 아이돌의 팬 굿즈, 한구석에서 먼지를 뒤집어쓴 채

나뒹구는 우쿨렐레, 한 번도 완주하지 못한 하프 마라톤 경기 기념 스티커, 오랫동안 차고 다녔지만 소원을 들어주지 않은 소원 팔찌, 단조로운 표정의 한정판 피규어…, 이제 어른이 되고 키도 훌쩍 큰 루산이 한때 열광했던 '흑역사'를 말해주는 증거물들이었다.

지금껏 루산은 수없이 많은 꿈을 꿨다가 포기하기를 반복해왔고, 그중 유일하게 남은 꿈이 수의사였다.

그 꿈을 한 걸음 한 걸음 좇아 지금 여기까지 온 것이다.

정문에서 로비로 이어지는 복도에 꽃사슴, 펭귄, 토끼, 라쿤, 부엉이, 캥거루가 나와서 루산을 반겨준다. 루산은 귀여운 동물들을 일일이 쓰다듬으며 신나는 노래를 흥얼거린다. 동화에 나오는 백설공주라도 된 양, 아니 천국에라도 와 있는 양 한껏 설렌다. 들이마시는 공기마저 달콤하게 느껴진다.

진료대에 슈나우저를 올려놓고 가슴에 청진기를 가져다 댄다. 그런데 이상하다. 심장 뛰는 소리가 들리지 않는다. 청진기 위치를 조정해 봐도 마찬가지다. 강아지는 멀쩡하게 살아 있고 루산의 얼굴을 혀로 핥기까지 하는데도 말이다.

'청진기가 고장이라도 났나? 아니면 혹시…?'

고개를 수그려 입고 있는 실습생용 가운을 내려다본 루산은 그제야 깨닫는다.

'아, 나는 아직 수의사가 아니잖아. 이제 막 실습을 시작했지!'

그 순간 경보음이 요란하게 울리고, 루산은 머리가 지끈거린다. 무슨 일이지?

창문과 문틈으로 매캐한 연기가 새어들고 있다.

그제야 루산은 정신이 번쩍 든다. 불이 났잖아!

루산은 슈나우저를 번쩍 들어 품에 안고 열기로 뜨거워진 문을 박차고 나간다. 놀라서 뛰쳐나온 크고 작은 동물들로 로비가 아수라장이다.

"얘들아, 이쪽으로 와! 그래그래, 착하지."

자신도 무서워 죽을 지경이면서 루산은 최대한 부드럽고 침착한 말투로 동물들을 진정시킨다. 평소에 모든 상황을 파악해 둔 것처럼 동물들을 지휘해 무사히 대피시킨다. 어디서 그런 용기가 났을까, 루산 자신도 알 수가 없다.

동물들을 안전한 곳으로 대피시킨 루산은 남은 동물이 있는지 살피러 화염을 뚫고 되돌아간다. 그때 동물 한 마리가 시야에 들어온다. 형태로 보아 포메라니안 같다. 특유의 구름처럼 둥글고 풍성한 털은 나이가 들어 숱이 적어진 모양새다. 왼쪽 눈에 백내장이 와서 앞이 잘 안 보이는지 걸음도 느릿느릿하다. 왼쪽 입가로 삐죽 내민 혓바닥은 귀여움을 어필하려는 게 아니라 이가 빠져서겠지. 루산은 저도 모르게 소리친다.

"포키!"

그 순간, 포키는 이미 무지개다리를 건넜다는 사실이 퍼뜩 떠오른다. 그 개는 포키가 아니지만 어쨌거나 루산을 향해 허둥지둥 뛰어온다. 복도 벽이 와르르 무너져 내리고 있다는 사실은 꿈에도 모른 채….

루산은 깜짝 놀라 잠에서 깼다. 모든 게 꿈이었다. 방금 전 그 장면들이 현실이 아니라니, 루산은 왠지 아쉽게 느껴졌다.

'그래도 다행이다, 실제 상황이 아니라서.'

안도하면서도 루산은 숨을 몰아쉬며 좀처럼 마음을 가라앉히지 못했다. 꿈에서 들었던 소리와 맡았던 냄새까지 모든 게 생생하기만 했다. 룸메이트 이민이 아직 정신을 못 차린 루산과 끊임없이 울려대는 알람 시계를 싸늘한 눈초리로 번갈아 노려보고 있었다.

'아, 저 소리였잖아!'

평소 머릿속에 있던 생각이 꿈에 나온다더니, 과연 맞는 말이었다. 루산의 황당한 꿈은 현실과 완벽하게 이어져 있었다. 그야말로 중요하고 흥미진진하며 반전까지 있는 꿈이었다. 루산은 이민에게 꿈에서 본 장면을 신나게 늘어놓았다. 조금 전 느꼈던 끔찍한 공포는 싹 잊고 흥분한 나머지 눈망울이 반짝반짝 빛났다.

듣는 둥 마는 둥 무표정으로 일관하던 이민이 코를 씰룩이며 책상 쪽을 가리켰다. '내 공부 시간을 더 뺏었다간 죽을 줄 알아!'라는 무언의 협박이었다.

아침 6시, 기말고사까지는 아직 28시간이나 남아 있었다. 기숙사 건물에 불 켜진 창문이 드문드문 보였다. 공부하느라 밤을 새웠거나 새벽같이 일어나 공부하는 학생들이 켜놓은 불빛이었다. 다른 학과는 기말고사가 이미 끝났으니 지금 시험공부에 열중하는 학생들은 대부분 시험이 남은 수의학과 학생이었으며 그중 하나는 틀림없이 이민이었다.

도대체 이민이 잠을 자기는 할까? 이를 아는 학생은 아무도 없었다. 시험 때만 되면 이민은 책을 끼고 살았다. 도시락을 사 올 때도, 밥 먹을 때도, 세탁기를 돌릴 때도, 길을 걸을 때도…. 손에 든 물건이 많아서 책을 들기 불편하면 중얼중얼 입으로 외우면서 다녔다. 수의학과는 시험이 워낙 잦았기 때문에 결국 이민은 학기 내내 이런 괴이한 모습으로 사람들 앞에 나타났다.

결승선을 향해 질주하는 육상 선수, 아니면 베팅에 올인하고 결과를 기다리는 승부사처럼 범접하기 힘든 분위기였다. 대학에 친구 사귀러 온 것이 아니라며 최고 학점에 집착하는 이민에게 1등은 절대로 놓칠 수 없는 자신만의 자리였다.

시험을 18시간 남겨놓고 도서관에 틀어박힌 이민은 두 번째 복습을 끝내고 세 번째 복습을 앞두고 있었다. 책상 정리나 청소 같은 사소한 일에는 도통 관심이 없는 이민인지라 도서관 단골 자리는 늘 쌓아놓은 물건들로 어수선했다. 기숙사 개인 책상을 옮겨놓은 것처럼 휴지, 찻잔, 포스트잇, 원서, 기출문제, 핸드폰 등 없는 게 없었다. 이런 물건들은 이민의 팔이 닿는 반경 안에 어지럽지만 나름대로 질서 있게 '성벽'을 구축했고, 이민은 그 견고한 성벽 안에 들어앉아 있었다.

닷새째 떨어지지 않는 감기쯤이야 의지력으로 극복할 수 있었다. 문제는 시도 때도 없이 튀어나오는 재채기였다. 결국 이민은 과격하게 재채기를 하다가 찻잔에 머리를 박았고, 그 바람에 진하게 탄 차가 엎질러져 바로 옆에 쌓아둔 원서와 기출문제 복사본, 형형색색 형광펜을 적시고도 모자라 '성벽' 밖으로 흘러넘쳤다. 휴지로는 막을 길이 없어 이민은 옆자리까지 흘러간 찻물을 닦으면서 연신 미안하다 말해야 했다.

그런데 옆자리 학생이 보는 필기 복사본에 쓰인 필체가 어째 눈에 익었다. 이민이 자세히 들여다보니 틀림없는 자신의 글씨였다.

"이게 왜 너한테 있어?"

질문을 받은 학생은 숨도 크게 쉬지 못하고 눈알을 굴리며 오른쪽에 앉은 학생을 바라보았다. 오른쪽 학생은 또 그 오른쪽에 앉은 학생을, 그 학생은 맞은편 학생을 쳐다보았고, 고개를 수그리고 있던 맞은편 학생은 뻣뻣하지만 잽싸게 뒷자리를 돌아보았다. 뒷자리 학생은 변명이 통하지 않으리란 걸 알아채고는 재빨리 물건을 챙겨 자리를 떴다. 도둑이 제 발 저려서일까, 아니면 이민의 따가운 눈초리가 뒤통수에 박히는 걸 느껴서일까. 허둥지둥 서두르는데도 좀처럼 걸음이 빨리 떼어지지 않았다.

'반 대표 자하오 짓이 틀림없어!'

이민은 학과 내부에 도는 강의 요약본을 무시하고 스스로 정리한 노트로 공부했다. 대학생씩이나 돼서 남이 정리해 준 내용에 의존하면 되겠냐는 게 이민의 생각이었다. 그러면서도 정작 자신은 자하오에게 노트를 빌려줬으니, 이건 또 무슨 앞뒤가 안 맞는 소리인가? 두 사람이 혹시…?

아니, 아니, 아니, 그건 말도 안 되는 얘기였다. 이민과 자하오를 조금이라도 안다면 아무리 가십거리를 좋아하는 사람이라도 둘 사이를 이성 관계로 의심할 수가 없었다. 그보다는 주인과 하인 관계, 또는 신호등과 횡단보도, 코치와 선수, 아니면 어머니와 아들 사이에 가깝달까. 요컨대 동기들이 4년 동안 지켜보면서 내린 결론은 단 하나였다. 아무리 이민의 비밀 노트를 빌려 공부한들 자하오의 성적은 결코 이민을 넘어설 수 없다!

이민은 당장 남학생 기숙사로 달려갔다. 분노와 배신감이 자전거 페달을 밟는 힘으로 표출된 걸까, 이민은 교정을 날 듯이 가로질러 남학생 기숙사 3층까지 한달음에 올라갔다. 그 서슬에 오래된 문이 삐그덕 소리를 내며 열렸고, 자하오는 그 소리에 놀라 잠에서 깼다. 책을 베고 잤는지 이마에 빨간 자국이 나 있었다. 자하오는 책상에 흘린 침을 닦고 머리를 긁적이며 멋쩍게 웃었다.

"역시 원서는 최고의 수면제라니까."

중고등학교 때부터 자하오는 영어 시험에서 낙제점을 면한 적이 없었다. 수의학과에서 영어가 이토록 중요한 줄 알았더라면…, 뭐 미리 알았다고 해도 결과는 같았을 테지만.

수의학과 진학은 사실 자하오 아버지의 바람이었다.

자하오는 돼지가 사람보다 많은 시골 마을 출신이었다. 집에서 몇 걸음만 가면 양돈장이 있고 마을 사람은 대부분 친척이었다. 돼지 축사를 물려받은 아버지는 가정을 꾸려 1남 4녀를 얻었고, 외아들인 자하오가 가업을 물려받는 걸 당연하게 여겼다. 아버지는 초졸 학력이 전부였지만, 양돈에는 기술이 중요하며 그 핵심은 질병 방제에 있다고 믿었다. 그러려면 믿을 만한 수의사가 필요했고, 집안에 수의사 한 명쯤은 있어야 한다는 생각이 들었다. 그래서 비싼 수강료를 감수해 가며 아들을 학원에 보냈고 개인 과외까지 붙여주며 오직 수의학과만을 목표로 공부시켰다. 아버지의 집념과 정성 어린 뒷바라지 덕분에 자하오는 삼수 끝에 마침내 목표를 이루었다.

이런 사정을 모르는 사람들은 수의학과에서 언제부터 체육 특기생을 받은 건지 의아할 따름이었다. 그도 그럴 것이 자하오는 체격만 좋을 뿐 4년 내내 학점이 형편없었고, 그 학점으로 연명하면서도 항상 밝고 명랑했다. 다행히 성격이 무던한 자하오는 꾀부리지 않고 제 할 일을 묵묵히 해냈으며 때로는 굳이 나서지 않아도 될 일까지 나서서 짐을 떠안았다. 그 바람에 1학년 때부터 반 대표 자리를 쭉 도맡아왔고, 학과 조교는 물론이고 청소하는 아주머니나 자주 오는 책 영업자까지 자하오를 'B반 대표'라고 불렀다.

사정을 아는 사람들은 자하오가 안 돌아가는 머리로 힘들게 학업을 이어가는 모습에 동정심까지는 아니더라도 일말의 측은지심을 느꼈다. 그 대표 주자가 바로 이민이었다. 따지겠다고 살기등등한 기세로 찾아와서 자하오의 책상을 쾅 내리쳤지만, 손에 닿은 책이 조류질병학이 아니라 면역학 책인 걸 알자 이민은 금세 마음을 바꿨다.

"아니 지금이 어느 때인데 여태 이걸 보고 있어?"

"그… 그게 내일 아침에 시험 보는 과목이거든. 이번에도 통과 못 하면…"

"면역학은 이 도표에 요점을 정리했으니까 이것만 보면 돼. 백혈구는 총 몇 가지인지, T세포의 작용 기전은 어떻게 되는지 다 나와 있어. 이 그림은 완벽하게 외워서 최소한 직접 그릴 줄 알아야 해. 이 챕터는 그냥 넘겨. 어차피 시험에 안 나오니까. 여기에서는 이 고유 명사 두 개만 알면 돼. 그리고 이건 무지 중요한 거라 시험에 꼭 나와. 내가 준 노트에 요약해 놨으니 형광펜으로 표시한 부분은 열 번 읽고…"

이민은 면역학 시험에 나올 만한 모든 내용을 체계적으로, 속사포처럼 설명해 주었다. 자하오는 죽어라 귀를 기울였지만 머리가 어질어질했다.

"자, 여기까지 이해 안 되는 거 있어?"

이민이 묻자 자하오는 고개를 살며시 가로젓는 수밖에 없었다. 안 그랬다가는 미처 소화하지 못한 내용이 모두 머리 밖으로 쏟아져나올 지경이었다.

"좋아. 면역학은 이거면 됐고, 이제 조류질병학으로 넘어가자. 시험까지는 아직 열다섯 시간이나 남았으니까."

이민의 말에 자하오는 비행기에서 내리자마자 우주선으로 옮겨 타는 기분이었다. 이민은 이번에는 조류질병학의 요점을 일목요연하게 짚어주었다. 벼락치기 '족집게 강의'를 공짜로 들을 기회를 자하오의 룸메이트들이 놓칠 리 없었다. 한구석에 웅크리고 있던 학생들이 슬금슬금 나오더니 바닥에 앉거나 침대에 엎드려서, 심지어 옷장 문에 기댄 채 귀를 쫑긋 세웠다. 삽시간에 소문이 퍼져 비좁은 4인용 기숙사 방에 어느새 10여 명이 몰려들었다. 이민이 말은 거칠게 해도 마음은 따뜻한 '츤데레'라는 걸, 1등 자리만 넘보지 않는다면 얼마든지 도와준다는 걸 모두 알고 있었으니까.

다들 자하오의 방에 몰려와 있는 그 시간, 자하오의 다른 룸메이트인 MJ는 엉뚱한 장소에 있었다. 바로 학생활동센터였다. MJ는 그곳에서 댄스 동아리의 학기 말 행사에 대비해 회원들에게 댄스를 가르쳐주고 있었다.

둘러서서 구경하는 사람이 동아리 회원보다 많았다. MJ의 팬도 있고 복도를 지나다 자기도 모르게 이끌려 온 사람들도 있었다.

조악한 음향에 어두운 조명, 유리창을 전신 거울로 삼은 열악한 환경에서 MJ의 어떤 점이 그토록 매력적인지 알 수 없는 일이었다. 헐렁한 바지와 아무렇게나 넘긴 헤어스타일? 아니면 MJ가 직접 짰다는 현란한 안무? 키 180센티미터에 9등신이라는 완벽한 피지컬? 성형 의혹을 받을 정도로 쭉 뻗은 콧대? 웃음기가 살짝 밴 날카로운 눈매? 앙다문 입술의 묘한 각도? 영혼을 불어넣어 직접 반주까지 하며 부르는 발라드? 그중 어떤 것이라고 정의하기도 전에 사람들은 이미 MJ의 매력에 푹 빠져 열광하고 있었다. MJ는 스타 기질을 타고났다. 자신이 있는 곳이 어디든 무대로 만드는 재주가 있었다.

MJ의 시선이 꽂히면 어떤 여자라도 청춘 드라마의 주인공이 된 것처럼 가슴 설렜다. MJ가 다가가 몇 마디 건네면 시답지 않은 말에도 얼굴에 웃음꽃이 활짝 피었다. 이 사실을 너무나도 잘 아는 MJ는 모든 여자에게 다정히 대한다는 원칙을 고수했다. 그래서 MJ와 접촉한 적 있는 여자들은 그 추억의 농도에 관계없이 MJ를 좋은 남자로 기억했으며 부정적인 평가를 하는 법이 없었다. 어쩌다 MJ를 바람둥이라고 꼬집는 사람이 있으면 들고일어나 "그건 MJ를 잘 몰라서 하는 소리야!" 하면서 감쌀 정도였다.

MJ와 '사귀었다'가 아닌 '접촉했다'는 애매한 표현을 쓰는 이유는 MJ가 누구와도 진지하게 교제한 적이 없어서였다. 그리하여 'MJ의 여자 친구'라는 말은 신화에 가까운 명사가 되어버렸다. MJ는 무림의 맹주 또는 아무나 오를 수 없는 히말라야처럼 추상적이고 전설적인 존재였다. 수많은 여성이 MJ와 사귀고 싶어 했으나 실패를 거듭했고, 사랑이 미움으로 변하고 미움이 다시 호감으로 변하는 과정을 겪었다. 그들에게 MJ는 범접할 수 없는 스타로 변한 지 오래였다.

MJ는 차이중취안이라는 본명을 거의 쓰지 않았다. 주변 사람들은 물론 MJ 자신마저 본명이 낯설게 들릴 정도였다. 사람들은 MJ라는 이름이 팝의 황제 마이클 잭슨에서 비롯되었다고 추측할 뿐이었다. MJ는 늘 자신을 그 이름으로 소개했고, 언젠가 자신도 마이클 잭슨과 동등한 수준에 오를 거라 여겼다. 초등학교 5학년 때 우연히 마이클 잭슨의 콘서트 영상을 접한 MJ는 3분도 안 되는 짧은 영상을 보며 온몸에 전율을 느꼈다. 이를 계기로 키 129센티미터의 초등학생이 마이클 잭슨이 되겠다고 맹세한 것이다.

그런 MJ가 수의학과로 진로를 정한 이유는 뭘까?

이 질문은 'MJ는 어떤 스타일의 여자를 좋아할까?'라는 질문과 함께 한동안 학생들을 뜨거운 토론의 장으로 이끌었고, 저마다 일리 있는 주장을 펼쳤다.

"MJ 부모님의 친척이 수의사인데 집이 여러 채래. 그래서 수의사가 돈 많이 버는 직업이라고 생각해서 부모님이 추천한 거야."

"타이완 연예계는 환경이 열악하잖아. 유명해지기도 전에 굶어 죽기 십상이지."

"MJ처럼 똑똑한 애가 공부로 성공하지 않으면 재능을 낭비하는 거 아냐?"

MJ는 그중 어떤 추측도 부인하지 않았으며 좋아하는 이성 스타일을 똑바로 밝힌 적도 없었다. 질문이 들어오면 그저 살인 미소를 날리거나 귀찮다는 듯 "네가 맞혀봐" 하고 받아칠 뿐이었다.

동아리 활동을 마친 MJ는 잽싸게 기숙사로 돌아왔다. 이를 닦고 샤워하는 10분 동안에는 머릿속에 맴도는 조류질병학의 골자를 노래로 개사해 흥얼거렸고, 샤워를 끝낸 다음 수건을 걸치고 복도로 나오면서는 벌써 몇 가지 중점 사항을 간추려 외우고 있었다. 때마침 이민의 '족집게 과외'를 받은 동기들이 복도로 쏟아져 나왔고, 동기들은 MJ와 마주치자 "넌 공부 안 해도 올 패스는 당연하잖아?" 하면서 추켜세웠다. 평소 건들건들하며 진지한 모습과는 거리가 먼 MJ가 무슨 말을 한들 통하지 않을 터. 그래서 MJ는 "내가 천재인 걸 어쩌라고!" 하고는 책상 앞에 앉아 새벽까지 공부에 집중했다.

온 세상이 MJ의 놀이터였고, MJ는 여러 놀이터를 자유로이 활보했다. 그렇다고 MJ가 타고난 재능만 믿고 아무 노력도 안 했을까? 문워크 댄스를 터득한 사람에게 그 비결을 물어도 말로만 설명해서는 와닿지 않고, 터득하지 않은 사람의 말은 당연히 신뢰성이 떨어진다. 최소한 600번 이상 연습해서 마침내 문워크를 터득했다는 사실은 MJ 본인만 알고 있었다.

수의학과 시험은 일종의 인내력 싸움이다. 모든 과목에 필기시험이 있고 이른바 '땡시'[*] 도 있다. 필기시험은 머릿속에 외워둔 내용을 끄집어내서 답안지에 옮겨 적으면 되니, 많이 알면 그만큼 유리한 싸움이다. 하지만 '땡시'는 한 문제당 1분이라는 시간제한이 있다. 1분이 지나면 벨이 울리고 다음 문제로 넘어가야 한다.

보다 능수능란한 사람이고픈 루산은 '문제를 보고 답을 생각하고 써내는' 과정을 1분 안에 깔끔히 해내려 하지만, 몇 초만 늦어져도 '땡' 하고 벨이 울리고, 그 순간 생각의 회로가 멈춰버려 아는 내용도 제대로 쓰지 못한다. 그러면 바로 '멘붕'이 와서 다음 문제를 제대로 풀 수 없다.

그에 비하면 자하오는 상당히 느긋하다. 아는 내용이 있으면

[*] 의과대학이나 수의학과에서 진행되는 시험의 형태. 약속한 시간이 지나면 교수가 '땡' 하고 벨을 울리는 행위에서 이런 이름이 생겼다. 실습을 마친 후 장기의 구조 등을 답변하거나 슬라이드를 보면서 문제의 답안을 작성하는 등 다양한 형태로 진행된다.

쓰고, 모르는 문제는 빈칸으로 남겨두는 스타일이다. 문제는 빈칸이 지나치게 많아서 어쩌다 자신 있게 쓴 답안마저 엉뚱한 자리에 가 있을 때가 많다는 거다. 시간에 쫓기는 상황에서 그런 것까지 따질 겨를이 없다 보니 아는 답도 밀려 쓰는 참사를 빚곤 한다.

수의학과 학생들은 지난 4년간 다른 학과보다 일찍 시작하고 늦게 끝나는 시험 일정에 적응한 터였다. 그런데 이번 기말시험 기간에는 유난히 마음이 싱숭생숭했다. 시험이 다 끝난 다른 학과 학생들은 졸업을 앞두고 사은회와 졸업식 준비에 한창이었고, 대학원 진학과 사회 진출, 군 입대 등 진로를 놓고 고심하기도 했다. 온 캠퍼스가 축제 기간처럼 떠들썩했다.

12월 31일 밤, 새해를 몇 초 앞두고 온 세상이 카운트다운하며 즐기는데 수의학과 학생들만 소외된 기분이었다. 그들에게 대학 4학년 기말고사는 카운트다운하며 기다리는 종점이 아니라 5학년으로 가는 관문을 통과하는 입장권이었으니까.

샤워를 마친 자하오가 기숙사 복도를 지나 방으로 향했다. 시

타이완의 수의대는 5년제로, 1학년은 공통 과목, 2~4학년은 전공과목을 배우며 5학년 때는 임상 실습을 한다. 이 책은 이를 기준으로 하고 있으나 실제 2018년에 국제 표준에 맞추기 위해 타이완도 6년제로 개편되었다. 그러나 예과 2년, 본과 4년인 한국과 달리, 타이완은 4학년 말에 기말고사를 치르고 그 결과에 따라 5학년 때 전공 진료 실습, 6학년 때 외부 실습을 한다.

험을 치르느라 기진맥진해 기어가다시피 했지만 어느덧 시험도 막바지를 향하고 있었다. 좀 더 분발하자고 스스로 다짐하면서도 내일 볼 마지막 두 과목과 이미 망친 몇 과목을 생각하면 헛웃음이 나오면서 목덜미가 뻣뻣해졌다. 4016호에 이르자 온몸에서 땀내를 풀풀 풍기는 샤오이가 튀어나와 자하오를 덥석 안아 안으로 끌고 갔다.

"에이, 뭐 하는 거야! 나 샤워했단 말이야!"

자하오는 세숫대야로 막고 샤오이는 옷걸이를 휘두르며 덤벼들었다. 샤오이와 한참 실랑이하던 자하오는 샤오이의 침대 앞이 전과 다르게 깨끗하단 사실을 알아차렸다. 바닥이 보이지 않을 정도로 난장판이던 책상도 깨끗해져 있고, 옷장 앞에 잔뜩 쌓여 있던 잡동사니도 싹 치워졌으며, 물건이 하도 많아 닫히지 않던 사물함마저 텅 비어 있었다. 마치 이사라도 가는 양 말끔히 정리된 모습이었다.

"너 어디 가냐?"

자하오의 물음에 샤오이는 자하오의 목을 감고 있던 손을 풀고 쓰레기봉투를 조심스레 건넸다.

"나더러 버려달라고? 네가 직접 아래층에 들고 가서 버리면 되잖아."

샤오이는 자하오가 정말 들고 가서 버릴까 봐 얼른 봉투를 열고 내용물을 보여주며 하나하나 설명해 주었다.

"이건 교문 앞 만화방 회원 카드야. 비밀번호는 4020. 이건 아직 기한이 남은 수영장 쿠폰이고, 이건 야구 글러브. 낡았어도 수

비 효과가 그만이야. 내가 수의학과 최고의 1루수로 활약할 때 꼈던 거라고. 그리고 이건 오래전부터 소장해 온 에로 영화 CD. 동서고금의 엄선된 작품 100편이 들어 있어…."

자하오는 샤오이가 장난으로 하는 말이 아니라 정말 학교를 떠나는 거라 확신했다. 샤오이와 자하오는 둘 다 재수생이라는 공통점 때문에 가까워졌고, 학기 말이면 함께 교수님께 불려 가 상담을 했으며 각자의 반에서 꼴찌를 도맡아 했다. 그렇게 우정을 쌓아온 샤오이가 학기 말 시험 마지막 날을 앞두고 학교를 그만둔다는 것이다.

"아버지가 이제 시간 낭비 그만하란다. 투자한 만큼 성과가 안 나온대. 게다가 앞으로 있을 임상 실습은 훨씬 더 어려울 거 아냐. 버틴다고 졸업한다는 보장도 없으니, 일단 군대부터 다녀오고 나서 대학원 시험을 보든 외국 유학을 가든 하라고…."

심각한 얘기였지만 마무리는 장난스러운 몸싸움이었다. 자하오는 샤오이의 어깨를 툭 치며 작별을 고했고, 함께 이 감옥에서 탈출하자는 제안은 거절했다. 그러면서 '감옥 동기'가 넓은 세상에서 꿈을 자유롭게 펼치기를 진심으로 응원했다. 자유로운 세상으로 나가는 샤오이는 분명 홀가분할 것이다.

자하오는 자기 방으로 돌아왔다. 책상에는 여전히 읽어도 무슨 말인지 알 수 없는 원서와 함께 갖가지 색깔 형광펜으로 표시된 오색찬란한 이민의 노트가 떡하니 놓여 있었다.

옆으로 길쭉하게 생긴 수의대 부속 동물병원. 짧지 않은 복도 바닥에 오후의 햇살이 비스듬히 드리워져 있었다. 진료를 기다리는 개들과 보호자들이 잇달아 하품하는 모습만 빼면 모든 것이 정지 화면처럼 보였다.

바깥세상에 아무리 비바람이 몰아치고 우박이 쏟아져도 병원 안은 사계절 내내 일정한 온도를 유지했다. 생로병사를 눈앞에 두는 순간, 온갖 희로애락은 그 무게를 잃었다. 밝고 깨끗하며 하루에도 몇 번씩 오가는지 알 수 없는 이 복도를, 수석 레지던트 융제가 어두운 터널 끝에 보이는 빛을 향하듯 걸어가고 있었다.

복도 끝에서 사진을 찍으며 떠드는 무리는 이번에 졸업하는 5학년 실습생들이었다. 아직 물정 모를 때라는 걸 알면서도 융제는 돌아보며 주의 주는 일을 잊지 않았다.

"아직 흰 가운을 걸치진 않았어도 외부 사람들 눈에는 다 같은 의사로 보이거든. 그러니 의사 가운에 먹칠하는 행동은 하지 말아야지."

몇 년째 똑같은 잔소리라 청소 아주머니까지 내용을 외울 정도였다. 융제의 말에 실습생들의 웃음소리와 말소리는 사그라들었지만 카메라에 대고 지어 보이던 과장된 몸짓과 익살스러운 표정까지는 미처 거두지 못했다. 그 우스꽝스러운 모습에 융제는 웃음을 터뜨렸다.

그 웃음을 허락의 신호로 받아들인 학생들은 더더욱 익살을 부리며 한술 더 떠 융제와 사진까지 찍으려 들었다. 융제가 웃음기를 거두고 "정말 이럴 거야?" 하며 쏘아보자, 실습생들은 그제야 분위기 파악을 한 듯 코를 쓱 만지고는 천막처럼 퍼진 학사 가운과 종이비행기 같은 사각모를 들고 복도 저편으로 걸어갔다. 그러나 융제가 보이지 않는 곳에 이르자 또다시 왁자지껄 웃고 떠들기 시작했다.

'어느새 1년이 지났네.'

융제는 실습생들에게 자꾸만 눈길을 빼앗겼다. 그 시절로 돌아가고 싶어서라기보다는 후배들의 발랄함이 부러워서였다.

저렇게 신나게 까불 수 있는 시간도 지금뿐이었다. 꽉 찬 학업 스케줄 사이에 모처럼 맞은 짧은 휴식기, 그야말로 오랜 가뭄 끝에 만난 단비 같은 시기랄까. 실습 성적표는 이미 나왔고, 졸업 증서도 손에 넣었으며, 수의사 시험은 아직 코앞으로 닥치지 않았다. 1년간 실습을 마친 학생들은 고삐 풀린 망아지처럼 다시는 오지 않을 이 순간을 즐겼다. 융제에게도 저런 시절이 있었다. 짧다면 짧고 길다면 긴 3년 5개월하고도 7일이 지났지만, 눈을 감아도 그 시절이 어제 일처럼 선했다. 융제는 그때의 자신도 저 후배들처럼 청춘의 활기에 넘치고 천진난만한 모습이었던가 싶었다.

복도 끝에 있는 전공의 사무실에 들어선 융제는 문을 닫고 모처럼 생긴 휴식 시간 20분을 이용해 이메일을 쓰기로 했다.

뭘 쓰겠냐고 융제에게 묻는 것처럼 컴퓨터 화면에 커서가 깜박이고 있었다.

이 병원에는 외과의 황 교수에게서 시작된 벌세우기 전통이 있다. 한 학생에게 질문을 던지고 10초 안에 대답하지 않으면 다른 사람에게 질문이 넘어간다. 그렇게 마지막 학생까지 대답이 나오지 않으면 학생 전원을 복도에 내보내 벌을 세운다. 복도에 한 줄로 늘어선 학생들은 늘 있기 마련, 이 진풍경에 진료를 보러 온 동물의 보호자들까지 힐끔거렸다. 벌을 서는 학생들로서는 꽤 창피한 일이니 상당히 효과적인 방법이다.

10분이 지났는데도 메일 쓰는 칸은 여전히 텅 비어 있고 커서는 카운트다운이라도 하듯 줄기차게 깜박였다. 약국에서 융제를 찾는 방송이 두 번이나 나왔으며 눈치 없는 레지던트 두 명이 찾아왔다가 입을 떼기도 전에 문밖으로 쫓겨났다. 그러는 동안 융제의 휴식 시간은 5분밖에 남지 않았다.

융제는 어리석은 문제 제기는 처음부터 하지 말자는 주의였다. 어떤 문제를 제기하느냐에 따라 도출하는 답이 달라지고 그 답을 도출할 가능성도 달라지기 때문이다. 문제에 직면했다는 건 현재 상황이 자신이 아는 것을 넘어섰다는 뜻이며, 그 부분을 찾아내 해결하려 노력할 때 할 수 있는 것이 더 많아진다. 융제가 임상의학에 가장 끌렸던 이유도 바로 이 때문이었다. 문제 해결은 이미 아는 정보와 지식을 이용해 미지의 영역을 극복하는 일이다. 융제는 그 안에서 느끼는 성취감을 사랑했다. 그러나 한 가지 문제를 해결하면 배후에 도사린 많은 문제가 드러났고, 이렇게 문제는 끝도 없이 늘어나기 마련이었다. 다행히 융제는 도전을 즐겼으며 정면으로 맞서는 일을 두려워하지 않았다.

이런 식으로 융제는 문제를 하나하나 해결해 왔고, 5학년 실습을 마치고 3년이라는 짧은 시간에 레지던트에서 수석 레지던트 자리까지 올라왔다. 융제는 이 수의대 부속 동물병원 역사상 최연소이자 최초의 여성 수석 레지던트였다. 능력자라는 칭찬을 들으면 융제는 속으로 100퍼센트 동의하면서도 입으로는 겸손하게 대꾸했다. 운이 좋아서라는 말을 들으면 평소 웃는 얼굴이 잠시 굳어지긴 해도 해명하려 들지도 화를 내지도 않았다. 지금 자신이 차지한 이 자리가 청한의 자리였어야 한다는 걸 마음속으로 인정하기 때문이었다.

해결하기 어려운 문제에 직면할 때마다 융제는 '청한이라면 어떻게 했을까?'를 생각해 보며 해결 방향을 찾아내곤 했다.

'청한, 네가 학교에 남아 실습을 마쳤다면 틀림없이 나보다 뛰어난 수의사가 되었을 거야. 우린 함께 일할 수 있었겠지. 그리고…, 그래, 이렇게 써야겠다.'

이런 생각을 하며 융제는 마침내 편지를 쓰기 시작했다.

'청한, 너와 함께 일할 수 있는 날을 고대하고 있어. 지금 병원은 우리가 학교 다닐 때랑은 많이 달라졌어. 새로운 설비도 많아졌고 연수나 학술 교류 기회도 많아. 언제쯤 돌아올 거야?'

여기까지 쓴 융제는 뭔가 마음에 들지 않았는지 내용을 다 지워버렸다. 아무래도 너무 감정에 호소하는 쪽으로 치우친 것 같았다. 융제는 최대한 이성적으로 써야겠다고 마음을 다잡았다.

지난 3년 동안 융제는 청한에게 100통이 넘는 메일을 보냈으나 답장은 단 한 번도 받지 못했다. 메일에는 융제가 은근히 또는 대놓고 드러낸 감정의 덩어리들이 담겨 있었다. 끊임없이 두드렸지만 융제의 노력은 매번 벽에 부딪혀 산산이 부서졌고, 그러면 잠시 멈췄다가 얼마 뒤에 또다시 시도하곤 했다. 융제가 이처럼 분석하고 시도하는 불굴의 과학 정신을 연구에 쏟았다면 최소한 논문 두 편은 발표하고도 남았을 것이다.

그러나 청한에게서는 아무런 반응이 없었다.

융제는 분명 뭔가 잘못된 거라고, 그게 아니라면 이 문제를 이토록 오랫동안 해결하지 못할 리가 없다고 생각했다. 깜박이는 커서를 바라보며 융제는 자신이 바보처럼 느껴졌다. 그토록 수없이 메일을 보낸 일이 바보 같다는 게 아니었다. 융제는 청한에게 메일을 쓸 때마다 자신의 무력함에 직면했다. 문제가 어디 있는지 알 수 없으니 어디서부터 해결해야 할지도 알 수가 없었다.

다행히 융제는 그 정도로 쉽게 무너지지 않았다. 약국에서 융제를 찾는 독촉 방송이 세 번째로 흘러나왔다. 레지던트 아카이가 와서 수술할 강아지가 마취를 마치고 수술대에서 대기 중이라고 알렸다. 융제는 1분 동안 아카이에게 할 일 세 가지를 일러주고, 마지막 2분 동안 메일을 다 쓰고 보내기 버튼을 누른 다음 창을 닫았다. 융제는 바보 같은 자신을 잠시 내려놓고, 시원시원하고 당당한 모습으로 시간 맞춰 수술실에 나타났다.

유무선 네트워크를 통해, 거북이 속도든 빛의 속도든, 바다를 건너고 사막을 지나고 높은 산을 넘어 유럽의 어느 작은 마을에 있는 컴퓨터에도 메일은 틀림없이 도착했다. 청한은 분명히 그 메일을 수신했다.

보나 마나 뻔한 내용이었다. 청한이 메일을 열자 역시나 예상대로였다. 한 자도 빠짐없이 다 읽었지만, 그동안 100통이 넘는 메일에서 본 내용과 표현만 다를 뿐 매한가지였다. 청한은 삭제 버튼을 누른 다음 컴퓨터를 껐다. 융제가 보낸 메일 때문에 오히려 주저하는 마음이 스쳤지만 이미 결정한 일을 되돌릴 수는 없었다.

비행기표는 일찌감치 사두었고 짐도 하루 전에 가지런히 싸놓았다. 이성적이고 호들갑을 떨지 않는 독일 사람들은 청한의 성격에 딱 맞았다. 어디서 왔냐, 독일에는 뭣 때문에 왔냐, 부모님은 무슨 일을 하시냐, 형제자매는 몇 명이냐, 어느 학교 출신이냐, 여자친구는 있느냐…, 이런 걸 캐묻는 사람은 좀처럼 없었다. 나중에 청한이 수의대생이라는 사실을 우연히 알게 되었을 때도 독일 사람들은 무심했다. 왜 졸업을 안 하는지, 왜 수의사 자격증을 안 따는지, 왜 의료 쪽 일이나 더 좋은 일자리를 찾지 않는지 궁금해하는 사람은 매우 드물었다.

이제 독일어가 능숙해진 청한이라 해도 사실 이런 질문에 답하기란 쉽지 않았다. 청한에게 지난 3년은 무척 행복한 시간이었다. 유기동물보호센터에서 자원봉사자로 일하면서 기본적인 숙식은 해결되었다. 그곳에서 청한은 좋아하는 동물들과 함께 지내면서 먹이를 주고 잠자리를 살펴주고 청소를 하는 등 의료와는 무관한 일을 했다. 배불리 먹이고 털을 반지르르하게 관리해 준 동물들이 하나둘씩 입양되어 행복한 가족 구성원이 되는 모습을 지켜보면서, 청한은 자신도 언젠가는 떠나야 한다는 예감이 들었다.

그날이 언제일까? 이 보호센터를 떠나면 다른 보호센터로 갈 수 있을 것이다. 청한은 책임감이 강하고 과묵했다. 사랑과 인내로 동물들을 보살피고, 더러움과 악취는 물론 동물에게 물리는 일도 두려워하지 않았다. 이런 청한은 보호센터에서 환영받는 자원봉사자였고, 어디든 일할 자리가 있을 터였다.

다만 지구의 반을 돌아 이곳까지 왔음에도 청한을 부르는 목소리는 더욱 뚜렷해졌다. 융제가 보낸 이메일에는 이렇게 적혀 있었다.

'휴학 유효 기간이 다 되어가. 이번에 실습 과정에 합류하면 복학에 필요한 행정 절차는 내가 대신 처리해 줄게.'

그러나 청한의 마음을 움직인 것은 융제의 호소가 아니라 아픈 동물들이었다. 고통에 시달리면서도 말 못 하는 동물들은 품에 안긴 채 또는 철창을 사이에 둔 채 순진한 눈망울로 청한에게 묻고 있었다.

'이래도 수의사가 안 될 거야?'

2

여름밤, 시원한 바람이 뒷덜미의 땀을 식혀주면 대낮의 타는 듯한 열기도 어느새 사라졌다. 기말시험을 마친 루산에게는 남자 친구 아융과 손잡고 슬리퍼를 끌면서 야시장을 어슬렁거리는 일이 더할 나위 없는 행복이었다. 음식 좌판을 기웃거리며 뭘 먹을까 고민하는 일도 신이 났다. 남자 친구와 잡은 손을 앞뒤로 흔들며 걷다 보면 루산은 교외에 소풍 나온 초등학생이 된 것만 같았다. 이런 행복이 실제로 존재하는지 확인하려는 듯이, 루산은 아융이 저녁으로 뭘 먹자고 제안할 때마다 족족 퇴짜를 놓았다.

"그러면 대체 뭘 먹고 싶은데?"

아융이 걸음을 멈추고 짜증스럽다는 듯이 물었다.

아융의 찌푸린 이마를 보면 루산은 거기에 품질 인증 스탬프라도 찍힌 듯 안심이 되었다. 그 표정은 지금 남자 친구가 루산을 잘 챙겨주고 있다는 증거였다. 아융은 진지하게 생각할 때나 화가 날 때, 이해할 수 없거나 고민스러울 때면 늘 이런 표정을 지었다. 때로는 진지하다 못해 무서운 표정을 짓기도 했는데, 루산은 종종 그 차이를 알아차리지 못했다. 하지만 남자 친구가 자신에게 꼼짝 못 한다는 것쯤은 알고 있었고, 루산은 그거면 충분했다.

“알았어. 그럼 자기 좋아하는 거 먹자. 난 아무거나 괜찮아.”

루산의 달콤한 미소에는 승리의 기쁨이 어려 있었다. 마치 숨바꼭질하면서 술래한테 붙잡혀놓고도 인정하지 않고 이제 이 놀이는 그만하자고 외치는 아이 같았다. 아융은 루산에게 휘둘리지 않고 마지막 인내심을 짜내며 한숨을 내쉬었다. 그러고는 미트볼 노점으로 가서 여전히 찌푸린 얼굴로 자리에 앉았다.

루산은 다음 주에 놀러 가자고 제안했다. 아융은 학기 초부터 우링농장에 가고 싶었는데 그동안 날씨가 안 좋아서 계속 미뤘고, 나중에는 기말시험 기간이 겹쳐서 못 갔다고 했다. 이제 시험도 끝났고, 무더운 여름 두 달이 지나야 5학년이 시작된다. 그러나 수의학과 학생들에게 이번 여름 방학은 결코 길지 않았다. 많은 학생이 각 과에 어떻게든 기웃거리며 견습생으로 들어가 업무 환경을 미리 익히고 지난 4년간 배운 내용을 복습하면서 각 과 의사들에게 좋은 인상을 남겨 임상증례토론 과목의 사례, 즉 케이스를 순조로이 따내려 했다. 이번 방학을 어떻게 보내느냐에 따라 5학년 생활이 순조롭게 풀리느냐 아니냐가 달려 있었다. 루산의 룸메이트 이민만 해도 벌써 수첩을 챙겨 들고 진료실에서 참관을 시작했다.

전국 힙합댄스 대회에 나가려고 자리를 비운 MJ 같은 천재 말고는 아무도 이 경쟁에서 뒤처지기를 원치 않았다. 루산에게 허용된 자유 시간은 다가올 2주가 전부였지만, 아융은 이사도 해야 하고 면접도 봐야 해서 시간을 낼 수 없는 상황이었다. 그동안 시간을 내주지 않는다고 툴툴대는 쪽은 언제나 아융이었다. 그런데 이번에는 웬일로 루산 쪽에서 시간을 내달라고 보채고 있었다. 이번이 아니면 또 언제 시간이 날지 모르기 때문이었다. 아융은 졸업하면 어느 지역에서 일하게 될지 알 수 없었고, 앞으로 만날 기회는 더 줄어들 터였다. 그런데 아융이 갑자기 인상을 풀며 가벼운 말투로 툭 던졌다.

"알았어, 그렇게 하자."

뜻밖의 반응에 이번에는 루산의 이마가 잔뜩 찌푸려지며 표정이 굳었다. 때마침 주문한 미트볼 두 그릇이 나왔고, 루산은 화제를 돌릴 요량으로 이렇게 말했다.

"고수는 빼달라고 했는데?"

여느 때 같으면 아융이 주인에게 말해서 바꿔주거나, 아니면 "앗, 또 깜박했다. 고수 좀 먹어도 아무 일 없어. 정 싫으면 내가 먹어줄게" 하면서 루산의 그릇에서 고수를 건져 제 그릇으로 옮겼을 것이다. 그러면 루산은 자기 그릇에서 고명을 덜어 아융의 그릇에 얹어주고 말이다. 이는 '저녁은 뭘 먹지?'처럼 둘 사이의 암묵적인 습관이었다. 그러나 오늘 저녁 두 사람은 하필 기름 솥의 열기를 뿜어내는 환풍구 쪽에 앉아 있어 찜통더위를 견디기 힘들었고, 주변에는 자리 나기를 기다리는 사람들까지 서 있었다.

아융이 고수를 젓가락으로 집어 들더니 이렇게 말했다.

"아무래도 우린 여기까지인 것 같다."

"무슨 뜻이야?"

미트볼을 먹기 좋게 잘라 입으로 가져가던 루산은 입을 벌린 채 그대로 굳어버렸다.

"그만 헤어지자는 뜻이야."

아융의 대답에 루산은 말까지 더듬으며 물었다.

"왜 헤어져? 난… 난 아닌데…, 난 그런 생각은…."

아융은 음식을 먹으며 헤어지려는 이유를 막힘없이 그리고 남김없이 말해주었다. 손 가는 대로 화장지를 뽑아 입가를 닦듯이 간단하고 자연스러우면서도 꼭 해야 할 일을 하는 태도였다. 루산의 귀에는 아무 말도 들어오지 않았다. 루산은 그저 변명하고 반박하고 이 상황을 되돌려야 한다는 생각에 급급할 따름이었다.

"우링농장에 가고 싶으면 내일 같이 가면 되잖아. 자기가 가고 싶은 데 있으면 다 따라갈게. 고수를 먹으라면 그것도 먹을게…."

그러면서 루산은 저도 모르게 아융이 가져간 고수를 도로 집어 왔고, 허둥대다가 탁자에 놓인 병과 깡통, 포크, 젓가락 통을 엎으면서 하마터면 국물까지 쏟을 뻔했다. 그 소란에 옆자리 사람들의 시선이 쏟아졌다.

아융이 고개를 가로저으며 쓴웃음을 지었다.

"이거 봐, 너는 긴장만 하면 꼭 이러지. 지금 우리가 뭐 하고 있는지는 알아?"

눈물이 차오르며 루산의 눈앞이 흐려졌다. 그리하여 아융이 자리를 박차고 일어나 계산하고 나가버리는 모습도 제대로 못 본 채, 그저 입안에 남은 고수의 역겨운 향을 참으며 억지로 삼켜야 했다. 대체 이게 무슨 상황인지도 알 수 없었다.

루산은 눈물을 훔치고 애써 정신을 차렸다. 인파로 북적이는 야시장에서 실연당한 모양새로 있을 수는 없었다. 언제 왔는지 이민과 자하오가 빈자리에 앉아 있었지만 루산은 눈치채지 못했고, 젓가락 포장지를 찢고 소스를 넣으며 둘이서 하는 얘기도 귀에 들어오지 않았다.

"야시장에 와도 별것 없네."

"다 먹고 다트나 한판 할까?"

이민과 자하오는 조금 전에 눈앞에서 벌어진 소동은 못 본 척했다.

자하오는 약속대로 지도교수 아량의 연구실에 왔다. 아량 교수의 연구실은 늘 개방되어 있어 노크도 필요 없었다. 자하오는 아량 교수가 무슨 말을 할지 알고 있었다.

기말시험이 끝나고 성적이 나오기 전까지는 시험을 망친 학생들이 교수들을 찾아가 읍소하는 기간이다. 나이 든 어머니가 중병에 걸렸다거나, 집에 갑자기 큰 변고가 생겼다거나 하는 온갖 핑계를 대며 학생들이 선처를 구하면, 마음 여린 교수들은 다른 과제나 번역물, 리포트 등으로 대체해 주는 것이 묵계였다.

학생들에게 관대하기로 이름난 아량 교수이니 무슨 방법을 써서라도 기회를 줄 테지만, 자하오는 아량 교수의 얼굴을 똑바로 볼 용기조차 없었다. 시험 마지막 날 다른 학생들은 지겨운 시험이 드디어 끝났다며 홀가분해했지만, 시험을 완전히 망친 자하오는 자신의 성적이 번역 숙제로도 대체할 수 없는 수준임을 잘 알았다.

아량 교수는 미륵불처럼 가늘게 뜬 눈으로 자하오를 바라보았다. 얼굴이 시뻘게진 채 고개를 푹 숙인 자하오를 보니 안타까운 한숨이 절로 나왔다. 교수가 따뜻한 목소리로, 거북이처럼 느린 교내 인터넷 속도보다 더 느리게 말했다.

“알고 왔겠지만, 자네는 이번 시험 성적이 좋지 않아서 F를 줄 수밖에 없어.”

자하오도 수긍하는 바였다. 끄덕끄덕할 때마다 자하오의 고개가 점점 더 깊이 수그러들었다.

“필수 과목을 통과 못 하면 실습에 참여할 수 없다는 것도 알 거야.”

그렇다. 자하오는 여기 있을 필요도 없었다. 자하오는 자신이 5학년 실습에 참가할 수 없다는 사실을 이미 알고 있었다. 다만 실습 학기에 올라가려면 1년을 더 공부해야 한다는 말을 부모님 앞에서 차마 꺼낼 수가 없었다.

지난주 집에 갔을 때, 자하오의 진로를 놓고 부모님이 다투고 말았다. 수의사가 되는 것은 이 집안에서 당연한 책임으로 통해왔는데 부모님이 대체 무엇 때문에 다퉜을까? 구제역이 발생한 지도 20년이 지났지만 타이완은 아직 구제역 청정 구역으로 지정되지 않은 상태라 돼지고기를 수출할 수 없었고[*] 이에 큰 타격을 받은 양돈업은 어느 모로 보나 사양 산업이었다. 부모님은 자하오의 참담한 학기 말 성적표를 받아볼 때마다 아들에게 더는 부담 주지 말고 내려놓자고 서로 다독였다.

"그만 좀 해. 우리 아들 그만 좀 몰아붙이란 말이야."

돈사를 청소하던 자하오도 부모님이 다투는 소리를 다 들었다. 그러나 자하오는 아무 말도 하지 못했다. 창피하기도 하고 무력감도 들었지만 자하오는 자신의 진로에 대해 아무 생각이 없었다.

지금도 자하오는 머릿속이 텅 비어 아량 교수의 격려와 조언이 외계어처럼 들릴 뿐이었다. 자하오가 눈을 비비며 정신을 가다듬는데, 조금 전까지 눈앞에 있던 아량 교수가 보이지 않았다. 잠시 허리를 숙이느라 시야에서 사라졌던 아량 교수가 바닥에 있던 논문과 원서 한 무더기를 책상에 올려놓았다. 산더미처럼 쌓인 원서 더미 틈에서 교수가 헉헉거리며 말했다.

"그래도 자네에게 기회는 줘야겠다 싶어서 각 과목 교수들에게 부탁해서 구해온 거야. 이건 조류독감 관련 자료고, 이건 약리학, 이건 면역학 책이라네."

모자라는 점수를 원서 몇 챕터를 번역하는 것으로 메워준다는 얘기였다. 하지만 자하오는 영문 원서를 보기만 해도 어지럼증이 밀려왔고, 차라리 포기하는 편이 낫겠다는 생각이 들었다.

[*] 세계동물보건기구(WOAH)는 구제역이 발생한 지 23년이 지난 2020년에 타이완을 구제역 청정 구역으로 공식 지정했다.

'교수님…, 도대체 왜 이러세요…. 저한테 왜 이렇게까지 해주시는 거예요?'

"다른 교수님들도 자네가 2주 안에 번역을 마치면 통과시켜 줄 거라고 동의했으니 실습에 합류할 수 있을 거야!"

느낌표처럼 잔뜩 힘이 들어간 아량 교수의 격려는 평소 온화한 얼굴과 대비되어 위화감까지 느껴졌고, 오히려 절대 불가능하다고 암시하는 것만 같았다. 자하오는 팔을 뻗어 책상에 놓인 자료들을 들었다. 엄청난 무게였다. 역도 선수가 자기 몸무게의 세 배나 되는 역기를 들어 올릴 때처럼 몸이 휘청했다.

"감사합니다, 교수님!"

자하오는 마음에서 우러나는 감사를 전하며 허리를 깊숙이 숙였다. 연구실을 나온 자하오는 있는 힘껏 달리기 시작했다. 한눈에 들어올 정도로 짧은 복도였지만 그래도 자하오는 온몸의 힘을 소진하고 싶었다.

여름 방학이 시작되었다. 남학생 기숙사 입구에 날마다 나타나던 닭갈비 좌판은 이제 뜸하게 보였고 오가는 사람도 확 줄었다. 텅 빈 교정에 목청껏 울어대는 매미 소리만 요란하게 울려 퍼졌다. 기숙사 입구에서 누군가를 기다리던 루산은 그 앞을 지나던 자하오와 두 번이나 마주쳤다. 반바지 차림에 슬리퍼를 끌고 나온 자하오는 모기에 물려 가려운 곳을 긁적이며 지나가는 투로 물었다.

"아직도 아융 기다려?"

그 말에 루산은 지뢰를 밟은 듯 어깨를 움찔하며 금방이라도 울 듯한 표정이 되었다. 아차 싶었던 자하오가 "밥 먹었어?"라고 말을 바꿨지만 터져버린 루산의 눈물을 수습하기에는 이미 늦었다.

공연히 상처를 건드려 일을 크게 만든 자하오는 남학생 기숙사 근처 가장 맛있는 야식 가게로 루산을 데려갔다. 오리고기를 먹고 난 두 사람은 가성비 좋은 버블티까지 사 들고 농구장에 가서는 길거리 농구를 몇 게임이나 하면서 기분을 풀려고 했다. 그것도 부족해 운동장을 다섯 바퀴나 뛰었지만 루산의 눈에서는 아직도 눈물이 솟구쳤고, 갖고 있던 휴지도 다 써버렸다.

두 사람은 육상 트랙의 관중석에 앉았다. 불어오는 바람결에 농예학과에서 수확하고 남은 볏짚 냄새와 동물학과 목장에서 나는 분뇨 냄새가 섞여 들었다. 몸에 달라붙는 모기를 쫓느라 바쁜 자하오에게 루산이 뜬금없이 물었다.

"뭣 때문에 헤어지자고 했을까?"

"고수 때문 아니었어?"

자하오는 진지하면서도 자신 없는 말투로 아는 체를 했다. 그 말에 멍해 있던 루산이 웃음을 터뜨렸다. 연애 한 번 안 해본 자하오에게 그런 질문은 해봤자였다. 사랑이 끝나는 이유는 처음 사랑이 싹트는 이유만큼이나 이해하기 힘들다. 이성적으로 판단할 수 있는 문제가 아니다.

루산이 웃자 자하오도 마음이 놓이는지 따라 웃었다.

궂은비가 그치고 갠 하늘처럼 자하오는 루산보다 더 환하게 웃었다. 둘은 얼마 남지 않은 여름 방학에 어딜 갈 건지, 이사는 언제 도와주면 되는지 얘기를 나눴다. 5학년 실습 얘기가 나오자 루산은 눈을 반짝반짝 빛내며 소풍을 앞둔 아이처럼 들떴다. "도시락은 뭘 싸 갈까? 비가 올지도 모르니 우산을 가져가야겠다. 아니면 비옷? 반딧불이를 볼 수도 있겠다. 반딧불이는 하늘에 뜬 별과 같아서 까치발을 해도 잡을 수가 없는데…."

루산이 재잘대는 소리를 들으며 자하오는 번역 과제를 1퍼센트도 마치지 못했다는 사실이 떠올랐고, 까다로운 원서 더미를 생각하자 마음이 무거워졌다.

"우린 같은 조 되기 힘들 거야. 난 5학년에 못 올라갈 테니까."

"번역은 내가 도와주면 되잖아."

루산의 말에 자하오는 혀를 내둘렀다. 왜 진작 이런 꾀를 내지 않았나 싶었다.

"어차피 교수님들도 누가 번역했는지 모르실걸. 제시간에 제출만 하면 돼. 너라면 일주일 걸릴 거 내가 하면 한 시간 안에 다 끝낼 수 있다고."

루산의 말은 허풍이 아니었다.

"하지만 번역할 원서가 보통 많은 게 아냐. 낙제한 과목이 많아서 그렇게 됐어. 네가 도와줘도 다 못 끝낼 거야."

자하오는 루산의 시간을 뺏는 것이 미안했다. 루산은 당장 핸드폰으로 메시지를 보냈고, 곧이어 답장이 왔다는 알림이 잇달아 울렸다. 루산은 예상했다는 듯이 자하오에게 메시지 내용을 전달했다.

"이민이 동기들한테 번역거리를 나눠주겠대. 원서 들고 찾아오란다. 갈 때 매운맛 양념 통닭 사다 주는 거 잊지 말고. MJ는 정 미안하면 빨래나 걷어달래. 그리고 가장 늦게 제출하는 사람이 아침밥 사기로 했어."

루산은 이 정도는 아무것도 아니라는 듯이 자하오를 바라보았다.

열정 넘치는 힙합댄스 동아리들이 전국에서 모여들었다. 전국 힙합댄스 경연대회는 예선부터 준결승, 결승에 이르기까지 매번 팀을 나누고 최고 점수를 받은 팀이 다음 라운드에 진출하는 방식이다. 거리에 설치한 가설무대에서 예선이 시작되었고, 결승 무대는 카메라 두 대가 돌아가는 실내 체육관에서 열렸다. 라운드를 하나하나 거치는 동안 무명의 아마추어 댄서들을 응원하는 팬들이 자연스레 생겨났다. 각지에서 온 팬들이 일찍부터 현장에 모여 피켓을 들고 환호하고 있었다. 이들은 심사위원단조차 무시하기 힘든 세력을 형성했으며, MJ를 응원하는 팬이 대다수였다.

선글라스를 끼고 모자를 눌러쓴 채 미래의 스타를 발굴하러 온 연예 기획사 관계자도 인파 속에 섞여 있었다. 그들은 멀리서 또는 가까이서 MJ를 관찰하며 외모, 목소리, 무대 매너, 스타성 등을 자세히 기록했다. 그런데 의아한 점이 하나 있었다. MJ가 틈만 나면 두꺼운 영어 원서를 꺼내 드는 이유가 뭘까?

결승 무대에 진출한 팀들은 하나같이 내로라하는 실력파였다. MJ가 속한 힙합 동아리 회원들은 앞뒤 팀의 리허설을 본 것만으로도 좌절감에 빠져 있었다. 자신들은 우물 안 개구리였던 것이다. 이틀 동안 잠을 못 잔 MJ는 눈에 살짝 핏발이 서 있었다. 자하오의 자료를 번역해야 한다는 핑계로 무심한 척했지만 MJ는 눈에서 레이저를 발사하며 상대를 하나하나 눈여겨보았고, 동작 사이의 동선, 안무의 구성 요소와 스타일까지 분석하고 있었다. 숨을 죽이고 지켜보다가도 어느 순간 이런 생각이 들며 코웃음이 났다.

'드디어 내가 이 세계에 납셨다고!'

무대 위 고수들은 현란한 조명보다 더 환히 빛났다. 그들 속에 섞여 이런 세계에서 살아남으려면 얼마나 많은 대가를 치러야 할까, 이런 생각이 MJ의 온몸을 파고들었다. 무대에 서면 자신의 모든 것을 쏟아야 한다. 실력이 가장 뒤처지는 사람이라도 포기하고 싶지는 않을 터. 물론 MJ 자신이 실력이 떨어진다는 건 아니다. 강한 상대를 만나면 더 강해지는 것이 MJ 스타일이었고, 결승까지 진출하면서 그는 과거의 자신보다 더욱 강해져 있었다.

'9월 12일, 오후 1교시 실습 수업, T108 교실에서 조 추첨이 진행됩니다. 출결 성적에도 포함되는 수업이니 꼭 참석 바랍니다.'

자하오는 이 소식을 모든 학우에게 문자 메시지로 빠짐없이 알렸다. 번역해야 하는 원서가 아직도 책상과 침대, 기숙사 바닥에 산더미처럼 쌓여 있었다. 원서를 보는 순간 자하오는 최면에서 깨어나듯 세수를 하고 계속 번역에 매달렸다. 다 끝내기도 전에 원서에 먹힐 것 같은 공포감마저 들었다.

이민은 이날만을 기다려왔다. 진료실에 미리부터 드나들고 있으니 실습에서도 자신이 가장 유리한 자리를 차지할 것이 분명했다. 선배들의 따가운 눈초리, 약사와 청소 아주머니의 은은한 괴롭힘쯤은 아무렇지도 않았다. 그보다는 다른 학생들보다 발 빠르게 적극적으로 행동하는 자신에게 주치의가 아직도 케이스를 주지 않았다는 사실이 신경 쓰였다. 케이스만 받으면 자료를 찾아 수준 높은 보고서를 작성할 테고, 이번 학기의 가장 중요한 과목인 임상증례토론에서 높은 점수를 받을 것이다. 어쨌든 이민은 자신만의 청사진을 마련하여 착착 진행하고 있었다.

루산은 며칠 남지 않은 여름 방학 내내 게으름을 부리며 지냈다. 아침밥은 물론 양치와 세수도 거른 채 늦잠을 잤다. 그렇게 실연의 상처를 잊고 시간을 보내던 루산은 다음 날 조 추첨을 한다는 메시지를 받고 정신이 번쩍 들었고, 이민에게 내일 아침 진료실 참관에 껴달라고 졸라댔다.

MJ는 무대에 오르기 몇 초 전에 이 메시지를 받았다. 핸드폰을 꺼둘걸 그랬다고 후회했지만 자꾸만 신경이 쓰였다. 5학년 실습은 1년 내내 진행된다. 그런데 어젯밤에 연예 기획사 두 곳에서 계약 의사를 타진해 왔다. 1년 뒤에 졸업한다는 MJ의 말에 그들은 난색을 보였다. 연예계에 진출할 기회는 흔치 않다, 스타에게 수의사 면허가 있는지는 중요하지 않다는 것이었다.

그런 생각에 정신이 산란해진 사이 인트로가 시작되었고, MJ는 그만 박자를 놓쳐버렸다. 동료들은 물론 심사위원들까지 MJ의 즉흥적인 무대 연출이라며 환호했지만, 결과는 4위였다. 결국 상금도, 트로피도, 연예 기획사와의 계약도 물 건너가고 말았다.

몇 년 만에 돌아온 청한의 방은 떠나기 전과 다름없었다. 어머니가 줄곧 깨끗이 관리해서인지 아침에 나갔다 들어온 것처럼 아무것도 달라지지 않았다. 청한은 침대 밑에서 종이 상자를 꺼냈다. 몇 번밖에 사용하지 않았는데도 낡아버린 물건들이 들어 있었다. 청진기와 가운, 호주머니에 넣을 수 있는 수첩과 펜. 수첩에 휘갈긴 글씨는 귀신 쫓는 부적을 연상케 할 정도였지만 청한 자신만은 알아볼 수 있었다.

언제 들어왔는지 어머니가 어느새 청한의 곁에 서 있었다.

"실습하러 갈 거니?"

어머니가 물었지만 대답을 바라는 질문은 아니었다. 어머니는 어떤 대답이든 아들에게 쉽지 않다는 사실을 잘 알고 있었다. 아들이 실습을 하든 안 하든, 수의사가 되든 안 되든 어머니는 상관없었다. 그저 아들을 꼭 안아주며 다시는 집을 떠나지 않게 하리라 다짐할 뿐이었다.

5학년 1학기

좌충우돌 실습 25시

3

그날 아침 자하오는 두 번이나 정신없이 뛰어다녀야 했다. 먼저 T108 강의실에 학우들의 실습 가운을 가져다 놓고, 이어 원서와 번역 원고를 들고 아량 교수의 연구실로 달려갔다. 그 전에 루산과 MJ, 이민에게 다음과 같은 메시지를 보냈다.

'아침은 내가 살게. 내가 맡은 번역을 다 못 끝냈거든.'

이민이 핸드폰을 확인할 시간이 있었다면 버럭 화부터 냈을 것이다. 그래도 곧 화를 가라앉히고 자하오를 도울 방법을 생각했을 테지만 말이다.

그러나 이민은 지금 양손이 자유롭지 않다. 5분 전에 시베리아 허스키를 데려온 보호자가 화장실에 가면서 이민에게 개를 부탁했다. 개는 이민의 발치에 커다란 똥을 눴고, 그것도 모자라 오줌까지 좔좔 누는 바람에 복도 구석에 작은 웅덩이가 생겨났다. 이민은 온몸이 개의 똥오줌에 절여진 기분이라 곧 폭발할 것만 같았다. 다행히 그때 루산이 나타났고, 이민은 루산에게 대걸레와 신문지를 가져오라고 했다. 두 사람이 함께 낑낑대며 바닥을 치웠지만 악취는 여전히 가시지 않았다.

화장실에서 돌아온 보호자가 물었다.

"우리 개는 어디 있어요?"

가까운 외과 진료실에서 개와 고양이 소리에 섞여 기계에 뭔가 부딪치는 소리가 들리더니 허스키가 뛰쳐나왔다. 루산과 이민이 뒤쫓아가자 허스키는 입을 헤벌리고 혓바닥을 내민 채 더더욱 신나게 뛰어다녔고, 그 바람에 사방으로 침이 흩날렸다. 때마침 복도 옆 초음파실 문이 열리자 허스키는 그곳으로 돌진했다.

초음파 스크린에 나타난 회색 점을 바라보는 고양이 보호자는 불안한 기색이 역력했다. 탐침의 각도가 바뀌면서 주치의 샤오페이의 얼굴이 밝아졌다가 다시 어두워졌다. 보호자는 사랑하는 고양이가 사흘째 먹지도 마시지도 않는 이유를 알아보러 왔다. 이제 그 답을 들을 순간이었다.

그런데 누가 문을 열었는지 눈을 자극하는 환한 빛이 새어들었고, 보호자는 무언가 발에 와서 부딪히는 느낌을 받았다. 동물 한 마리가 발치에서 숨을 헐떡이며 이리저리 휘젓고 다니는 것이 틀림없었다. 보호자의 날카로운 비명에 애써 진정시킨 고양이가 놀라 버둥거렸고, 현장에 있던 사람들이 모두 나섰지만 소용없었다. 고양이는 공중으로 솟구치며 이빨을 드러내고 마구 날뛰었다. 샤오페이가 소리를 빽 질렀다.

"문 닫아!"

초음파실에서 한바탕 소동을 일으킨 허스키는 나타날 때처럼 느닷없이 자취를 감췄다.

복도에서 루산은 무릎을 짚고 숨을 몰아쉬며 고개를 들었다. 그 순간 허스키가 루산의 곁을 스쳐 앞쪽으로 달려갔다.

'어떻게 뒤에서 나타난 거야? 그럼 방금….'

고개를 돌리는 순간 루산은 방향 감각을 잃었고, 이민에게 이끌려 계단을 올라갔다. 2층 입원 병동 복도에 병상 몇 개가 나와 있어 걸려 넘어질 뻔했다. 레지던트 몇 명이 링거 고정대를 붙잡고 입원한 동물들을 진정시키느라 진땀을 흘렸다. 이민은 모든 장애물을 무시한 채 앞만 보고 쏜살같이 달렸고, 루산은 이민 대신 "미안합니다, 죄송합니다"를 연발하며 뒤를 따랐다.

두 사람은 사방에서 들려오는 원망에 반응할 겨를이 없었다. 혼란을 헤치며 실험진단실로 뛰어든 허스키가 여기저기 들이박는 요란한 소리가 들려왔다.

실험진단실에서 뛰쳐나온 허스키는 이번에는 때마침 문이 열린 바로 옆 약국 창고로 들어갔다. 병원 구석구석을 다 돌아봐야 직성이 풀릴 기세였지만, 다행히 미로처럼 쌓아놓은 상자들에 둘러싸여 잠시 나오지 못하고 있었다.

그 모습을 본 이민이 소리치며 다가갔다.

"꼼짝 말고 거기 있어!"

이민은 펄쩍 뛰어올라 허스키를 덮쳤지만 간발의 차이로 놓치고 말았다. 그 바람에 바닥에 철퍼덕 엎어진 이민의 얼굴은 허스키의 체취가 물씬 풍기는 개털로 범벅이 되었다.

이민은 부축해 주려는 루산을 밀치고 다시 아래층으로 질주했다. 빨리 개를 붙잡아야 한다는 생각뿐이었다. 계단 끝은 병원 로비였고, 로비를 나서면 바로 병원 건물 밖 큰길이었기 때문이다.

청한은 멀리서 병원 현관문이 몇 번이나 열렸다 닫히는 모습을 바라만 볼 뿐 발걸음을 떼지 않았다.

청한은 T108 강의실 벽에 걸린 시계를 떠올렸다. 초침이 한 바퀴 돌면 분침이 한 칸 밀려나는 이 시계는 지금쯤 첫 교시 수업을 시작한 지 12분째를 가리키고 있을 것이다.

주머니에 넣어둔 핸드폰이 진동했다. 짧게 울리면 메시지, 길게 이어지면 전화다. 청한은 핸드폰 진동음을 무시하고 내버려뒀다. 태연하게, 다급하게, 부드럽게, 애걸복걸하듯, 폭발하려는 마음을 억누르며… 끈질기게 연락해 오는 사람은 바로 융제였다. 융제는 청한을 충분히 기다려줬고, 청한도 그런 식으로 융제를 계속 기다리게 할 수 없다는 걸 잘 알았다.

'난 많이 변했는데, 넌 어때?'

이 몇 글자를 이메일로 회신할 수 있다면 청한이 굳이 이곳에 나타날 필요도 없었을 것이다. 어쩌면 융제도 변했을지 모르고, 그러면 차라리 다행이었다. 사람은 환경에 적응하는 법을 배워야 한다. 문을 열면 그 뒤에 어떤 것이 있을지 모르니 잠 못 이루는 무수한 밤마다 적응에 필요한 연습을 수천 번 해둬야 한다. 청한 자신은 그럴 준비가 되어 있을까?

청한은 숨을 깊이 들이쉬며 핸드폰을 꺼냈다.

"이건 번역을 마친 겁니다."

아량 교수의 책상에 자료를 올려놓으며 자하오가 말했다. 번역한 자료는 컴퓨터로 타이핑해 출력한 거라 누가 했는지 구분하기 어렵다. 하지만 그중 90퍼센트는 다른 사람이 했다는 걸 아는 자하오는 부끄러워 낯을 들 수 없었다.

"이쪽은 아직 못 끝낸 거고요…."

많지는 않지만 묵직한 원서 더미는 자하오 자신의 몫이었다. 제 딴에는 열심히 한다고 했지만 자하오에게는 역부족이었고, 결국 마감 시간에 맞추지 못했다.

"죄송합니다, 교수님…. 저는 아무래도… 이렇게까지 배려해 주셨는데… 기대에 부응하지 못해서… 정말 면목이…."

자하오는 제대로 말을 잇지 못했다. 아량 교수는 여전히 미륵불처럼 웃고 있었지만 예전과는 다른 웃음이었다. 교수의 얼굴에

'못 마칠 줄 알았어'라고 쓰여 있는 듯했다.

"어서 5학년 실습 수업에 가지 않고 뭐 하나? 1교시 벌써 시작했겠네."

이게 대체 무슨 상황이람? 자하오는 어리둥절한 표정으로 고개를 가로저었다.

"우리 B반 대표가 포기할 학생은 아니라고 다른 교수들에게 장담했어."

자하오는 마침내 아량 교수의 웃음 띤 표정 사이로 그의 눈빛을 읽어냈다. 아량 교수가 낭랑한 소리로 힘차게 말을 이었다.

"그래서 각 과목 교수들이 자네가 번역을 다 마친 것으로 해서 성적을 미리 제출했지."

자하오는 고개를 더 세차게 가로저었다.

"1학년부터 4학년까지 전공 과정을 이수하는 건 5학년 과정을 듣기 위해서야. 어서 가봐. 내가 자네를 잘못 보지 않았다는 걸 증명하고, 수의사가 되고 싶다는 자네의 의지를 보여줘야지."

자하오는 가로젓던 고갯짓은 멈췄지만 그렇다고 끄덕일 수도 없어 멍하니 있을 뿐이었다.

"1년간 실습 과정이 쉽진 않겠지만, 난 자네가 절대 포기하지 않고 실습을 무사히 마치리라고 믿어."

아량 교수는 여전히 웃는 얼굴로 자하오의 어깨를 두드리며 어서 가보라고 재촉했다.

마음을 굳힌 청한은 융제에게 보낼 메시지를 쓰기 시작했다.

'아직 고속 도로인데 차가 많이 막히네. 올해 실습은 아무래도 안 되겠어. 걱정해 줘서 고마워.'

이어 '안녕'이라는 말을 썼다가 지우고 보내기 버튼을 눌렀다.

그제야 온몸의 긴장이 풀린 청한이 돌아서려는 순간, 병원 건물 안에서 찢어질 듯한 고함이 들려왔다.

"거기 서!"

섬뜩할 정도로 서슬 퍼런 소리에 청한은 직감적으로 걸음을 멈췄다. 자동문이 열리며 안에서 허스키 한 마리가 쏜살같이 튀어나왔고, 몇 미터 뒤에서 의사 가운과 실습복을 입은 사람들이 우르르 뒤쫓아 나왔다. 청한은 무슨 일이 벌어졌는지 대충 짐작이 갔다.

허스키는 잔디밭을 가로지르고 가지런히 서 있는 자전거들 사이를 지나 인도로 달려가더니, 때마침 녹색 불이 켜진 횡단보도로 뛰어들었다. 사람들이 헉헉거리며 뒤쫓아갔지만 횡단보도 신호는 겨우 5초를 남겨놓고 있었다. 허스키가 신호에 막혀 멈춰 선 사람들을 돌아보았다. 신호가 3초 남은 순간, 청한이 가방과 핸드폰을 팽개치고 허스키에게 달려갔다.

수업에 늦어서 자전거 페달을 힘껏 밟고 있던 자하오의 눈앞에 기묘한 장면이 펼쳐졌다. 조금만 일찍 또는 늦게 왔어도 놓쳤을 장면이었다. 한 남자가 인솔 교사처럼 횡단보도에서 온몸으로 차량들을 가로막고 섰고, 그 옆으로 허스키 한 마리가 달려가는 게 아닌가?! 이어 빨간불인데도 횡단보도로 뛰어든 선배들이 뒤를 쫓고, 이민과 루산까지?

사태를 파악한 자하오도 당장 합세했다. 자전거를 탄 채 길을 건너자마자 급히 우회전하여 허스키를 뒤쫓기 시작했고, 얼떨결에 일행의 선두에 서게 됐다. 자하오가 속도를 높이면 허스키도 더 빨리 달렸다. 저 개는 왜 저렇게 달아나는 걸까? 자하오는 개가 달리는 이유도, 자신이 멈추지 않고 달리는 이유도 알 수가 없었다.

저 앞에서 자전거 탄 남자와 개 한 마리가 인도와 자전거 도로를 오가며 달려가는 모습을 보면서, 청한은 그 지칠 줄 모르는 남자에게 천천히 가라고 말해주고 싶었다. 길의 끝은 강둑으로 이어졌으며 왼쪽으로 꺾으면 재활용품 수거장, 오른쪽으로 꺾으면 주택가의 구불구불한 골목길이었다. 저렇게 계속 쫓아가다간….

"개가 오른쪽으로 갔어요!"

자전거 탄 남자의 외침에 청한은 멈춰 섰다. 그리고 열심히 쫓아오는 사람들을 주택가 쪽으로 보내며 당부했다.

"골목이 좁아서 개가 빨리 못 뛰어요. 아마 주차된 차 뒤에 숨어 있을 거예요."

"골목길이 서로서로 통하니까 개를 너무 몰아붙이지 마세요."

"도움이 필요하면 소리 질러요!"

"줄이나 겉옷을 들고 서서히 접근해야 합니다."

줄줄이 달려온 사람들은 청한의 세심한 지휘 아래 서로 다른 방향으로 뿔뿔이 흩어졌다. 그런데 한 사람만은 청한을 뚫어져라 바라보며 그 자리에 얼어붙고 말았다….

융제는 자기 눈을 의심했지만 아무리 봐도 청한이었다. 청한이 틀림없었다. 게다가 이런 상황에서 이렇게 능숙하게 지휘할 수 있는 사람은 오직 청한뿐이다. 아까는 딴 데 있는 척하며 자신에게 메시지를 보냈지만, 청한이 마침내 돌아온 것이다!

융제를 본 청한이 말을 하려 입을 벌렸지만 뭐라고 설명해야 할지 몰라 멈칫거렸다. 순간 융제는 눈길을 돌리고 "저기다!" 소리치며 골목으로 달려갔다. 그 뒷모습은 전보다 훨씬 기운이 넘쳐 보였다.

선배에게 꾸지람을 들어가며 온 병원을 오르락내리락한 데다가 달아난 개를 쫓느라 2킬로미터는 족히 달리며 고함을 질러댔으니, 이민은 한 달 치 운동을 하루에 다 한 셈이었다. 이민은 체력이 고갈되어 걸음이 점점 느려졌다. 루산은 뜻밖에도 여유를 부리며 주변을 살피고 있었다. "저 고양이는 온몸이 새까맣네." "전깃줄에 참새가 가득 앉았네. 노랫소리 한번 요란하다." "저 집 우편함에는 강아지가 그려져 있잖아." 루산은 이런 시시콜콜한 얘기를 늘어놓다가도 갑자기 엉뚱한 것을 보고 소리를 질렀다. "저기 있다!" 해서 이민이 돌아보면 세발자전거를 타는 아이였고, "저 위야!" 해서 올려다보면 어느 집 발코니에 널어놓은 인형이었으며, "나무 위에!" 해서 쳐다보면, 아이고야, 그것은 다람쥐였다.

그때 차 밑으로 발 두 개가 보였다. 누런 털이 난, 개의 발이 틀림없었다. 루산이 쪼그리고 앉아 들여다보자 자다 깬 누렁이가 컹컹 짖어댔다. 그 소리에 온 동네 개들이 연쇄 반응을 일으켜 일제히 짖기 시작했고, 여기저기서 퍼붓는 주민들의 욕설까지 뒤섞였다. 텅 빈 골목에 이민의 무능함을 비웃는 듯한 소리만이 울려 퍼졌다. 이민이 터질 듯한 머리를 감싸 쥐고 잔뜩 쉰 목소리로 중얼거렸다.

"다 내 탓이야. 내가 그때… 에라, 모르겠다. 나 쉴 거야!"

그러고는 바닥에 털썩 주저앉아 루산의 물통에 남은 물을 깡그리 비워버렸다.

루산이 이민을 달랬다.

"너무 걱정하지 마. 금방 찾을 수 있을 거야. 포기하지 말자."

'어차피 점수랑은 상관없잖아!'

이런 생각이 들자 이민은 갑자기 기운이 샘솟았다.

'보호자가 줄을 잡고 있으라고 나한테 개를 넘긴 거잖아. 이 사태의 책임은 전적으로 보호자에게 있다고. 이 일로 내 실습 점수를 깎았단 봐라. 근데…, 망했다! 오늘 실습 조를 추첨하잖아. 출석도 성적에 반영될 텐데, 어떡하면 좋아!'

루산을 잡아끌고 병원으로 돌아가려던 이민은 수석 레지던트 융제와 마주치고 말았다. 융제가 물었다.

"개는 찾았어?"

고개를 저은 두 사람은 잽싸게 돌아서서 개를 계속 찾는 수밖에 없었다.

자하오는 삐걱대는 고물 자전거를 한참 전에 길가에 세워놓고 개를 찾고 있었다. 술래잡기에서 최고의 요령은 소리를 내지 않는 것이다. 자하오는 주택가를 지나 강둑으로 갔지만 여전히 개는 흔적도 보이지 않았다. 걷다 보니 다리부터 발끝까지 흙투성이 풀투성이가 되어버렸다. 어느새 배가 고파진 자하오는 가방에 넣어둔 아침밥이 생각났다.

'이쪽 방향이었나?'

자하오가 걸어가면서 아침을 먹는데 뒤에서 발소리와 함께 "학학" 숨소리가 들려왔다. 돌아보니 허스키가 발치에 따라붙어 꼬리까지 흔들고 있지 않나! 자신이 찾은 건지, 아니면 개가 제 발로 찾아온 건지는 몰라도, 드디어 찾았다!

강둑은 외진 곳이라 자하오가 소리쳐도 달려와 줄 사람이 없었다. 그런데 이상하게도 개 목줄이 보이지 않았다('달아나는 중에 벗겨졌겠지'). 게다가 몇 달을 떠돌아다닌 것처럼 꼬질꼬질하고 냄새도 풀풀 났다('미친 듯이 달리느라 이 꼴이 됐나 보다'). 다행히 이 허스키는 식탐이 많았다. 자하오는 자신의 아침밥으로 개를 한 걸음 한 걸음씩 유인했다. 둘은 그렇게 병원에 이르렀고, 자하오는 마지막 한 입을 허스키에게 주었다.

허스키의 보호자는 눈물이 그렁그렁한 채 마음을 졸이다가, 개가 다가오자 끝내는 그 자리에서 꺼이꺼이 울음을 터뜨렸다.

융제의 입에서 안도의 한숨이 흘러나왔다. 이렇게 해결되었으니 상부에 보고할 필요는 없겠지 싶었다. 자하오는 괜스레 껄껄 웃고 물을 벌컥벌컥 들이켜며 배에서 나는 꼬르륵 소리를 감췄다. 이까짓 일로 공치사를 할 필요는 없었다. 이제 함께 개를 찾던 사람들에게 소식을 알릴 차례였다.

허스키는 킁킁거리며 여기저기 신나게 뛰어다녔다. 그런데 보호자가 울먹이며 이렇게 웅얼거리는 게 아닌가.

"우리 해피가 아니잖아. 우리 해피는 왼쪽 눈이 파랗고 오른쪽 눈은 새까만데, 얘는…."

자하오가 허스키의 얼굴을 붙들고 자세히 들여다보니, 정말로 두 눈이 모두 파란색이었다. 맙소사! 자하오는 마시던 물병을 내던지고 병원 밖으로 내달렸다.

조 추첨이 끝나고 조별 진료 참관 순서가 정해졌다. 조교가 실습 점수와 각 과의 순환 진료 규칙을 설명한 후 손에 든 명단을 높이 들어 보였다.

"명단에 빠진 사람 없겠죠?"

이로써 수업이 끝났음을 선포한 셈이다. 학생들이 왁자지껄 떠들며 흩어지자 T108 강의실은 텅 비었다.

MJ는 조 추첨 사실을 까맣게 잊고 있었다.

조교의 전화를 받고도 처음에는 비몽사몽 중에 본능적으로 반갑게 인사했다. 상대가 누구인지 탐색하면서 MJ는 구렁이 담 넘어가듯 대화를 유도했다.

“아! 맞아요. 첫 수업이 정말 중요하죠. 조 추첨도 해야 하니 결석하면 안 됐는데.”

MJ는 침착하게 변기에 앉아 볼일을 보면서 어젯밤부터 오늘 아침까지 자신에게 발생한 불가항력적 요소 열 가지를 단숨에 늘어놓았다.

“조교님이 생각해도 정말 안타깝지 않나요? 제가 안 간 게 아니라….”

MJ가 입을 다물고 면도하며 흐느끼는 듯한 소리를 연출하자, 전화기 너머에서 조교가 그를 봐줄 방법을 찾기 시작했다. MJ는 거울 속 자신의 모습이 정말 멋지다고 생각하며 대리 출석을 해주지 않은 자하오, 이민, 루산을 원망했다.

같은 전봇대를 세 번째 지나치면서도 길눈이 어두운 루산은 제자리를 맴돌고 있다는 걸 전혀 눈치채지 못했다. 이번에는 전봇대 옆에 크고 작은 길고양이 10여 마리가 모여 있었기 때문이다. 색깔과 무늬가 제각각인 고양이들이 사료를 주는 친절한 캣맘을 둘러싼 채 야옹야옹하고 있었다. 루산은 캣맘이 이 근처 동물들을 잘 알 거라 생각하며 흥분했지만, 다가가 물어보려는 루산을 이민이 잡아끌었다.

“고양이 밥을 주고 있잖아. 우리가 찾는 건 개라고.”

냉정을 되찾은 루산이 고양이들을 자세히 살펴보는데, 유난히 거대한 고양이 한 마리가 눈에 들어왔다. 검은색과 회색이 섞인 털, 쉬지 않고 흔드는 꼬리, 길게 늘어뜨린 혓바닥이 보면 볼수록 허스키 같지 않은가! 게다가 끈까지 늘어뜨리고 있는데 이민과 루산이 쥐고 있던 그 목줄이 틀림없었다. 바로 그 허스키였다!

허스키 보호자는 병원 문 앞에 서서 개가 돌아오기만을 눈이 빠지게 기다렸다. 그러면서도 큰 기대는 품지 않았다. 실망이 더 커질까 두려웠기 때문이다.

루산과 이민은 자신들과 몸무게가 비슷한 허스키를 어르고 달래며 병원으로 돌아오는 중이었다. 허스키가 흥분할세라 힘껏 당기지도 못하고 밀고 끌며 가까스로 병원 근처까지 왔다.

그런데 갑자기 허스키가 달려 나갔고, 루산과 이민도 덩달아 끌려갔다. 허스키가 병원 문 앞에 서 있는 보호자를 본 것이었다.

보호자는 소리 없이 눈물을 흘렸다. 눈물 때문에 자신을 향해 뛰어오는 개의 모습이 흐릿하게 보였다. 자하오는 보호자가 왜 또 우는지 영문을 몰랐다. 개와 보호자를 번갈아 쳐다보았지만, 저렇게 멀리 있는 개의 눈 색깔을 보호자가 어떻게 알아보는지 이해가 가지 않았다.

하지만 보호자는 자기 개를 알아보았다. 뛰어오는 모습, 자신을 보고 반가워하는 모습은 바로 해피였다. 하루 일을 마치고 집에 돌아온 자신을 반겨주며 펄쩍펄쩍 뛰던 바로 그 모습, 틀림없는 해피였다! 보호자는 더 기다리지 않고 두 팔을 벌리며 한달음에 앞으로 달려갔다.

코끝이 찡해지는 아름다운 장면에, 루산은 허스키가 보호자와 재회하게끔 잡고 있던 목줄을 놓았다. 허스키는 그리운 보호자의 품으로 달려가고, 보호자는 마침내 돌아온 개의 이름을 소리쳐 부르고… 온 세상이 따뜻해지는 감동적인 장면이 아닐 수 없었다. 이제 둘은 서로를 얼싸안고 빙빙 돌겠지, 앞으로 두 번 다시 헤어지지 않겠지….

바로 그때, 자동차 한 대가 후진했다.

펑! 둔탁한 소리와 함께 허스키가 차에 치여 날아갔다.

루산은 눈앞의 상황을 도무지 실감할 수 없었다. 이게 무슨 상황일까?

루산은 자기 손을 꼬집어보고서야 실제 상황이라는 걸 깨달았다. 방금 전까지만 해도 줄을 쥔 손바닥을 통해 허스키의 움직임이 고스란히 느껴졌건만, 그토록 힘차고 그토록 씩씩하게 달리던 개가, 지금 땅바닥에 고꾸라져 죽은 듯 꼼짝도 하지 않고 있다. 루산은 모든 게 자기 탓 같았다.

'다 내 잘못이야. 대체 어쩌자고 줄을 놓아버렸담? 일을 이 지경으로 만들다니, 무릎 꿇고 울면서 빌어도 절대로 용서받지 못할 거야.'

"비켜요! 의사 선생님 오세요!"

누군가 소리쳤다. 어찌할 바를 모르던 루산은 뒤쪽으로 밀려났다. 앞을 가린 사람들 틈으로 융제 선배가 청진기를 꺼내는 모습이 보였다. 융제는 신속하지만 부드럽게 허스키를 살펴보더니 중얼중얼하며 손등에 숫자들을 적었다. 살짝 찌푸린 미간 아래로 시선이 빠르게 움직였고, 입에서 나오는 몇 마디 말은 루산에게 들리지 않았다. 어느새 응급 도구와 들것이 도착해 있었다.

"준비됐어? 하나, 둘, 셋!"

레지던트 아카이와 샤오페이가 힘을 모아 개를 들것에 올리자, 융제는 한 손으로 후두경을 들고 혀를 아래로 눌러 후두덮개(기도 입구)를 찾았다. 이어 "8호!" 하고 외친 다음 다른 손으로 튜브를 받아 삽입하더니 "너무 작아, 9호로 다시 줘!" 소리쳤다. 새로 받은 9호 튜브를 기도에 재빨리 삽입하고 튜브를 머리 뒤로 묶어 고정하자, 세 사람은 서로를 향해 고개를 끄덕였고 "출발!" 소리와 함께 들것이 움직였다.

'허스키가 살아났어.'

루산은 너무나 다행스러웠다. 번개 같은 응급 처치 과정은 전혀 이해하지 못했어도, 희망만은 똑똑히 보았다.

'너무 멋지다! 나도 저런 수의사가 되고 말겠어!'

얼굴이 눈물 콧물로 엉망이 된 것도 잊고 흥분해서 소리라도 지르고 싶은 충동을 애써 누른 채 루산은 줄곧 깡충깡충 뛰면서 일행을 뒤따라갔다. 수술 준비실에 이르자 샤오페이가 돌아서서 문 앞을 가로막으며 물었다.

"넌 누구야?"

"실습생입니다!"

이민은 이 말이 출입할 때의 암호라도 되는 양 외치고는 걸음을 늦추지 않은 채 따라 들어가려고 했다.

"잠깐!"

샤오페이가 갑자기 정색을 하고 루산을 가리키며 말했다.

"네가 개줄을 놔줬지?"

루산은 흥분이 가시지 않은 채 고개를 끄덕였다.

"넌 병원 문 앞에 가서 핏자국이나 깨끗이 치워!"

수의학관 뒤쪽에는 마사(馬舍)가 있다. 마사 입구는 닭장 옆에 있으며 출구는 운동장으로 통한다. 마사 안에서 암말 리사가 원을 그리며 빠르게 걷고 있었다. 리사는 이곳에 온 지 무려 13년째다. 그 옆에 있는 몸집이 작고 앳되어 보이는 말은 몇 달 전에 태어난 윌슨이다. 호기심 많은 윌슨은 이빨로 난간을 갉기도 하고, 목을 길게 빼고 나뭇잎을 씹다가 뱉기도 하며 입으로 세계를 탐험하고 있다.

나지막한 울타리 너머에는 원예학과의 온실과 농예학과의 실험용 밭이 있는데 여기는 관상용 작물과 약용 작물을 키우는 곳이다. 멀리 겹쳐진 산들 사이로 석양이 하늘을 붉게 물들이고, 산들산들 불어오는 바람이 온몸의 땀을 식혀주었다. 루산은 땅바닥에 찔러넣은 삽을 살짝 떨리는 두 손으로 짚고 서서 미소 띤 얼굴로 아름다운 전원 풍경…의 축소판을 감상하고 있었다.

꽤 넓은 교정에 농구장, 배구장, 수영장까지 갖춘 학교였지만, 캠퍼스를 벗어나면 바로 고층 빌딩과 마주하게 된다. 차량이 수없이 오가며 소음과 오염을 내뿜는 도시 한복판에서 이렇게라도 흙을 밟고 풀 냄새를 맡을 수 있으니 얼마나 행복한가. 루산은 이렇게 자신뿐 아니라 조원들까지 일깨우곤 했다.

"실습 기간은 아직 학생 신분이긴 해도 반은 사회인이나 다름없잖아. 이렇게라도 구제받을 기회가 생긴 게 어디야?"

조교는 이례적으로 학생들의 결석을 출결 점수에 반영하지 않았으며, 추첨에 빠진 학생들을 한 조로 편성해주었다. 이렇게라도 실습할 수 있게 되었으니 불행 중 다행이었다.

"2주간 마사를 청소해야 하지만, 운동 삼아 하면 되니까 힘들 건 없어."

자하오가 설명을 덧붙였다.

"그나마 이것도 MJ가 조교 선배한테 커피를 대접하고 애교를 떨어서 받아낸 조건이야."

이민은 일찌감치 일을 배당받아 제 몫을 마치고 장화까지 깨끗이 닦아놓았다. 가능하면 수영장에 뛰어들어 온몸에 밴 냄새를 씻어낸 다음 숙소로 돌아가 쉬고 싶었다. MJ는 각종 도구를 닦고 바닥을 물청소하다가 자하오 쪽으로 몰래 물을 뿌렸고, 자하오는 작업복이 반쯤 젖고서야 그 사실을 알아차렸다.

"너 이 자식, 끝장을 내주마!"

자하오는 말똥 더미에서 말똥을 퍼내더니 수의학과 야구팀의 1루수다운 실력으로 MJ를 잇따라 공격했다. 말똥 폭격을 제대로 당한 MJ는 가볍게 한숨을 내쉬며 천천히 고개를 젓고는 말처럼 격렬하게 온몸을 흔들어 몸에 달라붙은 지푸라기와 말똥을 털어 냈다. 그 바람에 애먼 루산과 이민, 그리고 같은 조의 청한까지 오물을 뒤집어썼다.

청한은 속으로 이들의 유치한 장난을 탓할 뿐 몸에 묻은 말똥을 털어내려 하지도 않았다.

"청한 선배님 맞죠?"

루산이 반갑게 말을 걸었다. 수의학과의 전설로 통하는 선배가 눈앞에 있고, 게다가 같은 조에서 실습한다니 루산의 눈빛은 스타를 만난 광팬의 설렘과 기대로 가득했다.

"선배라고 부르지 마."

청한이 딱 잘라 말했다. 무례하진 않았지만 단호한 말투였다.

"저분이 바로 그 선배 아냐?"

그러면서 이민이 학교에 떠도는 루머를 분석하여 정리하기 시작하자, MJ는 입술만 달싹거리면서도 현란한 손짓과 표정으로 대꾸했고, 자하오는 예의상 목소리를 낮췄으나 자기도 선배에 관해 아는 이야기를 하고 싶어 좀이 쑤셨다. 루산이 '청한 선배가 다 듣겠어!'라는 신호를 보내는데도 세 사람은 아랑곳하지 않았다.

청한은 일에 몰두하며 영문 모를 가슴속 열기를 손에 쥔 삽에 쏟아부었다. 방금 배설한 말똥이라도 산더미처럼 쌓이면 냄새가 풍긴다. 청한은 그 시큼한 말똥에 대고 심호흡을 하며 소리 없이 외쳤다.

'선배라고 부르지 말란 말이야!'

4

실습이 정식으로 시작되었다. 매우 화창한 날이었다. 진료 시간은 아침 8시부터였지만 병원 입구는 7시부터 개와 고양이를 데리고 온 사람들로 장사진을 이뤘다.

이미 한차례 바쁜 시간이 지나간 입원 병동에 실습생들이 대기하고 있었다. 실습 가운은 접힌 자국이 선명했고 가슴에는 각자의 이름이 자수로 새겨져 있었다. 자신이 호명되지 않기를 바라며 전전긍긍 빈 수첩을 들고 진료실과 복도에 공손히 서 있는 모습이 딱 봐도 신출내기 실습생이었다.

자하오는 외모만 보면 영락없이 성실한 모범생이었지만, 영어로 가득한 차트는 외계어처럼 생소했으며 전문 용어나 줄임말은 당최 알아들을 수가 없었다. 간단한 지시도 느릿느릿 신중하게 확인하다 보니 유난히 미련해 보일 수밖에 없었다. 베테랑 의사든 신참 의사든 다들 그런 자하오를 답답해했고, 레지던트들은 자하오가 말귀를 통 못 알아듣는다며 외국인과 소통하는 것보다도 힘들어했다.

어느 날에는 주치의가 툭툭 던지는 질문에 자하오가 하나도 대답을 못 했고, 얼굴은 흡사 변기에 쭈그리고 앉아 전전긍긍하는 변비 환자의 표정이었다. 결국 보다 못한 보호자가 대신 답을 알려주고는 "구글에 검색하면 나와요!" 하면서 미소로 격려까지 해주었다. 오늘은 자하오가 대답을 하도 못 해서 인내심이 바닥난 주치의가 자하오를 복도로 내쫓아 벌을 세웠다.

"난 왜 이렇게 멍청할까?"

자책하는 자하오를, 역시나 복도로 쫓겨난 신세인 루산이 옆에서 위로해 주었다.

"실습 시작한 지 며칠 만에 나도 지능이 절반으로 떨어진 느낌이야."

루산의 문제는 자하오처럼 머리가 둔한 게 아니라 걸리적거린다는 것이었다.

당뇨병이 있는 나이 든 고양이를 진료할 때였다. 주치의가 다리를 절단해야 한다고 말하며 재택 간호 방법과 앞으로 진행될 병세를 설명하자 보호자는 눈물이 그렁그렁해졌다. 그런데 옆에서 루산이 와락 울음보를 터뜨리는 것이 아닌가. 루산은 진료실에 놓인 티슈가 동날 정도로 눈물을 펑펑 쏟았고, 당사자인 고양이는 영문을 모르겠다는 눈빛으로 그런 루산을 바라보았다.

완전히 회복된 골든 리트리버의 혈액을 채취할 때 보호자는 "얘는 버둥대서 붙잡고 있기 힘들어요" 하며 한 발 뒤로 물러섰다. 그러자 실전 기회를 놓치고 싶지 않았던 루산이 즉각 나섰다. 보정* 작업을 처음으로 맡은 루산은 평생 쓸 힘을 다 끌어모았고, 얼굴이 개의 침과 털로 범벅이 되었지만 기운이 펄펄 넘치는 리트리버를 감당할 수가 없었다. 결국 루산은 온몸으로 제압하려다가 개 위에 올라탄 형국이 되고 말았다. 주치의는 눈을 몇 번이나 흘기고 고개를 절레절레 흔들며 루산을 나무랐다.

"그렇게 하면 내가 혈관을 못 찾아. 채혈할 방법이 없다고!"

결국 주치의는 레지던트 아카이를 불렀다.

아카이가 진료실에 들어서는 순간, 루산은 그가 지난번 허스키에게 응급 처치를 해준 선배임을 바로 알아보았다. 안경 너머로 빛나는 침착한 눈과 미소를 지을 듯 말 듯한 수줍은 입술에서 더없는 안정감이 느껴졌다. 혈기 왕성한 리트리버도 그렇게 느꼈는지 아카이가 붙잡으니 인형처럼 얌전해졌다. 루산은 그렇게 날뛰던 개를 제압한 비결이 대체 뭔지 궁금했다. 설마 눈빛만으로 제

* 의료 행위를 하는 동안 환자의 갑작스러운 움직임으로 환자(아픈 동물)나 처치하는 사람이 다치는 상황을 방지하고자 환자에게 해를 끼치지 않는 범위 내에서 일시적으로 환자를 제압하는 것.

압한 것은 아닐 테고? 루산이 아카이의 얼굴과 손, 개의 앞발과 혈관, 주치의의 주삿바늘, 또다시 아카이의 얼굴과 손, 개의 혀와 침과 날리는 털을 번갈아 보는 사이에 뚝딱 채혈이 끝났다.

주치의가 뽑은 혈액과 항응고제가 담긴 용기를 루산에게 건네면서 말했다. "흔들어." 루산은 순간 귀를 의심했으나, 의사의 지시에는 이유가 있겠지 싶었다. 루산은 용기를 한 손에 든 채 앞뒤로, 좌우로, 시계 방향과 반시계 방향으로 마구 몸을 흔들어댔다. 무슨 춤 스텝을 밟는 듯한 괴상망측한 동작에 아카이가 웃음을 터뜨렸고, 주치의는 기가 막힌 듯 혈액 용기를 가리키며 소리쳤다.

"몸이 아니라 이걸 흔들란 말이야!"

아차 싶었던 루산은 즉각 용기를 흔들기 시작했다. 그런데 이번에는 동작을 너무 크게 하다가 리트리버의 머리를 퍽, 치고 말았다. 루산이 꽥 소리를 지르자 놀란 개가 펄쩍 뛰었고, 그 바람에 진료대에 놓여 있던 알코올, 솜, 체온계, 검이경 등이 볼링 핀처럼 주르륵 쓰러졌다. 혼돈의 도가니 속에서 루산이 들고 있던 용기의 뚜껑이 열렸다. 어렵사리 뽑은 피가 쏟아지며 가운을 적셨다. 주치의는 이제 화낼 기운도 없었다. 그저 채혈을 빨리 끝내고자 루산에게 부탁하는 수밖에 없었다. 더 이상 아무것도 파괴하지 말고 제발 복도로 나가달라고.

복도로 쫓겨난 실습생은 자하오와 루산뿐만이 아니었다. 맞은편 진료실 문이 열리더니 이번에는 청한이 쫓겨나와 문 옆에 꼿꼿이 섰다. 벌서는 것이 아니라 경호를 하듯, 청한은 신념을 지키며 두 눈을 똑바로 뜨고 정면을 바라보았다. 루산과 자하오는 그런 청한의 눈빛을 피해 이리저리 두리번거렸고, 결국은 뒤돌아서서 청한이 쫓겨난 이유가 뭘까 속닥속닥하기 시작했다. 아무래도 전설처럼 내려오는 청한의 고귀한 이상과 신념이 오진(誤診)에 일가견이 있는 왕 선생에게는 통하지 않는 모양이었다. 그래도 용케 완패를 당하진 않고 오늘에야 느지막이 쫓겨난 듯했다.

왕 선생은 충성 고객이 아주 많았다. 동물과 달리 말을 할 줄 알고 돈을 쓰는 존재는 사람이라는 점을 일찌감치 간파한 덕이었다. 모든 동물을 완벽하게 치료할 수는 없는 노릇이며 때로는 치료에 실패할 수도 있다. 그러니 동물의 보호자인 사람을 공략하는 편이 안전하다고 판단한 것이다.

오늘 '시즈'라는 개를 데려온 나이 지긋한 아주머니는 시즈가 기침이 심하다면서, 기침을 시작했다 하면 좀처럼 그치지 않는다고 호소했다. 왕 선생은 개를 진찰하면서 아주머니와 날씨, 주식, 물가 그리고 부풀려진 뉴스 같은 얘기를 나눴고, 아주머니는 딸의 과외 걱정을 늘어놓았다. 그러다 문득 왕 선생은 시즈 등에 생긴 피부병이 아직 완치되지 않았다면서 전처럼 일주일 치 약을 처방해 주었다. 아주머니는 시즈를 안고 일어나더니 다음 주에 또 오겠다며 작별 인사를 했다. 그것이 진료의 전부였다.

아주머니가 진료실에서 멀어진 것을 확인한 청한은 그동안 애써 누르고 있던 의문을 제기했다.

"보호자는 분명히 기침 증상을 호소했고, 개는 들어올 때부터 나갈 때까지 계속 헐떡거렸습니다. 나이가 많으니 심장 문제에서 비롯된 증상을 의심할 수도 있습니다. 그런데 철저한 검사 없이 피부병 약만 처방하면 안 되지 않습니까? 피부병만 해도 그렇습니다. 엉덩이 왼쪽에 최소 5센티미터 크기의 종양이 있는데, 위치상 앉거나 누울 때 불편할 수 있습니다. 당연히 수술로 절개하고 원인을 찾아보는 게 순서 아닙니까? 게다가 귀는…"

왕 선생은 반론을 제기하지도, 노발대발하지도 않았다. 그저 가면 같은 얼굴로 웃기만 하다가 청한의 어깨를 툭툭 치며 말했다.

"대단하군. 그 정도 실력이면 직접 환자를 봐도 되겠는데 나한테 뭘 배우러 온 거야?"

청한은 고개를 숙이고 진료대를 알코올로 닦으며 다음 환자를 맞을 준비를 했지만, 왕 선생은 환자를 더 받을 생각이 없었다.

"자네 눈에 보이는 모든 것에는 가격이 붙어 있어. 보이지 않는 것에도 마찬가지고."

왕 선생은 청진기를 떼어 벽에 걸었다. 그의 경험에 비춰볼 때 청진기는 장식품에 지나지 않았다.

"자네가 그렇게 진단을 내리면 보호자가 고맙다고 할 것 같아? 아마 가격부터 흥정하려 들겠지. 결국은 치료도 제대로 못 한다고 욕이나 먹고 말이야. 종양이니 심장병이니, 내가 몰라서 가만있겠나? 자네가 간과한 점이 있어. 보호자가 어떤 차를 몰고 어떤 옷에 어떤 신발을 착용했는지 살펴봐야지. 아까 그 아주머니가 비싼 치료비를 감당할 수 있을까? 개를 위해 큰돈을 기꺼이 쓰려고 하겠어? 그분은 그저 약을 타서 자기 위안으로 삼으려는 것뿐이라고!"

왕 선생의 가면 같은 얼굴 뒤에는 씁쓸하고 냉혹한 사실이 숨겨져 있었고, 청한은 그 말에 동의하지 않지만 반박할 수도 없었다. 더 이상 분노해 봐야 소용없는 일이었다.

왕 선생은 시계를 보더니 주머니에서 지폐를 꺼내 청한에게 건넸다.

"벌써 11시가 넘었군. 도시락 좀 사다 주겠나? 거스름돈으로 음료수라도 사 마시고."

청한은 지폐를 책상에 내려놓고 스스로 진료실을 나갔다.

MJ는 실습 생활에 잘 적응하고 있었다. 행동이 민첩하고 배우는 속도가 빠르기도 했지만, MJ의 존재 자체만으로도 진료실 분위기가 확 밝아졌다. 가끔 작은 실수도 하지만 결코 고의는 아니었다. 어떤 실습생이 배우지도 않은 일을 척척 해낼 수 있겠나!

하지만 레지던트 샤오페이는 MJ에게 배정된 입원실 동물들이 늘 똥오줌 더미에 누워 있는 것이 이상했다. MJ가 동물들을 제대로 보살피는지 의문이었다. 분명히 t.i.d.(하루 세 번 투약)인데 어떻게 점심때도 안 돼서 진료 기록부에 투약 기록이 다 적혀 있을까? 지적을 받고 당황한 MJ는 눈을 크게 뜨고 입을 벌린 상태로 사진 찍을 때 포즈를 취하듯 2초간 멈춰 있었다. 놀라고 겁먹은 기색이면서도 무고한 MJ가 적당한 변명거리를 찾지 못하자, 샤오페이가 그를 곤경에서 구해줄 요량으로 “다음부턴 제대로 해”라고 선수를 쳤다.

그러나 수석 레지던트 융제는 그렇게 호락호락 넘어갈 사람이 아니었다. 융제는 MJ에게 일부러 가장 번거로운 환자를 맡겼다. MJ는 상부 호흡기 감염이 있는 갓난 고양이 다섯 마리를 보살펴야 했다. 고양이 눈과 코에 잔뜩 낀 분비물을 닦아주고, 체온과 심장 박동을 기록하고, 아침을 먹이고, 링거 주사를 놓고, 배변과 배뇨를 유도하고, 고양이 모래를 치우고, 분무 치료 두 종류를 하고…. 고양이 다섯 마리가 섞이지 않게 주의하며 일을 마치면 어느덧 점심때였다.

그러면 허겁지겁 점심을 먹고 회진 시간에 맞춰 필요한 자료를 챙겨 입원 병동으로 달려가 오후 2라운드를 시작했고, 이렇게 네 번을 반복하면 하루 일과가 끝났다.

융제는 자신도 실습 과정을 거친 것은 물론, 그동안 몇 기에 걸쳐 실습생을 지도해 왔다. 실습생이 요령 부리는 방법이 N가지라면 융제는 N+1가지 방법으로 대응했다.

더없이 멋진 바깥세상이 MJ를 끊임없이 부르고 있었다. MJ의 모든 세포가 노래와 춤을 갈망했다. 창밖의 푸른 하늘을 바라보노라면 신나게 춤추던 무대로 마음이 훨훨 날아갔다.

그런데 현실은 종일 입원 병동에 묶여 동물들 똥오줌이나 치우며 잠도 제대로 잘 수 없다니, 더는 참기 힘들었다. MJ는 똘똘한 머리를 굴려 방법을 찾기 시작했다.

이민은 아무 문제 없이 실습 생활에 적응해 궤도에 올라탄 것처럼 순조로이 달리고 있었다. 심지어 수의대 부속 동물병원과 외부 동물병원에서 사용하는 용어 및 기구라든지 행정 절차, 진료 동선의 차이까지 비교할 수 있었고, 주치의와 레지던트 들이 저마다 신경 쓰고 요구하는 부분도 줄줄이 읊었다.

저녁이나 야식을 먹을 때면 이민은 열띤 목소리로 조원들과 토론을 벌이며 그날그날 배운 것을 복습하고 부족한 부분을 반성하며 내일은 더 잘 해내리라 다짐했다. 사실 토론은 10분 이상 이어지지 않았다. 자하오는 음식도 다 못 먹은 채 그대로 잠들어버렸고, 루산은 횡설수설 동문서답을 했으며, MJ는 아예 코빼기도 보이지 않았다.

"다들 약해빠졌구나. 뭐가 그리 피곤한 거야?"

하지만 대답하는 이는 아무도 없었고, 이민은 혼자 중얼거리는 수밖에 없었다.

"하긴 피곤하지 않은 게 더 이상하지."

이민이 도무지 알 수 없는 부분이 있었다. 어째서 80퍼센트의 시간과 힘을 엉뚱한 곳에 써버리게 될까? 이민은 늘 이리 뛰고 저리 뛰어야 했다. 한 가지 일을 끝내기도 전에 다음 미션이 주어졌고, 원내 방송에서는 이민을 찾는 목소리가 줄줄이 이어졌다.

"장이민 선생, 약국으로 오세요."

"장이민 선생, 화장실 입구로 와주세요."

"장이민 선생, 초음파실로 와주세요."

자신이 그만큼 중요한 인물이라는 방증이겠지만, 몸은 하나인데 사방에서 불러대면 어쩌라고!

알고 보면 다 이유가 있었다.

병원 CCTV의 메인 화면은 2층 창고 구석에 놓여 있었고, 이 방에서 저 방으로, 위층에서 아래층으로 정신없이 돌아다니는 이민이 고스란히 비쳤다. 머리 떨어진 파리처럼 마구 헤매고 다니는 모습에 청소 아주머니와 약사는 고소하다는 웃음을 지었다.

사실 의욕 넘치고 잘난 척하는 실습생은 늘 있었다. 그런데 이렇게 오만하게 거들먹거리고 설쳐대며 의사 가운을 입지 않은 사람을 함부로 부려 먹으려 드는 실습생은 이민이 처음이었다.

알고 보면 병원을 통틀어 가장 낮은 계급이 실습생이며, 그 사실을 모르고 까불다가는 미움을 사기 십상이었다. 특히 병원의 터줏대감이라 할 수 있는 약사와 청소 아주머니에게 미움을 사면 병원 생활이 순탄할 수가 없었다.

중요하지 않으면 제쳐두고 시험에 나오지 않는 것은 공부하지 않는, 만사에 점수가 최우선인 이민이었다. 이민은 시험에 대비해 사전에 철저히 계획하고 준비하여 높은 점수를 따냈다. 5학년 과정에서 가장 중요한 과목은 임상증례토론이었고, 이민은 임상 케이스를 조기에 입수해 보고서 준비할 시간을 충분히 확보한다는 전략을 세워두었다.

어떤 케이스라도 쟁취해야 했지만, 자신이 직접 돌본 동물이라면 금상첨화 아니겠나. 그리하여 이민은 얼마 전 교통사고를 당한 허스키를 목표로 정하고 수시로 입원실을 드나들었다. 문턱이 닳도록 들락거리는 바람에 입원실의 다른 개들이 이민을 허스키의 보호자로 오해할 정도였다.

그날 저녁 이민이 병원 주차 구역에 오토바이를 세우려는데 자리가 꽉 차 있었다. 뒷자리에 타고 온 루산이 먼저 내려 다른 오토바이들을 밀고 비집고 들어갈 자리를 만들려 했지만, 팔을 부들부들 떨고 이를 바득바득 갈면서 아무리 용을 써도 공간이 생기지 않았다.

그때 한 남자가 탄 오토바이 한 대가 두 사람이 있는 곳으로 다가와 시동을 끄더니 금세 옆에다 공간 하나를 만들었다. 그러자 이민이 바로 따지고 들었다.

“저기요, 내가 먼저 왔는데요!”

그 말이 끝나기도 전에 남자는 기다려보라는 손짓과 함께 따로 자리 하나를 만들어주었다.

‘정말 좋은 사람이네.’

루산은 땀을 훔치며 오토바이 번호를 다시 한번 확인했다. PPI238이었다.

헬멧을 챙겨 든 남자는 이민, 루산과 같은 방향으로 걸어가더니 수의대 부속 동물병원 입원 병동 앞에서 출입카드를 긁어 문을 열었다. 루산은 선배님인가 싶어 얼굴을 쳐다보았고, 순간 그 조용한 눈빛에 하마터면 소리를 지를 뻔했다. 아카이 선배였다!

루산은 그 자리에서 얼어붙었다. 저도 모르게 비어져 나오는 미소와 요동치는 마음을 감추는 것마저 잊었다. 아카이도 루산을 보며 미소를 지었는데, 그 미소에 담긴 긍정 에너지가 어찌나 강렬한지 당장 밤하늘에 별을 쏘아 올리고 온 세상을 평화로 물들일 수 있을 것만 같았다.

허스키는 빠르게 건강을 회복했다. 식욕도 점점 좋아지고, 정신적으로나 체력적으로나 병원을 탈출했던 그날의 원기 왕성한 개로 돌아왔다. 다만 수술한 상처의 통증 때문인지 신경이 날카로워져 있었다.

루산이 우리 문을 열자 허스키가 심하게 짖어댔고, 루산과 이민은 깜짝 놀라 주춤주춤 물러섰다. 허스키는 한 걸음 한 걸음 내딛더니 사냥감이나 적을 마주한 것처럼 이를 드러내고 컹컹 짖어댔다. 개 짖는 소리가 온 입원실에 울려 퍼지는 통에 루산은 귀가 다 먹먹해졌다.

철장 문을 닫으려다 말고 달아나려던 이민이 누군가와 쿵 부딪쳤고, 그 사람은 P자형 포획 끈으로 허스키를 붙잡아 우리 안으로 몰아넣는 동시에 문을 닫았다. 허스키는 구석에 웅크리고 앉아 금세 조용해졌다.

상황은 5초도 안 되어 마무리되었다. 루산은 박수갈채와 함께 앙코르를 외치고픈 심정이었다. 어떻게 이렇게 능숙하게 개를 제압할 수 있을까? 거의 신의 솜씨를 지닌 그 사람은 바로 아카이였다.

“저 개는 꼬리를 다리 사이에 말고 잔뜩 겁에 질려 있었어. 입원 병동에서 우리 문을 열고 동물에게 접근할 때는 몸에서 힘을 빼야 해. 아직 동물과 가까워지지 않았으니까."

수줍은 듯하면서 단호함이 깃들어 있고, 부드러우면서도 안정감이 느껴지는 말투였다. 아카이의 두 눈을 바라보는 루산의 마음에 별똥별이 휙 떨어져 내렸다.

자하오는 아침 한 끼만 먹고 병원에서 정신없이 바쁘게 지냈다. 병원 문을 나설 때는 어느덧 날이 저물어 있었다. 배 속은 텅 비어 기운이 하나도 없는데 머릿속은 토할 만큼 꽉 차서 도무지 뭘 먹어야 할지 알 수가 없었다. 이리저리 돌아다니던 자하오는 결국 닭갈비를 먹기로 했다. 노점 앞에서 음식이 나오기를 기다리는데 자신을 응시하는 눈초리가 느껴졌다.

'착각이겠지? 종일 여러 사람에게 일거수일투족을 관찰당하느라 외상 후 스트레스 장애라도 생긴 건가. 괜한 걱정 말자.'

자하오는 그것이 허상임을 증명하고자 용기 내어 고개를 돌렸다. 그런데 그 눈초리의 주인공은… 허스키가 아닌가! 파란 눈의 허스키, 지난번에 자하오가 병원을 탈출한 허스키로 착각하고 붙잡았던, 아무도 데려가려 하지 않은 떠돌이 허스키!

그날 이후로 떠돌이 허스키는 병원 부근에 자주 모습을 드러냈고, 자하오만 보면 반갑다고 쫄래쫄래 따라다녔다. 자하오야말로 진리요, 음식이라는 듯이 말이다.

"그날은 내가 잘못했어. 이제 그만 좀 놔주면 안 될까?"

자하오는 성큼성큼 골목으로 들어가 몇 바퀴를 돌았다. 그래도 허스키는 줄기차게 자하오를 따라다녔고, 입에서 침을 뚝뚝 흘리며 간절한 눈빛으로 자하오를 올려다보았다.

자하오는 배가 너무 고픈 나머지 상관하지 않고 공원 벤치에 앉아 닭갈비를 뜯어 먹기 시작했다. 그리고 2주간 소동물과로 배치되어 겪은 일을 돌아보며 중얼중얼 푸념을 늘어놓았다.

사람들이 벤치 주변을 지나다녔고, 가로등 불빛에 이끌린 모기는 아무리 쫓아도 사라지지 않았으며, 한쪽에는 허스키가 충견처럼 웅크리고 있었다. 자하오는 혼자 불평해 봤자 소용없다는 걸 깨닫고 허스키에게 최후통첩을 했다.

"난 너한테 아무것도 해줄 게 없어. 뭘 어떻게 해줘야 할지도 모르겠고. 그러니까 나는 그만 따라다니고, 너를 잘 보살펴줄 수 있는 사람을 찾아가라!"

그러면서 자하오가 아무 방향이나 가리키자 허스키의 고개가 자하오의 손을 따라 움직였다. 왼쪽을 가리키면 왼쪽, 오른쪽을 가리키면 오른쪽! 빠르게, 느리게, 위아래로 휘저어봐도 마찬가지였다. 자하오는 자기 손에 마력이 있나 싶었지만, 알고 보니 허스키를 움직이게 한 것은 손이 아니라 손에 들린 닭갈비였다.

자하오는 못내 아쉬웠지만 아직 3분의 2나 남은 닭갈비를 바닥에 내려놓았다. 1초도 안 되어 허스키가 닭갈비를 향해 달려들었다. 오랫동안 굶주린 모양이었다. 자하오는 허스키를 남겨둔 채 자리를 떴다.

모퉁이에 이른 자하오는 저도 모르게 뒤를 돌아보았다. 허스키가 닭갈비를 물고 반대쪽으로 가고 있었다. 그 뒷모습을 바라보노라니 방금 닭갈비를 내려놓은 관심이 어느덧 허스키의 다음 끼니를 걱정하는 마음으로 바뀌고 말았다.

'내가 상관할 바 아니라니까.'

자하오는 무거운 마음으로 걸음을 재촉했다.

루산에게는 며칠 동안 미뤄놓은 일이 산더미처럼 쌓여 있었다. 빨래, 핸드폰 요금 처리, 피부병 보고서 제출, 귀에 생긴 혈종에 관한 자료 조사, 이민에게 빌려온 슬리퍼(샌들이었던가?) 반납, 생리대와 샴푸 구매… 종이 한 장을 빼곡히 채우고도 넘쳐날 지경이었지만, 굳이 써놓지 않아도 잊을 수 없는 가장 중요한 일이 하나 있었다. 신호에 걸려 잠시 핸드폰을 확인하던 루산은 화들짝 놀랐다. 12시 5분, 아융의 생일이 이렇게 지나버린 것이다.

며칠 전부터 마음속으로 얼마나 시뮬레이션을 해왔던가! '별일은 아니고, 그냥 생일 축하하려고. 잘 지내? 일은 잘되고?' 하면서 밝은 말투로 자연스럽게… 루산은 생일을 핑계로 아융에게 전화를 걸거나 메시지를 전할 계획이었지만, 이미 늦었다.

신호가 바뀌어 횡단보도를 절반쯤 건넜을 때 오토바이가 갑자기 멈췄다. 루산은 어쩔 수 없이 현실로 돌아왔고, 이제 내려서 오토바이를 밀고 가야만 했다.

한밤중이라 길에 인적이 없었다. 이따금 차 몇 대가 쏜살같이 지나갈 뿐이었다. 루산은 걸음을 빨리해 오토바이를 인도에 올렸다. 몇 번이나 페달을 밟으며 시동을 걸어봤지만 번번이 실패였다. 오일 게이지를 보니 바늘이 E 아래쪽을 가리키고 있었다. 루산은 그제야 며칠 전부터 기름이 간당간당했다는 사실을 깨달았다.

루산은 핸드폰을 꺼냈다. 이성이 조금이라도 남아 있다면 이민이나 자하오나 MJ에게 연락해야 마땅했다. 그러면 누군가 한 사람은 달려와 도와줄 테고, 세 블록이나 떨어진 기숙사까지 혼자서 오토바이를 밀고 가는 것보다는 훨씬 나을 테니까. 그런데 루산은 뜬금없이 아융에게 전화를 걸었다.

자포자기하는 심정으로 두 번이나 통화 버튼을 눌렀으나 아융은 받지 않았다. 이번에는 메시지를 잇따라 보냈다. '실습이 너무너무 힘들다.' '난 잘 못 지내거든.' '2주밖에 안 됐는데 못 견디겠어….' 메시지를 읽고도 아융에게서는 답장이 없었다.

"그래, 아융은 진작에 나를 버렸어. 잘한 거야. 나라는 인간은 바쁘다는 핑계로 엉망진창으로 살면서 남에게 폐만 끼치는 존재니까. 나조차도 이런 내가 싫은데 아융은 오죽했겠어?"

깜깜한 밤거리에 잔뜩 튜닝을 한 스포츠카 한 대가 요란한 음악 소리와 함께 루산 곁으로 다가왔다. 창문을 내린 운전자가 몇 마디 욕설과 고함을 내질렀고, 그가 남긴 술 냄새와 구토 냄새가 허공으로 흩어졌다. 이어 냉동 트럭 한 대가 지나갔다.

그러고는 텅 빈 거리에 루산 홀로 남았다. 갑자기 서러움이 복받친 루산은 한바탕 목 놓아 울고는 인체 공학과 어긋나는 불편한 자세로 시동이 꺼진 오토바이를 밀고 갔다. 잠깐잠깐 멈춰서 눈물과 땀을 닦느라 속도는 자꾸만 느려졌고, 그 모습이 미련하기 그지없어 보였다.

뒤에서 경적이 울렸다. 루산은 최대한 옆으로 비켜섰지만 경적은 멈추지 않았고, 이어 오토바이 한 대가 루산을 앞지르더니 서서히 멈췄다. 오토바이 번호는 PPI238, 헬멧을 벗고 루산을 돌아보는 사람은 바로 아카이였다!

루산은 자기 눈을 의심했다. 아카이 선배가 이런 시간에 이런 곳에 나타나다니, 도무지 믿기지 않는 상황이었다. 수줍은 미소를 띤 채 차분한 눈빛으로 엉망이 된 루산을 바라보던 아카이가 입을 열었다.

"타!"

5

지난 2주 동안 자하오의 생활은 대략 이러했다. 기숙사에 돌아오자마자 수첩을 펼친다. 그러면 힘이 쭉 빠진다. 이해가 안 되어 찾아보겠다며 적어놓은 내용이 몇 쪽이나 되는데, 급한 마음에 흘려 쓴 글씨는 알아보기조차 어렵다. 예전에 동기들과 돌려본 공동 노트와 원서를 뒤적여보지만…, 절반도 해결 못 했는데 잠이 솔솔 쏟아진다. 허벅지를 꼬집고 얼굴을 때려가며 갖은 애를 써봐도 최면에 걸린 듯 도무지 정신을 차릴 수가 없다. 잠도 제대로 못 자고 전전긍긍하며 보낸 세월이 억겁은 되는 듯한데, 어느 날 드디어 기적 같은 순간이 찾아왔다. 채널이 딱 맞춰진 것처럼 자하오는 주치의와 선배 들이 하는 말을 알아듣기 시작했다.

청한은 스누피 교수의 진료실에 배치되었다. 두 사람은 증상

감별, 투약, 대체 요법을 놓고 열띤 토론을 벌이곤 했다. 잠드는 그 순간까지 청한의 두 눈에서는 열정의 불길이 이글이글 타올랐고, 스누피 교수는 뭔가 가르칠 것이 생기면 즉시 핸드폰으로 청한을 소환했다. 교수의 입가에 어린 미소와 열정 넘치는 태도 때문에 부인이 외도를 의심할 정도였다.

이민은 늘 서서 대기하는 데다 방송으로 호출을 가장 많이 받는 실습생이었다. 병원 위층과 아래층을 대각선으로 누비다 보니 어느새 종아리 근육이 단련되어 단단하기가 강철 같았다. 아니다. 목표는 루산의 심장처럼 강해지는 것이다. 어느 날에는 병원을 가로지르다시피 약국으로 달려갔으나 헛걸음했다. 그런데도 이민은 얼굴도 붉히지 않고 곧장 다음 장소로 달려갔다. 약사의 얼굴에는 골려줬다는 승리의 미소가 감돌았지만 어딘지 모르게 경직된 미소였다. 약사는 사회생활을 하면서 저렇게 둔한 사람은 처음 보는지라 겁을 먹을 수밖에 없었다. 이제 2주일이 다 되어가니 이민을 안 보게 되어 다행이라며 약사는 안도의 한숨을 내쉬었다.

루산은 아침부터 저녁까지 바쁘게 오가며 어디가 어디인지, 무엇이 어디 있는지 대충 파악했고, 언제 길을 비켜줘야 하고 언제 한쪽에 조용히 서 있어야 눈총받지 않는지 그 미묘한 순간도 알아차렸다. 물론 초음파를 받아야 하는 개를 약국에 밀어 넣거나, 화장실인 줄 알고 문을 벌컥 열었는데 병실인 적도 있지만 말이다. 무엇보다 2주가 다 되어가 실습하는 과를 옮겨야 하는데 여태 아카이에게 고마움을 전할 기회가 없었다.

'선배님, 그날 한밤중에 구해주셔서 감사해요. 식사라도 대접

하고 싶은데…. 이렇게 말하면 너무 당돌하다고 생각하려나?'

'도움이 필요하시면 얼마든지 불러주세요. 선배님은 일찍 들어가 쉬시고요…. 하지만 내가 뭘 할 수 있겠어? 결국 뒷수습은 다 선배 몫이 되겠지.'

'선배님 드시라고 간식 좀 사 왔어요…. 그렇지만 아카이 선배는 아침밥도 거의 절반밖에 못 먹잖아. 채 못 먹고 휴게실 탁자에 남기고 간 음식에 개미가 꼬이는 일이 다반사인걸. 점심도 거르고 저녁때도 걸핏하면 수술에 동원되고. 뭘 사다 줘봐야 먹을 시간도 없을 거야.'

루산은 좀처럼 좋은 생각이 떠오르지 않았다. 그런데 앞쪽에 주차된 PPI238번 오토바이가 보였다. 루산은 즉시 오토바이 시동을 끄고 헬멧을 벗어 앞머리를 정리한 다음 그쪽으로 달려갔다.

"아카이 선배님, 그날은 정말 고마웠어요. 그 밤중에 선배님 아니었으면…."

그런데 오토바이를 탄 남자의 헤어스타일과 뒷모습이 아무리 봐도 MJ와 비슷했다. 이쪽을 돌아보며 시원스레 웃는 모습이 너무나 매력적이고 몸짓은 춤을 추는 것 같은데…, 도대체 왜 MJ가!

어찌 된 일인지 아카이의 오토바이는 소동물 내과와 외과에서 공용으로 사용하고 있었다. MJ는 어느새 의사 휴게실을 자유자재로 드나들고 있었으며, 아카이의 오토바이 열쇠를 문 옆에 걸어놓는다는 사실도 자연스레 알게 됐다.

루산은 입원실 차트 인수인계는 했냐고 급히 화제를 돌렸다. 하지만 얼굴이 화끈거리다 못해 귀와 목까지 새빨개져 있었다.

"인수인계 안 했어. 융제 선배가 나더러 폐렴 걸린 퍼그를 퇴원할 때까지 보살피래."

"정말? 내일부터 우리 조는 병리학으로 바뀌잖아. 강아지가 퇴원 안 하면 두 과를 동시에 감당해야 되는 거야?"

MJ는 고개를 끄덕이며 어쩔 수 없다는 듯 미간을 찌푸렸다. 맑은 눈망울에 멋진 미소까지 더한 잘생긴 얼굴은 불만스럽다기보다는 자신이 능력자임을 과시하는 듯 보였다. 몇 년 동안 수업과 동아리 활동을 병행하는 MJ의 능력은 모두에게 부러움을 샀다. 타고난 것도 있지만 MJ에게는 모든 것을 빨리 끝낸다는 독특한 철학이 있었다. 다만 실습에서는 전혀 통하지 않을 뿐이었다.

요령을 피우다 몇 번 적발되어 지적당한 뒤로 MJ는 정해진 시간에 지정된 약을 성실하게 먹여야 했다. 10분에 걸쳐 주입해야 하는 주사약을 1분 안에 주입해서는 절대 안 되었다. 입원한 동물의 음식 섭취 속도는 동물의 기분에 따라 달라졌으며, 대소변 주기는 날씨보다도 예측하기 어려웠다. 강아지 퍼그가 용변 본 곳을 깨끗이 치워놓으면 퍼그는 MJ가 돌아서는 순간 똥을 한바탕 누고는 그 위에 주저앉아 꼬리를 흔들었다. 즉시 붙잡아 씻기지 않으면 바닥 전체를 청소해야 했다.

'내가 어쩌다 이런 개똥밭에서 지내는 신세가 되었을까?'

'골치 아픈 입원 동물 케어를 내게 맡긴 이유가 뭐야?'

대걸레를 빨면서 MJ는 속으로 욕설을 퍼부었다. 과거 자신의 멋진 몸과 목소리가 그리웠고, 무대와 관객은 전생처럼 아득하게 느껴졌다.

고개를 드니 언제 들어왔는지 융제가 곁에 서 있었다. MJ는 융제가 자기 몸에 GPS라도 설치한 것은 아닌지 의심스러웠다. 왜 하필 가장 무방비 상태일 때 유령처럼 슬며시 나타나서는 도발하듯 질책하는 걸까.

"무슨 문제라도 있어?"

MJ는 눈썹을 찡긋하면서 해맑은 눈망울에 멋진 웃음까지 곁들여 대답하는 수밖에 없었다.

"없어요."

그러고는 융제의 냉철하고 지혜롭고 커다란 눈을 마주 보았다. 그렇게 두 사람은 누가 끝까지 화를 참는지 내기라도 하듯 대치했다.

병리학 실습 첫날. 이날은 오후에야 일이 시작되었다. 엄격하기로 유명한 다룽 교수는 남부 지역으로 왕진을 나간 터라 병리학 조교가 첫 수업을 진행했다. 실습생들은 먼저 부검대와 바닥을 치우고 창틀을 해체해 깨끗이 닦았다. 냉동고를 정리할 때는 두꺼운 면장갑을 꼈는데도 손끝이 얼얼했다. 오래된 고물 냉동고는 언제 고장 났는지 꺼낸 검체가 물컹하게 젖어 있었다. 단단히 묶이지 않은 자루와 찢어진 검은 비닐봉지에서 구더기가 우글우글 기어 나왔다. 이민과 루산은 양이나 사슴의 사체가 담긴 것으로 추정되는 자루를 옮겼다. 이민은 저도 모르게 걸음이 빨라지다가 하마터면 자루를 팽개치고 도망칠 뻔했다. 구더기 떼가 꿈틀거리며 폭포처럼 쏟아져나오는 끔찍한 장면에 며칠 밤은 악몽에 시달릴 듯했다.

실습생들의 노동 끝에 부검실 전체가 깔끔하게 정돈되었다. 대청소의 성과를 눈으로 보면서 온몸을 둘러싼 공기의 정체가 자신의 땀 냄새인지, 검체의 썩은 냄새인지 분간할 수 없을 정도로 다들 녹초가 되어 있었다. 그러나 아직 끝이 아니었다. 조교는 실습생들에게 숫돌 하나, 부검용 칼 한 무더기씩을 나눠주며 칼을 다 갈아야 수업이 끝난다고 했다.

칼을 갈 때는 위에서 아래, 한 방향으로 갈되 숫돌과 칼날은 45도 각도를 유지해야 한다. 한쪽 면을 다 갈았으면 다른 면으로 바꿔가며 칼날이 번쩍거릴 때까지 계속해야 한다. 루산은 조교의 지시에 따라 칼을 갈았지만, 손에 든 칼과 숫돌이 좀처럼 맞닿지 않아 애꿎은 작업대와 칼을 올려놓은 쟁반, 자신의 옷과 장갑만 그어댔다. 결국 조원들은 안전거리를 확보하기 위해 의자를 옮기며 루산과 1미터씩 떨어져 앉았다.

조금 전까지 힘든 노동을 한 데다 끔찍한 구더기 떼에 놀란 것까지 더하여 이민의 체력은 거의 바닥나 있었다. 이민은 미세하게 손을 떨며 의지력으로 칼을 갈았다. 자기 몫의 작업을 일찍 마친 자하오가 이민의 쟁반에서 칼을 꺼내 묵묵히 갈아주었다. 자하오는 이민이 경쟁할 필요가 없을 때에도 남에게 뒤지기 싫어한다는 걸 잘 알고 있었다.

MJ는 속으로 '왜, 왜, 왜!'를 수도 없이 외치고 있었다. 도대체 왜 이런 데서 청소부 역할을 하고 있어야 할까? 자신의 칼은 왜 갈면 갈수록 오히려 무뎌질까? 칼날을 힘주어 잡느라 손가락은 통증을 넘어서 감각이 마비될 지경이었다.

청한의 쟁반에는 잘 갈린 부검용 칼 몇 자루가 놓여 있었다. 사람 얼굴이 비칠 만큼 날카롭게 갈린 칼날에 조원들의 얼굴이 여러 각도에서 비쳤다. 번쩍이는 칼날을 바라보며 청한은 다룽 교수를 떠올렸다. 과거 수업 시간에 청한을 졸업시키지 않겠다고 선언했던 다룽 교수였다. 몇 년이 지났으니 흰머리도 늘었을 테고, 그동안 탈락시킨 학생도 더 있을 것이며, 다룽 교수가 자랑스럽게 여기는 수의 병리학 전문가는 더 많이 배출했을 것이다. 그러나 한번 정한 그만의 원칙은 절대로 바꾸지 않았을 것이다.

'그렇다면 나는? 나는 달라졌을까?'

마지막 칼까지 갈고 난 청한은 손을 씻고 자리를 정돈했다.

그때였다. 예정에 없던 픽업 트럭 한 대가 부검실 밖에 멈춰 섰다. 열린 문을 통해 날카로운 비명이 들려왔다. 조교는 학생들을 지휘하여 죽음을 앞둔 병든 돼지들을 궤도를 따라 밀어 옮기도록 했다. 차에 실린 돼지 중 한 마리는 미약하게 신음하고 있었고, 나머지 한 마리는 이미 폐사했는지 미동조차 없었다. 온몸이 악취와 오물 범벅이 된 학생들은 이제 몸을 사릴 것도 없었다. 모두 힘을 합쳐 100킬로그램에 가까운 검체를 옮겼다. 조교가 죽음을 앞둔 병든 돼지를 전기로 기절시키는 시범을 보였다. 그 광경을 차마 볼 수 없었던 청한은 잠시 머뭇거리더니 물건을 챙겨 부검실 밖으로 나갔다.

다음 날 아침, 오전 6시부터 진료 일정이 시작되었다. 잔뜩 흐린 날이라 아침인데도 하늘이 뿌연 잿빛이었다. 다들 피로와 근육통에 시달렸지만 아무도 늦잠을 잘 수가 없었다.

가금류 병동의 젠 교수가 실습생들을 차에 태워 어딘가로 가고 있었다. 외톨이를 자처한 청한은 조수석에 앉아 도로 상황을 살피며 간간이 호기심 어린 시선으로 운전하는 젠 교수를 훔쳐보았다. 겉만 봐서는 가금류 질병의 권위자이며 조류독감 연구의 일인자다운 면모는 조금도 찾아볼 수 없었다.

젠 교수는 목소리가 작고 눈이 무척 가늘었다. 사진을 찍을 때마다 짓는 부드러운 미소와 반짝이는 작은 눈은 늘 머리에 쓴 모자와 함께 젠 교수의 트레이드마크였다. 그는 실내에서도 모자를 쓰고 있었는데 숱이 없는 머리를 가리는 용도가 아니라 키를 늘이기 위해서였다. 그래야 다른 사람들의 어깨 높이에 닿을 수 있었다. 입고 있는 폴로셔츠는 하도 많이 빨아서 옷깃이 너덜너덜했고, 노동자들의 작업복과 같은 디자인의 작업 바지에 장화 차림으로 직접 차를 몰고 다녔다. 허세라고는 조금도 없는 젠 교수였다. 청한은 이런 차림으로 목장주를 만나러 가도 되는지 궁금했다.

이민은 머리카락을 한 움큼 쥐고 코앞으로 끌어당겨 냄새를 맡았다. 어젯밤에 분명히 여러 번 감았는데 아직도 동물 사체 썩은 냄새가 가시지 않은 듯했다. MJ는 차가 흔들리는 대로 몸을 맡긴 채 잠들어 있었고, 설레서 밤새 잠을 이루지 못한 루산은 자하오의 팔을 잡아당기며 길가 풍경을 보면서 감탄사를 연발했다.

"우와! 바람에 풀이 일렁이는 것 좀 봐! 꼭 파도치는 것 같아!"

'밭이잖아.'

"저기 좀 봐!"

'그냥 강인데?'

"정말 멋지다. 푸른 하늘이 배경이 됐잖아!"

'다리를 보라는 거야, 아니면 하늘을 보라는 거야?'

"저기 봐! 푸르스름한 연무가 겹겹이 있어."

'산이 겹쳐서 그렇게 보이는 거라고.'

자하오는 어릴 적부터 질리도록 본 풍경이라 새로울 것이 전혀 없었다. 그런데 창가에 앉은 루산은 흥분한 나머지 록 콘서트에 온 것마냥 끊임없이 꽥꽥거렸다. 진료 차 창문을 통해 바라보는 시골 풍경 하나하나가 제임스 헤리엇[*]이 묘사한 영국의 수의사 생활을 그대로 재현한 것만 같았다.

"내가 바로 이것 때문에 수의학과에 온 거라니까!"

루산은 거듭 감탄했다. 아름다운 전원 풍경은 실습하면서 겪은 온갖 사건·사고와 속상했던 기억들을 한순간에 날려버렸고, 루산의 마음에 뜨거운 열정을 가득 채웠다. 자하오는 풍경이 대체 '수의학과'와 무슨 관련이 있다는 건지 도무지 이해할 수 없었지만 아무튼 이 말도 수첩에 잘 적어놓기로 했다. 그리고 나중에

[*] 영국 요크셔 시골 마을에서 오랫동안 수의사로 일하며 겪은 재미있고 감동적인 이야기를 책으로 썼다. 국내에도 '수의사 헤리엇의 이야기' 시리즈로 출간되었다.

또 사소한 일로 낙담한 루산이 “나는 애초에 수의사가 될 자격이 없었어!”라고 한탄하면 수첩을 꺼내 보이며 루산을 일깨워줄 작정이었다.

“너는 바로 이것 때문에 수의학과에 온 거라고!”

탑처럼 높이 솟은 사료 통은 목장마다 있는 랜드마크다. 가장 먼저 도착한 곳은 오리 농장이었다. 진료 차량이 멈추자마자 강이 보였다. 물소리에 섞여 꽥꽥거리는 소리와 푸드덕거리는 소리가 들려왔다. 노란 발과 노란 부리에 몸통이 하얗고 통통하게 살이 오른 오리들이 강가의 인공 연못에서 물놀이하며 햇볕을 쬐고, 나지막한 오리 축사가 강을 따라 구불구불 이어졌다. 입구에 있는 돌 팻말이 청한의 눈에 들어왔다. 팻말에는 ‘나는 오리를 기르고 오리는 나를 기른다’라고 적혀 있었다.

농장주 라이 씨는 백발이 성성한 노인이었고, 오리 사육장은 라이 씨의 나이보다 더 오래되어 보였다. 라이 씨가 두 손을 내밀어 젠 교수와 악수를 하고 학생들을 반겨주었다. 그리고 학생들이 서툴게 장화를 신고 방역복으로 갈아입을 때까지 참을성 있게 기다렸다가 자상하게 안내해 주었다.

“자, 이제부터 자세히 관찰하세요. 오리의 걸모습과 움직임, 사료 통과 물통, 심지어 오리 똥까지 모든 것이 단서입니다. 잘 살펴보시고 우리 농장에 어떤 문제가 있는지 알려주세요.”

젠 교수는 공원을 산책하듯 뒷짐을 지고 한가로이 거닐며 오랜만에 만난 친구처럼 라이 씨와 이런저런 이야기를 나눴다. 고등학교에 갓 들어간 손자 얘기부터 수입 옥수수 가격, 조깅과 눈이 침침해졌다는 얘기까지…. 이민은 귀를 쫑긋 세우며 두 사람 뒤를 바짝 따라다녔지만 오리에 관한 얘기는 한 마디도 듣지 못했다. 악마는 디테일에 숨어 있다는데 말이다. 이민은 가장 먼저 문제를 맞힌 사람에게 케이스가 돌아갈 것이라고 굳게 믿었고, 그 사람은 반드시 자신이어야 한다고 생각했다.

"연못에서 물놀이하는 오리들을 살펴보니 눈가도 콧구멍도 깨끗하고, 사료를 부어주면 앞다투어 달려드는 모습을 보니 건강하고 힘이 넘치네요. 배수 설비도 잘되어 있고요."

자하오가 말했다. 그러자 젠 교수와 라이 씨는 자연스레 자하오와 사료 급여 동선은 어떻게 짤 것인지, 작업 과정은 어떻게 배치할 것인지 등을 토론하기 시작했다. 경제성을 따지는 축산동물의 경우 많은 질병이 사료 급여와 관리 문제로 발생한다. 이민은 무슨 소리인지 하나도 못 알아들었지만, 케이스 받을 기회를 빼앗길세라 실내 축사까지 쫓아갔다. 그곳의 몇몇 오리는 노란 털과 흰 털이 섞여 있었고, 깃털도 자다 깨어나 헝클어진 머리카락처럼 부스스했다. 이민이 그 오리들을 가리키며 손을 번쩍 들었다.

"털이 거친 것을 보니 병든 오리가 틀림없습니다!"

젠 교수는 먼저 라이 씨를 향해 눈웃음을 지으며 '선무당이 사람 잡는 격'인 실습생을 너그러이 봐달라고 하고는, 이민에게 설명했다.

"여기 있는 애들은 중간쯤 자란 정상적인 오리야. 맞은편 우리에 있는 노란 새끼 오리가 이렇게 체중이 늘고 털갈이를 거친 다음 하얗고 통통한 성체 오리가 되는 거야."

"앗, 그렇군요."

이민은 얼른 고개를 숙이고 부지런히 메모한 뒤, 옆에서 온몸을 흔들며 웃고 있는 MJ를 팔꿈치로 치며 입 다물고 가만있으라고 눈빛으로 경고를 날렸다.

라이 씨가 사료 수레를 밀고 와서는 실습생들에게 먹이 주는 즐거운 체험을 하게 해주었다. 노란 새끼 오리는 분명히 아침에 밥을 먹고도 사료를 보더니 신이 나서 몰려왔다.

"아유, 귀여워라!"

루산이 팔을 뻗어 서너 마리를 덥석 안아 들었다. 보드라운 솜털에 얼굴을 대니 온기가 전해졌다. 새끼 오리들은 인형처럼 사랑스러웠다. MJ는 새끼 오리들을 향해 연거푸 셔터를 눌렀고, 자하오는 오리 걸음마를 흉내 내며 따라다니다가 새끼 오리 떼에 둘러싸이고는 고향 농장에 있는 양 즐거워했다. 새끼 오리 떼의 꽥꽥 소리 속에서 난데없이 허허, 웃음소리가 들려왔다. 자하오가 고개를 돌려보니 뒤에 있던 청한 선배가 오리들과 함께 어린아이처럼 놀고 있었다. 알고 보니 청한의 웃음은 햇살처럼 환했고, 그동안 청한을 뒤덮고 있던 먹구름은 모두 걷혀 있었다.

별도로 마련된 씨오리 사육장을 둘러본 후 마지막으로 참관한 장소는 부화실이었다. 라이 씨가 오리알을 손에 잡히는 대로 들고 와서는 모두에게 한 개씩 나눠주었다.

"특별히 준비한 선물은 없고 기념으로 이걸 줄게요. 며칠 안에 부화되어 나올 겁니다."

일행은 명절날 잔칫상처럼 푸짐한 점심을 대접받았고, 라이 씨에게 다음에 찾아오겠다며 작별 인사를 했다.

'이게 끝이야?'

차에 오른 이민은 손에 든 오리알을 보면서 의아했다. 유치원 소풍도 아니고, 모든 과정이 이렇게 즐겁기만 해도 되는 건지 의심스러웠다.

"교수님, 오늘 갔던 농장에서 병든 오리를 밝혀내지 못한 것 아닌가요?"

이민이 말하자 운전 중인 젠 교수가 백미러로 이민을 보며 눈웃음을 지었다.

"경제성을 따지는 축산 동물의 질병은 집단 위주로 고려해야 해. 개체마다 차이는 있지만 대체로 무리 전체의 상태를 기준으로 판단하는 거야. 보니까 그 농장 동물들은 아무 문제 없이 건강하던데. 사실 거기는 지나는 길에 들렀을 뿐이야. 라이 씨를 만난 지도 오래됐고, 게다가 사모님 음식 솜씨가 그만이거든."

뜻밖의 말에 이민은 하마터면 의자에서 굴러떨어질 뻔했다.

"건강한 동물의 상태가 어떤지부터 배워야 비정상적인 상태를 구분할 수 있지."

실컷 먹어서 불룩해진 배를 쓰다듬으며 젠 교수가 말했다.

진짜 목적지는 오리 농장에서 차로 10분 거리에 있는 양계장이었다. 우뚝 솟은 사료 통 옆에 그보다 높은 축사가 있고, 경계가 삼엄한 주차장처럼 축사도 양철판으로 빙 둘러막혀 있었다. 양계장 주인 우 씨의 눈길에도 경계심이 가득했다. 작업복을 갖춰 입는 일행을 내내 지켜보던 그는 일행에게 소독수에 양발을 번갈아 담그게 하고는 한 사람이 간신히 드나들 수 있는 작은 문을 열어주었다. 키가 큰 MJ는 고개를 숙여서 겨우 문을 통과했다.

"우와!"

호화로울 만큼 멋진 내부를 보자 자하오와 루산의 입에서 동시에 감탄사가 흘러나왔다. 3층으로 지어진 양계장 건물은 완전히 밀폐되어 있고, 한쪽 벽면 전체에 에어 커튼이 설치되었으며, 건너편에서 커다란 환풍기가 공기를 순환시켰다. 안에 있으니 한낮인데도 덥거나 답답하지 않고 선선한 바람이 느껴졌다. 사방이 깨끗하게 정돈되어 있어서 바닥의 축사용 깔개만 없다면 그 자리에 앉아도 될 정도로 쾌적한 환경이다.

"그런데 이 넓은 곳이 왜 텅 비어 있지?"

이민이 한마디 했다. 때마침 청한도 이런 의문을 품고 있던 참이었다. 이토록 널찍하고 깨끗한 양계장에 있는 닭은 눈대중으로 보아도 50마리가 채 안 되었기 때문이다.

그때 작은 문이 열리고, 답을 말해줄 사람들 한 무리가 들어왔다.

이들은 방역 부서에서 온 수의사들이었다. 젠 교수는 일행에게 방해되지 않도록 구석으로 물러서라고 지시했다. 수의사는 닭의 몸에서 피를 뽑고 목구멍과 항문의 분비물을 채취하여 일련번호를 매겼다. 이어서 양계장 주인 우 씨에게 각종 서류에 서명하게 하고는 현장에 있는 닭을 모두 수거해 갔다. 폐쇄된 양계장의 운영 재개를 신청한 후 새로 키우기 시작한 닭들은 관계 기관에 보내 부검하여 양계장 환경에 법정 감염병 병원체가 존재하는지 증명하게 된다. 청한은 결과를 예상하고 눈살을 찌푸렸다.

우 씨는 한 마디도 하지 않았다. 무력감과 무거운 짐을 내려놓은 안도감이 뒤섞인 그 눈빛은 자하오에게 너무나 익숙했다. 돼지를 키우는 자하오의 아버지는 구제역 판정을 받을 때마다 울분을 토하며 하늘을 원망할 수밖에 없었다. 그렇다면 설마…, 우 씨의 양계장도 조류독감이란 말인가?

"반년 전에 의심 증상이 발생했어요. 각종 선별 검사를 한 결과 양성 반응이 나왔죠. 확진 받자마자 규정에 따라 모든 닭을 살처분하고 이동 통제 및 현장 정리를 실시해야 했지요."

우 씨는 간단히 몇 마디로 당시의 상황을 전했지만, 어마어마한 손해를 보고 하늘이 무너지는 충격을 받았을 것이 틀림없었다. 이런 생각만으로도 자하오는 한숨이 절로 나왔고, 루산은 온몸에 소름이 돋으며 어느새 숙연해졌다.

오히려 당사자인 우 씨가 애써 헛웃음을 지으며 말을 이었다.

"그때 모든 걸 잃고 양계장을 그만둘 생각도 했어요. 하지만 이 나이에 다른 일을 시작하기가 어디 쉽나요? 하던 일이니 그냥 계속하는 수밖에요."

그러고는 장난스레 젠 교수를 주먹으로 툭 치며 또 말했다.

"이렇게 오랜 친구도 사정을 봐주지 않더라고요. 양성은 양성이라면서요."

젠 교수도 우 씨의 어깨를 툭 쳤다.

"이번엔 좋은 결과가 나올 거야. 무리에서 일정 비율이 도태되는 것이 불가피하듯, 전체 현장의 방역을 위해서도, 또 양계장을 계속하기 위해서도 일부의 희생은 어쩔 수 없다네. 이번에 현장을 정리하고 사육을 재개하면 한 차례 조정이 되는 셈이니 앞으로 더 오래 안심하고 운영할 수 있을 거야."

차창 밖으로 해가 뉘엿뉘엿 넘어가고 있었다. 흐린 날씨라 노을은 보이지 않았다. 울퉁불퉁한 길을 덜컹거리며 달리는 차 안에서, 청한은 문득 품에 안은 오리알이 움직이는 것을 느꼈다. 본능적으로 손을 뻗어 보호하려는 순간, 껍데기가 갈라지는 느낌과 함께 삑삑 소리가 들려왔다.

설마 새끼 오리가? 가냘프게 삑삑거리는 소리에 다들 잠에서 깨어나 청한 곁에 둘러앉았다. 과연 새끼 오리가 껍데기를 뚫고 나오고 있었다!

따뜻하고 부드러운 새 생명은 제대로 서 있지도 못하면서 날개를 펼치려고 애를 썼다. 청한이 손바닥으로 새끼 오리를 받쳐 들었다. 수의학과를 떠났다가 돌아온 청한은 자신이 가장 꺼리는 병리학 실습 조에 배정받았다. 그런데 뜻밖에도 새 생명이 자신의 손 안에서 날갯짓을 하고 있다.

이 현실이 청한에게 전하는 메시지는 무엇일까? '전체를 위해 일부의 희생은 어쩔 수 없다'던 젠 교수의 말이 청한의 머릿속에서 하염없이 맴돌았다. 내일, 청한은 다시 병리과에서 다룽 교수를 상대하고 동물의 죽음을 마주해야 했다.

그렇다. 다룽 교수는 당연히 청한을 알아보았고, 당시 수업 시간에 청한과 벌였던 격한 설전도 잊지 못했다. 청한은 동물에게 전기 충격을 가한 뒤, 동물을 부검하라는 지시를 고집스레 거부했고, 모든 실습생 앞에서 다룽 교수와 팽팽히 맞섰다. 그 결과 청한은 필기시험에서 최고 점수를 받고도 실습에서는 0점을 맞고 말았다.

청한이 학기 말에라도 찾아와 사정했더라면 다룽 교수는 구제해 줄 방법을 찾았을 것이다. 그런데 청한은 그길로 휴학해 버렸다. 다룽 교수는 그런 청한이 좀 안타까웠다. 그렇게 줏대 있는 학생이 꿋꿋이 갈 길을 간다면 훌륭한 수의사로 성장할 수도 있을 것이다. 꼭 그렇다고는 할 수 없지만, 우수한 학생일수록 타협이나 소통에 어려움을 겪는 경우가 종종 있었다. 그러나 수의사는 단체 정신과 협력이 필요한 직업이었다.

청한은 그동안 마음의 준비를 숱하게 했음에도 심리적 저항감을 극복하기 어려웠다. 전극(電極)을 집어 들고도 막상 행동에 옮길 수가 없었고, 부검의 모든 과정을 잘 알면서도 동물의 숨이 멎는 모습을 차마 볼 수 없었다. 요컨대 청한은 한 생명을 자신의 손으로 끝내는 행위를 원치 않았던 것이다.

두 번째로 실습에 임하는 청한은 최소한 겉모습은 전에 비해 성숙해 보였다. 다룽 교수는 이번에 한 사람이라도 제대로 실습에 임하지 않거나 병리학 보고서를 작성하지 않으면 조 전체의 평균 점수를 깎겠다며 겁을 주었다.

"그건 너무 불공평하잖아요!"

이민이 곧바로 항의했고 청한도 거들었지만 통하지 않았다. 몇 분 동안 버티던 청한은 결국 밖으로 나가 벌을 서는 쪽을 택했다.

청한은 하루가 멀다 하고 부검실 밖에서 벌을 서야 했다. 실습 생활도 어느덧 3주째, 가는 곳마다 복도에서 벌을 서는 청한은 병원의 전설이자 웃음거리가 되었다. 레지던트들은 모이기만 하면 청한 얘기로 수군거렸고, 속사정을 아는 사람들은 애써 모른 체했다. 하지만 그리 크지 않은 이 병원에서 소문은 융제의 귀에까지 들어갔다.

그날 융제는 수술에 필요한 모든 준비를 마친 후 다른 사람에게 한 시간만 교대해 달라고 부탁했다. 그러고는 줄 서서 사야 하는 가장 인기 있는 디저트와 음료수를 사 와서 준비한 차트를 들고 학과 건물 4층에 있는 병리실을 찾아갔다. 융제는 산타 할아버지처럼 대학원생과 어시스트 들에게 애프터눈티를 돌리고는 마지막으로 다룽 교수의 연구실 문을 두드렸다.

"교수님, 애프터눈티가 하나 남았는데 좀 드시겠어요?"

교수에게 묻고 싶던 임상증례 얘기를 후딱 마친 융제는 학과

회의니 병원 행정 같은 자질구레한 얘기를 늘어놓다가, 개학하고 왜 이리 바쁜지 모르겠으며 무슨 일인지 실습생들의 자질이 해마다 떨어지는 것 같다는 얘기까지 꺼냈다. 융제가 실습생들의 온갖 실수에 대해 불만을 늘어놓자, 다룽 교수도 자연스레 맞장구를 치며 여러 가지 사례를 과장스레 제시하더니 마지막에는 선배답게 융제를 다독거렸다. 실습생들의 행동을 일일이 따지고 들면 후배들과 사이가 멀어지고 본인 마음만 다친다, 제대로 배우지 못하면 그 손해는 어차피 학생들에게 돌아간다, 그렇게 되면 더 배우고 싶어도 챙겨주는 사람이 없을 거다…. 여기까지는 융제가 의도한 대로 대화가 흘러갔다.

그러나 융제가 조심스레 청한을 언급하는 순간, 다룽 교수의 얼굴에서 웃음기가 싹 사라졌다. 융제의 의도를 일찍 간파하지 못해 화가 났는지, 다룽 교수가 엄하게 말했다.

"교수로서 말하자면, 청한은 성적이 좋으니 졸업 후 국가고시에 합격해 수의사 면허를 취득할 수 있을 거야. 하지만 정작 수의사가 되고 나서는? 동물이 죽었을 때 청한이 그 충격을 잘 견뎌낼까? 실습 기간 1년은 수의사로서 직면해야 할 것들을 배우는 기간이야. 동물의 죽음을 회피하는 학생을 그대로 졸업시켜 수의사가 되게 할 수는 없네."

듣고 보니 구구절절 맞는 말이었다.

다룽 교수에게 완벽히 설득당한 융제는 미리 준비한 말들을 감히 꺼내지도 못했다. 다룽 교수가 청한을 봐주는 것은 불가능해 보였다. 교수의 말은 아직 끝나지 않았다.

"이번에는 동료로서 말하겠네. 자네도 이제 그만 자신을 놓아줘야 해. 자네가 몇 년 동안 청한을 기다렸다고 들었어. 청한은 뛰어난 인재지만 자기 자신에게 너무 엄격해. 그러면 주변 사람이 힘들어지지…."

융제는 굳은 얼굴로 진료 차트를 챙겨 일어났다. 그러고 나서 껄끄러운 화제를 마무리하는 인사를 남겼다.

"고맙습니다, 교수님. 할 일이 있어서 이만 가보겠습니다."

MJ는 일찌감치 실습 보고서를 반 대표 자하오에게 제출한 다음 수시로 수업에 빠졌고, 그 덕에 자하오는 이민과 MJ의 보고서를 참고해 쓰고는 막바지에 제출해 가까스로 통과되었다. 그런데 이번에 자하오는 자신의 보고서 말고도 한 편을 더 작성해 청한의 이름을 적었다. 지나친 오지랖 아니냐는 MJ의 걱정에 자하오는 대답 대신 허스키를 키워도 되냐고 물었다.

"집주인이 허락하지 않을 텐데."

"잘 숨기면 되지. 조심할게. 제~발~ 부탁이다. 너무 불쌍하잖아. 마주칠 때마다 엄청 굶주린 모습이라니까. 밖에서 돌아다니면서 어디 제대로 먹기나 하겠어?"

"그럼 똑같이 굶주린 나도 좀 키워줄래? 너의 반려동물이 되어줄게. 제~발~."

MJ가 자하오의 품에 뛰어들며 간지럼을 태우자 자하오는 웃으며 몸을 피했다. 하지만 걱정을 떨쳐낼 수는 없었다.

"앞으로 점점 추워질 거고, 비도 내릴 텐데…. 게다가 애초에 내가 다른 허스키와 착각해서 그 녀석을 꼬드겨 병원에 데려온 거잖아. 물론 실수였지만 난…, 내가 책임져야 한다고 생각해!"

자하오가 진지하게 말하자 MJ는 자하오의 어깨를 잡고 필사적으로 흔들었다.

"자, 내 눈을 똑바로 보고 따라서 말해. 숙소에서는 개를 키울 수 없다."

자하오가 복창했다.

"모든 떠돌이 개는 알아서 살아가는 거야. 네가 그 녀석을 데려오면 너야말로 쫓겨나 떠돌이 신세가 될걸!"

자하오가 고개를 절레절레 흔들자 MJ가 다짐하듯 말했다.

"남에게 친절을 베풀면 손해 보는 세상이야. 마음 약해지지 마, 절대로!"

자하오는 마지못해 고개를 끄덕였다.

어느덧 실습을 시작한 지도 한 달째. 안부를 묻는 팬과 지인들에게 MJ는 짬을 내어 일일이 답장을 보냈다.

'so far so good(지금까진 좋아요).'

실제로도… 그럭저럭 잘 적응한다고 할 수 있었다.

점심시간이 되면 병원 한구석에 틀어박혀 빵이나 식은 도시락으로 끼니를 때우는 대신 식당에 앉아 식사를 즐기는 것만 봐도 MJ는 분명 여유롭게 적응하고 있었다. MJ의 세심한 보살핌 속에서 아기 퍼그 포켓몬의 혈액검사 수치는 모두 정상으로 돌아왔고, 주치의는 이틀 뒤에 포켓몬을 퇴원시키기로 했다. 소동물과와 병리학과를 오가며 남보다 몇 배로 바쁘게 지내던 생활도 드디어 끝이 보였다!

MJ는 기지개를 켜며 식당 TV에서 흘러나오는 뮤직비디오를 힐끗 보았다. 갓 데뷔한 남자 아이돌 그룹으로 노래와 춤, 메이크업이 살짝 어색하지만 실력은 있어 보였다. 그런데 몇몇이 왠지 낯이 익었다. 댄스대회나 어딘가에서 봤을 텐데, 이렇게 빨리 데뷔하다니! 생각해 보니 지난번 댄스대회가 끝나고 거의 한 달이 지났다. MJ는 당시 연예 기획사 관계자나 친선 동아리에서 받은 명함을 아직 갖고 있었지만, MJ를 다시 찾는 전화는 한 통도 없었다.

"상관없어. 아무튼 지금은 실습에 전념해야 하니 다른 건 나중에 생각하자."

MJ는 무심한 말투로 일관하며 능력자로 통하던 자신의 멋진 이미지를 애써 지키려 했다. 하지만 자신이 수의사가 될 거라는 말은 누구에게도 하지 않았다.

'에라, 모르겠다. 오늘 밤엔 꼭 갈 거야.'

오늘은 힙합댄스 동아리 결성 기념일이었다. 오늘 밤 친선 학교와 친선 동아리, 졸업한 선배들이 한자리에 모인다. 오랫동안 연습한 안무와 즉흥 안무 배틀이 벌어질 테고, MJ가 나타난다면 당연히 엔딩 무대에 올라 현장의 열기를 폭발시킬 것이다. 그 자리에 있다는 상상만으로도 MJ는 기운이 났다. MJ가 그리워하는 것은 박수갈채가 아니라 무대 위를 누비던 자신이었다.

기념일 모임에 가기로 마음먹자 MJ는 발걸음이 한결 가벼워졌고, 꼴 보기 싫던 포켓몬도 오늘은 봐줄 만했다. 퍼그는 아무리 봐도 품종 개량 과정에서 누가 장난으로 만들어낸 견종 같았다. 툭 튀어나온 눈에 납작하게 찌그러진 코, 쭈글쭈글한 얼굴에 동그란 민머리. 꽉 다물어지지 않는 입 사이로 이따금 혓바닥이 나와 있는데, 꼭 우울한 노인이 귀여운 척하는 모양새였다. 보호자가 포켓몬의 표정이 얼마나 애교스럽고 귀여우며 생기발랄한지 모른다고 말할 때마다 MJ는 고개를 끄덕이며 미소를 지어주었다. 하지만 MJ가 보기에 퍼그의 눈, 코, 입은 온통 검은색이라 표정이 어떤지 알 수도 없었다.

입원했을 때 포켓몬은 생후 한 달밖에 안 된 강아지로 손바닥에 쏙 들어올 만큼 작고 여윈 상태였다. 게다가 호흡기 감염이 심해서 숨을 쉴 때마다 돼지처럼 꿀꿀 소리가 났다. 재채기라도 하면 황록색 콧물이 온 얼굴에 튀었고, 걸핏하면 자기가 뱉은 가래에 사레가 들렸다. 강아지 홍역을 치료하고 수액을 맞으며 어느 정도 회복되었지만 미각이 제대로 돌아오지 않아 통 식욕이 없었다. 너무 허약하고 아직 이도 나지 않은 강아지라 수석 레지던트 융제는 MJ에게 콧줄을 통해 불린 사료를 하루 여섯 번 먹여주라고 지시했다.

정성스러운 치료와 보살핌 덕에 포켓몬은 금세 살이 올랐다. 어느 정도 활력이 생긴 포켓몬을 보자 융제는 콧줄을 제거했지만 포켓몬은 좀처럼 스스로 먹으려 들지 않았다. 이런 상황에서 퇴원은 무리였다. MJ는 포켓몬의 콧물을 뽑아내고 얼굴을 말끔하게 닦아준 다음, 사료에 강아지용 분유와 따뜻한 물을 섞어 보기만 해도 군침이 절로 나는 죽을 만들었다. 그러나 포켓몬은 겨우 몇 입 깨작거리다 말았다. 처음 왔을 때보다 뼈대는 자랐지만 살이 빠져서 더 앙상해 보였다.

몇 가지 방법을 시도한 끝에 융제는 주사기로 먹이를 입안에 주입하기로 했다. 어린 강아지, 특히 퍼그처럼 코가 납작한 강아지는 스스로 먹다가도 사레들릴 수 있으니 주사기로 먹이를 주입할 때는 각별히 주의해야 했다. 건들건들한 MJ에게 이를 맡기는 까닭은 훈련이자 처벌이기도 했다. 왠지 마음이 놓이지 않은 융제는 MJ를 계속 주시할 수밖에 없었고, 그러다 보니 오히려 자신이 벌을 받는 기분이었다.

포켓몬은 오줌과 똥을 한바탕 싸놓고는 병실에 들어오는 MJ를 보며 꼬리를 흔들었다. 내일이면 집에 간다는 사실을 포켓몬도 아는 걸까. 서로의 해방을 축하하는 마음으로 MJ는 정성껏 준비한 고소한 죽을 포켓몬 앞에 놓아주었다. 하지만 포켓몬은 꼬리만 흔들 뿐이었다.

"얼른 먹어! 설마 나랑 헤어지기 아쉬워서 그러냐? 아니면 알아서 떠받들며 먹여달라는 거야?"

그러고 보니 포켓몬도 자세히 보면 상당히 귀여운 얼굴이었다. 이제 눈, 코, 입도 구별되고, 게다가… 에취! 포켓몬이 연신 재채기를 했다. 콧물이 쏟아지는 것을 보니 식욕이 없을 만도 했다.

시계를 보니 동아리 축하 공연이 이미 시작했을 시간이었다. MJ는 콧물 상태를 차트에 대충 기록했다. 포켓몬이 한두 입 먹다 말고 아예 엎드려버리자 MJ는 3cc짜리 주사기를 가져다가 빠른 속도로 죽을 주입하기 시작했다.

핸드폰이 울렸다. 힙합댄스 동아리 후배였다. MJ는 한 손에 특별히 제조한 사료 죽을 잔뜩 묻히고 다른 한 손으로는 버둥거리는 포켓몬을 제압해야 했으므로 전화를 받을 수 없었다. 핸드폰은 계속 울리다 멈추기를 반복했다.

'설마 내가 이번에도 펑크 내는 줄 아는 거 아냐? 엔딩 무대를 다른 사람으로 교체하면 어쩌지?'

그런 생각이 들자 MJ는 마음이 급해졌다. 하필 그때 포켓몬이 또 한 번 재채기를 했다. 어찌나 크게 했는지 포켓몬은 몸의 중심을 잃고 얼굴과 앞발을 죽 그릇에 처박았다.

"안 그래도 늦었는데 너까지 왜 이러냐."

소용없다는 걸 알면서도 불평이 절로 나왔다. MJ는 고개를 돌려 휴지와 행주를 여러 장 집어 포켓몬의 몸을 닦아주었다. 그런데 무슨 영문인지 포켓몬은 꿀꿀거리는 듯한 숨소리를 한두 번 힘들여 내더니 죽에 푹 담그고 있던 앞발을 휘젓다가, 고개를 쳐들고 기침인지 구토인지 모르게 컥컥거렸다. 그러고는 입을 쩍 벌리고 침을 흘리며 그대로 굳어버렸다.

'기도가 막혔어!'

MJ는 상황을 바로 알아차렸다.

'융제 선배가 설명했던 상황인데? 어떻게 제거하라고 했지?'

융제가 분명히 방법을 알려줬건만 MJ는 그대로 얼어붙어 있었다. 부들부들 떨기만 할 뿐 입원실 문을 열 수조차 없었다.

속절없이 시간이 흘렀다. 포켓몬의 혀는 파랗다 못해 보라색으로 변했다. 그제야 MJ는 융제에게 전화를 걸어야겠다고 생각했다. 전화를 끊고 1분도 안 되어 융제가 응급 처치 도구를 들고 부리나케 달려왔고, 침착하고도 능숙하게 포켓몬의 상태를 확인했다. 신속 정확하게 움직이는 융제를 보며 MJ는 정신을 차렸다. 융제의 지시에 따라 응급 처치를 도우면 포켓몬은 살 수 있을 것이다. 살아날 것이다.

하지만 삽관을 할 수가 없었다.

융제가 청진기를 포켓몬의 가슴에 댔지만 심장 박동이 들리지 않았다. 한숨을 내쉰 융제는 심호흡을 크게 한 후 MJ에게 강심제를 놓고 심폐 소생술(CPR)을 하라고 지시했다.

"포기하긴 일러! 힘내!"

융제가 포켓몬의 몸을 세게 두드리며 소리쳤다. MJ는 손이 여전히 떨리는 것을 느끼면서도 다시 힘을 냈다.

두 사람이 번갈아 CPR을 하느라 진찰대에 땀이 뚝뚝 떨어졌다. 포켓몬은 먹은 죽을 다 토해냈고, 융제는 개의 입에 있는 토사물을 계속 제거했다. 하지만 포켓몬의 몸집이 너무 작아 응급 처치 동작에 한계가 있었다.

"어쩌다 이렇게 됐어?"

"자기가 스스로 먹다가 그랬어요. 주입하다 그런 게 아니라요."

MJ의 대답은 반은 진실이고 반은 거짓이었다. 3cc 주사기에는 아직 사료 죽이 절반쯤 남아 있었지만 휴지 더미에 파묻혀 있었다. 융제는 그 사실을 모르는 눈치였고, MJ는 주사기를 휴지로 돌돌 말아 꽉 움켜쥐었다.

또다시 강심제를 투입하고 CPR을 진행했다. 깡마른 융제는 꿋꿋이 이 과정을 몇 차례 반복했다. 30분 동안 응급 처치를 했지만 소용없었고, MJ는 포켓몬의 동공이 커지고 변이 배출된 것을 발견했다. 쇼크 증상이었다.

"보호자께 전화해서 알려. 쇼크가 일어났으니 지금 바로 내원하시라고."

융제는 MJ에게 지시를 내리면서도 응급 처치를 포기하지 않았다.

주말 저녁이라 포켓몬 보호자는 가족과 여행 중이었다. 아무리 서둘러도 두 시간 뒤에나 도착할 수 있었다.

억겁처럼 길게만 느껴지는 두 시간이었다.

MJ의 핸드폰에는 부재중 전화와 메시지가 잔뜩 쌓여 있었다. 시간을 보니 엔딩 무대도 끝났을 시각이었다. 이제 야식을 먹으러 갈지 노래를 부르며 자리를 이어갈지 정하고, 오늘 밤 공연이 어땠는지, 다음에는 어떤 멋진 스텝을 시도할지 의견을 나누고 있을 것이다. MJ는 퍼뜩 깨달았다.

'나 하나쯤 없어도 그 세계는 잘만 돌아가고 있어.'

이 사실과 오늘 맞닥뜨린 갑작스러운 죽음을 비교할 때, 어느 쪽이 더 잔혹할까?

두 시간 뒤, 포켓몬 보호자가 퉁퉁 부은 눈으로 달려왔다. 기적은 일어나지 않았고, 보호자가 안아 들었을 때 포켓몬은 이미 사후경직이 진행되고 있었다. 융제는 사망 원인, 응급 처치 과정, 입원 중 병세의 전환을 보호자에게 상세히 설명해 주었다. 듣고 있던 MJ는 방금 자신이 다 겪은 일인데도 꿈 같기만 했다.

"인턴 선생님이 애를 많이 썼어요. 포켓몬과 많은 시간을 보냈고 호흡곤란이 온 것도 인턴 선생님이 처음 발견했거든요."

융제가 보호자에게 진심으로 말했다.

밤이 깊었지만, 이 긴긴 하루는 아직 끝나지 않았다.

융제가 포켓몬의 몸을 깨끗이 닦아 종이 상자에 넣었다. 그리고 병원에 마련된 불당에서 보호자가 포켓몬과 마지막 시간을 보낼 수 있게끔 했다. MJ에게는 그만 집에 돌아가 쉬라는 지시가 떨어졌다.

이런 날 어떻게 잠이 올까? MJ는 병원을 나섰지만 집으로 돌아가는 대신 작은 불당에 켜진 불빛을 보면서 주변을 배회했다. MJ는 주머니 속 휴지 뭉치를 꽉 쥐고 있었다. 주사기에는 아직도 사료 죽이 반쯤 남아 있었다. 지금이라도 돌아가 사실을 말하면 용서받을 수 있을까? 그렇더라도 바뀌는 것이 있을까?

MJ는 모퉁이에 있는 쓰레기통으로 달려갔다. 주머니에 있는 것들을 싹 꺼내 쓰레기통에 버리고, 그 위에 배낭 속 물건까지 탈탈 털어 주사기를 감췄다.

그러고는 칠흑같이 어두운 캠퍼스로 뛰어들어 도망치듯 내달렸다. 숨이 턱턱 막히고 급기야 심장이 터질 듯했지만, MJ는 기진맥진해질 때까지 달리고 또 달렸다.

"미안하다! 정말 미안해!"

MJ가 밤하늘을 향해 소리쳤다.

시간이 어찌어찌 흘러가 2주간의 병리학 실습이 끝났다. 청한은 다룽 교수의 연구실에 찾아가 왜 자신을 통과시켜 줬느냐고 물었다.

"실습 점수는 조 전체의 실습 보고서로 매긴다고 말했을 텐데? 자네 조는 실습 보고서를 모두 빠지지 않고 제출했으니 자네도 당연히 합격이지."

"하지만 저는… 부검 실습도 안 했고 보고서도 제출하지 않았습니다."

고개를 들고 가슴을 꼿꼿이 세운 채 말하던 청한은 마찬가지로 끄떡하지 않는 다룽 교수를 바라보며 의아해졌다.

"자네는 혼자가 아니야. 팀 전체가 움직이는 거라네. 조원들은 모두 자네를 동료로 여기던데, 자넨 안 그런가 보지?"

청한은 어찌 된 일인지 바로 알아차렸다. 하지만 자신이 거들떠보지도 않던 후배들이 도대체 왜 자신을 도와준 것인지 이해가 가지 않았다. 게다가 다룽 교수까지 봐주다니?

"나중에 자네가 정말로 수의사가 되면, 동물의 죽음을 어떻게 대하게 됐는지 알려주기 바라네."

다룽 교수는 청한을 똑바로 바라보며 도발인지 축복인지 모를 한마디를 던졌다.

자하오는 소변을 참느라 방광이 터질 지경이었다. 숙소 건물을 벌써 세 바퀴나 돌면서도 들어갈 수가 없었다. 입구에 충견 한 마리가 떡하니 버티고 있었기 때문이다. 허스키는 자하오의 행동 반경을 완전히 파악한 듯했다. 하긴 어려운 일도 아니었다. 자하오는 수의대 부속 동물병원과 숙소를 오가는 게 전부였으니 말이다. 해가 뜨든 비가 오든 허스키는 자하오가 나오기만 하면 바로 뒤따라갔다. 자하오가 안으로 들어가면 문 앞에서 기다리고, 혹시라도 놓치면 자하오가 지나갈 것으로 예상되는 지점에서 기다렸다. 이 기다림은 밤부터 새벽까지, 여름부터 가을까지 계속되었다. 자하오는 허스키의 이런 행동에 어떻게 대처해야 할지 알 수가 없었다. 그저 멀리서 훔쳐보며 염력을 보낼 따름이었다.

'포기해.'

그런데 오늘, 자하오는 잘못 본 건가 싶어 눈을 비볐다.

자신에게 절대 마음 약해지지 말라고 경고했던 룸메이트 MJ가 문 앞에 쪼그려 앉아 허스키를 쓰다듬고 있는 게 아닌가. MJ가 머리부터 어깨까지 쓰다듬으니 허스키는 발라당 누워 배를 내보였고, 배를 쓰다듬어주자 좋아서 어쩔 줄 몰라 했다. 자하오는 영문을 알 수가 없었다.

'그 녀석 눈 쳐다보지 마!'

자하오의 입에서 이런 외침이 터져 나오려 했다.

'MJ, 안 된다고!'

허스키가 MJ를 빤히 쳐다보았다. MJ를 자하오라고, 아니면 보호자가 되어주겠다는 누군가로 착각하고 있는 듯했다. MJ도 허스키를 빤히 바라보았다. 눈이 튀어나온 것도 아니고 납작코도 아니며 주름도 없었지만, 허스키의 얼굴에서 MJ는 아기 퍼그 포켓몬의 눈빛을 보았다.

비밀이 담긴 3cc 주사기는 겹겹이 쌓인 다른 쓰레기에 감춰진 채 깨끗이 사라져 버렸다. 그러나 포켓몬의 눈빛은 밤낮없이 MJ를 따라다녔다. MJ는 심지어 거울에 비친 자신의 잘생긴 얼굴을 보는 일조차 두려웠다. 그때 그 사람, 그 두 손…, 머릿속에서 그날의 장면이 또렷하게 재생되었다. 포켓몬이 재채기를 크게 하고, 얼굴과 앞발을 죽 그릇에 박고, 꿀꿀대는 숨소리를 내고, 기침인지 구토인지 모르게 컥컥거리다가, 그대로 움직임이 멈추고, 동공이 확대되며 대소변을 배출하고, 쇼크 상태에….

일부러 그런 건 아니었다. MJ는 두 손을 씻고 또 씻었다. 마음속에 숱한 변명이 들어 있었지만 누구에게도 말할 수가 없었다.

'왜 하필이면 나야? 하느님이 그 생명을 우연히 내 손에서 끝내게 한 거라고. 그런데 도대체 왜?'

몇 번이고 그 장면을 되짚어보면서 몇 번이고 손을 씻었지만,

MJ는 아무리 해도 그날의 죄책감을 씻어낼 수 없었다.

이 허스키는 얼마나 오래 떠돌아다닌 걸까. 덥수룩한 털에는 지푸라기며 흙에 기름에 어디서 묻었는지 모를 초록색 페인트까지 엉겨 붙어 있고, 오랫동안 목욕을 못 해 털 아래 피부까지 기름때가 덕지덕지 끼어 있었다. 허스키를 쓰다듬는 손이 금세 시커메졌지만, MJ는 허스키와 노는 데 정신이 팔려 손을 씻어야 한다고 자신을 채찍질하지도 않았다. 개의 눈빛 때문이었다. 모든 개가 이런 눈빛일까? 개들은 이렇게 자신을 온전히 사람에게 내맡기고, 사람의 마음에 희망을 가득 심어주는 걸까? MJ는 문득 하느님이 자신의 손으로 또 다른 생명을 구하라고 사명을 내렸다는 생각이 들었다. 단 한 마리라도, 훗날 단 하나의 생명이라도 구할 수 있다면 그걸로 갚을 수 있다. 그러면 거울에 비친 자신을 용서할 수 있을 것이다. 그 손을 죽어라 씻지 않아도 될 것이다.

자하오는 길을 건너지도 못한 채 건너편에서 눈앞에 펼쳐진 믿기지 않는 장면을 우두커니 지켜볼 뿐이었다. 머리부터 발끝까지 서로 뒤엉켜 신나게 장난치며 노는 MJ와 허스키를 방해할 수도 없었다. 실컷 놀다 지친 MJ와 허스키가 서로를 오래오래 바라보았다. 그리고 자하오는 MJ가 문을 열고 허스키와 함께 기숙사 안으로 들어가는 모습을 물끄러미 지켜보았다.

고통스러운 병에서 벗어난 아기 퍼그 포켓몬은 사뿐히 날아서

솜사탕 같은 구름 위로 올라갔다. 포켓몬은 이제 숨 쉬는 것이 힘들지 않았고, 구름 위에는 맛있는 음식과 재미있는 장난감이 가득했다.

"저 구름 아래 세상에서 인간에게 사랑받았던 개와 고양이라면 누구나 이곳에 온단다."

포메라니안 한 마리가 꼬리를 흔들며 포켓몬을 반겨주었다. 구름처럼 풍성하던 털은 나이가 들어 숱이 줄었고, 왼쪽 눈동자가 하얗고, 이빨이 빠져 오른쪽 입가로 혓바닥을 내놓고 있는 그 개는 자기 이름이 포키라고 했다.

"여기서 뭐 하는 건데? 난 내 보호자랑 같이 있고 싶어. 품에 안겨 있고 싶단 말이야."

포켓몬이 꿀꿀거리는 듯한 숨소리를 내며 말했다.

"저기 좀 봐. 구름 사이 저 아래로 사람들이 보이지?"

포키가 구름에 엎드리자 포켓몬이 포키의 눈길을 따라 아래를 내려다보았다. 그곳은 수의대 부속 동물병원이었고, 바쁘게 오가는 사람들의 모습이 또렷하게 보였다.

"어어, 보인다. 나한테 밥을 먹여주던 실습생이야. 머리가 길고, 춤도 잘 추고 노래도 잘 부르는 잘생긴 남자. 넌 누굴 보고 있어?"

"내가 가장 사랑하는 사람. 내 보호자는 울보에다 자신감도 많이 부족해. 내가 여기서 쭉 지켜봐 줄 거야."

포키의 시선이 닿는 곳에는 루산이 있었다. 루산이 복도에 서서 다정하게 웃으며 아카이와 얘기를 나누고 있었다.

"좋은 수의사가 될 때까지 쭉."

6

수의대 부속 동물병원 L자형 복도 모퉁이에는 야생동물과가 있다. 긴 쪽 복도와 짧은 쪽 복도에 각각 외래 진료실이 하나씩 있으며 진료실마다 주치의가 한 명씩 있다. 공평을 기하려고 실습생 5인방은 일찌감치 문 앞에 모여 있었다. 헤이우창 선생의 진료실에 누가 먼저 들어갈 건지 신중히 결정하려는 것이다.

MJ가 선배들에게서 입수한 정보에 따르면, 야생동물과는 병원 전체를 통틀어 가장 존재감이 없었다. 수업 시간에 배우긴 했어도 딱히 쓸모는 없는 'XX개론'처럼, 2주 동안 실습하고 나면 뭔가 얻은 것도 같고 잃은 것도 같은 알 수 없는 허무감을 느끼게 된다나.

사람들이 잘 모르는 비포유류 동물은 종에 관계없이 모두 야생동물과로 분류된다. 종이 다른 동물들은 해부학적 구조는 물론 생리학·병리학·약리학적으로도 사뭇 다른데 그 차이는 인간과 외계인만큼이나 엄청나다. 그래서인지 자하오는 모퉁이를 돌 때마다 등줄기로 서늘한 기운이 몰려오는 걸 느꼈고 꾸물거리다가는 언제 빠져나올지 모를 블랙홀 속으로 빨려들 것만 같아 더더욱 황급히 걸음을 뗐다.

사실 헤이우창 선생의 성은 '헤이'가 아니라 '샤오'였다. 출처가 불분명한 캠퍼스 괴담에 따르면, 헤이우창 선생은 원래 이 학교의 외국어학과 학생이었는데 여자 친구와 교정에서 데이트를 즐기다가 상처 입은 알락할미새를 발견했다. 얼른 안아 들고 수의대 부속 동물병원에 데려갔지만 치료할 수 있는 의사가 없었고, 한 의사는 한술 더 떠 이렇게 말했다.

"새 한 마리에 50위안밖에 안 해. 진찰비 150위안은 환불해 주지. 그 돈이면 세 마리는 살 수 있을 거야."

헤이우창 선생의 음울한 책임감은 그때부터 시작된 것이 틀림없었다. 외국어학과를 졸업한 후 다시 시험을 쳐서 수의학과에 입학한 선생은 5년 내내 개와 고양이가 아닌 야생동물의 진료와 응급 처치를 독학했고, 수의학과 5학년 때부터 이 음산한 폐허 같은 진료실에서 야생동물을 치료해 왔다. 이것이 바로 이 병원 야생동물과의 기원이었다.

이 이야기를 듣고 동질감을 단단히 느낀 청한은 2주 동안 헤이우창 문하에서 실습하겠다고 자원했다. 그리하여 나머지 네 명도 가위바위보나 주사위 던지기, 추첨 방식을 동원할 필요 없이 2인 1조로 1주일씩 번갈아 실습하게 되었다.

자하오와 이민은 발 빠르게 움직여 바이우창 선생의 진료실로 들어갔다. 보사노바 음악이 흐르고 커피 향이 가득한 진료실에서, 바이우창 선생은 갓 끓인 커피 두 잔을 건네며 두 학생에게 야생동물에 대해 아는 대로 말해보라고 했다.

'아무것도 안 가르쳐주고 우리더러 뭘 말하라는 거야?'

이민은 뜨거운 김이 오르는 커피를 마시며 튀어나오려는 말을 꾹 눌렀다. 실습 생활을 몇 달 하다 보니 이민도 눈치라는 게 생겼다. 병원은 학교가 아니었다. '주치의'는 언뜻 교수와 다름없어 보이지만 뭘 가르쳐야 한다는 책임은 없는 자리 같았다.

그렇지만 실습 점수를 매기는 사람이다 보니 눈 밖에 나서는 안 될 일이었다. 목숨보다 점수를 더 소중히 여기는 이민이었다. 이민은 커피에 데어 벌겋게 부어오른 입술 사이로 억지웃음을 지으면서도 바이우창 선생이 하는 말을 열심히 들으며 부지런히 고개를 끄덕이고 미소를 지었다.

자하오는 도대체 여행, 커피, 추리소설, 스키가 야생동물과 무슨 관계가 있는지 도통 이해가 가지 않았다. 하지만 소동물과와 병리과에서 힘든 실습을 마치고 오니 천국에 온 것만 같았다. 자하오는 선배들 말마따나 2주 동안 동물원을 구경하는 셈 치고 휴가 온 듯 즐기기로 했다.

바이우창 선생은 '타이완 야생동물의 아버지'로 불릴 만큼 저명하다. 모두 대동물이나 소동물에 열광하던 시절, 반골 기질이 있는 그는 야생동물 관련 학위를 따러 해외 유학을 다녀왔고, 오늘날 국내외 지원을 가장 많이 받는 야생동물계의 권위자가 되었다. 야생동물과는 수년 동안 비인기학과의 자리를 유지했고 바이우창의 뒤를 이을 문하생도 없는 실정이었다. 그도 그럴 것이 바이우창은 자신이 힘들게 쌓은 지식과 경험을 학생들에게 전혀 전수하고 싶지 않았기 때문이다.

학생들은 툭하면 흥미를 잃었고, 졸업하면 개나 고양이를 치료하는 분야에서 일할 테니 바이우창은 굳이 가르칠 필요를 느끼지 않았다. 정말 어쩌다 야생동물에 흥미를 느끼고 뛰어난 재능을 보이는 학생이 있다 해도 청출어람이 되어 자신의 자리를 위협하면 가르쳐서 무슨 소용이 있겠냐는 생각도 있었다.

졸업생들이 그에게 '바이우창'이라는 별명을 지어준 것은 단지 '헤이우창'과 대조적인 이미지 때문만은 아니었다.* 겉보기에는 온화하고 자애로운 바이우창 선생의 웃는 얼굴에서 어떤 희로애락도 읽을 수 없어 당하고도 모르겠다는 학생들의 자조 섞인 별명이기도 하다.

자하오와 이민은 온몸에 커피 향을 머금은 채 밑도 끝도 없는 대화를 마치고 진료실을 나섰다. 오전 내내 단 한 마리의 동물도 진료하지 않고 단 한 줄의 메모도 쓰지 않았다는 사실이 믿기지 않았다. 스타벅스에서 아르바이트를 해도 이보다 흡족하진 않을 것만 같았다.

때마침 다른 진료실 문이 열리고, 야생 탐험에서 막 돌아온 듯

* 바이우창(白無常)은 착한 사람의 혼을 좋은 곳으로 인도하는 저승사자로 낯빛이 하얗고, 헤이우창(黑無常)은 반대 역할을 하는 저승사자로 낯빛이 검다.

한 세 실습생이 나왔다. 이렇게 다섯 명이 모퉁이에 모였다.

"마트나 가자!"

야생동물과에서 맞는 첫날인데 이른 점심부터 챙기는 동료들의 모습에 자하오는 걱정이 앞섰다. 그러면서 이런 생각도 떠올랐다. 모두 함께 모여 먹고 마실 때는 자하오가 요리를 맡고 MJ는 반드시 맥주를 곁들인다. 이민은 고기를 좋아하고 편식 습관이 있는 루산은 신맛을 좋아한다.

마트에 도착해 쇼핑 카트를 밀고 식품 코너로 향하던 자하오는 MJ와 루산이 채소 코너에서 채소 지스러기를 줍는 모습을 보았다. 청한은 제철 과일 코너에서 초파리에 둘러싸여 있었다. 알고 보니 자기들이 먹으려는 것이 아니라 '정글'에 입원한 동물들에게 주려는 것이었다.

4평이 채 안 되는 '정글'은 헤이우창 선생이 병원의 중앙 정원에 조성한 공간으로 각종 입원 동물의 자연 서식지를 본떠 만든 곳이다. 그래서 때로는 잡초 더미로 보이고 때로는 연못으로 보이며 때로는 숲으로 보이기도 했다. 대개는 앞에 말한 것들의 복합체로 보였고, 모기가 많은 생태 환경은 야생을 표방한 시도가 성공했음을 입증하고 있었다.

루산과 이민이 채소를 씻으면 청한과 자하오가 넘겨받아 썰어서 섞고, 이민이 다시 저울로 재서 접시에 담았다. 뷔페 주방에서 분업을 하듯 조원들은 밀웜, 쥐, 병아리, 개미집 그리고 채소와 과일을 한 접시씩 준비했다. 그리고 동물들에게 먹이로 주면서 식사 시간마다 펼쳐지는 장관을 감상하기 시작했다.

천산갑이 가장 좋아하는 먹이는 개미집이지만 너무 비싸서 일주일에 한 번밖에 줄 수 없는데 대부분 밀웜을 곁들였다. 공처럼 동그랗게 몸을 말고 있던 천산갑이 활짝 펴더니 먹이를 들고 뾰족한 입과 코를 쑤셔 박으며 맛을 보았다. 먹이를 다 먹은 천산갑은 앞발을 깨끗이 핥더니 다시 공처럼 몸을 말고 구석으로 가 휴식을 취했다.

버마비단뱀은 별도로 마련된 우리 안에서 혼자 지냈다. MJ는 이 녀석이 움직이는 모습을 본 적이 없었다. 먹이로 넣어준 살아있는 쥐와 병아리 등이 마음대로 팔짝거리며 돌아다녀도 버마비단뱀은 설치미술 작품처럼 꼼짝도 하지 않았다.

하지만 이튿날 다시 가보면 먹이로 넣어준 동물들은 온데간데없었다. MJ는 버마비단뱀이 먹이를 삼키는 장면을 목격한 적이 없었다. 다 나아서 퇴원하는 날이 되었지만, MJ는 버마비단뱀이 건강한 건지 아픈 건지 도무지 분간할 수가 없었다.

토끼는 모두 여섯 마리인데 당근만 줘서는 안 되고 갖가지 채소를 섞어 먹여야 했다. 피부병에 걸려 털이 빠진 라이언헤드 토끼 '푸푸'는 배불리 먹고 나서 햇볕 쬐기를 좋아했다.

'정글'에서 햇살이 환히 비치는 곳은 모든 동물이 공유하는 구역이었다. 거북이 세 마리는 평소에는 돌덩이처럼 가만히 있다가 먹이를 주면 비로소 전속력으로(그래 봤자 아주 느리지만) 전진해 먹이 쪽으로 다가왔다. 루산이 크기가 각각 다른 거북이의 등을 칫솔로 가볍게 문질러주었다.

MJ는 고양이 털 관리 영양제로 푸푸를 유인해 털을 빗겨주었다. 따사로운 햇살 아래 펼쳐진 광경은 너무나도 한가로워 보였다. 공중에 흩날리는 토끼 털마저 우아하고 여유로우며 시적인 분위기를 연출했다. 천천히 하라고, 서두를 필요 없다고.

이 모든 광경을 바라보며 청한은 치유되는 기분이었다. 핸드폰이 아무리 울려도 거절 버튼을 눌러버리고 무시할 수 있었다. 음침한 곳에 숨어 있던 자신이 마침내 몸 안의 상처를 햇볕에 내놓고 산들바람을 마주할 수 있게 된 것만 같았다. 이제 딱지가 앉은 그 상처는 언젠가 완전히 치유될 것이다, 언젠가는.

올빼미과의 큰소쩍새 '콴콴'은 첫째 날개깃을 일부 심하게 다쳐 새로운 깃털이 나올 때까지 기다리고 있었는데, 몹시 야위어 가슴뼈가 칼처럼 날카로웠다. 콴콴을 돌보게 된 청한은 밀웜, 돼지 간, 닭 간을 집게로 집어 콴콴의 입에 넣어주었다.

"많이 먹고 살이 붙어야지. 그래야 자유를 되찾을 수 있단다."

청한은 아기를 돌보듯 콴콴을 보살폈다.

이제 청한은 고민을 끝낸 듯했다. 며칠 동안 받지 않고 무시해 온, 전화기 너머의 기대에 이제는 답할 수 있을 것 같았다.

아주 미니멀한 디자인의 대문은 경비원이 지키고 CCTV까지 설치되어 있었다. 안으로 들어서자 유럽풍으로 멋지게 꾸며진 정원이 나타났다. 졸졸 흐르는 시냇물에 놓인 작은 다리를 건너 현관에 이르자 가지런히 정리된 친척들의 신발이 눈에 들어왔다. 행세깨나 하는 친척들인지라 저마다 목청을 돋웠고, 잘난 체하는 말들이 높이 솟은 저택 내부를 쩌렁쩌렁 울렸다. 최대한 서둘렀지만 늦게 도착한 청한의 귀에도 친척들의 말소리가 들렸다. 가정부가 청한이 벗어놓은 신발을 받아 들었고, 청한은 푹신한 양탄자를 밟고 과거 속으로 돌아왔다.

큰아버지와 작은아버지로 추정되는 목소리의 주인공들은 가장 우수한 의대생이 신경외과와 심장외과 중 어느 과를 택해야 하는지 토론 중이었다. 셋째 고모와 사촌 누나 몇 명이 모여 앉은 쪽은 안과의사들의 송년회를 연상케 했다. 큰 사촌 형도 지지 않겠다는 듯 현행 건강보험 제도에서는 대학병원이나 개인병원이 벌어들이는 이익이 치과의사보다 많지 않다고 주장했다. 치과의사로 임상에서 오랫동안 일하다가 이제는 기초의학 연구에 매진하는 사촌 남동생은 형의 말에 공감하지 않았다.

지나치게 똑똑한 사람들에게는 남의 의견을 수용하는 일이 쉽지 않은 모양이었다. 오가는 설전을 원만하게 마무리하는 사람은 언제나 청한의 아버지였다. 중국 전통 의학을 전공한 중의사(中醫師)인 아버지는 성격이 온화하고 가족 사이에서 아웃사이더에 속하는데, 청한이 의대에 충분히 합격할 점수로 수의대에 진학한 해부터 친척 모임에서 늘 표적이 되어왔다. 그래서 아들 청한이 지금은 하고 싶은 대로 하고 있지만 언젠가 현실을 깨닫고 돌아와 의사가 될 거라고 친척들에게 공언하곤 했다.

갈림길이 어디를 향하는지 알면 어느 쪽이 올바른 길인지 알 수 있을 것이다. 청한은 그것을 미리 알 수 있기를, 그래서 시행착오 없이 곧장 목적지로 갈 수 있기를 바랐다.

청한이 성큼성큼 식탁으로 향하자, 때마침 청한 얘기를 하던 친척들은 반가워서 입을 다물지 못한 채 청한을 바라보았다. 청한은 할머니 손에 선물을 올려드린 다음 고개 숙여 생신 축하 인사를 건넸다. 그러고는 총총히 그 자리를 벗어났다. 순간 집 안은 물을 끼얹은 듯 조용해졌고, 남겨진 친척들은 무슨 말을 이어갈지 몰라 서로 얼굴만 쳐다보았다.

사흘간 휴가를 낸 바이우창 선생은 이른 아침부터 실습생들을 차에 태워 대규모 놀이공원에 데려갔다. 이곳은 어른들에게는 어린 시절 추억이 있고 아이들에게는 가장 신나는 장소인 사파리 놀이공원이었다. 사실 MJ는 이곳에 가자고 헤이우창 선생에게 건의한 적이 있지만 헤이우창은 가타부타 말이 없었다. 그런데 오늘 청한과 루산까지 진료 차에 태워 바이우창 선생의 교외 수업 참가라는 명목을 내걸고 가게 된 것이다.

놀이공원 정문에는 커다란 동물 마스코트 두 마리가 서 있었다. 바로 이 사파리의 스타 동물, 귀여운 캥거루와 산양이 두 손을 벌리고 일행을 맞아주었다.

루산과 자하오는 차창에 달라붙어 마스코트가 가까워졌다가 멀어져가는 모습을 보고 있었다. 정문으로 들어갈 줄 알았던 진료차는 놀이공원 직원들의 안내에 따라 산 쪽으로 향했다. 직원이 작은 문을 열어주며 바이우창 선생에게 고개 숙여 인사를 건넸다. 진료 차는 문을 지나 녹음이 무성한 좁은 길을 따라서 동물원으로 진입했다.

"우와! 여기가 어디예요? 진짜로 정글 탐험하러 가는 거예요?"

루산이 깜짝 놀라며 환호성을 질렀다. MJ, 이민, 자하오는 물론 청한까지도 호기심을 감추지 못하며 저마다 자기가 찾아낸 것 좀 보라고 소리를 질러댔다. 줄지어 선 나무들 사이로 사자 울음소리가 들려오고, 코끼리의 기다란 코가 보이는가 싶더니 목이 긴 기린이 나무 꼭대기에서 고개를 내밀었다. 이 길은 직원들만 다니는 비밀 통로로 동물원 각 전시 구역의 뒤쪽, 즉 동물들이 쉬는 공간과 그 옆에 딸린 작업장으로 이어져 있었다.

진료 차가 멈추자 일행은 차에서 내려 쭈뼛쭈뼛 앞으로 나아갔다. 이토록 많은 야생동물을 가까이에서 본 것은 다들 이번이 처음이었다. 일행을 맞이하는 타이완산양들도 마음속으로 그렇게 생각하는 모양이었다. 산양들은 우두커니 서서 눈앞에 나타난 이 생물들이 무엇을 하려는지 살피고 있었다.

"여기서 잠시만 기다려주세요."

갑작스레 다가가 산양들이 놀라진 않을까 염려한 관리인이 사람들을 멈춰 세웠다. 몇 분이 지나고 방문객들의 존재에 익숙해진 산양들이 다시 자유로이 움직이기 시작했다. 그런데 그중 한 마리가 유난히 굼떠 보였다.

"바로 저 녀석입니다."

관리인이 병든 산양을 작업장으로 데려왔다. 맙소사! 몇 년은 빨지 않은 양말에 썩은 생선과 취두부, 퇴비가 섞인 듯한 냄새가 차츰 짙어졌다. 등을 구부리고 발을 질질 끌며 걸어오는 산양은 곧 쓰러질 것만 같았고, 파리와 모기 떼가 왼쪽 앞발에 달라붙어 있었다. 관리인과 바이우창 선생이 썩어 문드러진 발바닥을 검사하고 치료할 때도 산양은 저항할 기력조차 없었다.

일단 깨끗한 물로 헹구고, 썩은 부위와 오염물을 제거한 후 요오드로 닦아내고 마지막으로 주사를 놓았다. 산양은 전형적인 제엽염(蹄葉炎)* 증상을 보였다. 치료를 마친 바이우창 선생이 관리인에게 상황을 설명하자 실습생도 곁에서 귀를 기울였다.

초식동물의 발굽에는 혈관이 많이 분포되어 있어 먹이, 감염, 외상 또는 정기적으로 발굽을 다듬지 않으면 염증이 생길 수 있으며, 이를 잘 치료하지 않으면 전신 감염을 일으킬 수 있다. 방금 그 산양은 반복적인 감염으로 치료해도 차도가 없어 발굽 바닥이 차갑고 검게 변했는데, 예후가 상당히 좋지 않다는 설명이었다.

관리인은 병든 산양만 우리에 남겨두고 나머지 건강한 산양은 전시 구역으로 돌려보냈다. 한 마리쯤 보이지 않아도 일반 관람객들은 눈치채지 못할 터였다.

"감염이 반복되는 이유가 뭘까?"

산양의 치료가 끝나고 자유롭게 동물원을 구경하는 시간이었다. 루산은 귀여운 알파카와 침을 뱉는 낙타, 끼룩끼룩 우는 칠

* 사료를 과하게 먹거나 사료 안의 독성 물질을 섭취하여 소나 말 따위의 발굽에 생기는 무균성 염증.

면조를 보면서도 타이완산양의 제엽염이 걱정된 나머지 자하오를 붙들고 토론을 벌였다. 이민은 곧장 핸드폰으로 자료를 검색했고, MJ는 일행의 사진을 찍어주고 자신도 셀카를 찍었다. 여러 전시 구역을 둘러보고 난 청한이 조심스레 의견을 제시했다.

"타이완산양 전시 구역은 시멘트 바닥이더라. 표면이 거칠거칠하고 울퉁불퉁 패여 있기까지 해서 발굽이 땅에 닿을 때마다 마찰로 상처가 생기기 쉽겠어."

"빙고!"

어디선가 바이우창 선생의 목소리가 들려왔다. 학생들에게 자유 시간을 주긴 했지만 바이우창은 줄곧 그들을 따라다니며 동물원을 구경하고 있었던 것이다.

"아주 예리해! 전시 구역 바닥을 교체해야 한다고 얘기한 지 벌써 몇 달째라네. 바닥 때문에 발을 다친 산양이 한두 마리가 아니거든. 하지만 이 유서 깊은 동물원은 행정 체계가 꽉 막혔어. 고집 불통이지. 새로운 동물을 사다가 전시할망정 기존 공간을 개선할 생각은 하질 않더군."

바이우창 선생이 무심히 말했다. 해가 뜨겁거나 비가 올 거라는 날씨 얘기를 하듯 속절없는 말투였다.

다른 방법이 없을까? 병든 산양이 치료도 제대로 받지 못한 채 고통을 견디고, 결국 다른 산양으로 교체되는 일을 이대로 놔둬도 될까? 돌아오는 차 안에서 자하오와 청한은 이에 관해 손짓 발짓을 해가며 얘기를 나눴고, 아예 노트를 꺼내 그림까지 그렸다.

목요일이면 융제는 빽빽한 일정 때문에 병원에 들어서는 순간부터 온종일 종종걸음을 해야 했다. 이런 날에 눈치 없는 신참이 실수라도 저질러 어딘가에서 지연되면 그 이후의 모든 일정이 엉망으로 꼬여버린다. 경력이 좀 쌓이고 눈치가 있는 후배는 적당한 때에 융제에게 밀크티나 초콜릿을 내밀었고, 날카롭게 곤두섰던 융제의 신경은 그제야 조금 누그러지곤 했다.

어김없이 목요일은 돌아왔고, 8시 30분도 안 돼서 레지던트 샤오페이가 고양이를 입양하려는 몇 사람과 함께 융제를 찾아왔다. 융제는 하던 일을 손에서 놓지 않은 채 '그 정도는 네가 알아서 할 수 있잖아?'라는 차가운 눈빛으로 샤오페이를 쏘아보았다.

"아니, 아니, 선배, 그게 아니라 제 얘기 좀 들어보세요. 이분들이 인터넷에 올린 영상 속의 '조이'와 '다정이', '천재'를 꼭 집어서 입양하겠다는 거예요."

"무슨 소리야? 병원에서 입양 대기 중인 길고양이들이 얼마나 많은데, 동영상은 또 뭐야?"

융제는 하던 일을 내려놓고 자신이 나서야 하는 상황이 짜증스럽다는 듯 벌떡 일어났다. 그때 MJ가 한발 앞서 나섰다.

"고양이 보러 오신 분들 맞죠?"

종이 상자를 품에 안은 MJ가 말했다. 이어 MJ는 노래와 춤을 곁들이며 병원에서 임시 보호 중인 고양이를 소개했다.

"'조이'는 모래에 알아서 볼일을 본답니다. '다정이'는 애교가 많지만 가끔은 사나울 때도 있어요. 여기 있는 '천재'는 어수룩한 표정으로 언제든 단잠에 빠지곤 하죠. 신비로운 고양이 두 마리가 더 있는데 아직 영상이 없네요…."

융제는 MJ 쪽을 쳐다보지 않으려 애쓰며 터져 나오려는 웃음을 겨우겨우 참고 있었지만 MJ의 설명은 너무 재미났다! MJ의 정성 어린 보살핌을 받은 길고양이들은 MJ가 지어준 이름처럼 사랑스러웠다. 날마다 지나다니는 병원 로비일 뿐인데, MJ가 '공연'을 시작하자마자 공간 전체가 빛을 발했다. MJ와 고양이들을 보자 사람들은 저도 모르게 미소를 지으며 시선을 집중했다.

융제는 샤오페이를 통해 다른 고양이와 개도 MJ에게 맡기기로 했다. 하지만 그렇다고 해서 이미 채점이 끝난 실습 점수에 가산점을 주거나 세미나에서 발표할 케이스를 주지는 않을 거라고 분명히 못 박았다.

MJ는 대체 왜 이런 일을 하는 걸까? 융제는 의아한 마음을 품은 채 총총히 복도를 벗어났다. 온종일 생각해도 이유를 알 수 없었지만, 그래도 MJ 덕분에 온종일 기분이 좋았다.

헤이우창 선생이 운영하는 숲속 병동 '정글'은 그리 넓은 공간은 아니다. 실습생들이 모두 모여 있으면 걸음을 옮기기도 불편해 서로 길을 비켜줘야 한다. 이날 루산이 마르모트에게 깔개를 갈아주는데 누군가 쓰레기통과 세면대 사이에 엉거주춤하게 서 있었다. 깔개에 가득 밴 암모니아 냄새에 쓰러질 것 같았던 루산은 몇 번이고 비켜달라고 짜증스레 소리쳤다. 계속 자리를 차지하고 있으면 루산은 더 봐주지 않고 밀고 들어갈 작정이었다.

"미안해요."

남자가 몸을 돌려 다른 짐승이 쪼아 먹다 남은 쥐의 잔해를 쓰레기통에 버렸다. 그 남자는 바로 아카이 선배였다!

'선배가 왜 여기에?'

소동물과 실습을 마친 후 루산은 볼일이 없어도 소동물과 쪽 복도를 지나다니며 입원실 앞을 어슬렁거리고 약국 안을 두리번거리곤 했다. 하지만 어찌 된 일인지 넓지도 않은 병원에서 아카이와 한 번을 마주치지 않았다. 그런데 하필이면 여기서, 서로 암모니아 냄새와 쥐 사체의 시큼한 냄새를 머금은 채, 천 년에 한 번 있을까 말까 한 악취 속에서 재회한 것이다.

루산은 마르모트가 텅 빈 우리에서 외로이 뛰어다니도록 내버려둔 채 그 자리에 멍하니 서 있었다. 마르모트가 돌리는 조그만 쳇바퀴에서 덜컹덜컹 소리가 났다. 이대로 아카이와 1초만 더 마주하고 있어도 속마음을 들킬 것 같아 루산은 얼른 고개를 돌렸다.

"이번에는 야생동물과로 배치된 거야?"

아카이가 몸을 틀어 루산 곁을 지나가며 물었다. 그 순간 루산은 너무 떨려 숨이 멎을 것 같았다.

"잘됐네. 그럼 나 좀 도와줄래?"

아카이는 개구리와 참새가 담긴 쟁반을 들고 모퉁이를 지나

풀숲으로 갔다. 감쪽같이 위장된 새장 문을 열자 커다란 관수리 한 마리가 나타났다. 횃불처럼 형형한 눈빛과 제왕 같은 자태를 보며 루산은 '멋지다!' 하고 마음속으로 감탄했다.

"선배가 이 관수리 주인이에요?"

순간 루산은 아차 싶었다. 바보 같은 질문이었다.

"야생동물은 누구의 소유물도 아니야."

아카이가 미소를 지으며 말을 이었다.

"그야말로 대자연에 속하는 존재지. 우리는 그저 배운 대로 돌봐주는 것뿐이야. 야생동물들이 튼튼해져서 원래 자리로 돌아갈 수 있을 때까지."

"그런데 아카이 선배는 소동물과 레지던트잖아요. 관수리를 어떻게 치료해요?"

이 물음을 듣자 아카이는 더더욱 천진한 미소를 지었고, 루산은 더더욱 바보 같아진 기분이었다.

"헤이우창…, 아니 샤오 선생님이 도와주고 계셔."

아카이는 새장 문을 닫고 수건을 덮은 후 덤불을 자연스럽게 헝클어뜨렸다. 이곳에 숨어 있는 관수리는 아카이와 루산만 아는 작은 비밀이 되었다. 헤이우창 선생도 알고 있긴 하지만 말이다.

"샤오 선생님은 사실 참 좋은 분이셔. 물어보기만 하면 기꺼이 가르쳐주시지. 우리 학교에 야생동물 진료과가 생겼을 때 나는 너처럼 5학년 실습생이었는데…."

아카이는 루산에게 이런저런 이야기를 들려주었다. 헤이우창 선생에 관한 일, 5학년 실습생의 온갖 애환, 4학년에서 5학년으로 올라가는 마지막 여름 방학, 4학년 때 돼지 병리학 과목에서 낙제할 뻔했던 일, 3학년 때 외국어학과와 교류했던 일, 2학년 때 학과 대항 경기에서 생물통계학과와 생물화학과로부터 협공을 당했던 일, 1학년 때 신입생 배구대회에 참가했던 일…, 루산은 이야기를 들으며 아카이와 함께 숲속 병동 '정글'을 나섰고, 병원 밖으로 나가 캠퍼스를 함께 걸었다. 어느덧 날이 저물어 있었다. 루산은 살짝 배가 고팠지만 대화가 끊기는 것이 싫었다. 아카이의 옛이야기를 비롯해 두 사람이 공통적으로 겪은 일들, 무엇을 좋아하고 싫어하는지…, 이야기가 끝도 없이 이어졌다.

루산은 여학생 기숙사 문이 닫히기 직전에 간신히 돌아왔다. 그날 밤 루산은 다리가 쑤시고 배도 고프고 말을 너무 많이 해서 목이 다 쉬어버렸다. 교정을 몇 바퀴나 돌았는지 잊어버렸지만, 아카이 선배가 남긴 이 두 마디만은 루산의 머릿속에 똑똑히 남아 있었다.

"다음에 시간 날 때 밥이나 같이 먹자."

"관수리가 건강해지면 함께 야생으로 날려 보내는 거다."

'정글' 동물들의 먹이를 준비하는 일도 점점 손에 익었다. 다 같이 힘을 합치니 두 시간도 안 되어 끝났다. 손을 베지 않고 깔끔하게 칼질하는 루산을 어머니가 본다면 자기 딸이 맞는지 의심할 것이다. 헤이우창 선생은 여전히 실습생들을 제대로 봐주는 법이 없었다. 실습생들은 화이트보드에 적힌 대로 일과를 수행하고 다 끝내면 알아서 서명하는 나날이 되풀이되었다.

외래 진료 시간이 끝나고 헤이우창 선생도 퇴근했는데, 실습생들은 자리를 뜨지 않고 뭔가 하던 일을 계속하고 있었다.

그 일은 헤이우창 선생에게서 영감을 얻은 것이기도 했다. 헤이우창은 다리가 부러진 메추라기와 앵무새를 자주 진료한다. 이런 조류는 다리가 짧고 가늘어 외국에서 새 전용 부목을 주문해야 하지만, 눈이 돌아갈 만큼 비싼 가격 때문에 헤이우창 선생은 한가할 때마다 틈틈이 손수 부목을 만들었다. 나무젓가락, 아이스크림 나무 막대, 주사기에 딸린 얇은 부품 따위를 적당한 크기로 깎으면 쓸 만한 부목이 되었다.

헤이우창 선생이 부목 만드는 일에 몰두한 모습을 자하오는 넋 놓고 바라보곤 했다. 마치 독보적인 예술품이 탄생하는 과정을 감상하는 기분이었다. 자하오의 눈에서 불타는 열정을 읽은 청한이 제안했다.

"산양에게 신길 짚신을 우리가 만들어보자!"

이민과 청한은 지금은 거의 사라진 짚신 삼는 법을 인터넷에서 어렵사리 찾아냈지만, 사람용 짚신이라 동물에게 신기려면 형태를 바꿔야 했다. 루산과 MJ는 수공예 재료 상점과 채소 시장, 지역사회 어머니교실 등을 돌아다니며 적당한 지푸라기를 구해 왔다. 자하오는 몇 분간 재료를 만지작거리다 짚신을 삼기 시작했고, 두 손만으로 부족하면 발가락과 이까지 동원했다. 짚신은 제법 그럴싸한 모양이 되어갔다.

그 모습에 다들 어안이 벙벙했다.

'저 녀석이 산양용 짚신 제작 수업이라도 들은 건가?'

머릿속에 설계도라도 들어 있는 것처럼 자하오는 정교한 산양용 짚신을 뚝딱 만들어냈다. 심지어 산양의 발바닥 크기, 힘을 가하는 방식, 발목에 묶어 고정할 끈의 굵기에 따라 세세하게 조절할 수 있는 짚신이었다.

그리하여 다들 틈만 나면 자하오에게 짚신 삼는 법을 배웠다. 손발에 이까지 동원해 고생한 끝에, 마침내 두께가 각기 다른 짚신 여러 켤레가 만들어졌다. 이제 다음 진료 때 동물원으로 가져가 산양에게 신겨보는 일만 남았다.

'정글'에 들른 융제는 실습생들을 보고 멈칫했다. 다들 지푸라기 한쪽 끝을 입에 물고 다른 쪽 끄트머리는 발끝에 건 채, 한 곳만 뚫어져라 보느라 눈이 사시가 될 지경이었다. 이런 상황에서 괜스레 말을 걸었다간 공든 탑이 와르르 무너져버릴 상황이었다.

하지만 융제는 최대한 조용히 청한에게 다가가서 입을 열었다.

"어머니가 계속 찾으셔. 전화도 안 한다면서. 그날 화내고 가버린 일 때문에 걱정되시나 본데…."

청한은 70퍼센트쯤 완성된 짚신을 한쪽에 내려놓고 융제를 똑바로 쳐다보았다.

"우리 어머니 전화를 네가 왜 받아?"

"네가 안 받으니까 어쩔 수 없잖아."

"전에도 말했을 텐데? 내 일, 특히 우리 집안일에 나서지 말란 말이야!"

"난 그저 어머니 말씀을 전해주려는 것뿐이야. 사실 어머니도 힘드셔. 네가 없는 동안 네 걱정만 하느라 고혈압까지 생겼고…, 할머니 구순 생신날도 친척들 때문에 네가 곤란할까 봐 걱정하셨어. 그래서 네가 굳이 안 오길 바라셨는데…."

"어머니가 또 뭐라고 하셔? 다 말해. 넌 왜 우리 어머니랑 친한 척하는데? 우리 어머니한테 또 무슨 말을 했어?"

융제는 최대한 목소리를 낮췄으나 청한은 점점 감정이 격해졌다. 다들 못 들은 척하려 애썼지만 귓속을 파고드는 소리에 지금 뭘 엮고 있는지도 모를 지경이었다.

"말 좀 점잖게 하면 안 돼요?"

MJ가 엉망이 된 지푸라기 뭉치를 팽개치며 벌떡 일어났다. 그러더니 융제 곁으로 가서 청한을 매섭게 노려보았다. 청한이 한 마디라도 더하면 당장이라도 달려들 기세였다.

MJ와는 아무 상관도 없는 일이었다. 청한은 MJ는 거들떠보지도 않았고, 융제마저 내버려둔 채 가방을 챙겨 나가버렸다.

융제는 쫓아가고 싶었지만 그래 봤자 소용없다는 걸 알고 있었다.

"넌 아무것도 모르면서 왜 쓸데없이 참견이야!"

융제는 애먼 MJ에게 화풀이를 하고는 홱 돌아서서 나가버렸다.

이민, 자하오, 루산 세 사람은 태연한 척하며 엉망이 된 짚신을 수습하기에 바빴다. 다시금 발끝과 입에 지푸라기를 걸고 방금 전에 한 과정을 이어 짚신을 엮으려 안간힘을 썼다. 루산은 침묵을 견딜 엄두가 나지 않아 손가락이 지푸라기에 꽁꽁 휘감긴 상황에서도 일손을 멈추지 못했다.

MJ는 바쁜 척하기도 싫고 자리를 뜨기도 싫었다. MJ는 지금 귀밑에서부터 가슴까지 뜨거워지며 심장이 쿵쾅대고 있었다. 여자에게 이런 취급을 받기는 난생처음이었고, 융제가 무슨 생각을 하고 있는지도 처음으로 궁금해졌다.

관수리는 오랫동안 굶주린 것처럼 루산이 준비한 먹이를 매번 말끔히 먹어 치웠다. 그런 관수리를 보면서 루산은 아카이 선배가 언제 왔다 갔냐고 묻고 싶었다.

'대체 언제 왔다 가기에 마주치기가 이토록 힘든 걸까?'

관수리는 첫째 날개깃과 둘째 날개깃이 다 자랐고 살도 통통히 올랐다. 헤이우창 선생의 화이트보드에도 관수리를 야생으로 돌려보내라고 적혀 있었다. 그런데 하필 일주일 내내 비가 온다는 예보가 있었다.

"조금만 더 기다리자."

루산이 관수리에게 위로를 건넸다.

'선배가 같이 가자고 했으니 꼭 그렇게 하겠지?'

좋은 기회는 참고 기다릴 만한 가치가 있다. 좋은 사람도 마찬가지다. 그간의 경험으로 루산은 무언가를 얻으려 급하게 서두를수록 일을 망칠 뿐이라는 사실을 알게 됐다.

루산은 소동물과 복도를 배회하는 일이 습관이 되어버렸다. 점심시간마다 루산은 아카이와 마주치기를 기대하며 기약 없이 기다렸지만, 이날은 뜻밖에도 까칠해 보이는 남자와 맞닥뜨렸다.

쉰 살쯤 된 남자는 회색 작업복과 피곤에 찌든 얼굴, 초췌한 백발과 구부정한 등 때문에 더 나이 들어 보였다. 그러나 단전에서 끌어 올린 듯한 목소리는 제멋대로인 아이를 방불케 했다.

"여보쇼, 의사 양반! 이리 좀 와보쇼."

루산은 자리를 피하고 싶었으나 복도에는 자기밖에 없었다. 남자가 말을 건 상대는 틀림없는 자신이었다.

"내 개는 아닌데, 난 일하러 가야 하니 좀 맡아주쇼."

루산은 수건에 싸인 축축하고 연약한 무언가를 받아 들었다. 남자는 1천 위안 지폐 한 장과 함께 '왕전우'라는 이름과 전화번호, 주소가 적힌 쪽지를 내밀었다.

"이건…."

루산은 마치 폭탄을 안고 있는 것처럼 움직일 수 없었다. 남자가 멀어지고 나서야 루산은 자세를 살짝 바꾸어 조심스레 수건을 펼쳤다.

"휴우!"

다행히 사체는 아니었다. 회색과 검은색이 섞인 살아 있는 슈나우저였다. 슈나우저는 연약한 몸이 오줌에 잔뜩 젖은 채로 가냘프게 호흡하고 있었다.

'이대로 오후 진료 시간까지 기다려야 하나? 얘가 그때까지 버틸 수는 있을까? 내가 뭘 어떡해야 하지?'

슈나우저를 안은 루산의 팔과 가슴이 축축하게 젖어왔다. 강아지는 온몸이 젖어 있으니 무척 추울 것이 틀림없었다.

'누가 나 좀, 이 아이 좀 구해줬으면! 이럴 때 아카이 선배가 슈퍼맨처럼 나타나 주면 얼마나 좋을까!'

루산은 '아카이 선배'를 속으로 되뇌며 아카이가 나타날 만한 곳을 찾아다녔고, 불 꺼진 곳이라도 일일이 문을 두드렸다. 외래 진료실, 입원 병동, 엑스레이실, 초음파실, 레지던트 휴게실, 심지어 남자 화장실까지….

그때 완성된 짚신을 들고 화장실에서 나오던 청한과 자하오가 문 앞에 서서 울음을 터뜨리는 루산과 맞닥뜨렸다.

먼저 기본적인 검사를 하여 생명 징후를 확인하고, 강아지의 몸을 따뜻하게 해주어야 했다. 분명 루산과 똑같이 실습했는데 어찌 된 일인지 자하오는 차츰 안정적으로 슈나우저를 보살폈다. 그러나 그다음엔 어떻게 해야 할까, 이렇게 하는 것이 과연 맞을까, 그건 오직 하늘만이 알 것이다. 자하오는 그저 루산을 안심시키면서 슈나우저의 생명을 구할 수 있기를 바랄 뿐이었다.

청한의 전화 한 통에 융제가 몇 분 만에 달려왔다.

두 사람은 아무런 대화도 없이 슈나우저의 기본 생리학적 지표를 기록하더니, 슈나우저에게 링거를 꽂고 병상에 실어 복도 너머 입원 병동으로 데려갔다.

"두 사람 아이를 데려가는 것 같네."

눈물을 흘린 탓에 눈이 흐릿해진 루산이 자하오에게 말했다. 루산은 조금 전 무력감에 젖어 울부짖던 일은 어느새 까맣게 잊고, 청한과 융제가 모처럼 함께한 보기 드문 장면에 빠져 있었다. 두 사람이 커플이라는 소문은 이렇게 증명되었고, 이대로 간다면 결혼까지 골인할 것이 틀림없어 보였다. 흥분한 루산이 자하오를 잡아끌며 소리쳤다.

"그치, 내 말 맞지!"

하지만 자하오는 반응이 없었다.

'쓸데없는 소리 그만 좀 해. 함께하는 시간이 길면 결혼까지 가기 마련이겠지. 그런데 함께하려면 시작을 어떻게 해야 해? 어떻게 하면 친구에서 애인이 되는 건데?'

자하오에게 이런 일은 영어 원서보다도 훨씬 어려웠다. 하지만 지금은 그런 걸 따지고 있을 때가 아니었다. 오후 접수창구가 열렸으니 얼른 슈나우저의 진료 접수부터 해야 했다.

실습생 5인방은 힘을 합쳐 엮은 짚신을 산양들에게 신겨보았다. 짚신은 산양들의 발에 잘 맞았고 줄로 고정시키면 벗겨지지도 않았다. 산양들이 걸을 때 불편해하지도 않았다. 뜻밖에도 오랜 세월 골치를 썩이던 문제가 이렇게 해결된 것이다!

산양을 돌보는 사육사는 바이우창 선생보다 더 싱글벙글하면서 어떻게 이런 좋은 방법을 생각해 내고 실제로 만들어내기까지

했느냐고 감탄했다. 사육사는 학생들에게 시원한 음료수를 대접하고 보육실까지 둘러보게 해주었다.

여기가 내셔널지오그래픽 촬영 현장인가, 아니면 디즈니 만화 영화 스튜디오인가? 루산은 보육실에 들어서는 순간 녹아내릴 것만 같았다. 태어난 지 한 달도 안 된 아기 사자는 고양이처럼 작은 앞발에 침을 묻혀 털이 보송보송한 얼굴을 닦고, 붉은 털이 성성한 오랑우탄은 사람을 전혀 겁내지 않고 두 손으로 이민의 목을 감싸더니 손을 잡고 그네 쪽으로 데려갔다.

곤히 잠든 아기 곰은 봉제 인형과 똑같았다. MJ가 품에 안고 다양한 각도로 셀카를 찍어도 뱃살을 규칙적으로 오르내리며 단잠에 빠져 있었다.

이 공원에서 최초로 인공 번식한 아기 수달도 있었다. 사육사가 물속에 살아 있는 물고기를 넣어주며 나중에라도 굶어 죽는 일이 없게끔 사냥 훈련을 시키는데, 아기 수달은 헤엄도 사냥도 서툴기만 했다. 청한은 그 모습을 멍하니 바라보고 있었다. 이대로 세상이 멈춰도 괜찮겠다 싶었다. 아기 수달이 간신히 사냥에 성공하자 청한은 감동한 나머지 박수갈채를 보내고픈 심정이었다.

자하오는 '강강'이라는 침팬지의 품에 안겨 있었다. 두 살배기 침팬지의 몸무게는 자하오의 절반에 불과하지만 힘은 인간의 이삼십 배나 된다. 지금 침팬지는 손과 발, 입과 코로 자하오라는 생물을 탐색하고 있었다. 자하오는 침팬지의 호의를 온몸으로 느끼고 있었지만, 침팬지의 본능은 걱정스러웠다. 침팬지가 한순간 야성을 발현해 자신을 먹이로 삼는 건 아닐까?

그때 사육사가 나타나 자하오를 구해주고 침팬지를 아기처럼 품에 안아 데리고 갔다. 사실 사육사의 가장 큰 걱정은 강강이가 사람과 너무 친하다는 것이었다. 강강이는 모성이 부족한 어미가 낳아놓고 보살피지 않는 통에 어쩔 수 없이 사람 손에서 자랐다. 다른 침팬지들과 몇 번이나 합사를 시도했지만 어려서부터 사람과 함께 자란 강강이는 무리 생활에 좀처럼 적응하지 못했다.

몇 년만 있으면 어른 침팬지가 될 텐데, 그때는 어떻게 해야 할까? 아무것도 모르는 강강이는 고민하는 사육사의 얼굴을 쓰다듬어주었다. 그걸 보며 청한은 책에서 봤던 사실이 떠올랐다. 침팬지의 지능은 여섯 살 사람 아이와 같다는데, 강강의 눈에 비친 세상은 어떤 모습일까?

보육실을 나선 바이우창 선생은 일행을 데리고 강강의 어미를 보러 갔다. 어미 침팬지는 이 동물원은 물론 타이완, 심지어 아시아 전역을 아우르는 동물행동훈련 시범 동물이었다. 사육사들이 이미 어미 침팬지를 작업장에 데려다 놓았고, 어미 침팬지는 때때로 직원들에게 익살스러운 표정을 지어 보였다.

바이우창 선생은 어미 침팬지와 공놀이를 하면서 몇 번씩 공을 잃어버리고 침팬지에게 되찾아오게 했다. 차츰 친해지자 어미 침팬지를 울타리 근처로 유인해 청진기를 대고 진찰하고는 바나나를 상으로 주었다. 나중에는 손짓만 해도 어미 침팬지가 울타리 밖으로 손을 뻗어 두 번째 바나나를 받아 갔다. 결국 바이우창 선생이 팔에 지혈대를 묶고 채혈을 할 때까지 어미 침팬지는 얌전히 협조해 주었다. 이 모든 과정을 놀이로 생각했기 때문이다.

이것이 '조건 형성' 단계라고 바이우창 선생이 설명했다. 동물 행동훈련의 기본은 고전적 조건 형성 이론으로, 자극을 하여 반응을 일으키게 하는 것이다. 반복적인 학습 훈련을 통해 인과 관계가 없던 자극과 반응을 연결함으로써 A를 보면 자연스럽게 B라는 반응을 일으키게 만든다.

'나야말로 조건 형성 단계인가 봐.'

돌아오는 차 안에서 N번째로 아카이 선배를 떠올리며 미소를 짓던 루산은 자신이 야생동물과 별반 다르지 않다는 사실을 깨달았다.

융제는 슈나우저가 요로 결석이라는 진단을 내렸다. 이틀간 수액 치료를 하면서 기본 생리학적 지표는 모두 안정을 찾았지만, 슈나우저의 방광에는 아직 수술로 제거해야 할 더 큰 결석이 몇 개 있었다.

"그렇다면 수술을 서둘러야지!"

자하오는 직감적으로 반응했지만, 일은 그렇게 간단하지 않았다. 루산은 쪽지에 적인 번호로 여러 차례 전화를 걸었지만 "내 개 아니라니까"라는 대답만 돌아왔다. 그날 이후로 왕전우는 한 번도 개를 보러오지 않았다. 그래도 전화는 꼬박꼬박 받았는데, 주변이 너무 시끄러워서 루산의 설명을 제대로 듣지 못했을 수도 있었다. 루산은 슈나우저의 병세와 후속 처치에 대해 설명하고 수술 동의서에 서명해야 한다고 말했다. 무엇보다 수술비를 받아야 했다. 왕전우가 처음에 맡긴 1천 위안은 금세 바닥났다.

"그 정도로 심각해요? 뭐 죽으면 그만이지. 어쨌든 내 개 아니라니까."

왕전우에게 확실히 들은 대답은 이것뿐이었다.

"난 왜 이렇게 독하지 못할까?"

루산은 순둥이 슈나우저를 쓰다듬으며 중얼거렸다. 함께 지낸 지 고작 이틀 만에 슈나우저는 배를 내보이고 애교를 부리면서 루산의 발에 제 머리를 올려놓았다.

루산은 쪽지에 적힌 왕전우의 글씨체를 모방하여 대신 서명하고 지금까지 들어간 병원비와 수술비를 계산하기로 마음먹었다. 몇 달간 아껴 쓰면 그럭저럭 살아갈 수 있을 테니까….

"안 돼!"

자하오가 극구 반대했다. 자하오는 루산의 어깨를 잡고 흔들며 현실을 자각하라고 다그쳤다. 허스키를 입양한 자하오인지라 일단 개를 키우기 시작하면 얼마나 많은 시간과 정성을 들여야 하는지 잘 알았다.

"재는 네 개가 아니야. 모든 의료 절차에는 보호자의 동의가 필요하다고! 실현 가능한 방법을 좀 생각해 봐!"

이제 왕전우는 전화도 받지 않았다. 자하오와 루산은 쪽지에 남겨진 주소로 찾아갔지만 집에 아무도 없었다. 이웃에게 물으니 왕전우의 집이 맞았고, 뜻밖의 사실도 알게 되었다. 슈나우저는 왕전우의 딸이 키우던 개라는 것이었다.

딸은 대학에 다니면서 슈나우저를 키웠지만 다른 도시에 직장을 구해 떠나면서 아버지에게 개를 맡겼다. 공사장에서 막노동을 하는 왕전우는 새벽같이 나가서 밤늦게 돌아오기 때문에 개를 돌봐줄 수가 없었다. 이웃 사람은 혼자 남은 개가 종일 짖어댔는데 요즘 들어 조용해졌다고 말했다.

"그래서 개가 죽어도 상관없다고 했구나."

루산이 이렇게 중얼거리고는 씁쓸한 결론을 내렸다.

"수술 동의서에 서명할 리가 없어. 병원비도 안 낼 게 뻔하고."

"그치만 다른 이웃분 얘기로는 그분이 말씨는 거칠어도 마음은 엄청 약하대. 딸하고는 줄곧 서먹서먹한 관계였는데 개를 내다버리겠다고 하면서도 계속 데리고 있었다잖아. 아마도 개를 통해 딸과의 거리를 좁히고 싶었을 거야."

자하오가 이렇게 말하며 루산을 위로했다.

날이 저물어 거리에 가로등이 켜졌다. 두 사람은 왕전우의 집 앞에서 계속 기다렸다. 집집마다 하나둘씩 불이 꺼졌고, 밤 10시가 넘도록 왕전우는 나타나지 않았다. 자하오는 귀가한 왕전우가 틀림없이 보게끔 수술 동의서를 문틈에 끼워놓았다. 잠시 생각하던 루산은 동의서를 다시 빼내 슈나우저의 현재 상태를 자세히 적고서 배를 내보이며 애교 부리는 모습을 그려 넣었다.

이젠 기다리는 일만 남았다.

"내가 같이 기다려줄게."

오늘따라 울적해 보이는 슈나우저에게 루산이 말했다. 하지만 자신의 생활비로 병원비를 대고 있다는 말은 아무에게도 하지 않았다.

야생동물과의 실습이 끝났으나 관수리를 야생으로 돌려보내는 날은 오지 않았다.

루산은 여전히 소동물과의 입원 병동을 제집처럼 드나들었다. 그건 MJ도 마찬가지였다. '꽃미남'이라는 MJ의 별명은 언제부터인가 '입양 홍보의 달인'으로 바뀌어 있었다. 생후 갓 한 달이 지난 아가냥과 새끼를 몇 번이나 낳은 믹스견, 번식장에서 학대당하다 구출된 어미 개, 불치병에 걸려 다리 하나를 잃은 노령견에게 MJ는 차례차례 입양 가정을 찾아주었다. 루산은 조만간 MJ가 슈나우저의 동영상도 찍게 만들기로 마음먹었다.

그날도 루산은 여느 때처럼 슈나우저를 데리고 산책하려 했지만 슈나우저는 그날따라 통 걸으려 들지 않았다.

'아무도 널 원하지 않아도 걱정하지 마. 내가 있잖아.'

루산은 속상했지만 이런 부질없는 말을 속으로 되뇌었다. 그런데 슈나우저는 걷기 싫다고 떼를 쓰느라 복도에 주저앉은 것이 아니었다. 오줌을 싸고 있었다. 복도에 혈뇨의 흔적이 한 줄로 그어졌다. 더는 수술을 미룰 수 없다는 증거였다.

루산은 슈나우저를 한쪽에 묶어놓고 오줌 자국을 닦기 시작했다. 그런데 저쪽 끝에서도 누군가가 대걸레로 오줌을 닦으면서 다가오고 있었다. 그 사람은 청소 아주머니가 아니라 아카이 선배였다.

"이거 네가 그린 거야?"

아카이가 접힌 자국이 잔뜩 있는 종이를 들고 물었다. 배를 내놓고 애교를 부리는 슈나우저가 그려진 종이였다.

종이 뒷면은 수술 동의서였다. '왕전우' 석 자를 또박또박 쓴 서명과 함께 다음과 같은 글귀가 써져 있었다.

'고마워요. 강아지 이름은 보배입니다.'

아카이는 어제 아침 로비의 철문 아래 이 종이가 끼워져 있었다면서, 어느 동물의 수술 동의서인지 몰랐는데 그림 덕에 운 좋게 당사자를 찾았다고 했다.

"네가 정말 똑같이 그려서."

"마침내 서명을 받았어!"

루산은 슈나우저를 안고 외치며 팔짝팔짝 뛰었다.

"네 이름이 '보배'였구나. 넌 이름이 있고 주인도 있는 애였어. 아무도 원치 않는 개가 아니었어!"

흥분한 루산은 아카이를 그대로 얼싸안아버렸다. 그러고는 수술 동의서를 들고 융제를 찾아가려 했다.

"융제 선배는 외래 진료 중이야."

아카이가 다른 방향을 가리키자, 루산은 눈물이 범벅된 얼굴로 활짝 웃으며 그쪽으로 깡충깡충 뛰어갔다. 그러면서 아카이에게 손을 흔드느라 고양이를 안고 걸어오는 보호자와 부딪칠 뻔했다.

루산이 시야에서 사라지고 나서야 아카이는 의사 가운에 슈나우저의 분홍색 혈뇨가 묻은 것을 발견했다. 왼쪽 가슴께가 이상하게 뻐근했다. 우당탕 정신없는 귀여운 후배 때문에 마음이 미세하게 흔들리고 있었다.

7

청한은 야생동물과의 헤이우창 선생에게서 큰소쩍새 케이스를 받았다.

야생동물에 관심을 가진 사람이 드문 상황에서, 헤이우창이 자신과 성향이 비슷한 청한에게 호감을 느낀 것은 당연한 일인지도 모른다.

'한 사람은 온종일 뭐 씹은 얼굴이고, 한 사람은 무표정에 음침하기만 하고. 얼음장 같은 두 남자가 얼음 궁전처럼 음산한 데 틀어박혀 의기투합했네, 흥!'

이민은 심각한 표정이라면 자신도 청한에게 지지 않는다고 생각했다. 그런데 청한에게만 케이스가 주어지다니, 생각할수록 불만스러웠다.

자하오는 소동물과에서 암캐의 자궁축농증 케이스를 받았다.

'저렇게 미련한 애가…, 하늘이 멍청한 애를 불쌍히 여겼구나. 어쨌든 자하오가 보고서를 쓰려면 남보다 시간이 몇 배나 걸릴 텐데, 쳇!'

결국 자하오는 이런 확실한 케이스조차 망칠까 봐 막판에 이민에게 도움을 청할 것이다. 하지만 준비는 하루라도 더 할수록 좋은 법이다. 자하오도 받은 케이스를 자신은 왜 못 받았는지 이민은 의문스러웠다.

루산은 병리과에서 돼지위축성비염 케이스를 받았다.

'어차피 루산은 큰 프로젝트를 맡을 재목이 아니야. 코를 막고 참을성 있게 농장주와 소통하기에는 딱이지. 그러고 나면 병리실의 그 까탈스러운 언니 때문에 고생할 게 뻔하고. 흥!'

돼지위축성비염은 도전적인 요소라고는 전혀 없는 흔한 케이스다. 교수들도 관심이 없고 질문도 별로 안 하겠지만 혹여 디테일한 부분을 캐물어 루산이 당황할 수도 있다. 이민은 어찌 됐든 루산이 높은 점수를 받기란 불가능하다고 보았다.

반면 자신이라면 아무리 까다로운 질문에도 거침없이 응수하고, 하나를 제시하면 열 가지로 대답할 수 있다. 누구라도 감탄하면서 높은 점수를 줄 것이다. 그런데 이렇게 완벽한 자신이 왜 여태 케이스를 못 받았을까?

'MJ는, MJ는 케이스를 받았을까? 받았다면 어떤 케이스일까?'

이민이 잡담을 나누다 무심한 척 묻자 MJ는 향토극에 나오는 배우처럼 과장된 표정과 말투로 반문했다.

"무슨 케이스? 너는 뭘 받았냐?"

이민이 침착하게 대응했지만 MJ는 곧바로 눈치챘다.

"한 바퀴 쭉 돌면서 실습도 마쳤고 학기도 끝나가는데 여태 케이스를 못 받았으니, 에휴…."

이번에는 웹툰 속 빌런으로 변신한 MJ가 과장된 거짓 웃음을 지으며 세상을 파멸시키는 카운트다운 버튼을 눌러버렸다.

이민은 지금껏 남에게 져본 적이 없었다.

돌도 되기 전부터 유난히 빨리 기어다니기 시작했고, 초등학교 때 이 잘 닦기 시합에서도 늘 선두였다. 뭐가 됐든 점수를 매기는 일에는 무조건 뛰어들었고, 시합이라고 이름 붙은 행사에는 빠짐없이 참가했다. 하물며 이번에는 수의대 5학년 시기에 가장 중요한 세미나가 아닌가!

속칭 '세미나'로 불리는 임상증례토론은 매주 금요일 아침 진단센터 대강당에서 열린다. 5학년 실습생들이 돌아가며 케이스를 하나씩 보고하고, 단상 아래에는 각 과의 교수, 대학원생, 레지던트, 주치의로 구성된 군단이 버티고 있다. 전투력 차이가 현격하다 보니 실습생들은 저마다 비장한 걸음으로 단상에 올라 살아남을 길을 모색해야 했다.

'절대 질 수 없어!'

지금은 뒤처진 듯 보일지라도(아니, 이런 표현도 금물이었다) 이민은 머릿속에 여러 가지 대책을 세워놓았고, 상황을 지켜보다 행동에 나설 작정이었다.

대동물실은 병원 2층에 있었다. 제이슨 교수는 3년 전에 독일에서 박사 학위를 받고 돌아왔으며 기수로 보면 이민과의 차이가 10년이 채 되지 않았다. 나이 들어 보이려고 일부러 수염을 길렀지만 말과 행동에는 아직 청춘의 패기가 남아 있었고, 독일인의 강철 같은 규율로 엄격하게 사고하며 세상을 포용하는 열린 태도로 학생들을 지도했다. 그래서 병원 동료들도 일부러 학생들을 따라 그를 제이슨 '선배'라고 불렀다.

제이슨 교수의 방에 들어선 이민은 선생님이나 선배라는 호칭은 생략한 채 "좋은 아침입니다"라고 짧게 인사하고는, 능숙하게 노트북을 켜고 브리핑을 시작했다. 자신이 끼어들 틈도 없이 브리핑을 하는 이민의 모습에 제이슨 교수는 모닝커피를 흔들며 미소를 지을 수밖에 없었다. 이 자신감 넘치고 기세등등한 '세일즈 우먼'은 아주 훌륭한 제품을 들고 왔다. 그 제품은 바로 이민 자기 자신이었다.

"그러니 가능한 빠른 시일 안에 제가 대동물과에서 케이스를 받도록 해주십시오."

지금까지의 브리핑은 이 결론에 도달하기 위한 포석이었다. 이민이 말을 마칠 때까지 참을성 있게 기다린 제이슨 교수는 따뜻한 미소를 지으며 이민에게 커피 한 잔을 건네주고 자리를 권했다. 그러고는 이민의 청을 거절했다.

"첫째, 향후 2주 동안 임상증례토론용으로 쓸 만한 케이스가 있을지는 예측할 수 없어. 따라서 케이스를 준다는 장담도 할 수 없지. 혹시 있다고 쳐도 대동물과의 규정상 실제로 근무한 경험이 있어야 하고 이를 근거로 케이스를 내보내기 때문에, 여기서 말한다고 되는 게 아니야."

제이슨 교수는 이민이 끼어들 틈을 주지 않고 말을 이어갔다.

"내가 유일하게 예측할 수 있는 것은, 실제 현장에서 여자가 일하기란 쉽지 않다는 거야. 소나 말 같은 큰 동물은 대개 체중이 100킬로그램이 넘어. 기본 검사에도 상당한 체력이 소모되지. 목초지는 아름다워 보이지만 곳곳에 위험이 도사리고 있어. 대동물을 치료하는 현장에서 여학생은 키, 체중, 체력 같은 객관적인 신체 조건에서 선천적으로 열세에 놓여 있지. 게다가 목장 주인과 일꾼도 대부분 남성이고 말과 행동도 거친 편이야. 여학생은 보통의 경우 적응에 어려움을 겪더군…."

이민은 분했다. 입에서 '난 보통 여자가 아니야!'라는 말이 튀어나올 뻔했지만 꾹 삼켰다. 그 이성적인 제이슨 교수가, 여자가 남자보다 뒤떨어져 대동물 수의사가 되기에 적합하지 않다고 생각할 줄이야. 옛말에 선비를 죽일 수는 있어도 욕되게 해서는 안 된다고 했지만, 이민은 상대를 욕되게 하지도 화를 내지도 못했다.

결국 이민은 제이슨 교수를 찾아온 목적을 완전히 잊고 준비한 전략도 펼쳐보지 못한 채 물러서야 했다. 하지만 이민은 이를 악물며 스스로에게 맹세했다.

'앞으로 2주 안에 내 능력을 증명해 보이고 말겠어!'

가을비가 내리더니 날씨가 서늘해졌고, 소동물 입원실은 모처럼 한가해졌다. 융제는 정강이뼈가 부러져 부목을 댄 고양이 한 마리와 중성화 수술을 한 수캐 한 마리를 맡고 있었다. 두 마리 모두 예후가 매우 좋아 곧 퇴원을 앞두고 있었다.

병원에서 보호 중인 크고 작은 유기견과 고양이마저 MJ가 한 마리도 남기지 않고 입양 보낸 덕에 융제는 모처럼 휴가나 다름없는 한가한 시간을 보내고 있다. 그래서 MJ에게 왜 고맙다는 말도 없냐고 따지러 가지 않았다.

규정대로라면 레지던트는 실습생에게 케이스를 줄 수 없다. 그런데 MJ는 계속해서 개와 고양이의 입양을 권하는 동영상을 찍고 입원 동물 돌보미를 자청하고 나섰다. 심지어 소동물과에서 실습할 때보다 더 꼼꼼하고 부드러운 손길로 기꺼이 동물들을 보살피는 것이었다. 그 행동의 배후에 숨은 동기가 대체 뭘까, 융제는 아무리 생각해도 MJ의 속내를 알 수 없었다.

MJ는 유독 융제 앞에서 진지한 모습이었다. 한 공간에 둘만 있을 때는 보살피는 개와 고양이마저 조용해져서 융제는 자신의 숨소리와 심장 박동을 또렷이 느꼈다.

규정이 있으면 예외가 있는 법. MJ는 종종 예외에 속하곤 했다.

융제는 '고양이호흡기감염증후군' 케이스를 직접 MJ에게 주었다. MJ가 눈도 제대로 못 뜨는 아기 고양이들을 젖 뗄 때까지 돌보는 수고를 해주었기 때문이다. 이 케이스는 흔하면서도 토론을 확장할 여지가 있어, 융제는 MJ가 이를 통해 더 배우고 능력을 자유로이 발휘할 수 있으리라 여겼다.

"문제가 있으면 언제라도 찾아와."

융제가 말하자 MJ는 고개를 끄덕였다. 그러나 MJ는 융제를 찾아오지 않았고, 두 사람 사이의 거리는 조금도 좁혀지지 않았다.

'그래, 아무 문제 없다 이거지? 알아서 해라.'

융제도 적극적으로 나서서 MJ를 도울 생각은 없었다.

실습생들은 이제 대동물과에서 실습 중이지만, 외부 진료가 없을 때는 MJ나 자하오가 소동물과에 찾아와 루산을 도와준다는 걸 융제는 잘 알고 있었다. 루산은 요로 결석을 앓는 슈나우저를 돌보고 있었고, 슈나우저는 수술 후 회복이 잘되어 신장 기능과 혈액검사 수치가 모두 정상으로 돌아왔다. 어제부터는 스스로 밥을 먹기 시작했고 오늘은 산책까지 하고 왔다.

MJ는 슈나우저에게 밥을 주면서 콧노래를 흥얼거렸다. 한창 유행하는 남녀 듀엣 발라드였다. 아무렇게나 흥얼거리느라 소리가 커졌다 작아졌다 했지만 달콤하면서도 씁쓸한 가사가 융제의 귀에 쏙쏙 박혔다.

'MJ가 이 노래를 부르면 정말 좋겠는데?'

이런 생각이 드는 순간, 융제는 눈 감고도 놓을 수 있는 피하주사에 손가락을 찔렸다. 손가락 끝은 에어컨의 냉기에 차가워져 무감각했지만 피 한 방울이 솟아났다.

융제는 적당히 솜을 집어 지혈하고는 손을 뒤로 감췄다. 이런 어처구니없는 실수는 누구에게도 보일 수 없었다. 그러면서도 융제는 저도 모르게 입원실 쪽으로 향했고, MJ를 마주하자 이렇게 말하는 수밖에 없었다.

"슈나우저 보호자께 연락드려. 퇴원해도 된다고."

🐾

눈 깜짝할 새에 주말이 다가왔다. 대동물들은 아프지 않기로 약속이나 한 듯 출장 진료 기회가 한 번도 오지 않았다. 이민은 동물 출산과 소, 말의 질병 관련 자료를 모두 훑어보고 인수공통전염병까지 한 번씩 복습하면서 정기적으로 가는 외부 검진 날짜가 되기를 기다렸고, 드디어 그날이 왔다.

진료 차량이 서쪽 해안도로로 들어섰다. 곳곳에 서 있는 거대한 풍력 발전용 풍차들을 보며 바다 방향을 짐작할 수 있었다. 목장은 바다에서 멀지 않은 곳이었다. 약속 시간은 오후였는데, 목장 주인도 제이슨 교수가 즐겨 먹는 고기만두 가게가 오후에야 문을 연다는 걸 알기 때문이었다.

일찌감치 부근의 맛집 지도를 검색해 놓은 자하오와 MJ는 고기만두를 사면서 굴튀김, 굴전, 국수, 타피오카, 두부 푸딩까지 곁들였다. 오후 간식으로 너무 과하지 않나 싶었지만, MJ는 아직 깨끗한 작업복을 가리키며 말했다.

"곧 힘쓰는 일을 해야 하잖아. 든든히 먹어두자고!"

차를 세우는데 파도 소리가 들려왔다. 차에서 내려 바다로 향하던 중 썰물이 빠지면서 모래사장에 반짝이는 물결무늬와 깊고

얕은 발자국 같은 흔적을 새겨놓았다. 잔잔한 파도가 밀려왔다가 물러가자 다들 환성을 지르며 파도를 쫓아 달려갔다. 파도가 물러가도 웃음소리는 끊이지 않았다.

커다란 풍차 날개가 바람을 타고 때로는 빠르게 때로는 천천히 돌아갔다. 청한의 상념도 바람에 실려 머나먼 곳으로, 지중해 건너 유럽으로 날아갔다.

청한은 유럽에 있던 날 중 하루를 떠올렸다. 언덕을 따라 펼쳐진 초원에서 목에 방울을 단 소가 풀을 뜯고 있었다. 그때 청한이 하던 일은 단순 그 자체였다. 소를 몰고 나가 풀을 먹이고 다시 데려오면 되었다. 소는 풀도 느릿느릿 뜯고 걸음도 느릿느릿 걸었다. 그 움직임을 따라 규칙적으로 울리는 방울 소리에 청한은 마음이 편안해지곤 했다.

이렇게 동물과 함께하며 생로병사를 책임지지 않아도 되는 생활은, 수의사가 되지 않는다면 청한에게 최고의 생활 방식일 것이다. 청한이 그렇지 않느냐는 듯 소의 커다란 눈망울을 들여다보자 소는 대답 대신 하늘을 올려다보며 "음매!" 하고 울었다. 길고 깊은 소리가 멀리멀리 퍼져나갔다. 청한의 눈빛에 담긴 의미를 소가 이해했는지 아닌지는 그리 중요하지 않았다.

바다 쪽에서 불어오는 바람에는 바닷물의 짠내와 굴 비린내가 섞여 있었다. 바람에 머리가 헝클어진 루산은 굴튀김을 크게 한 입 베어 물며 행복해했다. 한 입만 먹겠다던 이민은 국수 맛에 깜짝 놀랐고, 몇 그릇 더 사 오지 그랬냐며 자하오를 타박했다.

MJ는 한 손으로 음식을 먹고 한 손으로는 셀카를 찍는 동시에 무수히 쏟아지는 댓글에 답글까지 달고 있었다. MJ가 인스타그램에 업로드한 본인 사진은 모두 연예인 필터라도 적용한 듯 돋보였으며, 다른 사람과 함께 찍은 사진에도 '좋아요'가 잔뜩이었다. 잘생긴 외모 덕에 MJ가 올린 사진은 늘 인기였다.

"다 먹었으면 이제 일하러 갈까?"

제이슨 교수는 차에 오르자마자 작업 모드로 전환했다. 목장까지는 차로 10분 거리였다.

소들이 활동하는 바닥은 축축하고 물컹해서 발에 닿는 기분이 묘했다. 힘을 주어야만 진창에서 장화를 빼낼 수 있었다. 일행은 서로서로 부축하며 조심스레 한 걸음씩 발을 내딛었다. MJ가 힘주어 발을 떼는 순간 진흙덩이가 자하오 쪽으로 날아갔다. 자하오가 잽싸게 피하는 바람에 진흙덩이는 이민의 장화에 내려앉았다.

"더럽게 무슨 짓이야! 이 안에 소똥이랑 풀도 왕창 있잖아!"

이민의 흰 장화 반쪽이 검푸르게 물들었다. 발을 들어 반격하려는 이민에게 MJ가 재빨리 해명했다.

"사실 소똥은 소화된 풀일 뿐이야. 냄새 하나도 안 나는데, 색도 마치 엄마가 아침에 믹서로 갈아주는 건강 녹즙이나 녹차라테 같지 않아?"

그러고 보니 정말 비슷해 보였다. 이민은 당분간 건강 녹즙은 마시고 싶지 않을 것 같았다.

제이슨 교수가 아까부터 엄한 눈길로 이쪽을 주시하고 있다는 청한의 귀띔에 일행은 장난을 멈추고 입을 다물었다.

'애네들 대학생 맞아? 초등학생처럼 유치한데.'

청한은 이런 생각이 들었지만, 발치에 있는 소똥을 보니 정말로 건강 녹즙이 떠올라 웃음을 터뜨리고 말았다.

소들이 오후의 착유를 마치고 착유실에서 줄지어 돌아왔다. 네모지고 튼실한 몸이 잇따라 들어오는 모습은 굽이치는 흑백 성벽처럼 장관을 연출했다. 루산은 놀이공원에 놀러 온 아이처럼 방방 뛰면서 연신 소리를 질렀다.

"다들 여기 좀 봐! 세상에!"

보다 못한 제이슨 교수가 루산에게 다가가 엄하게 꾸짖었다.

"첫째, 목장은 위험한 곳이야. 걸음을 옮길 때마다 조심하고 자신의 안전은 스스로 책임져야 해. 둘째, 그렇게 높은 소리로 자꾸 떠들면 소들이 놀랄 수 있어. 특히 우리는 외부인이니 더 조심해야지. 셋째, 자넨 일하러 온 거지 놀러 온 게 아니라고."

30분 전 해변에서 명랑하고 상냥하던 모습은 온데간데없었다. 제이슨 교수는 루산에게 인정사정없이 면박을 주었다.

바닥이 온통 진창이라 루산은 내내 고개를 숙이고 조심조심 걸어야만 했다. 그런데 잠깐 흥분한 모습이 딱 걸려 호되게 꾸지람을 들은 것이다. 자하오는 마음 여린 루산이 울고 있지는 않을까 걱정스러웠다. 둘은 소동물과 복도에서 늘 함께 벌을 서던 동지였다. 자하오는 혹시라도 상처받았을 루산의 뒤를 따라다니며 위로할 기회를 살피고 있었다.

시멘트가 깔린 통로에 들어서자마자 루산은 미끄러운 바닥에서 중심을 잃고 비틀거리며 비명을 질렀다. 제이슨 교수가 또 뒤를 돌아보자 자하오가 재빨리 몸을 날려 루산을 부축했다. 정작 자신의 발목은 이상한 각도로 틀어지는데도 자하오는 루산을 단단히 받쳐주었다.

"아무 일 아니야."

자하오는 언제나처럼 사람 좋은 웃음을 지어 보이며 일행을 안심시켰다.

제이슨 교수는 닭갈비를 먹을 때 끼는 것 같은 비닐장갑을 끼었다. 손은 물론 팔목을 지나 어깨까지 연결되는 기다란 장갑이었다. 이어 젖소의 항문에 손을 집어넣고는 조심스레 여러 번에 걸쳐 소똥을 빼냈다.

소똥을 거의 다 빼내고 초음파용 탐침을 소의 몸속에 깊숙이 집어넣자, 청한이 들고 있던 초음파 스크린에 몸속 상태가 나타났다. 제이슨 교수가 다른 손으로 스크린을 가리키며 설명했다.

"이것이 왼쪽 난소이고, 지금 보는 이건 황체인데 크기를 재볼까…. 여기 오른쪽 난소에는 황체가 잘 안 보이는데, 한번 찾아보자…."

이민과 청한은 제이슨 교수의 설명을 다 이해했지만 MJ, 자하오, 루산은 스크린에 뜬 흑백 화면을 전혀 볼 줄 몰랐다. 젖소 체내의 3D 모양 장기가 스크린에는 2D로 전환되어 나타나기 때문에, 이를 이해하려면 상당한 해부학 및 생리학 지식은 물론 상상력까지 동원해야 했다.

일행은 놀라운 발견이라도 한 듯 눈빛을 교환했다. 가끔 불편함을 느낀 젖소가(아무래도 이물질이 몸속에 들어와 있다 보니) 음매, 하고 나지막이 울면서 뒷발질을 했다. 그러면 제이슨 교수는 잽싸게 비켜섰고, 젖소와 교수를 둘러싼 채 지켜보던 일행도 침착하고 신속하게 뒤로 물러났다. 저렇게 굵은 다리에 차였다간 누구도 성치 못할 터였다.

"소가 불안해할 때는 옆구리를 살살 두드려주면 긴장이 좀 풀려. 워, 워, 이렇게 규칙적이고 낮은 소리를 내는 것도 진정시키는 데 도움이 되고."

제이슨 교수가 설명했다.

하지만 소 옆구리에 손을 댈 용기 있는 사람은 아무도 없었다.

그리하여 다 같이 두 번째 방법을 쓰기로 하고, 제이슨 교수가 알려준 대로 최대한 낮은 음성으로 '워, 워' 합창하기 시작했다. 마치 여름밤 개구리 울음소리처럼 들렸다. 이 방법이 효과가 있자 용기를 얻은 일행은 소리를 좀 더 크게 냈다. 지금으로서는 이것이 교수를 도울 유일한 방법이었다.

누군가는 가슴에서 우러나는 소리를, 누군가는 입으로 소리를 내는데, '워, 워' 소리에 신기하게도 젖소는 더는 다리를 움직이지 않고 가만히 있었다. 제이슨 교수는 '개구리 합창단'의 노래에 둘러싸여 소의 직장(直腸) 검사를 무사히 마쳤다.

일정을 마치고 작업복과 작업화를 벗는 자하오의 동작이 눈에 띄게 굼떴다. 진료 차량에 올라타고서야 MJ는 자하오의 발목이 야구공처럼 부어오른 것을 발견했다.

"얼른 편의점 가서 얼음 사다가 냉찜질해야겠다. 발목은 언제 접질렸어?"

제이슨 교수의 물음에 자하오는 자기도 기억이 안 난다며 머리를 긁적거렸다. 하지만 루산은 자기 탓인 걸 알고 거듭 사과했다.

병원에 돌아오자 자하오의 발목은 한층 부어올라 걷기가 힘들 정도였다. 루산과 MJ가 양옆에서 부축했지만 둘이 워낙 키 차이가 나다 보니 걷는 속도가 달랐다.

몸놀림이 둔한 루산은 도와준다는 게 오히려 방해만 되는 모양새였고, 자하오는 통증에 눈물까지 맺히면서도 "괜찮아"를 연발했다. 참다못한 MJ가 걸리적거리니 진료 도구나 치우라며 루산을 쫓아버리고는 청한과 함께 자하오를 응급실로 데려갔다.

대동물과는 확실히 체력 소모가 많은 곳이었다. 루산은 출장 진료에 나선 지 반나절 만에 탈진할 지경이었다. 도구들을 깨끗하게 씻어 정리한 후 2층 대동물실로 올라가는데, 더는 움직이지 못할 정도로 지친 다리마저 주인을 원망하는 듯했다.

현장에서 배우는 속도도 느린 데다가 동작도 둔하고 미련해서 자하오까지 다치게 하다니…, 1층과 2층을 오가며 도구를 정리하던 루산은 공연히 심통이 나서 무슨 병원에 엘리베이터도 없냐고 툴툴거렸다. 마지막으로 고약한 냄새가 밴 작업복이 가득 든, 자기

키보다도 큰 세탁 바구니를 안고 계단을 반쯤 올라갔을 때였다.

갑자기 바구니가 가벼워진 느낌이 들었다.

'설마, 이민이 양심의 가책을 느끼고 도우러 왔나?'

"도움이 필요하면 날 불러."

하지만 목소리의 주인공은 남자였다. 루산에게 이렇게 말할 수 있는 사람은 자하오뿐이지만 분명 자하오 목소리는 아니었다.

남자는 루산의 걸음에 맞춰 걸어갔다. 냄새 풍기는 빨래 더미 사이로 그의 발이 보였다.

'아카이 선배?'

루산은 속으로 아카이 선배이기를 간절히 바라고 있었다. 지금 가장 보고 싶은 사람이었다. 세탁실에 도착해서야 궁금증이 풀렸다. 상대는 정말 아카이 선배였다!

"젖소 농장에 다녀왔구나? 냄새로 딱 알겠네."

아카이가 말했다. 하지만 관수리의 방사에 관해서는 아무 말도 없었다. 얼마 전에 깊은 대화를 나누고 약속한 것이 우연이었듯, 이번 만남 또한 그저 우연으로 돌려야 할 것 같았다.

"네, 직장 검사하는 방법을 배웠어요. 정말로 소 몸속에 팔뚝 전체가 들어가는데, 몸속이 참 따뜻하더라고요. 우리 조원 하나는 소똥이 건강 녹즙 같다고 하는 거 있죠. 하하하!"

루산이 실습 일화 중 최대한 재미있는 부분을 골라서 이야기했는데도 아카이는 웃지 않았다. 옷을 넣은 세탁기가 돌아가기 시작했지만 루산은 적당한 얘기가 떠오르지 않았다.

"밥은 먹었어?"

"아직 안 먹었어요."

설령 배부르게 먹었어도 루산은 안 먹었다고 대답했을 것이다.

"같이 먹으러 갈까? 늦은 시간이라 문 연 곳은 야시장밖에 없겠지만…."

루산은 속으로 쾌재를 불렀다. 아카이 선배와 함께라면 뭘 먹어도 상관없었다. 아융에게 차인 그날 이후 루산은 야시장에 발을 들이지 않았다. 그날의 비참한 장면을 홀로 마주할 용기가 없었기 때문이다. 하지만 오늘 저녁은 혼자가 아니니까….

루산은 헬멧을 쓰고 아카이의 오토바이 뒷자리에 탔다. 하지만 손을 어디에 둘지 난감했다.

아카이가 시동을 거는 순간 아카이의 핸드폰이 다급하게 울렸다. 샤오페이였다. 병원에 입원한 나이 많은 말티즈가 발작을 일으켰다며 아카이를 찾고 있었다.

"알았어. 금방 갈게."

아카이는 어쩔 수 없다는 듯 웃음을 지었고, 루산도 억지로 미소를 지으며 말했다.

"괜찮아요. 얼른 가보세요."

아카이가 몇 발짝 가다가 뒤돌아보며 루산을 불렀다.

"전화번호 좀 알려줄래?"

루산이 번호를 말하자 핸드폰이 바로 울렸다.

"그게 내 번호야."

아카이는 손을 흔들더니 서둘러 달려갔다.

핸드폰에 뜬 아카이의 번호를 바라보며 루산은 생각했다.

'오늘 진짜 행운의 날이구나.'

슈나우저의 보호자 왕전우와는 좀처럼 통화가 되지 않았다. 참을성 있게 기다려야 한다고 루산은 스스로 위로했다.

'바빠서 못 받는 거겠지. 좋은 소식을 전하는 거니까 얼마든지 기다려줄 수 있어.'

슈나우저의 퇴원이 결정되고 사흘 만에 왕전우가 마침내 전화를 받았다. 그는 30분쯤 기다려달라고, 일이 늦게 끝나면 좀 더 걸릴 수도 있다고 했다.

얼마 뒤, 왕전우가 병원 로비에 나타났다. 지난번처럼 공사장 흙먼지를 뒤집어쓰고, 초췌한 백발에 등이 구부정한 피곤한 모습이었다. 그는 이리저리 두리번거리며 루산에게 물었다.

"우리 개는요?"

슈나우저가 왕전우의 발치로 달려가 냄새를 맡더니 반갑다고 펄쩍펄쩍 뛰었다. 루산이 개를 안아 건네주자 왕전우는 개의 머리끝부터 발끝까지 자세히 살폈다.

"얘가…, 얘가 정말 우리 개 맞아요? 이런 모습은 처음 보는 거라서요."

왕전우는 도저히 믿기지 않는 듯 활짝 웃으며 슈나우저의 부드러운 털을 어루만졌다.

"지금 보니까 참 귀엽게 생겼구나. 눈도 엄청나게 크고…. 그래서 우리 딸이 널 '보배'라고 불렀나 보네."

왕전우를 보며 루산은 그가 딸도 애지중지 아꼈을 것이 틀림없다고 생각했다. 다만 강아지는 딸이 집에 거의 오지 않으니 슈나우저를 목욕시키거나 귀 청소를 해줄 사람이 없었을 것이다. 털이 제멋대로 엉켜서 새카맣게 변하도록 방치하고, 오줌을 참느라 배뇨에 어려움을 겪어도 아무도 신경 쓰지 않았을 것이다. 그럴 여력이 없다는 게 더 정확하겠지만.

루산은 퇴원 후 주의 사항을 자세히 설명했다. 개에게 물을 충분히 마시게 하고 산책을 자주 시킬 것, 그리고 오줌을 억지로 참게 해서는 안 된다는 말도 덧붙였다. 하지만 왕전우는 손을 내저으며 말했다.

"못 해요! 일하러 다니느라 바쁜데 그럴 시간이 어디 있다고."

"주의 사항을 지키지 않으면 재발할 수 있습니다. 이런 견종은 특히 주의해야 해요."

루산과 자하오가 병원 문밖까지 따라가며 간곡히 당부했지만 왕전우는 "재발하면 그땐 죽는 거지"라는 한 마디를 남기고 트럭에 올라 액셀러레이터를 밟았다.

이런 상황에서 뭘 더 할 수 있단 말인가!

루산은 자하오를 바라보며 지난 일주일 동안 자신이 했던 일을 되새겨보았다. 슈나우저를 위험에서 구한 일이 과연 무엇을 위해서인지 알 수가 없었다.

동물병원 입구에 모여 출장 진료를 떠나는 시각은 새벽 4시. 늦는 사람은 그대로 아웃이었다.

이는 새벽 3시 50분까지는 진료 장비를 챙겨 입구로 내려가 차에 실어야 한다는 뜻이었다. 이렇게 서두르는 것은 착유 시간에 맞추기 위해서였다. '젖소 열 마리 중 여덟 마리는 유방염에 걸린다'는 정보는 이민에게 매우 고무적이었다.

이민을 깨운 것은 알람 시계가 아니라 오늘 반드시 케이스를 받고야 말겠다는 의지였다. 이민은 밤새 잠을 설치며 "유방염아, 기다려라! 내가 간다!"를 외칠 정도였다.

제이슨 교수는 발을 다친 자하오에게 병가를 신청해도 된다고 했지만 자하오는 목발을 짚고 기어이 따라나섰다.

"제가 도울 일이 있으면 도울게요."

자하오는 자기가 없으면 다른 조원들이 힘들어질까 걱정스러웠다. 하지만 목발에 의지하는 자하오가 현장에서 무엇을 도울 수 있을까?

MJ는 마지막 1초를 남겨놓고 슬라이딩했다. 헝클어진 머리와 핏발 선 눈을 모자와 선글라스로 가린 모습이 꼭 눈에 띄지 않으려는 연예인 같았다. MJ는 자리에 앉자마자 고개를 숙이더니 눈을 감고는 10여 분 전에 끊긴 잠을 이어서 잤다.

루산은 차에 타자마자 가방을 뒤적거렸으나 핸드폰이 보이지 않았다. 급히 나오느라 깜빡한 것이 틀림없었다. 혹시라도 전화가 오면, 기대했던 번호가 다시 뜨는데 못 받으면 어쩌나 싶어 루산은 가는 내내 마음이 편치 않았다.

목장에는 5시가 다 되어서 도착했다. 아직도 날이 어둑했다. 실습생들은 싸늘한 바람 속에서 목을 움츠리며 무거운 외투를 벗고 장화로 갈아 신었다. 기구를 손에 드니 얼음장처럼 차가웠다.

목장 직원들은 이미 땀을 뻘뻘 흘리며 바삐 움직이고 있었다. 옅은 새벽안개 속, 착유실에서는 따뜻한 김이 피어오르고 불빛 아래 줄지어 선 소들과 직원들이 멋진 실루엣을 만들어냈다. 그러나 지금은 감상할 여유가 없었다. 제이슨 교수가 목장주의 허락을 받고 실습생들에게 착유 연습을 시켰기 때문이다.

“이렇게, 손을 쭉 내리면서 짜면 우유가 나와요. 너무 세게 힘 주지 말고요.”

목장 안주인이 숙련된 손길로 몇 번 젖을 짜자 우유가 쭉쭉 분사되어 통 하나를 금세 채웠다.

“이번에는 학생들이 직접 해보세요.”

루산은 젖을 짜내지 못하는 것은 물론 쪼그려 앉으니 다리가 아파 죽을 지경이다. 그래서 몸을 일으키다가 안주인이 방금 짜낸 우유 한 통을 뒤집어엎었다. MJ는 젖 짜는 법을 금세 익히고 왼손과 오른손을 번갈아 놀렸지만 반 통도 못 짜고 손목이 끊어질 듯이 아팠다. 이미 경험이 있는 청한은 정확한 자세로 신속하게 젖을 짜며 위생에도 신경을 썼다.

이민은 오른손으로 해보다가 불편해서 왼손으로 바꿔도 보고 몇 번이나 자세를 바꿔가며 쪼그리고 앉아봤지만 영 자세가 나오지 않았다. 결국 '누가 이기나 해보자'는 기세로 기마 자세를 취하며 '대결'을 준비했다. 이민의 독기 어린 표정을 본 목장 안주인은 이러다간 젖소를 죽이겠다 싶었는지 황급히 다가와서 말했다.

"시간이 다 되었으니 오늘은 여기까지 하죠."

발이 부은 자하오는 장화를 신을 수 없어서 바닥이 미끄러운 착유실에 들어가지 못하고 문 앞에 선 채 한 직원과 이야기를 나누었다. 공교롭게도 그는 목장주의 아들이었다. 자하오와 마찬가지로 가업의 후계자로서 그 역시 아버지의 기대를 한 몸에 받으며 축산학과에 진학했고, 대학에서 전문적인 교육을 받은 후 목장으로 돌아왔지만 배운 것을 제대로 활용할 수가 없었다. 전통 관념과 새로운 기술의 갈등, 가치관의 장벽에 부닥치다 보니 목장주 아버지와의 충돌이 나날이 심해졌다.

자하오는 목장주 아들에게서 졸업 후 자신의 모습을 보았다. 첫 만남부터 동질감을 느낀 두 사람은 연락처까지 교환했다.

목장을 나설 때는 날이 완전히 밝았지만 회색 구름이 묵직하게 드리워져 하늘이 잔뜩 흐렸다. 어쩌다 구름 사이로 해가 얼굴을 내밀며 뜨거운 기운과 빛을 내뿜기도 했으나 미처 느낄 사이도 없이 구름이 다시 가려버렸다.

시내에 들어서자 출근 시간대와 겹치는 바람에 진료 차는 가다 서기를 반복했다. 자세를 바꿔가며 줄기차게 잠을 자는 MJ는 마치 패션 화보에서 카메라를 보지 않은 채 눈을 감고 자기 모습에 도취하거나 생각에 잠긴 모델 같았다. 자하오는 발목이 부어오르는 것을 느끼며 아까 무리하게 서 있었던 일을 후회했다.

루산은 피곤하진 않은데도 눈꺼풀이 자꾸만 무거워지더니 결국 깊은 잠에 빠졌고, 청한은 앞자리 의자와 차창에 머리를 박을 때마다 잠에서 깨어났다.

제이슨 교수는 눈앞의 차량 행렬과 시계를 번갈아 보았지만 초조한 기색은 드러내지 않았다. 조수석에 앉아 있던 이민은 이때다 싶어 화력을 총동원했다. 목장의 자료·병력·투약 기록, 최근 인근 지역에서 발생한 유방염과 계절 및 기후의 연관성, 농장 동물 사육 관리의 특성 등에 대한 의견을 개진하며 차에서 내리기 전에 반드시 케이스를 받고야 말겠다는 의지를 불태웠다.

제이슨 교수는 교통 법규를 위반하며 끼어든 택시에 가볍게 경적을 울렸다. 이어서 이민에게는 지난달에 다른 학생에게 이미 유방염 케이스를 배정해 주었으며, 오늘은 단지 후속 진료였을 뿐이라고 말해주었다.

'뭐라고? 언제 그렇게 된 거야?!'

차 안은 한순간 정적에 휩싸였다. 이민은 입을 다물었지만 그렇다고 포기한 것은 아니었다. 아랫입술을 꽉 깨물며 다음 케이스를 궁리했다.

두 번째 목장에 도착했을 때는 약속된 시간이 훌쩍 지나 있었다. 목장 주인이 일행을 위해 준비한 아침 식사도 싸늘하게 식어버렸지만 제이슨 교수는 폐를 끼치지 않기 위해 순식간에 아침을 해치웠다. 비몽사몽에 차멀미의 여파가 가시지 않은 실습생들도 서둘러 음식을 삼켰고, 그 와중에 감사하다는 말도 잊지 않았다.

제이슨 교수가 일행에게 물었다.

"곧 수술에 들어갈 건데, 누구 어시스턴트 해줄 사람?"

이민이 입안에 든 음식을 꿀꺽 삼키며 번쩍 손을 들었다.

"그러면 '소의 제4위 전위증'이 뭔지 설명해 봐."

이민은 교재에 나왔던 그림을 잽싸게 되새겼다.

"출산 직후 젖소에게 흔히 나타나는 대사 질환입니다. 임상 증상은 식욕 부진, 젖 분비량 감소, 탈수로 인한 안구 함몰, 복부 통증으로 인한 장기간의 소화 장애, 점진적인 영양실조로 인한 체중 감소입니다. 네 번째 위가 회전해서 가스가 배출되지 못하면 위가 극도로 팽창해서 왼쪽 옆구리와 하복부가 눈에 띄게 돌출된 모습을 볼 수 있습니다."

"그걸 어떻게 확진하나?"

제이슨 교수가 또 물었다.

"핑 테스트(ping test)[*]를 실시하면 됩니다. 왼쪽 열한 번째에서 열세 번째 늑간 위쪽으로 3분의 1 지점에서 금속음이 들립니다.

[*] 해당 부위의 외부에 청진기를 대고 손가락을 튕기면서 '핑!' 하는 금속음이 들리는지 알아보는 진단법.

하지만 늑골궁 안쪽에서 첫 번째 위의 소리가 전혀 들리지 않을 때 해당 증상으로 확진할 수 있습니다."

이민은 요점을 유창하게 설명하며 소의 몸에 청진기를 대고 시연까지 했다.

이제야 정신을 차린 자하오와 루산은 이민을 보며 속으로 찬탄했다. 자기들은 책에서만 봤을 뿐 제대로 이해하지도 못했는데, 이민은 어떻게 단번에 능숙하게 시연까지 한단 말인가?

'노트에 적힌 내용을 머릿속에서 여러 번 시뮬레이션한 결과가 틀림없어.'

이런 생각이 들자 청한은 얄밉기만 했던 이민이 꽤나 흥미로워지기 시작했다.

제이슨 교수는 고개를 끄덕이며 이민에게 칭찬과 동의를 표했다. 이렇게 해서 이민이 수술 어시스턴트를 맡게 되었다.

제이슨 교수가 보충 설명을 했다. 초기에는 비침습적인 우체회전법(牛體廻轉法)을 시도할 수 있다. 즉 소의 몸을 바닥에 눕혀놓고 왼쪽 또는 오른쪽으로 돌리면서 체위 변화와 외부의 압박을 통해 네 번째 위를 원위치로 되돌릴 수 있는지 알아보는 것이다.

이 소는 야위었지만 뼈대만 해도 소형차 한 대쯤 되는 몸집이었다. MJ는 소를 제압하여 배를 누르는 상상만 해도 온몸에서 진땀이 났다. 다행히 이 소는 2주 전에 이 방법을 시도했으나 효과가 없어 오늘 바로 수술에 들어갈 예정이었다.

청한은 오른쪽 옆구리 수술할 부위의 털을 면도하고 소독했다. 루산은 수술 도구를 준비하며 이민이 수술복으로 갈아입고 손을 씻고 수술 장갑을 끼는 것을 도왔다. MJ는 제이슨 교수의 지시에 따라 소에게 수액을 놓았다. 이어 수술이 시작되었다.

메스를 든 제이슨 교수는 때로는 설명을 곁들이고 때로는 눈앞의 상황에 집중했다. 그러면서 이민에게 계속 주의를 주었다.

"자네는 어시스턴트지 집도의가 아니야. 집도의가 진행하기 편하도록 협조하고 수술 부위의 시야 확보에 주력해."

이것이야말로 어시스턴트의 역할이자 요체였다. 세월이 흐른 뒤에도 청한은 이 말을 기억하고 있었다.

이민은 고개를 끄덕였다. 땀에 젖은 마스크 때문에 숨쉬기가 불편했지만 어떻게든 버텨야 했다. 반소매 아래 드러난 팔뚝은 소름이 잔뜩 돋은 채 쉬지 않고 떨렸고, 추위도 추위지만 이민은 힘을 쓰느라 앉은 자세를 바꿔가며 온몸으로 버티고 있었다.

얼굴을 수술 부위에 붙이다시피 하면서 김이 무럭무럭 솟는 소의 체온과 체취를 그대로 느끼고 있노라니 머릿속에서 갑자기 김이 오르는 우육면이 떠올랐다. 그러자 불현듯 허기가 느껴지며 배에서 꼬르륵 소리가 크게 났다. 다들 그 소리를 들었지만 그런 데 신경 쓸 겨를이 없었다.

자하오는 거추장스러운 목발을 내려놓은 지 오래였다. 관절 깊숙한 곳에서 은근한 통증이 올라왔지만 고생하는 일행을 보고만 있을 수가 없었다. 자하오는 수액이 떨어지는 속도를 점검하고 소의 호흡과 심장 박동을 체크했으며 귀찮게 달려드는 모기도 쫓았다. 또 제이슨 교수와 이민에게 도구를 건네주고 땀을 닦아주며 틈틈이 따뜻한 물도 먹여주었다.

자하오는 '소의 제4위 전위'가 무엇인지도, 수술이 어디까지 진행됐는지도 모른 채 두 사람의 뒷모습만 지켜보고 있었다. 제이슨 교수가 설명을 멈춘 것으로 미루어 상당히 애를 먹는 상황 같았다. 그 말 없는 뒷모습을 보며 자하오는 아버지가 떠올랐다. 아버지는 말주변이 없고 입만 열면 거친 말부터 내뱉었다. 혼자서 아침부터 저녁까지 양돈장의 대소사를 처리하려면 얼마나 강해야 할까? 그래서인지 아버지의 뒷모습은 철옹성처럼 단단하면서도 한편으로는 양돈장의 낡은 시설들처럼 한없이 노쇠해 보였다.

'5학년을 마치면 집으로 돌아가 양돈장 일을 돕자.'

자하오가 다짐했다. 실습을 무사히 마치든 못 마치든, 졸업을 하든 못 하든 그럴 작정이었다. 그러지 않으면 자하오는 다른 목장에 왕진 갈 때마다 아버지 생각이 날 것이다. 자신이 왜 다른 목장에 있는지 의아할 것이다.

수술이 끝났을 때는 어느덧 오후 2시였다. 집도의와 어시스턴트가 벗어놓은 수술복은 짜면 물이 나올 정도로 흠뻑 젖어 있었다. 제이슨 교수는 목장 주인이 제공한 점심을 정중히 사양하고 시멘트 바닥에 주저앉아 휴식을 취하며 스트레칭을 했다. 새벽부터 지금까지 10시간 넘게 일해서 너무 피곤한 데다가 세 번째 목장까지 예약이 잡혀 있었다.

"운전할 사람?"

제이슨 교수가 묻자 다행히 자하오가 가장 먼저 나섰다. 이민은 본능적으로 손을 번쩍 들었지만 자신은 면허도 없다는 사실을 이내 깨달았다. 이민은 아직도 온몸이 덜덜 떨렸다.

"가장 먼저 어시스턴트를 맡아서 수술을 무사히 마쳤으니 이 케이스는 당연히 내 차지야."

이민은 속사포처럼 말을 쏟아냈다. 루산은 이민의 입술이 파래지고 이가 덜덜 떨리는 것을 보자 재빨리 두꺼운 외투를 덮어주고 목도리를 둘러주었다. 잔뜩 흥분한 이민은 연신 재채기를 하면서도 말을 멈추지 않았다.

세 번째로 방문할 목장은 산속에 자리 잡고 있었다. 해가 마침내 모습을 드러냈다. 운전대를 잡은 자하오는 백미러를 통해 곤히 잠든 얼굴들을 바라보았다.

햇빛을 받은 일행의 얼굴이 따스해 보였다. 조수석에 앉은 제이슨 교수도 희미하게 코 고는 소리를 냈다. 차 안에는 아침 목장의 냄새가 아직 남아 있었다. 오후의 햇빛과 적절히 섞인 그 냄새는 달콤하고 낯설면서도 익숙하고 뭔가 행복한 기분까지 느끼게 해주었다.

자하오는 뺨을 툭툭 치며 정신을 다잡았다. 모퉁이를 돌 때마다 눈을 자극하는 햇빛과 마주 오는 차량을 피해 가면서 일행의 잠을 깨울세라 조심스레 운전했다. 내비게이션 신호가 몇 번이나 끊기는 바람에 더듬어가며 길을 찾아야 했다. 목적지에 도착하고 나서야 자하오는 일행을 깨웠다.

눈앞에 펼쳐진 풍경은 너무나도 호화로웠다! 이곳은 회원제로 운영되는 고급 승마클럽이었다. 맞은편에는 같은 재단에서 운영하는 골프장이 자리 잡고 있었다. 산꼭대기까지 올라와 저 아래 풍경을 내려다보는 이들은 산 아래 사람들과 자신은 다른 존재라고, 자신은 저들과 다른 삶을 살고 있다고 착각한다. 주차장에 늘어선 차량들은 하나같이 사치스러운 최고급 명차였다. 그 사이를 비집고 선, 자동차 옆구리에 '수의대 부속 동물병원'이라고 써진 출장 진료 차는 확실히 별종처럼 보였다.

일행은 작업복으로 갈아입고 상류층이 모이는 연회장과 웅장한 규모의 운동장을 지나 음침한 마사로 들어갔다.

말은 20마리가 채 안 되는데 아침에 들렀던 소 200마리를 키우는 목장보다 악취가 훨씬 심했다. 양철 지붕 구석에는 거미줄이 걸려 있고 어두운 곳에서 바퀴벌레와 쥐, 잘 보이지 않는 벌레들이 스멀스멀 움직였다. 하얀 망아지 한 마리가 어른 말들과 자기가 싸놓은 똥 더미 속에 서 있는데 네발이 녹갈색으로 물들어 있었다. 이곳에 비하면 학교에서 부족한 예산으로 운영하는 마사는 가히 천국이라 할 만했다.

제이슨 교수는 고개를 절레절레 흔들 뿐이었다. 사육 환경과 관리 체계 개선책을 벌써 몇 번이나 제시했으나 승마클럽에서는 아랑곳하지 않았다. 소비자의 눈길이 미치지 않는 곳에는 굳이 투자할 가치가 없다고 본 것이다. 동물의 '상품 가치'에 영향을 미칠 정도로 심한 상황이 아니라면, 고통은 오롯이 동물들이 감당하는 수밖에 없었다.

이민은 마사에 들어서는 순간부터 쉬지 않고 불평을 늘어놓았다. "나 좀 살려줘, 너무 끔찍하다, 구역질 나, 진짜 토할 것 같아…." 하지만 제이슨 교수가 전설의 발굽 다듬는 도구를 꺼내자 이민은 눈이 번쩍 뜨였다. 천재일우의 기회를 놓칠 수 없다고 생각한 이민은 가장 먼저 손을 들고 어시스턴트를 자원했다.

원래 청한도 손을 들려 했다. 청한은 독일의 목장에서 석 달간 말과 함께한 경험이 있었다. 사람에게 개가 반려동물이라면, 말은 동료 같은 존재다. 말은 민감하고 섬세하며 깊디깊은 두 눈에 풍부한 감정을 담고 있다. 청한은 말과 자신이 주파수가 맞는다고 느꼈다. 말을 타고 질주할 때면 격정이 샘솟고, 원을 그리며 천천히 돌 때면 유유자적한 기분이었다. 말이 여물을 씹는 모습을 보면 흡족해지고, 말의 털을 빗겨주면 평온해졌다.

말들과 함께하면서 청한은 마음이 많이 치유되었다. 더 많이 배워서 말들에게 보답하고 싶었지만 타이완에 돌아오자 현장에서 말발굽 다듬는 장면을 볼 기회가 거의 없었다. 그러나 청한은 가만히 물러나 이민에게 기회를 양보했다. 이민이 말에 대해 얼마나 아는지 궁금하기도 했다. 이민의 체력과 기술의 한계는 어디일까? 하루에 목장 세 군데를 도는 등 강행군하면서 아직도 보여줄 것이 남았단 말인가?

제이슨 교수는 먼저 말을 부드럽게 쓰다듬으며 한두 마디 건넸다. 이어 가죽 앞치마를 두르고는 작은 망치로 네 발굽의 가장자리를 조심스레 두드리며 머릿속에 대략 작업 순서를 그렸다. 적당한 곳에 자리를 잡고 선 교수는 금세 말발굽을 자신의 두 다리 사이에 끼우고, 왼손으로는 말의 발을 뒤집어 받쳐 들고 오른손으로는 칼을 들어 말발굽을 깎기 시작했다.

어시스턴트를 자처한 이민에게는 거치적거리지 않게 좀 떨어져 있으라는 지시가 내려졌다. 제이슨 교수는 사탕수수를 깎듯 커다란 동작을 취하는가 하면, 네일 아티스트가 손톱을 다듬듯 정교하고 섬세하게 손을 놀리기도 했다. 힘차게 망치질을 하다가 금세 전동 그라인더로 바꿔 들고 말발굽을 다듬었다.

어시스턴트인 이민은 제이슨 교수의 리듬에 정확히 맞추어 적시에 적절한 도구를 전달해야 했다. 온 정신을 집중해서인지 이민은 몸에서 아드레날린이 쉴 새 없이 분비되었다. 이 순간 이민이 가장 두려운 것은 번쩍이는 칼날에 베여 다치는 것이 아니었다. 그라인더에 갈려 사방으로 마구 튀는 발굽 조각들이 칼날보다 더 무서웠다.

더러운 데다 고약한 냄새까지 풍기는 크고 작은 부스러기가 이민을 향해 사정없이 날아왔다. 두 손이 자유롭지 못하니 얼굴에 날아와도 고스란히 맞을 수밖에 없었다. 자꾸만 구역질이 났다. 이민은 냄새를 피하려고 숨을 참았다. 그러다가 토할 것 같은 기분이 머리끝까지 올라왔고, 어느 순간 눈앞이 캄캄해졌다.

쿵! 소리와 함께 이민은 정신을 잃고 쓰러졌다.

8

바쁘게 돌아가는 응급실. 작업복을 입고 풀인지 흙인지 알 수 없는 것을 온몸에 잔뜩 묻힌 실습생들이 병상을 둘러싸고 있었다. 이들은 환자가 깨어나기를 기다리며 '인의(人醫)' 시스템의 동선, 절차, 투약이 '수의(獸醫)'와 어떻게 다른지 토론하고 있었다. '사람을 치료한다'는 의미로 '인의'라는 용어를 쓰는 사람들은 아마 수의사뿐일 것이다.

아직 수의사가 되기도 전이지만, 그것보다 당장은 이들의 모습 자체가 사람들의 눈에 띄었다. 정확히는 혐오감을 불러일으켰는데, 지독한 악취 때문이었으며 악취의 주범은 응급실에 누워 있는 이민이었다. 마침내 병상이 나자 실습생들은 이민을 병상에 밀어 넣고 커튼을 빈틈없이 쳤다. 그래도 냄새는 여전해서 응급실 사람들은 자꾸만 킁킁대며 어디서 나는 냄새냐고 수군댔다.

이민은 이미 눈을 떴으나 말하는 속도가 머리 회전 속도를 미처 따라잡지 못해서 말을 약간 더듬었다. 일관되게 밀어붙이던 평소에 비해 기세가 10퍼센트쯤 꺾여 있었다.

“여…여긴 어디…? 어…어떻게 된 거야?”

“의사가 그러는데, 저혈당이 심하고 기립 저혈압이 있대. 거기다가 수면 부족과 지나친 온도 변화, 냄새에 의한 자극에 공간의 산소 농도가 너무 낮아서 일시적으로 혼수상태에 빠진 거래. 심전도는 일단 정상으로 나왔지만 하루쯤 입원해서 심장 검사를 받아 보라네.”

의사의 말을 전해준 청한은 마지막으로 주관적인 짐작을 더해 이민에게 물었다.

“아침도 안 먹었어?”

그제야 이민은 새벽 4시부터 긴긴 하루를 시작해 소화가 덜 된 여물을 머리에 묻힌 채 응급실에 누워 있다는 사실을 깨달았다. 이 모든 것은 세미나에서 발표할 케이스를 얻기 위한 몸부림이었다.

“나 드디어 케이스 받았지? ‘소의 제4위 전위’ 케이스는 내 거 맞지? 아무도 뺏어가면 안 돼. 제이슨 선생님도 약속하셨어. 게다가 난 수술 어시스턴트도 했잖아. 안 그래?”

이민이 초조한 목소리로 모두에게 확인했다. 모든 것이 꿈이 아니라 실제로 일어난 일임을 확인해야 했다. 그래야 마음 놓고 눈을 감은 채 웃음 띤 얼굴로 구천에 들 수…, 아니 쉴 수 있을 터.

그래, 이게 바로 이민이다. 쓰러진 상황에서도 잊지 않고 성적을 따지고 점수를 얻기 위해 물불을 가리지 않는다. 1등으로 가는 길을 방해하는 어떤 것도 용납하지 않는다!

자하오와 MJ는 이민이 정상으로 돌아왔다며 안도의 한숨을 내쉬고는 앞다투어 사건 현장 상황을 보도하기 시작했다.

"제이슨 교수님이 말발굽을 움직이지 않게 단단히 붙잡으라고 하셨어. 발굽 다듬을 준비를…."

"말발굽이 바로 네 얼굴을 향해 있었어. 피와 고름이 덕지덕지 붙고, 거기다 지저분한 지푸라기, 사료 부스러기, 진흙…."

그 장면이 머릿속에 떠오르자 이민은 온몸이 오싹해졌다. 천장에 달린 전등이 또다시 빙글빙글 돌아가기 시작했다.

"그래그래, 그런 건 중요하지 않으니 좀 넘어가고."

이민은 두 사람을 제지하면서 재차 물었다.

"그다음엔 어떻게 됐어?"

"네가 쿵 소리를 내며 쓰러지니까 말이 놀라서 날뛰었고, 붙잡고 있던 앞발뿐 아니라 나머지 세 발굽으로 널 짓밟으려 했지. 아이고야! 진짜 끔찍했어. 우린 옆에서 지켜보면서도 손쓸 방법이…."

MJ가 피비린내 나는 재난 영화의 한 장면처럼 묘사하는 바람에 이민은 곧바로 거짓말임을 알아차렸다. 정말 말에 밟혔다면 이렇게 누워서 말을 할 수나 있겠는가!

"청한 선배랑 제이슨 교수님이 곧장 말을 제지했기에 망정이지, 하마터면 이민 너 말에 짓밟힐 뻔했다니까. 나랑 자하오는 동작이 느려서 쓰러지는 널 재빨리 붙잡을 수가 없었고. 하필이면

네가 그쪽으로….”

여기까지 말한 루산은 계속 말해야 할지 망설여졌다.

“옆에 있는 난간 쪽으로 쓰러졌고, 그 바람에 머리에 혹이 난 거야. 의사 말로는 네 아이큐에도 영향이 있을 거래.”

MJ의 말에 이민은 반사적으로 머리를 만졌고, 혹이 만져지지 않자 또 속았다는 걸 알았다.

“음…, 넘어진 곳이 하필… 말의… 배설물이었어.”

한참 망설인 끝에 루산이 ‘말똥’ 대신 선택한 단어는 ‘배설물’이었다.

“다행히 싼 지 얼마 안 된 거라 옆에 잔뜩 쌓인 똥 더미처럼 구리진 않았어.”

루산은 이렇게 덧붙이며 이민을 위로했다. 이민은 두 발로 버티고 설 힘만 있다면 당장 수액 바늘을 뽑고 욕실로 뛰어가 샤워부터 하고 싶었다.

“제이슨 교수님은 어디 가셨어? 말은 어떻게 됐고? 발굽 상태가 너무 끔찍해서 치료하려면 한참 걸리겠던데….”

세상에, 이민이 자신이 아닌 다른 사람에게 신경을, 심지어 말에게까지 신경을 쓰다니?

자하오는 이민이 정말 머리를 다쳤을지도 모른다고 의심했고, 청한은 그런 이민이 더는 얄밉지 않았다.

“선생님이 남아서 뒤처리하신다며 너부터 병원에 데려가라고 하셨어. 아 참, 조금 전에 전화하셨는데 퇴원하고 나서도 식사 잘 챙겨 먹고 잠 충분히 자고 건강에 주의하라고 당부하셨어.”

MJ는 이 말에 이어 MJ다운 한마디를 덧붙였다.

"그치만 너무 많이 먹지는 말아주라. 너 정말 너무 무거워서 혼났거든."

이민은 자신을 업어 옮긴 사람이 자하오인 줄 알고 자하오에게 고마움을 표하려 했다. 하지만 자하오는 발이 저렇게 부었는데, 그렇다면 설마…, 말은 얄밉게 해도 마음은 착한 MJ가?

"내가 무거운 건 사실인데, 도대체 누가 날 업고 왔어?"

"당연히 나지…. 크레인까지 동원해서 겨우겨우 들것에 옮겼다니까."

한술 더 뜨는 MJ를 보며 이민은 절대 그럴 리 없음을 확신했다.

"나."

청한이 말했다.

청한의 작업복은 초록색과 커피색 얼룩으로 가득했다. 그걸 보며 이민은 청한이 자신을 진창에서 꺼내 업어 옮기는 장면을 머릿속으로 그려보았다.

'왜 하필…, 도대체 왜 보기만 해도 짜증 나는 청한 선배야!'

이민은 갑자기 얼굴이 뜨거워졌다. 청한의 얼굴을 차마 볼 수가 없어 이불을 뒤집어쓰고 쉬는 척했다.

이런 느낌은 이번이 처음이 아니었다.

응급실로 실려 오기 전 기억이 어슴푸레 떠올랐다. 귀를 찢는 요란한 앰뷸런스 소리가 들려왔다. 들것째로 구급차에 실린 이민은 잠시 의식을 되찾았으나 온몸에 힘이 풀려 눈을 뜰 수 없었다. 그러나 루산이 자신의 손을 잡고 있고, 머리부터 발끝까지 겉옷 여러 벌이 덮여 있는 것이 느껴졌다.

계속 말하면서 셀카를 찍는 사람은 MJ였고, 구급대원에게 이것저것 주의 사항을 늘어놓고 상황을 설명하는 목소리는 청한이었다. 그런데 자하오는? 자하오는 곁에 없나?

이민은 갑자기 세상이 빙글빙글 돌면서 온몸이 끝없는 심연으로 떨어지는 기분이었다. 그동안 자하오와 있었던 온갖 일이 마구 뒤엉힌 채 주마등처럼 눈앞을 스쳐 갔다. 그제야 이민은 지금까지의 상황이 제대로 눈에 들어왔다. 자하오의 두 눈은 시종일관 자신이 아니라 옆에 있는 루산을 보고 있었던 것이다.

그러고 보니 자하오와 매번 한 조가 된 것도 우연이 아니었다. 하지만 자하오는 자신을 친구로만 여겼다. 보통의 친구보다는 조금 더 가까운 사이랄까. 노트를 빌려주고 '특별 과외'를 해주고 서로를 이용할 수 있는 친구.

이 사실을 깨닫는 순간, 이민은 마음이 아프지만 받아들여야 한다고 생각했다. 그렇게 어려운 일도 아니고 그 정도로 무너질 자신도 아니었다. 이민은 처음으로 노력해도 안 되는 일이 있다는 것을 인정하면서 자신을 놓아주기로 했다. 그러고는 또다시 깊은 잠에 빠져들었다.

🐾

그날 이후 루산의 세상은 달라졌다.

더럽고 냄새나는 작업복이 가득한 무거운 빨래 바구니가 여전히 시야를 가리고, 위층 세탁실까지 올라가는 엘리베이터는 여전히 없다. 그러나 루산은 아융에게 차이고 야시장에서 펑펑 울던 과거의 가련한 모습이 아니었다.

언제 어디서 나타날지 모르는 아카이 선배와 마주치는 순간을 위해 루산은 항상 준비가 되어 있었다. 더 이상 루산은 행복할 자격도 없다며 걸핏하면 자기 환멸에 빠지던 바보가 아니었다. 아카이 선배의 핸드폰 번호도 있고 메신저 친구 추가도 해놓았으며 중의적으로 해석할 수 있는 이모티콘을 주고받곤 했다.

'난 세상에서 가장 운이 좋은 사람이야.'

루산은 스스로에게 이렇게 말했다. 게다가 길고 힘들었던 왕진 여정을 마치고 기숙사로 돌아와 아침에 잊고 나갔던 핸드폰을 확인해 보니, 아카이 선배에게서 전화가 두 통이나 와 있지 않나!

외출 준비부터 제대로 해야 선배에게 전화를 걸어서 "좋아요, 같이 밥 먹으러 가요!"라고 말할 수 있을 것이다. 화려한 치장까지는 아니더라도 적어도 온몸의 악취는 씻어낼 필요가 있었다. 그런데… 변변한 옷이 한 벌도 없지 않나! 이번 주 내내 왕진을 나가거나 입원실에서 개를 돌보고 세미나 자료를 확인하느라 빨래가 수북이 쌓여 있었다. 그렇다면 빨아놓은 옷은…? 루산은 그제야 한참 전에 기숙사 옥상에 널어놓고 걷지 않은 세탁물이 생각났다.

바람이 세차게 불어서 옥상에 널어놓은 빨래들이 연처럼 휘날렸다. 바람이 불어오면 공처럼 부풀어 올랐다가 바람이 멈추면 반대쪽으로 축 늘어졌다.

아직 저녁노을이 어렴풋이 남은 하늘은 멀리 있는 빌딩에 절반이 뚝 잘려 있었다. 또 한 차례 불어오는 거센 바람에 루산의 머리카락이 흩날리며 눈앞에서 마구 춤을 추었다.

루산은 문득 이 풍경이 너무나 아름답게 느껴졌다. 더 먼 곳에서부터 시작된 검푸른 하늘이 노을을 조금씩 삼키고, 가로등도 어느새 불을 밝혔다. 하늘은 곧 완전히 깜깜해질 것이다. 어제도 그제도, 아니 언제나 그랬듯 밤은 이 환상적인 저녁노을을 기억하지 않을 것이고, 이 순간의 특별한 기분도 두 번 다시 존재하지 않을 것이다.

'안 돼, 지금 당장 아카이 선배한테 전화해서 저녁 약속을 잡아야 해. 지금이 아니면 안 돼.'

그러나 아카이는 전화를 받지 않았다. 이 정도야 예상 범위에 들어 있던 일이었다. 루산은 기죽지 않고 다시 한 번 통화 버튼을 눌렀다. 이번에도 받지 않았지만, 역시 정상적인 상황이었다. 그런데 세 번째에 가서는 통화 버튼을 누를까 말까 망설였다.

'전화보다 메시지를 남기는 편이 나을까? 아니, 지금 한창 바쁜데 자꾸 재촉하는 전화나 메시지가 오면 아카이 선배가 싫어하는 거 아냐?'

고민 끝에 루산은 빨래부터 걷고 다시 전화를 걸어보기로 했다. 강풍에 펄럭거리는 옷을 빨래 건조대에서 힘겹게 걷어서는 날아가지 않게 왼손으로 몇 개씩 겹쳐서 붙잡고 오른손으로는 건조대를 수습했다. 옷을 다 걷으니 옥상이 텅 비어 보였다. 루산은 이제 마지막이라 생각하며 다시 한 번 통화 버튼을 눌렀다.

통화음이 두 번 울릴 때 루산은 괜히 걸었다 싶어 전화를 끊으려 했다. 그 순간 전화가 연결되었다.

"여보세요?"

루산은 마치 잘못을 저지른 아이처럼 아무 소리도 내지 못했다. 전화기 너머로 여자 목소리가 들렸기 때문이다.

"여보세요? 누구세요?"

루산은 잘못 걸었다고 말하고 싶었지만 그럴 리가 없었다. 이건 분명히 아카이 선배의 전화였다.

"아카이는 지금 오토바이 운전 중이라 전화 받기가 곤란해요. 누구시죠? 나중에 다시 전화하라고 할까요?"

틀림없는 샤오페이 선배의 목소리였다.

아카이 선배의 오토바이 뒷좌석, 단 하나뿐인 그 자리는 샤오페이 선배의 것이었음을 루산은 진작 알았어야 했다. 아니, 몰랐다기보다는 인정하기 싫었을 뿐이다.

'아카이 선배는 내 번호를 저장해놓지 않은 거야. 화면에 내 이름은 뜨지도 않았던 거야. 모르는 번호였던 거야.'

어느새 날이 완전히 저물었다. 두 통의 부재중 전화와 마음속으로 반복한 데이트 예행연습은 더는 존재하지 않는 저녁노을 같았다.

바람이 다시 불어오자 루산은 양말 한 짝을 놓쳐버렸고, 그 양

말을 주우려다가 청바지를 떨어뜨렸다. 고개를 돌려보니 셔츠마저 바람에 날아가고 있었다. 빨래들이 하나둘씩 허공에서 펄럭거렸고, 몸이 굼뜬 루산은 허둥지둥하다가 흰 셔츠를 밟는 통에 옷에 발자국이 남았다. 미련하고 못난 모습은 야시장에서 버림받던 그 가련한 모습과 똑같았다.

"하, 하, 하하하!"

루산은 울음 대신 웃음을 터뜨렸다. 세상이 바뀌었다고 착각한 자신이 우습기만 했다.

이 도시는 장애인에게 너무나도 불친절했다. 자하오는 겨우 며칠 목발을 짚고 다녔을 뿐인데도 그 사실을 절감했다. 자하오가 가장 자주 가는 수의대 부속 동물병원만 해도 곳곳이 장애물투성였다. 집 안에서는 움직이는 것조차 어려웠다. 온 집 안이 허스키 '뚱이'의 세상이 되어 있었기 때문이다.

뚱이는 과연 누구의 개란 말인가? 마치 누가 먼저 사랑했느냐를 따지는 것처럼 증거를 들이대도 난해한 문제였다. 처음에 뚱이를 집으로 데려온 사람은 MJ였다(MJ는 죽어도 인정하지 않았지만). 자하오는 현관 앞과 부엌에 잠자리와 밥 먹을 자리를 마련해주었고, MJ는 기분이 좋을 때면 목욕을 시켜주었다. 자하오와 MJ는 소동물과에서 실습하고 나서야 염분 많은 음식은 개의 신장에 부담을 준다는 사실을, 사람이 먹는 음식 중에 개가 먹으면 안 되는 것이 있다는 사실도 알게 됐다. 상식 아니냐고? 수의대생이 그런 것도 모르냐고? 그렇다. 수의대생도 모르는 것이 무척 많았다.

그리하여 MJ가 돈을 내서 전용 사료를 샀고, 하루에 두 번 정해진 시간에 정해진 양을 먹이기로 했다. 그런데 뚱이는 늘 사료통 옆을 배회하며 몹시 배고픈 모습을 보였고, 집에 돌아온 자하오는 MJ가 아직 밥을 안 준 줄 알고 또 밥을 주었다. 때로는 두 사람 다 밥을 주고도 그 사실을 잊고 한 번 더 줄 때도 있었다. 그러다 보니 뚱이는 하루에 네 번을 먹는 날도 있었다.

이렇게 먹다 보니 처음에 바짝 야위었던 허스키는 차츰차츰 살이 오르더니 어느새 뚱보로 변해버렸다. 어느 날 자하오가 문을 열고 들어서는데 허스키가 그 커다란 몸집으로 반갑다며 품으로 뛰어들었고, 자하오는 그대로 벌렁 나자빠졌다. 그래서 허스키는 '뚱이'가 되었다.

뚱이의 고단한 삶에 '보호자'라는 생물이 출현한 것은 이번이 처음일까? 자하오와 MJ를 향한 뚱이의 사랑은 먹이에 대한 집착만큼이나 커서 우열을 가리기 힘들었다. 아무리 먹어도 포만감을 느끼지 않는 식탐처럼 둘을 향한 뚱이의 사랑도 멈추지 않았다.

자하오의 어린 시절 기억 속에는 늘 개가 있었다. 어떤 개들은 농장과 집 앞에 묶어놓고 키웠고, 날마다 식구들이 먹고 남은 밥을 먹였다. 말하자면 그 개들은 초인종이나 경비원과 다를 바 없는 존재였다. 그와 달리 묶어놓지 않고 밥도 어쩌다 눈에 보일 때나 주는 개들도 있었다. 자기 영역이 따로 있는 그 개들은 반쯤은 야생동물이었기 때문에 누구에게도 속하지 않았다. 한동안 보이지 않으면 걱정이 됐지만, 그때뿐이고 늘 새로운 개로 대체되었다.

우연히 키우게 된 뚱이는 꽤나 귀찮은 녀석이었다. 걸핏하면 자하오의 앞이나 뒤에서 몸을 걸어 넘어뜨렸고, 자하오가 소파에 앉으면 옆에 웅크려 앉았다. 책상 앞에 앉으면 머리를 허벅지에 올리고 어수룩하면서도 천진난만한 얼굴로 '이렇게 애교 부리는 게 잘못이야?' 하고 묻는 듯했다. 침대에 누우면 자신이 난로라도 되는 양(아니면 사람을 난로 삼는 것인지도) 발치에 자리를 잡았다. 반려동물이라는 존재가 바로 이런 걸까?

자하오는 뚱이가 자신의 일부가 된 것 같았다. 함께 지낼 때는 형제 같고, 떨어져 있을 때는 잘 지내는지 궁금했다. 굳이 예를 들자면 루산 같은 존재, 아니 이민이나 MJ에 더 가까운 친구 같은 존재였다. 루산의 외모가 허스키를 닮아서라거나, MJ의 식사량이 너무 많다는 뜻은 결코 아니었지만…, 말주변이 없는 자하오로서는 설명하려 드는 대신 입을 다무는 편이 나았다.

MJ는 동영상을 찍어 강아지를 입양 보내는 일을 하면서 틈틈이 뚱이에게 새로운 재주를 가르쳤다.

샤오페이 선배는 뚱이의 이빨을 보면 일고여덟 살은 되어 보이지만, 천진난만한 행동이나 얼굴을 보면(자하오의 얼굴만 봐도 사람이 둔하다는 걸 알 수 있는 것처럼) 정신 연령은 아직 어린 강아지 같다고, 기껏해야 서너 살 수준이라고 말했다. 그래서 MJ는 뚱이를 먹이로 유인하면서 공을 던지면 물어 오도록 가르쳤다. 사실 공이니까 가능하지 원반으로 훈련하는 것은 무리였다. 뚱이가 못 받는 것은 그렇다 쳐도 머리에 맞으면 큰일이었고, 우거진 풀숲에 원반이 빠지면 영영 못 찾을 수도 있었다. MJ는 아무래도 뚱이의 눈이 장식용이 아닐까 하는 의심이 들었다.

던진 공을 뚱이가 주워 오면 작은 간식을 상으로 줬다. 이를 여러 차례 반복하자 뚱이는 공중에 뛰어올라 공을 잡을 수 있게 됐고, 공은 뚱이의 침으로 범벅이 되곤 했다.

그때부터는 공을 좀 더 멀리 던졌다. 그러면 뚱이는 헐떡이면서 공을 물어 오고는 MJ에게 또 던지라고 했다. 나중에는 간식 보상도 필요 없게 됐다. 이 놀이 자체가 주는 즐거움이 보상인 셈이었고, 이는 뚱이뿐만 아니라 MJ에게도 마찬가지였다.

지금껏 살아오면서 MJ가 다른 생명을 자신만큼 중요하게 여긴 것은 이번이 처음이었다.

MJ는 뚱이의 털 날림 때문에 알레르기 증상이 심해졌다. 마스크를 써도 재채기와 코막힘에 시달리는 중증이었다. 그런데도 어느새 뚱이의 침투성이 얼굴에 뽀뽀를 하게 됐고, 차츰 뚱이와의 생활에 익숙해졌다. 이제 다른 개나 고양이를 보면 떠오르는 것은 말할 수 없는 비밀인 아기 퍼그 포켓몬의 눈빛이 아니었다. 뚱이 얼굴이었다.

뭐가 다른 걸까? 퍼그와 허스키, 포켓몬과 뚱이, 사람에게 사랑받지 못하는 수많은 개와 고양이는 어떻게 다를까? MJ가 제작하는 동영상은 유기견과 길고양이에게 일일이 입양처를 찾아주었다는 내용으로 가득했으며 많은 사람이 MJ에게 마음에서 우러나는 감사의 인사를 전했다. 하지만 자신의 손에서 죽음을 맞이한 생명, 포켓몬에 대한 죄책감을 씻기에는 아직 부족했다.

언제부터인가 MJ는 융제의 진료실에 말없이 나타나기 시작했다. 동물들이 융제에게 치료받는 모습을 보면 마치 자신이 치유되는 듯했다. 어느샌가 MJ는 끊임없이 손을 씻어대는 버릇이 사라졌다. 아직은 그 손으로 죽음의 신에게서 어떤 생명도 구해내지 못했지만, 한 생명만 구할 수 있다면 빚을 갚을 수 있을 것이다. MJ는 청진기로 진료하는 융제의 옆모습을 바라보며 자신에게도 그날이 오기를 고대하고 있었다.

행복하고 즐거운 시간은 그리 길지 않았다. 날마다 뚱이는 집을 나서는 두 사람을 아쉬운 마음으로 배웅하고, 돌아오면 반갑게 맞이했다. 시계를 볼 줄은 몰라도 뚱이는 두 사람이 점점 일찍 나가고 점점 늦게 들어온다는 사실은 알 수 있었다. 창밖이 밝아올 때부터 어두워질 때까지 뚱이는 혼자 집에 남아 있어야 했다.

거리를 떠돌던 시절, 뚱이는 뙤약볕 아래나 비바람 속에서 본능적으로 먹이를 찾아다녔다. 그러고 나면 다음 끼니를 위해 또다시 분주히 뛰어다녀야 했다. 그러나 지금 뚱이의 활동 공간은 좁은 실내이며 밥그릇은 알아서 계속 채워졌다. 뚱이는 집 안만 이리저리 돌아다닐 뿐 바깥에서 바람을 맞으며 맘껏 달린 것도, MJ와 공놀이를 한 것도 언제인지 까마득했다. 뚱이는 저 사람들은 심심하지도 않나, 노는 법을 다 까먹은 건 아닌가 걱정스러웠다.

집 안에만 갇혀 지내다 보니 뚱이는 자신의 네발을 핥고 깨물어 침 범벅에 상처까지 냈고, 그걸로도 모자라 소파와 문, 옷장, 쿠션 등 온갖 것을 상대로 놀이를 발명했다(그래도 뚱이는 사람과 노는 게 더 재미났다). 배변 장소로 정해놓은 발코니가 오줌으로 흥건해지면 뚱이는 발이 젖는 게 싫어서 새로운 장소를 찾아다니며 곳곳에 영역 표시를 했다. 그러다가 싱크대 문을 열어보면 음식이 가득했다. 자하오가 먹는 걸 봤으니 뚱이도 안심하고 배가 빵빵해지도록 먹었고, 금세 배탈이 나서 설사를 했다. 그러고 나면 꼬리에 똥이 묻은 것도 모른 채 MJ의 침대에 뛰어올라 뒹굴었다.

세미나 발표를 일주일 앞둔 지옥 주간, 가뜩이나 정신적 압박에 시달리는 자하오와 MJ는 집에 돌아와 문을 열자마자 이런 참상을 마주해야 했다. 좁은 집 안이 폭격을 당한 것처럼 엉망진창이었다. 두 사람은 간신히 붙잡고 있던 이성의 끈을 놓아버리고 다투기 시작했다. 개 교육을 좀 제대로 시켜라, 이렇게 다 망가뜨리게 놔두면 어떡하냐, 뚱이는 누구 책임이냐…. 하지만 이런 사정은 도무지 시비를 가리기 힘든 법이라 당연히 결론이 나지 않았고, 괜스레 시간과 체력만 소모할 뿐이었다. 뚱이에게 야단을 치는 것은 더더욱 쓸데없는 일이었다. 천진난만한 뚱이는 전혀 알아듣지 못하고 그저 같이 노는 걸로 여겼다.

결국 두 사람은 현실을 받아들이기로 했다.

다리가 불편한 자하오는 청소를 포기하고 지저분한 채 지내기로 했다. 똥오줌 냄새도 계속 맡으니 습관이 되어 실습 현장에서 지내는 듯한 친근감마저 들었다. 다만 이런 환경에서는 아무리 진한 커피를 마시고 알람을 여러 개 맞추고 허벅지를 꼬집고 찬물로 샤워를 해도 쏟아지는 잠을 이길 수 없었다. 영어로 된 원서를 읽다 보면 최면 효과에 못 이겨 잠에 빠져버리고, 깨어나면 몇 시간이 훌쩍 지나 있었다. 어둑해진 하늘을 보면 밤인지 낮인지 구분하기도 힘들 지경이었다.

집에 돌아온 MJ는 후딱 씻고 옷만 갈아입고는 도서관이나 다른 장소로 달아나 밤낮없이 책에 코를 박고 세미나를 준비했다. 단상에 올라 보고하는 세미나는 실습 생활 중 가장 춤추던 무대와 가까운 상황이다. MJ는 발표할 내용은 물론 글자 폰트와 말하는 리듬, 오프닝과 엔딩도 꼼꼼히 설계했으며 심지어 예상 질문에 대한 대답까지 준비했다. 무대 체질인 MJ이니만큼 청중을 실망시킬 일은 없을 터였다.

산업 동물의 케이스를 연구하려면 병리실로 달려갈 수밖에 없다. 병리 슬라이드가 필수이므로 유일한 담당자이자 1인자인 쑤잉에게 잘 보여야 한다. 나이로 보면 이모뻘인 쑤잉이지만 의사들도 학생들도 쑤잉 언니나 쑤잉 누나라고 불렀다. 다분히 상대의 환심을 사기 위한 호칭으로, 걸핏하면 욱해서 화를 잘 내는 쑤잉과 잘 지내보려는 기대가 담겨 있었다.

루산은 병리실 문 앞에 왔지만, 틀림없는 근무 시간인데도 문을 두드릴 엄두가 나지 않았다. 노크를 너무 세게 해도, 약하게 해도, 노크하고 바로 문을 열어도, 너무 꾸물거려도 안 된다. 전화를 걸 때는 벨 소리가 너무 오래 울리게 두거나 너무 짧게 울렸는데 끊어버려도 안 된다. 병리실 안에 들어가서는 기침, 재채기, 심지어 침을 삼키고 눈을 비비는 사소한 행동도 쑤잉의 신경을 거스른다. 된통 당해본 사람들은 이런 정보를 공유하며 주의했지만, 직접 대면하지 않고 일을 처리하는 방법도 고민하게 되었다.

궁리 끝에 나온 답은 쪽지를 남기는 것이었다.

쑤잉은 이메일을 주고받지 않으며 핸드폰으로 연락하는 것도 거부했다. 종이에 손으로 직접 쓴 글씨만 진정성이 있다고 여겼고, 그런 사람에게만 자신이 직접 작성한 가장 신뢰도 높은 병리 슬라이드 보고서를 보내주었다. 탄탄한 실력과 풍부한 경험으로 무장한 대체 불가의 쑤잉이기에 이런 까탈도 부릴 수 있었다.

문제는 쑤잉의 방문 앞과 책상에는 이미 수많은 쪽지가 빼곡히 쌓여 있다는 것. 쑤잉이 어떤 쪽지를 봤는지 알 길이 없다. 나중에 도착한 쪽지가 먼저 온 쪽지 위에 놓이고, 어떤 것은 밀려서 바닥에 떨어지기도 한다. 도와준답시고 주워서 정리하는 일도 해서는 안 된다. 중요한 문서를 허락도 없이 건드린다고 불호령이 떨어질 것이 뻔하기 때문이다.

루산이 원하는 것은 병리 슬라이드 보고서 한 장뿐이었다. 세미나 준비는 4분의 1쯤 마쳤는데 병리 슬라이드 보고서 없이는 더 이상 진행할 수가 없었다. 루산은 지난주에 이미 쪽지로 시간을 약속했고, 약속한 시간에 쑤잉을 찾아가 30초 동안 이야기를 나눴으며, 다음 약속도 쪽지로 잡아 10초 동안 얘기를 나눌 수 있었다. 그런 식으로 여러 번 거듭한 끝에 오늘이 마침내 보고서를 받는 날이었다. 적어도 이론상으로는.

루산은 쑤잉의 병리실 앞에 앉아 있었다. 약속 시간에서 40분이 지났지만 문틈으로 들여다보니 안은 컴컴했다. 지나가는 사람마다 루산에게 동정과 이해의 미소를 보냈다.

'계속 기다려야 하나? 그냥 갔다가 쑤잉 언니가 화를 내면 어떡하지?'

그때 샤오페이 선배가 다가오더니 거침없이 병리실 문을 똑, 똑, 똑, 두드렸다. 그것도 엄청 세게!

기겁한 루산은 벌떡 일어나 손발과 얼굴, 온몸을 동원해 샤오페이를 막았다.

'샤오페이 선배는 쑤잉 언니에 관한 얘기도 못 들어봤단 말이야? 문을 두드린 본인은 그렇다 치고, 곁에 있던 나한테까지 괜히 불똥이 튀면 어쩌지….'

그 순간 문이 열렸다. 어둠 속에서 유유히 걸어 나온 쑤잉은 언제나처럼 살기 어린 눈으로 샤오페이 선배에게서 공동 구매한 김을 건네받고 다른 손으로는 돈을 건넸다. 그러더니 이게 웬일인가, 웃으면서 샤오페이 선배와 몇 마디 대화까지 나누는 것이었다. 루산은 방을 잘못 찾았나 잠시 의심했으나 문 앞에 덕지덕지 붙은 쪽지를 보면 제대로 찾은 것이 분명했다. 눈앞에서 웃고 있는 사람은 틀림없는 쑤잉이었다.

두 사람은 웃으며 대화를 마치고 서로 손을 흔들며 작별 인사를 나눴다. 병리실 문이 다시 닫히려는 순간, 루산은 용기를 내서 손발과 몸통까지 동원해 닫히려는 문을 막으려 했고, 절묘한 타이밍에 손가락이 문틈에 딱 끼었다. 그래도 이 희생 덕분에 루산은 양돈장의 병리 슬라이드 보고서를 손에 넣었다. 루산의 눈에서 끝내 눈물이 방울방울 떨어졌다. 손가락의 아픔과 원하는 것을 얻었다는 기쁨이 교차하는 눈물이었다.

샤오페이가 루산을 외과 준비실로 데려갔다. 그리고 고양이나 강아지를 대하듯 능숙한 솜씨로 상처를 치료해 주며 다정하게 물었다.

"네가 그 후배니?"

"네?"

"요로 결석으로 입원한 슈나우저를 구해준 후배 맞지? 그 개는 보호자가 전혀 보살피지 않았는데 네가 수술 동의서에 서명을 받고 치료받도록 설득했다는 것도 다 알아!"

분명히 같은 외과 준비실인데 다른 시공간에 있는 느낌이었다. 루산이 느끼는 샤오페이 선배는 늘 차갑고 가시 돋친 모습이었는데, 지금은 루산을 각별하게 여기는 것처럼 너무나도 다정하고 상냥하고 친근했다.

"여자 기숙사 근처에 순두부 맛있는 집 있는데, 같이 갈래?"

샤오페이는 루산에게 순두부를 사주며 실습에 적응은 했는지, 요즘은 어떤지 물었고, 그러다 루산의 세미나 케이스인 돼지위축성비염 얘기까지 나왔다.

"정말이야? 어쩌면 이런 우연이 다 있지?"

샤오페이는 자기도 2년 전 같은 질병 케이스를 보고한 적이 있다며 깜짝 놀랐다. 당시 타이완 중남부 지방에 액티노바실러스균으로 인한 돼지흉막폐렴이 유행한 적이 있어서 농장주들은 돼지가 그 병에 걸린 줄로만 알았다. 그런데 다룽 교수만이 위축성비염이라고 예측해 공개적으로 보고했지만 몇몇 교수의 반대에 부딪혔다. 결국 샤오페이가 최종 세미나 보고에서 파스퇴렐라균으로 인한 돼지위축성비염, 액티노바실러스균으로 인한 돼지흉막폐렴 등 흔히 발생하는 호흡기 질환을 구별하는 진단법을 자세히 나열했고, 근본적으로는 돼지의 호흡기 질환임을 입증했다.

"내가 그때 자료를 찾아서 보내줄게. 그거 말고도 레퍼런스로 제공된 논문들이 있는데. 아, 메신저 아이디 알려줄래?"

순두부를 먹고 난 두 사람은 함께 입원 병동의 강아지들을 산책시켰다. 샤오페이는 아예 루산을 자기 숙소로 데려가 각종 자료를 찾아주더니, 발표 때 입을 정장도 빌려주기로 하고 파워포인트 작성에 관한 조언도 해주었다. 급기야는 동짓날에 훠궈와 탕위안(湯圓)[*]을 함께 먹으며 발표 리허설까지 해보기로 약속했다.

루산은 양손에 수확물을 가득 안고 기숙사로 돌아왔다. 좋은 선배를 만나서 도움을 잔뜩 받으니 기분이 더없이 좋았다. 샤오페이는 확실히 쾌활하고 솔직하며 열정으로 가득한 사랑스러운 사람이었다.

[*] 동그란 새알심을 국물에 넣고 끓인 음식.

‘이런 사람하고 같이 일하면 얼마나 즐겁겠어. 내가 아카이 선배여도 샤오페이 선배를 택하겠다.’

아카이 선배를 떠올리는 순간 루산은 온몸에서 힘이 쭉 빠지며 심란해졌다. 복잡한 생각은 미뤄두고, 루산은 일단 돼지위축성 비염에 정신을 집중하기로 했다.

가장 늦게 케이스를 받은 이민은 곧바로 세미나 준비 모드에 돌입했다. 시간은 촉박했지만 남보다 뛰어난 결과를 내려는 시도와 노력은 조금도 꺾이지 않았다. 이민은 조교에게 제출한 서면 원고와 단상에서 발표할 파워포인트 파일을 출력하여 벌써 세 번째 연습에 돌입했다.

이민은 도서관에서 도보로 13분 거리에 있는 카페테리아로 갔고, 주문하고 계산하는 데 총 2분 30초를 썼다. 음식을 먹으면서도 이민은 보고서를 계속 들여다보며 발표할 내용을 중얼중얼 연습했다. 벽에 걸린 TV에서 방송되는 예능 프로그램도, 카페테리아 사장과 손님이 얘기하는 소리도, 심지어 옆 테이블의 아이가 국을 엎질러 아이 엄마가 꾸짖는 소리조차도 이민을 방해할 수 없었다.

국을 깜빡한 것이 생각난 이민은 젓가락을 내려놓았지만 보고서는 손에서 놓지 않은 채 커다란 솥에서 국 한 그릇을 펐다. 자리로 돌아와 남은 음식을 마저 먹는데, 거의 다 먹었어야 할 음식이 이상하게 아직도 많이 남아 있었다. 이민은 레퍼런스를 읽다가 종이에 밥알이 떨어진 것을 발견했고, 휴지로 닦으려고 손을 뻗다가 자신을 응시하는 두 눈과 마주쳤다. 청한이었다.

정확히 말하면, 청한은 이민을 쳐다보는 것이 아니라 이민 앞에 놓인 음식을 보고 있었다.

"뭘 봐요? 선배도 선배 밥…."

그러다가 이민은 청한 앞에 놓인 식판을 보았다. 아까 자기가 반쯤 먹은 것과 비슷한 음식이 들어 있었다. 그리고 자신의 눈앞에는 밥알과 찌꺼기만 남은 식판이….

'이럴 수가! 안 돼! 자리를 착각했잖아….'

엎질러진 물은 다시 담을 수 없고 죽은 사람은 되살릴 수 없다지만, 남의 음식을 잘못 먹는 것에는 비할 일이 아니었다. 이민은 망신살이 뻗쳤다는 생각이 들자 입에 가득한 음식을 삼키지도 뱉지도 못하고 있었다. 청한은 그런 이민의 표정이 우스워 죽을 지경이었다.

"괜찮아."

청한은 미소 띤 얼굴로 말하고는 휴지 한 장을 뽑아 이민에게 건넸다. 그리고 우연히 보게 된 보고서 내용을 언급했다.

"끝에서 세 번째 페이지에 잘못 쓴 내용이 있더라고. 소의 제4위는 주름위라고 불러. 헷갈리면 그냥 제4위라고 하면 돼."

안 그래도 망신살이 뻗쳤는데 이민은 더더욱 창피해졌다. 젓가락을 든 손이 바르르 떨렸다.

'젓가락이 칼이었으면… 그러면 청한 선배 목에다 칼을 대고 모든 걸 잊으라 협박할 텐데. 아니, 차라리 내 눈을 찔러 없던 일이

되었으면….'

하지만 이민은 침착하게 젓가락을 내려놓고 입을 닦은 다음 보고서를 챙겼다. 그러고는 "고마워요!" 한 마디를 남기고 도망치다시피 그 자리를 벗어났다.

자하오는 보고서 작성에 좀처럼 진전이 없었다. 다른 조원에 비해 많이 뒤진 데다가 몇 번을 수정해야 했고, 나중에는 기껏 잡아놓은 얼개를 다 뒤집어엎고 처음부터 다시 시작해야 했다. 그렇다고 이제 와서 포기하는 것은 더더욱 큰 수치였다. 심지어 다친 발의 부기가 조금씩 빠져서 다른 핑계를 댈 수도 없었다. 용감하게 일어서서 현실을 직면해야 했다. 뚱이가 엉망으로 어질러놓은 집을 치우는 일과 세미나 준비 중 하나를 택하라면 자하오는 당연히 전자를 택할 것이다.

온 집 안을 치우는 김에 뚱이까지 목욕을 시키려던 자하오는 그제야 뚱이의 네발과 등 전체에 심한 피부병이 생긴 것을 발견했다. 얼마나 가렵고 불편했을까? 그동안 이리저리 헤집고 다니며 이것저것 망가뜨린 행동도 무리가 아니었다 싶었다. 지금 중요한 것은 뚱이였다. 자하오는 뚱이를 서둘러 병원에 데려갔다.

"허스키는 극지방의 추운 겨울을 나기 위해 털이 두 겹이야. 그런데 타이완은 여름은 무덥고 겨울은 습하니 허스키한테는 아주 힘든 환경이지."

융제는 자하오와 함께 뚱이의 털을 깎고, 약물 목욕을 시켜준 다음 먹는 약과 바르는 약을 처방해 주었다. 벌게진 피부가 조금이나마 진정되자 뚱이도 전처럼 마구 날뛰진 않았다. 여전히 명랑하지만 그래도 꽤 얌전해졌다.

자하오가 약국에서 약을 받아오자 융제는 겸사겸사 자하오에게 항생제 사용 원칙을 물었다. 자하오가 당황하여 횡설수설하자 이번에는 자궁축농증의 내과적 치료법을 물었다. 자하오는 모두 처음 듣는 소리 같았다.

"이게 다 네가 세미나에서 보고할 케이스 내용이잖아. 일주일도 안 남았는데 여태 이 모양이면 어떻게 해? 재발표하고 싶어?"

융제의 입에서 나온 '재발표'라는 말은 농담도 협박도 아닌 예언처럼 들렸다. '재발표' 자체는 별로 심각한 일이 아니다. 세미나에서 불합격한 학생은 담당 교수의 지도 아래 내용을 다시 정리하고 부족한 부분을 보완해 모든 학생이 보고를 마친 마지막 주에 한 번 더 발표하면 그만이다.

문제는 자하오네 조가 조 추첨에 늦는 바람에 마지막 조로 뽑혔다는 사실이었다. 재발표를 한다고 해도 주어진 시간은 고작 일주일, 부족한 부분을 보완하기엔 너무 짧은 시간이었다.

재발표를 하고도 합격을 못 하면 이번 학기의 진료 실습에 통과하지 못하는 셈이다. 수의학과 역사상 실습을 재수강하는 유일한 사례로 청한이 있긴 하지만, 청한은 스스로 포기한 것이지 세미나에 불합격한 것은 아니었다.

4학년 때까지는 재수강을 해도 만회할 기회가 있지만 5학년 실습을 재수강하면 졸업이 연기되고, 다음번에 케이스를 받기란 더 어려워지는 상황이었다.

그야말로 심각한 사태였다. 부모님에게 이번 학기에 졸업하지 못한다는 사실을 전했다간 예전 일까지 들춰내며 또 한바탕 난리가 날 것이 뻔했다. 자하오는 온몸에 식은땀이 나면서 하마터면 "다 내 탓이에요, 내 잘못이에요!" 하고 외칠 뻔했다. 이런 악몽이 현실이 되는 것은 어떻게든 막아야 했다.

자하오는 진전이 있든 없든 사흘 뒤에 융제 앞에서 자궁축농증 케이스를 발표해 보겠다고 약속했다. 그 말인즉 사흘 안에 발표가 가능할 만큼 보고서를 완성해야 한다는 뜻이었다. 융제 선배에게 대충은 통하지 않았다. 사실 이건 융제의 보살핌을 받을 수 있는 특별한 영광으로, 재발표가 걱정되니 선배로서 먼저 살펴보고 지도해주겠다는 뜻이었다. 우직한 사람이 인복이 있는 법이라더니, 과연 그랬다.

사흘 뒤는 때마침 동짓날이었다. 융제가 그날 조원들을 모두 불러 모아 리허설을 해보면 어떻겠냐고 제안하자, 자하오는 대뜸 "옙!" 하고 소리쳤다. 이보다 좋을 수가 없었다.

장소는 고민할 것도 없이 MJ와 자하오의 숙소였다. '탕위안 훠궈 모임'이라는 그럴듯한 이름까지 붙였지만, 사실은 대단히 엄숙한 사명을 띤 모임이었다. 탕위안과 훠궈를 한데 섞어놓은 건 절대 아니었지만, 자하오에게 참석하겠다고 약속한 사람들은 사실 한데 모아놓으면 상당히 어색한 사이였다.

샤오페이는 자신에게는 안 어울리지만 루산이 입으면 엄청나게 멋질 정장을 들고 와서 루산의 행운을 빌어주었다. 그런데 혼자 온 것이 아니라 아카이까지 대동하고 와서 리허설을 같이 보겠다지 않나. 정장으로 갈아입은 루산은 정말 멋졌다. 하지만 아카이와 샤오페이가 나란히 있는 모습을 보는 순간 생각이 꼬이기 시작했고, 온갖 돼지 호흡기 질환이 머릿속에서 마구 뒤엉켜 엉망이 되고 말았다.

청한은 처음에 불참을 통보해 융제에게 실망을 안겨주었다. 이게 다 청한 때문에 심혈을 기울여 계획한 일이건만, 어이없게도 순수하게 공익을 위한 일이 되고 말았다.

이민은 원래 바쁜 몸이라 먹을 것도 안 가져오고 늦게까지 있지도 않겠다고 했었나. 모임에 앞서 이민은 모든 팀원의 보고서를 미리 읽고 빨간 펜으로 질문할 것을 체크했고, 마지막 페이지에는 (자신을 교수로 가정하고) 점수까지 매겼다. 그러나 막상 당일에는 제시간에 나타나 음식 준비를 도왔으며, 게다가 불참을 통보했던 청한까지 데려왔다.

'청한이? 안 오기로 한 거 아니었어?'

MJ의 보고서를 뒤적거리던 융제는 갑작스러운 청한의 출현에 머릿속이 텅 비었다. 청한이 자리를 잡고 먹기 시작하자 융제도 그제야 훠궈 냄비에서 김이 펄펄 나는 두부를 급하게 꺼내 입에 넣었다. 두부는 펄쩍 뛸 정도로 뜨거웠지만 방금 이민과 나란히 들어선 청한의 모습을 마주할 때의 충격에는 댈 것이 아니었다.

청한과 이민이라니!

그 어떤 상황에서도 함께할 리 없는 청한과 이민이건만, 둘이 나란히 있는 모습은 묘하게 어울렸다. 두 사람은 세상 사람들이 끼어들 수 없는 줄로 연결되어 있고, 두 사람만 아는 묵계가 있는 것처럼 보였다.

융제는 그것이 무엇인지 궁금했다. 그걸 알아내야 자신과 청한 사이를 가로막는 문제를 밝혀내고 해결을 시도할 수 있을 것이다. 사실 이런 문제는 임상 진단이나 치료처럼 답이 나오는 것이 아니었다. 융제는 고개를 가로저으며 애써 그런 생각에서 벗어났다.

융제는 보고서를 다 읽고 MJ를 불러 내용이 괜찮다고 칭찬했다. 다소 과해 보이는 흰 정장을 입은 MJ는 화려한 몸짓으로 융제 주변을 한 바퀴 돌더니 고맙다는 말과 함께 첫 번째 발표자로 나섰다.

사실 MJ의 리포트는 괜찮은 정도를 넘어 매우 훌륭했다.

글로 작성한 보고서만 봐도 충분히 조리 있고 명확한 논리로 주장을 펼치고 있었다. 참고 자료도 풍부하고 임상 증거도 상세해 모든 면에서 나무랄 데 없는 보고서였다. 게다가 지금 융제의 눈앞에서 MJ가 발표하는 파워포인트 자료는 간단명료하게 정리된 내용에 컬러, 글자, 도판 모두 시각적으로 조화로웠고, 말소리 또한 적절한 속도와 리듬으로 자신의 주장을 분명히 드러냈다. 지금은 단상이 아니라 작은 티테이블을 앞에 두고 있는데도 MJ에게 스포트라이트가 쏟아지는 느낌이었다.

'역시나 매력이 넘치는 녀석이야. 특히 날 쳐다보는 눈빛이….'

융제는 그 눈빛이 착각이라 믿었다. MJ 때문에 넋이 나간 여자라면 다들 이런 착각에 빠질 텐데, 자신도 그중 하나가 될 생각은 추호도 없었다.

자하오의 차례가 왔을 때는 훠궈 냄비도 바닥을 드러냈다. 배가 잔뜩 부르니 머리가 아닌 위장으로 혈액이 쏠렸고, 다들 산소가 살짝 부족해진 뇌를 10퍼센트만 가동했는데도 자하오의 보고서에서는 수정할 부분이 쏟아져나왔다. A4 용지 3장을 꽉 채우고도 넘쳐날 지경이니, 막상 발표 날이 되면 교수들의 지적으로 만신창이가 될 것이 뻔했다.

이를 차마 두고 볼 수 없었던 이민은 자하오의 일에 상관하지 않겠다던 구급차에서의 맹세를 잠시 내려놓고 일명 '자하오 구출 작전'에 돌입했다. 이민은 개의 자궁축농증에 관한 보고서를 여러 부분으로 나눠 조원들에게 배정하면서, 각자 맡은 부분을 제대로 수정하여 책임지고 자하오의 머릿속에 집어넣으라고 지시했다. 청한도 손을 번쩍 들고 한 부분을 맡았다.

이런 상황에서 자하오가 무슨 할 말이 있겠나? 자하오는 문 앞에 서서 손을 흔들며 모두에게 고맙다고 인사했다. 술은 한 방울도 안 마셨는데 얼굴이 벌게지고 날아갈 듯 행복했다.

'다들 이렇게 도와주니, 나는 소가 되고 말이 되어….'

그때 자하오의 핸드폰이 울렸다. 제이슨 교수였다. 제이슨 교수는 대뜸 소 목장에 응급 상황이 발생했다며 학생들을 몇 명이라도 모아보라고 했다. 출발 시각은 30분 뒤였다.

MJ는 난색을 보이며 돌아서서 씻고 잘 준비를 했다.

이민과 청한은 가장 먼저 자리를 떠서 벌써 종적을 감췄다.

'루산에게 전화해 볼까? 루산은 갈 수 있을까?'

제이슨 교수에게 전화를 받은 자하오야 당연히 가야 할 사람으로 정해진 것일 테니 안 갈 수도 없는 노릇이었다.

9

일기예보는 별자리 운세나 다를 바 없어서 전적으로 믿으면 안 된다. 때로는 다른 경로로 입수한 정보가 더 확실할 때도 있다. 가령 오후에 병원 로비에서 약사가 "태풍이 오려나, 왜 이렇게 쑤시지?" 하는 말을 들었을 때 루산은 얼른 돌아가 태풍에 대비했어야 했다. 루산은 창밖의 맑은 하늘을 바라보며 그게 어떻게 가능하냐고, 지금은 겨울 아니냐고 의문을 품었지만 날씨는 느닷없이 변덕을 부렸다. 탕위안과 훠궈를 먹고 문을 나설 때만 해도 바람이 많이 분다고만 생각했는데, 오토바이를 타고 집에 돌아갈 때는 휘몰아치는 바람 때문에 옆 차선으로 밀려갔고, 이어서 비가 내리기 시작했다. 빗줄기가 점점 거세지자 루산은 재빨리 근처 처마 밑으로 피해 비옷을 걸쳤다.

루산은 여태껏 일기예보를 본 적도 비옷을 가지고 다닌 적도 없었다. 그런데 오토바이 트렁크를 열자 난데없이 비옷 한 벌이 나왔다. 자하오의 비옷이었다. 가지런히 접힌 비옷을 펼치니 가방을 멘 채 충분히 비를 피할 수 있을 만큼 넉넉했다. 어느 날 갑자기 길에서 비가 내리기 시작하자 자하오가 "나는 비 좀 맞아도 괜찮아. 너 빌려줄게." 하면서 건네준 비옷이었다.

'자하오는 정말… 자기 먼저 챙기는 법이 없다니까. 세미나 보고서만 해도….'

오토바이에 오르려던 루산은 핸드폰에 와 있는 메시지를 발견했다. 자하오였다. 지금이 몇 시인데 출장 진료를 간단 말인가! 발신 시간을 확인한 루산은 처마 위로 쏟아지는 폭우를 바라보았다. 제이슨 교수와 자하오 두 사람만 고물 진료 차를 몰고 비 내리는 밤길을 달려가는 장면이 눈앞에 그려졌다.

'소의 제4위의 위치와 생리 기능을 명확하게 표시한 거니까 참고해.'

청한에게 이미지 파일이 첨부된 메시지를 받은 이민은 바로 고맙다는 답장을 하는 대신 컴퓨터를 켜고 청한에게 도움이 될 만한 정보를 검색해 보았다. 마침내 적절한 정보를 찾아낸 이민이 답장을 보냈다.

'맹금류 야생 방사에 관한 평가에서 이런 질문이 나올 것 같으

니 참고해요.'

메시지를 받은 청한은 곧바로 고맙다고 답했다. 사실 청한은 이민이 보내준 자료와 똑같은 내용을 진작 찾아놓았다. 그때 단체 채팅방에 자하오의 메시지가 떴고, 청한은 글자들을 노려보며 잠시 망설이다가 화면을 캡처했다. 이어 이민과의 대화창에 복사해 붙이고 한 줄을 덧붙였다.

'갈 거야?'

잠옷을 입고 얼굴에 팩까지 붙인 이민은 흡족한 기분으로 오늘의 해야 할 일을 항목별로 체크했다. 하루를 마치기까지는 아직 시간이 남아 있지만 이민은 책상에 놓인 원서를 집어 들거나 월간 저널 자료를 찾아보는 대신, 해야 할 일 목록 아래 남은 빈칸에 '참고해'라는 글씨를 썼다.

학교에서 전설로 통하는 선배 청한도 자신보다는 한참 뒤처진다는 생각이 들었다. 똑똑함과 민첩함, 문제 해결 능력, 그리고 얄미운 면에서도…. 사실 청한은 그렇게 얄미울 정도는 아니었다. 이민이 이런 생각에 빠져 있을 때 청한의 문자가 도착했다. 이민은 이미 케이스까지 받은 마당에 굳이 왕진에 동행할 생각이 없었다. 하지만 이 선배가 자신을 데리고 가서 경쟁해 보려는 건가 싶어 답장을 보냈다.

'가려고요. 선배는요?'

와이퍼가 전속력으로 움직이며 앞 유리창을 닦아준 덕에 가까스로 시야를 확보했다. 폭포처럼 쏟아지는 빗줄기 때문에 전방의 가시거리가 100미터도 안 되었다. 이런 악천후에 외출하고 싶은 사람이 어디 있겠나? 제이슨 교수는 백미러로 차 안에 가득 찬 실습생들을 바라보며 생각했다.

'나만큼이나 우직한 녀석들이군.'

곤히 잠든 MJ는 이쪽저쪽으로 픽픽 쓰러졌고, 물에 빠진 생쥐처럼 흠뻑 젖은 루산은 오래된 우물에서 기어 나온 처녀 귀신을 연상시켰다. 청한과 이민은 맨 뒷줄에 앉아 제각기 창밖 풍경을 바라보았고, 자하오는 훠궈 냄새를 온몸으로 풍겼다. 제이슨 교수는 이 5인방이 이번 졸업생 가운데, 아니 역대 기수를 통틀어 가장 기괴한 조합이라고 생각했다.

수의학과의 합격 커트라인이 해마다 올라가면서 입학생들은 한 해가 다르게 똑똑해지고 있었다. 치열한 경쟁을 거쳐 선발되는 학생들이니 우수한 것은 당연했으며 분석 평가 능력과 하나를 가르쳐주면 열을 유추하는 능력도 뛰어났다. 그러나 들어와서 할 공부까지 치밀하게 계산하여 따져보면, 수의학과는 수지 타산이 맞지 않는다는 사실을 깨닫게 된다. 그 노력으로 다른 분야에 몰두하면 더 많은 보상을 받을 수 있을 테니까.

그래서인지 5학년 1학기쯤 되면 게으름을 부리는 실습생들이 보인다. 졸업장만 받아놓고 평생 수의사를 업으로 삼을 생각은 없다는 이유를 대면서 말이다. 교수들도 그런 학생들에게는 굳이 강요하지 않는다. 그 마음을 충분히 이해할 수 있고, 또 그러는 편이 서로에게 좋은 일인지도 모른다. 그렇다면 실습 과정을 전부 마치고 남아서 수의사의 길을 걷는 사람은 어리석은 걸까? 아니면 정말 동물을 돌보는 일을 좋아해서일까?

제이슨 교수는 조수석에 앉은 반 대표를 돌아보며 말했다.

"이렇게 많이 데려와 주다니. 고마워."

창문에 머리를 계속 부딪치며 잠에 빠진 자하오는 그 말을 듣지 못했다. 차 안에 있는 실습생들은 오늘 왕진이 얼마나 어려운지 예상하지 못했을 것이다. 강한 비바람의 기세에 전방은 한 치 앞도 보이지 않았고 목적지에 도착하려면 아직 한참을 더 가야 했다. 제이슨 교수는 초조한 마음을 애써 누르며 조심스레 운전했다. 하지만 이렇게 느려서야 난산의 고통에 시달리는 어미 소와 배 속의 송아지가 과연 자신이 도착할 때까지 버텨줄지 걱정스러웠다.

그때 갑자기 폭우가 그쳤다. 제이슨 교수는 두 눈을 의심하며 눈을 비볐다. 전방에 보이는 길은 산업도로가 틀림없었다. 광풍에 먹구름이 흩어져 머리 위에 떠 있는 달까지 똑똑히 보였다. 피곤해서 생긴 환각은 분명 아니었다. 태풍의 눈에 들어선 것이다.

그 틈을 타서 제이슨 교수는 가속 페달을 세게 밟아 속도를 높였다. 구불구불한 산업도로 끝까지 가서 산을 하나 더 넘으면 목적지인 목장이었다.

목장주 황 씨는 자신은 배움이 짧아서 대학교수를 가장 존경한다고 입버릇처럼 말해왔다. 예전부터 제이슨 교수의 실험 계획과 학생 왕진 실습을 늘 환영했으며 전염병 예방 샘플링 통계에도 기꺼이 협조했다. 그는 목장의 사육 관리, 영양 배합, 심지어 낙농업의 원유 시세와 수입 사료 배송 기간까지 제이슨 교수와 거리낌없이 의논했다. 그에게 제이슨 교수는 스승이자 벗이자 중요한 의논 상대였다.

오늘 출산하는 어미 소는 사흘 전부터 조짐이 보였는데, 초산인 데다 평소에도 성격이 예민한 편이었다. 일기예보에서 저기압이 태풍으로 발전할지 아직 불투명하다고 이야기할 때부터 먹는 것이 시원치 않고 자꾸 불안해하며 울타리를 들이받았고, 요 며칠은 아예 먹질 않아서 기력이 하나도 없다는 것이었다. 황 씨가 스스로 해결할 수 있었으면 이런 밤에 다급하게 전화를 걸어 도움을 청하지도 않았을 것이다. 제이슨 교수는 가능한 치료 계획을 궁리했지만 아무리 생각해도 위태로운 상황이었다.

그래도 현장에 가서 최선을 다해봐야 했다. 목장주 말마따나 언 발에 오줌을 눠서라도 해결책을 찾아야 했다. 구불구불한 산길은 차 한 대도 겨우 지나갈 정도로 좁고, 힘겹게 버티는 엔진은 더는 못 가겠다며 괴성을 질렀다. 하지만 제이슨 교수에게 이 정도는 일상이 된 지 오래였다. 교수는 어미 소가 조금만 더 버텨주기를 기도하며 기어를 저속으로 바꿨다.

덜컹거리며 산길을 계속 올라가자 마침내 목장의 환한 불빛이 보였다. 어두컴컴한 산골짜기 사이에서 길을 비추는 등대 같았다. 목적지에 도착하자마자 또다시 비가 억수같이 쏟아졌다. 일행은 쫄딱 젖는 것을 신경 쓸 겨를도 없이 진료 도구를 축사로 옮긴 후 작업복과 장화를 착용하고 작업에 돌입했다.

어미 소는 별도의 우리에 격리되어 있었다. 황 씨가 제이슨 교수와 학생들을 데리고 축사에 들어가 불을 켜자 누워 있던 소들이 일제히 일어나 울타리 쪽으로 다가왔다. 통로 양쪽이 시끌벅적해지고, 동그랗고 커다란 눈동자들이 어둠 속에서 투명 전구처럼 반짝였다. 눈앞에서 곧 일어날 거사를 잔뜩 기대하는 듯 호기심 가득한 눈빛이었다.

"루산은 체온, 심박수, 호흡 횟수를 재고 기본 생리학적 지표부터 기록해 줘."

제이슨 교수가 각자 할 일을 정해주었다.

"청한과 이민, 두 사람은 어미 소한테 수액부터 놓아줄래?"

소의 상태를 보니 제대로 서 있지도 못할 지경이었다. 기나긴 고생을 각오한 제이슨 교수는 청한에게 포도당을 준비하도록 지시하고, MJ에게는 '인공 양수'로 사용할 따뜻한 물을 가져오라고 목장주에게 전하게 했다.

자하오는 제이슨 교수의 눈짓에 따라 긴 장갑을 끼고 항문에 손을 넣어 대변을 꺼내기 시작했다. 제이슨 교수가 직장 검사를 할 수 있게끔 장애물부터 제거하는 것이었다. 직장 검사로 배 속에 있는 태아의 생사를 확인한 후 다음 행동을 결정하게 된다.

제이슨 교수가 팔의 절반 이상을 암소의 직장에 집어넣자 먼저 중자궁동맥이 만져졌다. 제이슨 교수의 굳었던 얼굴에 희망의 빛이 떠올랐다. 손가락 끝에서 중자궁동맥이 아직 정상적으로 진동하는 것이 느껴졌다. 자궁에 혈액과 영양이 계속 공급되고 있다는 의미였다.

“어미 배 속의 송아지는 살릴 수 있겠어.”

하지만 제이슨 교수는 금세 얼굴을 찡그렸다. 이어 직장 속 팔 위치를 조정해 장을 사이에 두고 촉감으로 더듬어 송아지를 찾았고, 다른 사람들은 축사 양철 지붕을 때리는 빗소리를 들으며 조용히 기다릴 따름이었다.

“이건 머리, 이건 어깨, 등, 여기가 다리다. 그래, 찾았어!”

제이슨 교수는 손으로 송아지의 다리를 더듬어가 두 발굽 사이를 자극했다. 송아지가 발을 뒤로 움츠리는 것이 느껴졌다. 확실한 생명의 징조였다.

“송아지가 살아 있어! 이제 유도 분만을 준비하자.”

제이슨 교수가 손을 닦는 동안 자하오는 어미 소의 외음부에 묻은 잡초와 진흙, 분뇨 찌꺼기를 말끔히 닦아냈다. 송아지가 세상에 나오는 통로이니 깨끗이 닦아야 했다.

‘송아지야, 조금만 기다려. 선생님이 구해주실 거야.’

자하오는 속으로 혼잣말을 했다.

“송아지 머리가 커서 쉽진 않겠어.”

제이슨 교수가 또다시 어미 소의 몸속에 팔을 집어넣었다. 다른 사람들 눈에는 교수의 손이 몸속에서 태아의 방향을 조절하는 모습은 보이지 않았다. 그저 반쯤 쪼그려 앉은 채 연신 자세를 바꿔가며 애쓰는 교수를 지켜보며 초조해할 뿐이었다. 목장주 부부는 아무도 입 밖으로 꺼내지 못하는 최악의 상황에 대해 나지막이 얘기를 나누다가, 급기야 어미 소와 송아지 가운데 어느 쪽을 살려야 할지 의논하기 시작했다. 안주인이 근심 가득한 얼굴로 말했다.

"머리가 크면 십중팔구 수컷인데. 그러면 가치가 떨어지잖아."

인공 양수에 담가놓은 것은 분만 줄과 분만 체인으로, 온도를 어미 소의 체온에 가깝게 유지하고 물에 적셔 부드럽게 만들어야 했다. 차 안에서 미리 분담해 놓은 업무에 따라 제이슨 교수가 손을 뻗자 MJ가 바로 분만 줄을 건넸다. 보아하니 송아지의 앞다리 두 개를 다 찾아낸 모양이었다.

교수는 분만 줄을 송아지 앞다리에 묶고 다른 쪽 끝은 국수 밀대처럼 생긴 막대기에 묶었다. 그러고는 몇 걸음 물러서서 모두에게 오라고 손짓한 다음, 각자의 위치를 정해주었다. 자하오가 맨 뒤에 서고 MJ는 맨 앞에, 중간에는 루산, 이민, 청한의 순서대로 섰다. 그렇게 줄다리기하듯 대형을 이룬 일행은 줄을 단단히 잡고 준비 태세를 갖췄다.

제이슨 교수가 말했다.

"하나, 둘, 셋 하면 다 같이 '당겨' 외치면서 힘을 합쳐 당기는 거다. 한 사람이라도 요령 피우거나 이탈하면 안 돼. 내가 멈추라고 하면 곧바로 멈추고."

모두 힘을 합쳐 난산의 고통과 싸우는 줄다리기를 앞두고 있었다. 송아지의 생명을 구하고 어미 소의 안전을 위한 줄다리기였다. 루산은 너무 흥분해서 팔딱거리며 맨 앞에 선 MJ을 따라 스트레칭을 하며 준비 운동을 했다. 과연 얼마나 격렬한 시합이 될까?

“자하오는 맨 뒤에서 모두의 방향을 통제해. 내 손짓과 구령을 잘 봐야 한다. 멈추라고 하면 바로 힘을 빼야 해. 자칫하면 송아지가 다치니까 다들 주의하도록.”

자하오가 고개를 끄덕였지만 제이슨 교수는 여전히 마음이 놓이지 않는 듯 주의 사항을 하나하나 반복했다.

“다들 조심해야 한다. 너희들도 다치면 안 돼.”

축축하고 따뜻한 분만 줄이 구령에 따라 팽팽히 당겨졌다.

“하나, 둘, 셋!”

“당겨!”

“하나, 둘, 셋!”

“당겨!”

줄을 당기는 일은 생각보다 많이 힘들었다. 루산은 종아리에 쥐가 나기 직전이었고, 이민은 이를 갈며 어찌나 힘을 썼던지 온 얼굴이 흉하게 일그러졌다. 청한은 중심을 낮추고 뒤로 물러서는 동시에 앞에 선 학생들의 움직임과 균형 상태를 주시했다.

MJ는 온몸의 근육을 총동원해 가슴 깊은 곳부터 “당겨!” 하고 소리쳤지만 분만 줄 반대쪽 끝에서는 아무런 기척이 없었다. 맨 뒤에서 막대기를 꽉 움켜쥐고 있던 자하오는 제이슨 교수의 “그만!” 소리에 곧장 힘을 빼고, 관성의 법칙에 따라 뒤로 쓰러지는 동기들을 보호하기 위해 자세를 가다듬었다.

어미와 새끼의 상태를 확인한 제이슨 교수가 손을 뻗어 태아의 자세를 조정했다. 어미 소 복부에 힘이 들어가는 주기를 감지한 교수는 돌아서서 손짓과 함께 구령했다.

"하나, 둘, 셋!"

"당겨!"

"하나, 둘, 셋!"

"그만!"

다시 손을 뻗어 태아의 자세를 조정하고, 어미 소의 복부에 힘이 들어가는 것을 감지한 순간 구령하고…, 이렇게 몇 번을 반복했을까. 30분 넘게 줄다리기를 한 끝에 MJ는 밧줄 끝에 묶인 송아지의 발굽 하나가 세상에 나오는 모습을 목격했다. 머리카락 끝에서 흘러내린 땀방울은 처마에서 떨어지는 비처럼 멈추지 않았고, '당겨!' 소리도 점점 가늘어졌다.

"포기하면 안 돼. 송아지가 곧 나올 것 같아!"

MJ는 밖으로 나온 발굽에서 승리를 예감했고, 뒤에 선 동료들에게 이 소식을 전하며 격려했다.

"조금만 더 버티자, 곧 나올 거야, 곧!"

이민은 밧줄을 움켜쥔 손이 빨갛게 부르터 쓰라렸지만 불평하느라 기운 뺄 상황이 아니었다. 이민은 이를 악물고 온 힘을 다해 줄을 당겼다.

"그만!"

제이슨 교수가 외쳤다.

송아지의 앞발 두 개가 모두 나온 것을 보자 다들 기뻐 어쩔 줄 몰랐다. 고지가 멀지 않았다! 일행은 짧은 휴식을 취하고 다음

라운드에 나섰다. 모두 제이슨 교수의 손짓에 주의를 기울였지만 "하나, 둘, 셋" 구령은 들려오지 않았다. 산도에 손을 집어넣어 연신 확인하던 제이슨 교수의 얼굴이 굳어졌다.

"호흡곤란증후군 같아."

태아의 머리가 제대로 된 자세를 유지할 수 없기 때문이었다. 밧줄로 당기는 힘을 몸통으로 버텨내느라 출산 과정에서 머리가 구부러진 상태였다. 송아지에게서 생명의 기미가 보이지 않자 제이슨 교수는 고개를 가로저으며 다음 단계를 논의하기 위해 목장주 황 씨에게 다가갔다.

환호의 순간을 앞두고 갑작스레 일어난 사고였다. 일행은 숨을 헐떡이면서 얼굴에 얼룩진 땀과 눈물을 닦을 생각도 않고 망연자실한 얼굴로 서로를 바라보았다.

여러 해 전에 담배를 끊은 황 씨는 고개를 숙이고 한숨만 푹푹 내쉬었다. 폭우가 퍼붓는 추운 밤에 수의학과 교수와 학생들이 달려왔지만, 목장주인 자신은 암소의 출산 과정을 지켜만 볼 뿐 아무런 도움도 줄 수 없었다. 초조하게 왔다 갔다 하면서 내쉬는 입김이 담배 연기처럼 남편을 에워싸서 농장 안주인은 시야가 흐려졌다. 어떻게든 피하고 싶었던 순간이건만, 이제는 현실을 인정하고 다음 대책을 모색해야 했다.

송아지는 살리지 못했지만 어떻게 어미 소의 고통을 줄여줄지 논의할 때였다. 뜨거운 국을 한 냄비 끓인 안주인은 아들을 불러 실습생들에게 가져다주게 하고, 자신은 국 두 그릇을 들고 제이슨 교수와 황 씨에게 가서 논의에 합류했다.

목마르고 지쳤지만 아무도 음식을 먹을 기분이 아니었다. 국그릇을 들고 우두커니 서 있는 아이를 본 자하오가 얼른 받아서 조원들에게 나눠줬다. 금방이라도 울음이 터질 듯한 아이 얼굴이 마치 어린 시절 자신의 모습 같았다. 어릴 때부터 양돈장에서 자란 자하오는 어른들이 성체로 자란 돼지를 줄지어 차에 태우고 도축장에 보낼 때면 창가에 서서 배웅할 뿐 차마 똑바로 보지 못했다. 그때의 자신도 지금 이 아이의 표정을 짓고 있었을 터였다.

"우리 집은 돼지를 키운단다. 내가 귀여워하는 수퇘지 두 마리가 있는데 하나는 루프, 하나는 추바카야."

자하오가 아이에게 말했다.

"너도 소한테 이름 지어줬어?"

아이는 마침내 옅은 미소를 지으며 가장 가까이 있는 소부터 자하오에게 소개하기 시작했다.

"얘는 푸딩이고, 얘는 엘사. 창문 옆에 있는 소는 아페이예요. 오늘 밤 송아지를 낳는 소는 망고. 내가 가장 좋아하는 과일이 망고거든요. 선생님 말씀으로는 자기 물건에 이름을 쓰면 잃어버리지 않는다던데."

이어서 아이는 심각한 얼굴로 물었다.

"망고가 죽을 것 같아요?"

자하오는 얼버무리고 싶진 않았다. 하지만 이렇게 어려운 질문에 어떻게 대답해야 할지 몰라 머뭇거렸다.

"망고 배 속에서 죽은 송아지부터 먼저 꺼내야 해. 수술을 빨리 끝낼수록 망고가 덜 힘들고 건강하게 살 수 있어."

어느새 나타난 청한이 아이의 질문에 대답해 주었다.

"그럼 빨리 수술해요. 송아지를 어떻게 꺼내요?"

아이가 물었다.

청한은 국물을 마시면서 제이슨 교수가 차 안에서 시뮬레이션하며 목장주와 논의한 몇 가지 방법을 아이가 알아들을 수 있게 쉬운 말로 설명해 주었다.

"송아지 머리가 너무 커서 바로 꺼낼 수는 없어. 첫 번째 방법은 배 속에서 송아지를 작게 토막 내서 꺼내는 거고, 두 번째 방법은 망고의 배를 열고 송아지를 통째로 꺼낸 후 망고의 배를 꿰매는 거야."

청한이 묘사한 장면을 상상하자 아이는 눈빛이 흐려지고 입이 떡 벌어졌다. 아이에게 해준 말이 너무 잔인했다는 생각에 청한은 아차 싶었다.

"이건 망고를 위한 일이니 어쩔 수 없이 받아들여야 해."

청한은 한 단어 한 단어 신중하게 생각하며 아이에게 설명했다. 옆에 있던 자하오에게는 청한이 스스로를 설득하려는 것처럼 들렸다.

거센 비바람이 마침내 잠잠해졌을 무렵, 황 씨는 배 속에서 송아지를 토막 내서 꺼내기로 결정을 내렸다.

실톱을 꺼내 소독하고, 제이슨 교수는 실습생들에게 임무를 배정했다. 루산은 어미 소를 달래는 한편 소를 계속 서 있게 하는 임무를 맡았다. 소가 쓰러지려고 하면 가볍게 두드리며 자극하여 반드시 계속 세워둬야 했다. 소가 쓰러졌다가는 소의 배 속에 들어가 있는 제이슨 교수의 팔이 미처 나오지 못하고 안에서 부러질 수 있었다. MJ는 수술하는 동안 분만 줄을 당기며 태아의 위치를 고정하는 임무를 맡았다.

이민과 자하오는 한 조였다. 이민이 태아를 자르는 절태(切胎) 기구를 들고 있으면, 자하오가 실톱의 오른쪽과 왼쪽 손잡이를 순서대로 당겨 조작하는 일을 맡았다. 이때 제이슨 교수의 지시에 정확히 따라야 한다. 실톱의 고리가 태아를 분쇄하기도 하지만 잘못 조작하면 자칫 제이슨 교수의 손가락을 자를 수 있기 때문이다. 청한은 제이슨 교수 뒤에 서서 제거된 잔해를 치우는 일을 맡았다.

송아지의 머리가 너무 커서 날카롭고 강력한 겸자가 동원되었다. 제이슨 교수는 가능한 한 어미 소의 산도가 다치지 않도록 겸자를 태아의 눈가에 박아서 머리를 빼냈다. 청한은 피하지 않았다. 눈빛에서 괴로운 몸부림도 사라졌다. 청한은 부드럽고도 정확한 손길로 송아지의 머리와 너무 늦게 세상에 나온 송아지의 몸통까지 받아서 처리했다.

청한에게는 분명 어려운 일이었다. 하지만 청한은 마침내 해냈다.

힘이 남아 있다면 모두들 청한에게 박수를 보내고 싶었지만 아무도 그럴 수가 없었다. 비바람이 몰아치고 희비가 엇갈리는 밤을 보낸 일행은 작업복과 장화를 벗고 기구를 챙겨 차에 오르자마자 그대로 녹초가 되어 곯아떨어졌다.

운전대를 잡은 제이슨 교수는 하품을 크게 하면서 수시로 얼굴을 때려 잠을 쫓았다. 백미러에 비친 잠든 실습생들은 하나같이 특이한 존재였다. 한 조라는 것이 전혀 어울리지 않지만, 신기하게도 단결력을 발휘하는 그들이었다.

이튿날 아침, 청한이 핸드폰을 켜니 한밤중에 이민이 보낸 메시지가 와 있었다.

"엄청 멋지던데요! 쭉 그렇게 가는 거예요."

10

자하오는 열쇠를 꽂고 드넓은 강연장의 문을 열었다. 안으로 들어가 에어컨을 켜고 노트북의 음향과 프로젝터 작동 상태와 마이크 배터리 잔량을 확인했다. 여느 때와 마찬가지로 미리부터 와서 모든 것을 점검했는데, 연단의 에어컨 송풍구에서 바람이 나오지 않는 것 같고 첫 번째 열의 전등이 깜박깜박했다. 조명 전체를 어둡게 조정했지만 전등은 여전히 깜박거렸다. 자하오는 교내 기사를 불러 교체해야 할지 잠시 고민하고 있었다.

"우리 반 대표가 오늘 아주 멋지게 차려입었군."

아량 교수가 자하오의 어깨를 토닥였다. 모처럼 정장에 셔츠를 갖춰 입고 짙은 색 넥타이까지 단정하게 매고 있으니 체격이 건장한 자하오는 더욱 늠름해 보였다.

"준비는 잘 했어? 문제없겠지?"

"이번 세미나에서 통과하면 1학기는 패스하는 거야."

아량 교수의 말에 자하오는 머리를 움켜쥐고 흐흐 웃었다. 늘 그렇듯 자하오의 웃음에는 겸연쩍은 의미가 담겨 있었다. 아량 교수는 학기 말마다 보여주는 자하오의 익숙한 웃음에 이번에도 낙제는 맡아놓은 당상일 것 같은 불길한 예감이 들었다. 오늘 세미나는 이번 학기의 마지막 임상증례토론이었다.

스누피 교수는 아침 일찍 면도하는 것도, 아침 먹는 일도 잊었으며 이번 주에 발표할 학생이 누구인지도 전혀 관심이 없었다. 지금 그는 오로지 음성으로 판정된 입원 병동 스피츠의 기생충 검사 결과에 온 정신이 쏠려 있었고, 오늘 세미나는 췌장염으로 진단된 시바견 병력에 관한 사례 발표를 듣고 싶어서 참석한 것뿐이었다. 사실 세미나 날짜를 기억하는 것도 그에게는 대단한 일이었다.

황 교수는 제시간에 도착해 늘 앉는 통로 쪽 좌석에서 눈을 감고 정신을 가다듬었다. 어제 다리 절단 수술에 체력을 너무 많이 소모해서일까, 아니면 오늘 아침 대학원생들이 확인한 실험 데이터가 예상한 결과와 거리가 있어서일까, 아니면 오후의 무릎 관절 수술을 머릿속에서 시뮬레이션하는 걸까? 그것도 아니면 오늘 발표할 학생을 단번에 끝장낼 질문거리라도 생각하는 걸까? 사실 그의 머릿속에는 아무 생각도 없었지만, 두 눈을 감고 있어도 존재 자체로 학생들을 겁먹게 하기에 충분했다. 지각한 학생들은 황 교수를 보는 순간 '왜 이렇게 동작이 굼떠? 영화라도 보러 온 줄 아냐?' 하는 꾸지람이라도 들은 양 몸을 잔뜩 움츠렸다.

조명이 어두워지고, 첫 번째 발표자로 청한이 등장했다.

"이 사례는 큰소쩍새의 새끼로 풀숲에서 잡혔습니다. 낮에 사람을 만나도 피하지 않고 눈빛이 흐릿하며 스스로 움직일 수 없었습니다. 본원에 데려와 검사한 결과 오른쪽 동공이 확장된 상태였고, 오른쪽 날개와 왼쪽 발이 부러졌으며, 입안에 피가 고여 있었습니다. 이것은 첫날 찍은 엑스레이 사진으로, 여기서 우리는…"

청한은 서두르지 않고 조리 있게 케이스의 모든 내용을 설명했다. 봐도 이해가 가지 않는 혈액검사 보고서와 흑백이 분명한 엑스레이 사진들을 제외하면, 병들었다는 새는 사진마다 천진난만한 눈을 뜨고 카메라를 응시하고 있었다. 대강당의 어두운 조명 아래서 학생들은 아무리 눈을 부릅뜨고 봐도 큰소쩍새가 아픈 건지 아닌지 알쏭달쏭했다. 부러진 발을 고정한 부목을 제거하고 한참 지나자 큰소쩍새의 몸집은 눈에 띄게 커졌다.

첫 번째 야생 방사를 시도했을 때 큰소쩍새는 나는 데 실패했고, 두 번째도 머뭇거리며 날아가지 않았다. 세 번째 시도에서 비행에 성공하며 발표도 끝이 났다. 큰소쩍새는 저녁 석양 속에서 하늘로 날아올라 점점 멀어졌고, 숲속으로 들어가 다시는 돌아오지 않았다. 강연장 전체에 박수가 터졌다. 이 아름다운 결말에, 그리고 청한의 멋진 발표에 쏟아지는 박수였다.

'그래, 이게 내가 알던 청한이야. 의료라는 직업이 무엇을 위해 존재하는지 내게 상기시켜 주던 바로 그 모습이지.'

융제는 이렇게 생각하며 열심히 박수를 쳤고, 장내가 잠잠해질 무렵에는 손뼉을 너무 세게 쳐서 손바닥이 온통 뜨거워진 것을 느꼈다. 활짝 웃는 얼굴에도 열기가 가득했다.

"질문 하나 하겠네. 큰소쩍새는 날아가 버렸는데 예후가 어떤지 어떻게 알 수 있나? 자네가 오랫동안 치료한 것 같은데, 인간에게 너무 오래 길들여진 나머지 야생에서 사는 법을 잊어버리진 않았을까?"

손을 들고 질문한 사람은 왕 선생이었다. 일부러 문외한인 듯 어설프게 질문하는 모습이 정말 호기심에서 우러난 것인지 함정을 준비한 복선인지 헷갈려 몇 차례 웃음을 자아냈다.

"야생에 방사하기 전에 근육량, 깃털 성장 정도, 사냥 능력 등을 평가하고 시뮬레이션을 합니다만, 실질적인 상태는 새를 날려봐야 알 수 있습니다. 그래서 포인트를 정해 횃대와 자동카메라를 설치해 기록을 추적하…."

청한이 답변하는 중에 왕 선생이 급히 말허리를 끊었다.

"내 질문을 제대로 이해하지 못한 것 같네. 그렇다면 질문을 바꿔서 해보겠네. 날 수 있는지 없는지는 새의 골절 예후와 관련이 있지만, 자네가 치료하는 동안 먹이를 준 것 아닌가? 어떤 먹이를 줬으며, 사냥의 시뮬레이션은 어떻게 했단 말인가?"

청한이 답변했다.

"새가 자유롭게 움직일 수 있게 되었을 때, 살아 있는 쥐를 던져주어 최대한 자연의 생태를 모방하려고 했습니다."

"그러니까 그건 살아 있는 목숨을 희생하는 게 아니라는 거군? 자넨 그걸 받아들일 수 있었나?"

왕 선생이 불쑥 질문을 던졌다. 예상대로 청한은 새파랗게 질린 얼굴로 그 자리에 얼어붙었다. 왕 선생이 덧붙였다.

"하하, 농담이야. 자네 발표는 완전무결했네. 전혀 문제없어."

'소의 제4위 전위'는 흔한 발표 주제였다. 시간제한이 없었다면 이민은 동서고금의 자료를 모두 모아 10교시짜리 수업을 진행했을 것이다. 연단에 오른 이민은 문장부호도 무시한 채 단숨에 발표를 끝냈다.

"이상으로 보고를 마치겠습니다. 이제부터 토론을 진행하겠습니다."

졸고 있던 사람이나 깨어 있는 사람을 막론하고 딱히 할 말을 찾지 못했고, 침묵 속에서 에어컨이 덜컹덜컹 돌아가는 소리만 맥없이 들려왔다.

스누피 교수가 손을 들고 '선생님, 화장실 다녀오겠습니다'라고 말하는 학생처럼 쭈뼛쭈뼛 일어서더니 입을 열었다.

"보고서는 상당히 상세하고 자료도 포괄적이군. 케이스는 전체적으로 아무런 문제가 없네. 다만 문제가 없기 때문에 오히려 학생에게 묻고 싶군. 이 케이스를 세미나 주제로 선정한 이유는 무엇이며, 치료 과정 전반에 걸쳐 개선할 점은 있었나?"

"네? 뭐라고요? 당연히 없었죠!"

이민은 마이크에 대고 이렇게 무례한 말을 내뱉고 말았다. 사실 뭐가 문제라는 건지 이민은 정말 이해할 수 없었다. 스누피 교수는 마치 학생이 케이스를 고를 수 있다는 듯이 말하는데, 이민은 임상적으로 보고할 가치가 있는 정도의 복잡성을 띤 케이스를 겨우겨우 받아낸 것이었다.

'다들 감탄하고 흠을 잡지 못하잖아. 이렇게 문제가 없는 것도 내 탓이야?'

스누피 교수가 설명을 덧붙였다.

"자네 보고서는 교과서를 보는 것 같아. 임상 사례마다 개인차가 있고 의사마다 현재의 판단, 검사와 치료의 한계가 각기 다르지. 모두가 여기에 앉아 있는 이유가 바로 그거라네. 토론이란 반론의 여지가 있어야 하고 정해진 답이 없을 때 하는 거란 얘기야. 나중에 현장에서 일할 때도 이 점을 반드시 기억하기 바라네."

말을 마친 스누피 교수가 헝클어진 머리카락을 휘날리며 자리에 앉았다.

진심에서 우러난 충고에 허를 찔린 이민은 연단을 내려간 후에도 한동안 충격이 가시지 않았다. 과학 정신에 따라 논리를 따지면 반드시 표준 답안을 찾을 수 있다고 여기는 이민이었다.

'꼭 그렇지만은 않단다. 이건 의학이기 때문이지.'

마음속에서 장난스러운 목소리가 이민을 일깨웠다.

이번에는 루산 차례였다. 자하오는 '천장 전등을 미리 교체할 걸' 하고 생각했다. 불빛이 깜박일 때마다 루산은 하던 말을 멈추었고, 긴장한 탓에 자꾸만 엉뚱한 페이지로 넘어가곤 했다. 다급해진 자하오가 손짓과 발짓으로 신호를 보내도 루산은 여전히 허둥댔고, 자하오는 강단으로 뛰어올라 "거기 아냐! 그 전 페이지라고!"라고 알려주고 싶은 충동을 가까스로 눌러야 했다.

결국 루산은 돼지 비갑골 슬라이드를 띄워놓고 편도선 설명을 했고, 돈사 바닥의 출혈 분비물을 가리키며 코가 비틀리는 현상을 설명했으며, 어미 돼지를 새끼 돼지라고 하는 것도 모자라 몇 번이나 강아지라고 말하기도 했다. 엉뚱한 설명에다 말실수까지 겹쳐 점점 엉망이 된 발표는 마지막 슬라이드에 가서야 겨우 설명과 맞아떨어졌다. 장내는 폭소에 휩싸였고, 루산은 발표를 망쳤다는 생각에 터져 나오려는 울음을 애써 참았다.

한바탕 질문 폭격이 쏟아졌지만 시간 초과로 겨우 살아난 루산은 마침내 단 아래로 내려왔다. 다음 발표 순서인 자하오와 계단에서 스치는 순간 자하오가 손에 휴지를 쥐여주었다. 그 순간 참았던 눈물과 콧물이 하염없이 흘러내렸다. 눈물을 다 닦고 정신을 차려보니 자하오는 어느새 발표를 끝내고 질문을 받고 있었다.

돼지위축성비염 증상의 하나로 비갑개 및 상악골 위축이 심해지면서 나타나는 증상이다.

이어지는 질문에 자하오는 머리를 긁적이며 단답형으로 일관하다가 끝내는 "잘 모르겠습니다"로 말을 마쳤다.

'저렇게 어수룩해서야…. 점수 받기 싫은 거야?'

마지막으로 단상에 오른 발표자는 MJ였다. 케이스의 내용과 설명하는 시간까지 미리 안배한 MJ의 발표는 마치 정교하게 짜인 안무처럼 정확하고 매끄러웠다.

발표가 끝나자 동기들이 한 명씩 손을 들고 질문하는데, 질문 순서까지 질서정연한 것이 아무래도 미리 합을 맞춘 듯한 눈치였다. 주제 발표에 질의응답까지 일사천리로 진행하니 시간이 딱 되어 교수와 의사 들에게는 돌발 질문을 던질 기회조차 주어지지 않았다.

종이 울리자 장내에 우렁찬 박수가 울려 퍼졌고, MJ는 공연을 마친 연예인처럼 이쪽저쪽으로 허리를 깊이 숙여 인사하고는, 화려한 커튼콜만 생략한 채 연단에서 내려왔다.

그때 "잠깐!" 하는 외침과 함께 황 교수가 단상에 올랐다.

"지금부터 조건부 통과자 명단을 발표하겠네. 자네, 자네, 그리고 자네."

황 교수는 MJ, 루산, 자하오를 가리키며 말을 이었다.

"자네들 세 사람은 보고서를 수정해서 제출하게. 수정할 내용은 여기 있으니 사흘 안에 내 책상에 갖다 놓게. 사흘을 넘기거나 수정한 보고서도 통과되지 못하면, 내년에 또 만나는 걸로."

발표회를 마친 학생들이 강연장을 우르르 빠져나갔다.

MJ는 동기들을 한 명씩 얼싸안고는 마치 사지에서 살아나온 듯한 루산과 자하오의 어깨를 토닥여주었다. 루산은 또 울려고 했지만 MJ는 갑자기 온몸을 들썩이며 웃음을 터뜨렸다. 하도 웃어서 숨이 다 막힐 지경이었다.

"넌 뭐가 그렇게 우스워?"

루산이 못마땅해서 쏘아붙였다.

"그야말로 난형난제네…."

"감히 누굴 너한테 갖다 붙여?"

"우린 한날한시에 죽지는 못해도 한날한시에 보고서를 제출해야 하잖아!"

"엉망진창 난형난제로군!"

"뭐가 그렇게 우스워? 너 계속 웃으면 난 울어버릴 거야."

이민과 청한도 옆에서 줄곧 세 사람의 대화를 듣고 있었다. 5인방은 어느새 다 같이 웃기 시작했고, 웃음을 멈출 수가 없었다. 세미나 발표는 반드시 통과될 것이다. 5인방은 그동안 실습하면서 숱한 도전을 함께 극복해 왔다. 수의학과 5학년 1학기도 함께 통과할 것이다.

11

세미나의 보고서를 수정하는 것은 그리 어려운 일이 아니었다. 진짜 문제는 제출하려면 황 교수의 책상에 올려두어야 한다는 것이었다. 자리에 앉아 있는 황 교수가 돋보기를 벗고 한 줄 한 줄 스캔하는 눈빛으로 보고서를 검사하기 시작하면 아무리 준비를 철저히 한 학생일지라도 오금이 저렸다.

그 자리에서 달아나고 싶은 마음뿐이지만 후들거리는 두 다리와 고장 난 머리가 이중으로 작용하며 탈출을 막았다. 자하오만 해도, 황 교수가 보고서를 덮고 1 더하기 1이 몇이냐고 물어보면 그 자리에 얼어붙어 바보 같은 미소만 짓고 있을 것이다.

“마음에 썩 들진 않지만 그냥 통과하는 걸로 하지.”

다행히도 황 교수는 이렇게 자하오를 안심시켰다.

그러더니 잠시 목청을 가다듬고 물었다.

"자네 겨울 방학에 시간 있나?"

대답은 당연히 시간이 '있다'와 '없다' 중 하나일 것이다. 하지만 황 교수가 무슨 숙제라도 내서 괴롭히려는 건지 누가 알겠는가? 피할 수 없는 상황에 자하오는 제자리에서 어수룩한 미소만 지었다. 황 교수가 다시 물었다.

"자네 겨울 방학에 시간이 있어, 없어? 스누피 교수가 진먼에 TNVR을 하러 가는데 인원 제한이 있네. 다 데려갈 수는 없으니 갈 사람을 알아봐."

'이게 다야?'

잔뜩 긴장했다가 봉인이 해제된 자하오는 고맙다는 인사를 하고는 얼른 돌아서서 달아나려 했다. 그때 황 교수가 자하오를 다시 불러 세웠다.

"자넨 반드시 가야 해! 내가 명단에 올려놓을 테니."

1학기는 끝났지만 루산에게는 각 과를 돌며 실습하던 습관이 아직 몸에 배어 있었다. 가령 병원 복도를 걸어가다가 샤오페이가 부르면 지시 사항을 적으려고 습관적으로 주머니를 뒤졌고, 주머니에 필기도구가 없다는 사실에 흠칫 놀라곤 했다.

샤오페이는 그저 루산에게 아침에 진료한 뚱보 강아지 얘기를 해주려고 불렀을 뿐이었다. 샤오페이는 핸드폰 사진을 보여주면서 강아지가 발이 보이지 않을 정도로 살이 쪄서 각 부위가 마치 속이 꽉 찬 소시지 같다고 했다.

"게다가 식탐이 어찌나 심한지 못 먹는 게 없더라고. 보호자가 얘를 뭐라고 부르는지 알아? 글쎄 '청소기'라고 하지 뭐야!"

두 사람은 배꼽을 잡고 몸을 앞뒤로 흔들어가며 웃었고, 그 김에 핸드폰 속 다른 사진도 하나하나 넘겨보며 수다를 떨었다.

"선배님, 이 스카프 매니까 너무 귀여워요."

"이건 지난주에 새로 산 초강력 여드름 제거기인데 성능이 별로야."

"여긴 식구들하고 갔던 식당인데 애프터눈티가 원 플러스 원이더라."

"다리가 무지 길게 나왔는데요. 이 정장 너무 예쁘다."

"눈썹이 너무 옅어서 문신할까 생각 중이야. 일단 속눈썹 연장술부터 해볼까 하는데, 언제 같이 가자."

한참을 재잘거리다 샤오페이가 말했다.

"시나몬 롤 먹으러 안 갈래?"

"좋아요!"

루산은 샤오페이의 제안을 거부할 수 없었다. 그냥 해본 말이라도 일단 찬성하고 봐야 한다. 시나몬 롤을 먹으러 가자는 제안은 태국식 밀크티로 바뀌었고, 그러다가 쇼윈도 속 가방에 정신이 팔리기도 했다. 결국 두 사람은 헤어숍에 들어갔고 샤오페이가 머리 염색하는 다섯 시간 동안 루산은 잠자코 기다려주었다. 완성된 머리는 어디가 달라졌는지 언뜻 봐서는 알아볼 수도 없었다.

"너무 예뻐요. 선배한테 정말 잘 어울려요."

루산은 거울 속 샤오페이를 바라보며 진심으로 말했다. 당차고 활기찬 샤오페이는 어떤 헤어스타일을 해도 빛을 발했다.

루산은 샤오페이와 함께 있는 것이 좋았다. 임상 경험이나 병원에 떠도는 괴담을 들을 수도 있고, 임상과는 상관없이 맥락 없고 시시콜콜한 일상 속 즐거운 이야기도 나눌 수 있었기 때문이다. 샤오페이의 절친 아카이에 관한 이야기도 물론 빠질 수 없었다.

'둘이 정말 친한 친구일 뿐이에요?'

루산은 몇 번이나 묻고 싶었지만 그저 샤오페이의 말을 들어주고 웃어주는 역할만 할 뿐이었다. 결국 샤오페이와의 대화를 통해 얻어낸 정보로 두 사람 사이를 짐작할 수밖에 없었는데, 샤오페이와 아카이는 동기이면서 같은 실습 조원이었고, 졸업 후에도 동고동락하는 레지던트가 되었다. 그러니 두 사람 사이가 오누이보다 가까운 것도 무리는 아니었다. 루산 자신과 자하오의 사이처럼!

하지만 그렇게 생각해도 위로가 되기는커녕 가슴 한쪽에 영문 모를 아픔이 느껴졌다. 루산은 아카이 선배와 가깝게 지낼 수 있는 샤오페이 선배가 부러웠고, 자신에게는 없는 모든 것을 가진 샤오페이 선배처럼 되고픈 마음이 간절했다.

"나흘쯤 시간 좀 비워놓을래? 스누피 교수님이 진먼에 TNVR 하러 가시는데, 인원이 거의 다 차긴 했지만 같이 갈 사람 한 명 데려와도 좋다고 하셨거든."

샤오페이의 말에 루산은 반색했다. 샤오페이 선배의 라인에 들어 TNVR 작업에 동참할 수 있는 것은 크나큰 행운이었다. 겨울 방학이 시작되고 며칠 있다 출발한다고 했다. 루산은 당장 기대에 부풀었다. 꼬박 나흘간의 진먼행에 아카이 선배도 틀림없이 동행할 테니까….

스누피 교수의 진찰실은 언제나 붐볐다. 아무리 오래 기다려서라도 반드시 스누피 교수에게 진료를 받아야 한다는 충실한 보호자들부터 지방의 작은 병원에서 의뢰해 온 난치병을 앓는 동물, 회진 토론을 하러 온 원내 다른 과 의사들, 실험 결과를 보고하러 온 대학원생들, 거기다 '배우려는 사람은 언제든지 환영받고' '여기서는 다른 과에 비해 비교적 지적을 덜 받는다'는 사실을 알고 몰려온 실습생들에 이르기까지 방문객도 다양했다.

이 모든 사람과 고양이와 개 들이 비좁은 진료실에 모여 있는 모습은 출퇴근 시간의 전철 안을 방불케 했다. 이런 상황에 익숙한 사람들은 어떻게든 틈을 비집고 자신의 자리를 찾아냈는데, 정작 스누피 교수 본인은 여기에서 제외되었다.

스누피 교수는 사실 진료실을 통째로 사람들에게 양보하고 정작 자신은 구석진 곳을 찾아 개와 고양이를 진료하면 그만이라는 생각이었다. 그의 분방한 뇌 구조를 분석하면 아마도 임상 진료가 99퍼센트를 차지할 테고, 그 밖의 의식주나 생활의 잡다한 부분은 나머지 1퍼센트만으로 충분할 것이다.

특히나 6개월 동안 거듭된 고사 끝에 최근에 내과 주임 직책을 맡은 뒤로는 방대한 원내 행정 업무로 스누피 교수를 찾는 사람들이 더 늘어났다. 급기야 스누피 교수는 자신의 진료실에서 종종 사라졌고, 진료할 강아지나 고양이를 안고 초음파실, 입원 병동, 야생동물과의 '정글', 화장실, 검사실 등 조용히 진찰할 수 있을 만한 모든 곳에서 목격되었다.

하지만 오늘은 스누피 교수가 어디에 숨어 있든 이민의 눈을 벗어날 수 없었다.

"T는 유인하여 포획(Trap)하는 것이고, N은 중성화(Neuter) 수술을 뜻하며, V는 예방접종(Vaccinate), R은 원래 있던 곳에 놓아주는(Return) 것입니다. TNVR은 좀 더 인도적이고 과학적인 방식으로 길에서 생활하는 동물의 수를 줄여주는 것이죠. 교수님, 제가 제대로 알고 있죠?"

스누피 교수가 얼떨결에 고개를 끄덕이기도 전에 이민은 말을 이었다.

"이렇게 의미 있는 활동이니 실습 점수에 포함되지 않아도 꼭 동참하고 싶습니다!"

강요에 가까운 적극적인 부탁에 스누피 교수는 어물쩍 넘어갈 수가 없었다.

학생들과 외딴 지역에서 진행하는 TNVR 활동은 스누피 교수가 최초로 제창했으며, 몇 년이 지나 입소문을 타고 유명해졌다. 동물보호단체에서도 어떻게든 일정을 맞춰 함께 가려 했고, 의사와 학생 들은 명단에 들어가려 갖은 애를 썼다. 이는 남은 1퍼센트의 뇌 용량으로 모든 일을 해결하는 스누피 교수에게 처리하기 어려운 숙제였다. 결국 누구를 데려가기로 했는지도 다 잊었고, 몇 명쯤 더 데려가는 것은 대수가 아니었다.

"알았네, 알았어!"

결국 스누피 교수는 이민에게 알았다고 대답하고는 가까스로 몸을 빼서 신부전증이 있는 개에게 수액을 주러 갔다.

이민은 스누피 교수가 자신을 넣어준 틈을 타서 명단에 MJ를 슬쩍 끼워 넣었다. 이는 이민이 의리를 중요시해서가 아니었다. 환경이 열악한 곳에서 수술하려면 운반할 도구가 많을 테고, 이를 옮길 장정이 필요하다고 생각했기 때문이었다. 그러면서 이민은 청한도 명단에 넣었다.

'지난 학기 같은 조에서 실습한 인연도 있고, 청한 선배는 분명이 이런 봉사 활동을 좋아할 거야. 또…, 에잇, 이유가 뭐 그렇게 많이 있어야 하나.'

사실 이민은 그 이유를 깊이 생각하고 싶지 않았다.

진먼에 간 김에 명승고적과 절경을 구경하지 않을 수 없다. 게다가 미식 탐방은 필수다. 그래서 일행은 야시장은 언제 어디로 갈지도 검색해 놓고 비행기 티켓을 일괄 구매했으며 숙박 장소도 미리 구해놓았다. 모든 준비를 끝내고 출발하기 하루 전, TNVR 의료 봉사단 최종 명단이 병원 내부 게시판에 올라왔다.

아카이는 명단을 보다가 고개를 갸우뚱하며 융제에게 물었다.

"선배님, 진먼에는 왜 안 가세요?"

"뭐라고? 내 이름이 없다고?"

수석 레지던트 융제는 스누피 교수의 수제자였다. 이 활동을 위해 예년처럼 진료와 수술 일정을 미리 빼놓았건만, 이번에도 명단에 이름이 없었다.

"엥? 내가 깜박했네. 정말 미안하네…."

스누피 교수는 누가 명단에 올랐는지 아예 몰랐고, 이런 일이 해마다 반복되는 바람에 융제는 오랫동안 기다려온 TNVR 봉사활동에 참가할 기회를 도무지 얻을 수 없었다.

"정말 미안하네. 병원엔 자네가 필요하니 나 대신 이곳에 좀 남아주게."

그때마다 스누피 교수는 헝클어진 머리를 휘날리며 깊이 고개 숙여 사과했다.

'흥! 안 가도 그만이야.'

융제는 늦췄던 진료와 수술을 도로 가져와 근무 일정을 원래대로 꽉꽉 채웠다. 진료, 수술, 회진 같은 일상 업무는 늘 긴장 속에서 이뤄진다. 오늘도 외래 진료에서 보호자의 양팔을 할퀴어 피투성이로 만든 사나운 고양이를 만난 융제는 해결책을 찾고 있었다. 고양이를 수건으로 감싸거나 세탁망을 씌우려는 시도는 번번이 실패했다. 마지막으로 케이지에 집어넣으려 했지만 아차 하는 순간 놓쳐버렸다. 캐비닛 위로 올라간 고양이는 개구 호흡을 했고, 그 모습을 본 융제는 모두에게 일단 멈추라고 지시했다.

진료실에 있는 사람들도 고양이와 마찬가지로 잔뜩 긴장한 상태였고, 애써 평정을 유지하며 해결 방법을 궁리했다. 융제는 할큄 방지 장갑을 끼고 살그머니 자리에서 일어나 고양이에게 조금씩 조심스레 다가갔다. 고양이가 가만히 있는 틈을 타서 두 손으로 안아 들자 고양이는 이빨을 드러내고 발톱을 휘두르며 반격했지만 융제는 꿈쩍도 하지 않았고, 고양이가 있는 대로 발버둥을 쳐도 절대 손을 풀지 않았다. 모든 것은 융제의 통제 아래 있었다.

그때 진료실 문이 벌컥 열렸고, 그 틈을 이용해 고양이는 할큄 방지 장갑에서 필사적으로 벗어났다. 어찌나 날쌘지 어디로 달아났는지 보이지도 않았고 그저 보호자의 비명 속에 고양이의 처량하고 날카로운 울음소리가 섞여 들려올 뿐이었다. 조금 뒤 누군가 커다란 수건으로 고양이로 추정되는 무언가를 감싸서 들고 왔다. 융제는 즉시 케이지 문을 열고 고양이를 가뒀다.

'휴, 겨우 해결했네.'

고양이를 붙잡아 보정하는 데 30분이나 걸렸지만 정작 진료는 5분 만에 끝났다. 융제는 보호자에게 다음에는 한 시간 전에 고양이에게 진정제를 먹이라고 당부했다. 새로운 환경의 자극으로 인한 민감성을 줄여주는 편이 고양이에게도 사람에게도 비교적 안전하기 때문이었다. 예전에 정말로 어떤 고양이가 진료실에서 너무 긴장한 나머지 검사를 받다가 쇼크를 일으킨 적이 있었다.

약 처방을 내리고 차트에 기록을 마치자 융제는 그제야 피곤이 몰려왔다. 이번 진료가 너무 힘들거나 고양이가 너무 사나워서가 아니라…, 그저 피곤했다. 몸이 물먹은 솜처럼 무거워지는 그런 피로감이었다. 그러다가 무심코 눈을 돌린 융제는 큰 수건을 개키면서 자신을 바라보고 있는 MJ를 발견했다.

'MJ였구나, 조금 전 고양이를 수건으로 감싸서 여기로 데려온 사람이….'

융제가 MJ의 눈길을 따라가 보니 자신의 턱에서 가슴까지 광란의 발톱 자국이 두 줄 나 있고 피까지 배어 있었다.

융제는 별일 아니라는 듯이 알코올 솜과 마른 솜으로 스스로 상처를 치료하기 시작했다. 하지만 상처에 배어 있던 피가 본격적으로 흘러나왔고, 한 걸음 떨어져 서 있던 MJ는 도와주기는커녕 아예 시선을 돌렸다. 융제는 스스로에게 시범을 보인다는 듯이 혼잣말을 했다.

"고양이는 발톱이 가늘고 길어서 할퀸 부위는 좁지만 상처는 꽤 깊어. 그래서 반드시 철저히 소독부터 하고 나서 지혈해야 해. 걱정할 필요는 없어. 피는 멈추기 마련이니…."

'너무 귀엽잖아?'

고양이 발톱에 할퀸 사람이 자신이기라도 한 듯, MJ는 커다란 수건을 품에 안은 채 바닥만 내려다보았다. 가슴속에서 영문 모를 뜨거운 것이 끊임없이 솟구치는 느낌이었다. 동물을 치료하고 MJ를 치유하는 이 신기한 여인은, 알고 보니 약점이 없는 강인한 사람이 아니었다. 쉽게 볼 수 없는 융제의 인간적인 모습에 MJ는 융제를 보호해 주고 도와주고 싶다는 생각이 강하게 일었다. 비록 당사자는 자신의 보호를 조금도 필요로 하지 않는다는 사실을 알면서도 말이다.

"융제 선배님, 보정하는 법 좀 가르쳐주실래요? 음…, 너무 배우고 싶어요."

"그럼."

융제의 피가 마침내 멈췄다.

TNVR 의료 봉사단의 집합 시간이 지났지만 한 사람이 아직 도착하지 않았다. 여러 명이 전화를 몇 통이나 하고 메시지를 계속 보내도 MJ에게서는 아무런 연락이 없었다. 비행기 탑승 마감 시간까지 나타나지 않자 이민이 말했다.

"그냥 두고 가요. 쌤통이다!"

말은 가볍게 했지만 이민은 연신 핸드폰을 들여다보며 연락이 왔는지 확인했다. 자하오의 말에 따르면 MJ는 아침 일찍 집을 나섰다고 하니 늦잠을 자거나 떠나는 시간을 착각했을 리는 없었다. 그렇다면 도대체 왜 지금까지도 나타나지 않을까? 루산은 시끄러운 MJ가 없으니 이번 여정은 조용히 보낼 수 있겠다고 생각했다. 그래도 꽤 재미있겠지?

비행기가 진먼 공항에 착륙했고, 일행은 수하물 컨베이어벨트 앞에서 짐을 기다리고 있었다. 그때 각자의 핸드폰에 MJ가 보낸 메시지 알림음이 일제히 울렸다.

'미안합니다. 갑자기 배탈이 났는데 걷지도 못할 정도로 아파서 갈 수가 없네요. 아쉽지만 어쩔 수 없죠. 봉사단 여러분의 순조로운 활동과 즐거운 여행을 기원합니다. 제가 보고 싶어도 참으세

요. MJ는 여러분을 사랑합니다!'

배탈은 누가 봐도 핑계였다. 청한은 MJ가 나타나지 않은 데에는 뭔가 이유가 있음을 직감했고, 심지어 그 이유까지도 어렴풋이 짐작이 갔다.

'잘됐네. 진작에 일어났어야 할 일이야.'

마침내 청한은 책임감과 죄의식을 내려놓을 수 있었다. 어쩌면 기뻐해야 마땅한 일이었지만, 마음 한편에는 한층 강렬한 불안과 걱정이 자리했다. 정확히 어떤 감정인지는 몰라도 높은 상공에서 갑자기 몰아닥친 난기류처럼 싱숭생숭한 가슴이 좀처럼 진정되지 않았다. 민박집에 도착한 후에도 청한은 어지럼증이 가시지 않아서 이민이 전쟁 대비용 갱도 탐험에 같이 가자는 것도 거절했다.

TNVR 장소는 한 초등학교 체육관이었다. 방역소 직원이 그쪽에서 지원하는 각종 기구와 설비를 미리 옮겨놓았다. 스누피 교수는 일행과 함께 로프와 가림막을 이용해 동선을 표시하고 공간을 구분했으며, 책상과 의자를 이어 붙여 수술대를 만들었다. 오후 내내 바쁘게 움직인 끝에 드넓은 체육관은 의료 봉사 기간 동안 사용할 임시 수술실로 변신했다.

TNVR은 다음 날 아침 9시나 되어야 시작하는데 저녁부터 찾아오는 주민들이 꽤 있었다. 경험 많은 아주머니는 미리 포획한 길고양이와 떠돌이 개 들을 맡겨놓고는 포획 틀을 빌려 다른 동물을 포획하러 갔다. 그냥 호기심에 구경하러 온 사람들도, 관계자를 붙잡고 이렇게 묻는 사람들도 있었다.

“정말 공짜예요? 그럼 우리 집 뒤쪽에서 떠도는 들고양이를 잡아 와야겠어요.”

“정말 좋은 일 하시네요.”

“개, 고양이 중성화 수술을 하다니 정말 대단하십니다.”

마치 하늘에서 떨어진 비행접시라도 본 듯 신기해하는 사람들의 표정에 이민은 얼굴을 찡그렸다.

‘여기는 동물병원도 없나? 여기 사람들은 수의사가 수술하는 걸 본 적도 없단 말이야? 동물들이 아프면 어떻게 하는 거야?’

저녁 식사는 방역소 팀장이 대접했다. 이민이 의문점을 질문하자 팀장은 “그게 바로 도시와 농촌의 차이입니다”라면서 의료 시설과 경제 사정이 취약한 지역일수록 수의사가 더 필요하다는 말도 덧붙였다.

“진먼은 지리적으로 특수한 지역이라서 오랫동안 외부와 단절되었죠. 그래서 연구할 만한 야생동물의 종류도 상당히 풍부합니다. 이 밖에 산업 동물도 있고 개와 고양이 같은 반려동물도 많지요. 젊은 수의학과 학생들이 관심을 갖고 진먼에 와준다면 언제라도 환영합니다.”

방역소 팀장은 진먼 토박이였다. 이곳 사람들은 어릴 때부터 고량주를 마신다더니, 그는 그 소문을 증명이라도 하듯 술이 셀 뿐만 아니라 술잔과 술병을 들고 스누피 교수부터 시작하여 한 사람 한 사람 돌아가며 술을 권했다.

"학생은 어디 출신이에요? 어떤 과에 관심이 있어요? 졸업 후 계획은 뭡니까?"

그러면서 모든 테이블을 돌며 술을 마셨지만 그의 얼굴은 조금도 빨개지지 않았다.

스누피 교수는 술을 받아 마시느라 머리가 핑 돌고 토할 것 같았고, 그걸 핑계 삼아 다 같이 야시장으로 가서 노점들을 돌아보았다. 구슬치기, 풍선 터뜨리기, 고리 던지기 게임 등을 보자 스누피 교수는 눈을 빛내며 시합을 하자고 학생들을 잡아끌었다.

"우리가 그동안 교수님을 근엄한 수의사로만 봤나 봐요."

"일상생활에 서툴다고 생각했는데 알고 보니 정신 연령이 다섯 살이었어."

샤오페이와 루산은 이런 결론을 내렸다.

동료들과 스누피 교수를 대신해 몇 잔 더 받아 마신 자하오는 술이 센 편이었다. 다만 사람이 많은 야시장에 있으니 어질어질해지면서 오후에 봤던 귀가 어두운 아주머니의 말이 떠올랐다.

"수의사라고 들었는데, 돼지 거세하러 왔수?"

자하오가 자신들은 길고양이와 떠돌이 개 중성화 수술을 해주러 왔다고 몇 번이나 설명했지만 아주머니는 이해를 못 했는지 자꾸만 "돼지나 닭 거세할 줄 알지?" 하면서 자기 집에 와서 도와달라고 했다. 시골 사람들이 수의사에게 기대하는 일이 바로 이런 것이다. 이 소박한 섬에서 따뜻한 대접을 받으며 자하오는 고향 사람들과 집에서 운영하는 양돈장, 그리고 그곳에서 고되게 일하는 부모님을 떠올렸다.

"넌 무슨 과에 관심 있어? 졸업하면 뭘 하고 싶은데?"

자하오가 갑자기 루산에게 물었다. 방역소 팀장의 질문은 단순한 여담에 그치지 않고 학생들로 하여금 야시장을 구경하면서 생각에 잠기게 한 것이다. 망연해진 루산은 풍선 터뜨리기를 하다가 다트 핀을 놓쳤고, 엉뚱한 방향으로 날아간 다트 핀은 이웃 좌판의 불 위에 올려놓은 메추리알 꼬치에 박혔다.

수의학과 5학년도 절반이 지났으니 미래의 방향이 더 뚜렷해져야 하지 않을까? 하지만 모든 일은 준비가 철저해야 성공하고 준비가 없으면 실패하는 법이다. 이민은 그런 것까지 감안하여 몇 가지 진로를 계획해 두었다. 그러나 1학기 실습을 하면서 모든 계획이 틀어져 버렸고, 아직까지 자신에게 적합한 과를 찾지 못했다. 더 정확하게 말하면 그동안 받았던 높은 시험 점수만큼 확실한 성취감을 주는 과가 없었다.

"수의사라는 직업을 좋아해?"

아까 비행기 안에서 옆자리에 앉은 청한에게 받은 질문이었다. 좋아하고 아니고가 중요한가? 스스로에게 그런 질문을 한 적이 없었던 이민은 대답이 나오지 않았고, 청한을 째려보며 이렇게 말할 수밖에 없었다.

"별 싱거운 소리 다 듣겠네."

자하오와 청한은 스누피 교수와 야구 연습장에서 시합에 열중하고 있었다. 곧 승부를 판가름할 마지막 순간이다. 시합에 집중한 청한의 옆얼굴을 바라보며 이민은 문득 청한의 생각이 궁금해졌다. 그래서 핸드폰을 꺼내 청한에게 메시지를 보냈다.

'선배는요? 수의사라는 직업이 좋아요? 졸업하면 뭘 할 생각인데요?'

자하오에게 공 하나 차이로 진 스누피 교수는 승부욕이 발동했다. 교수는 이번에는 '전류 찌릿찌릿 봉'이라는 게임으로 한판에 승부를 겨루자고 했다. 일본의 예능 프로그램에서 영감을 얻어 만들어진 이 게임은 끝부분이 C자 모양으로 구부러진 쇠막대기를 쥐고 여러 형태의 길을 따라 목적지까지 가야 한다. 길을 따라가다 쇠막대기가 벽에 부딪히면 과장된 경보음이 울리면서 그대로 아웃이다.

스누피 교수는 정밀함을 요하는 직업 특성에 맞게 막대를 쥔 손이 매우 안정적이었다. 막대를 쥐고 조심조심 걸으며 코스의 절반 이상을 지났을 때는 구경꾼이 제법 모여들었고, 오락실 주인은 추가 경품을 내걸며 소란스레 부추겼다. 스누피 교수가 날카로운 커브를 거의 통과하려는 순간, 경보음이 울렸다. 실패였다.

이번에는 자하오 차례였다. 고리 던지기 게임에서 경품으로 받은 커다란 봉제 인형을 루산에게 맡긴 자하오는 쇠막대기를 쥐고 정신을 집중했다. 구경꾼은 점점 많아졌고, "어떻게 저렇게 잘할 수 있지?" 하면서 어느새 오락실 주인과 함께 환호하며 자하오를 응원하고 있었다. 자하오는 스누피 교수가 실패했던 날카로운 커브를 무사히 통과한 후 위험하고 복잡한 톱니 모양 코스, 소용돌이 모양의 원형 난코스까지 지나 마침내 목적지에 이르렀다.

일행은 서로 얼싸안으며 환호했고, 오락실 주인까지도 믿을 수 없어 하며 영업을 시작한 이래 끝까지 통과한 손님은 이번이 처음이라고 말했다.

“어쩐지, 까다로운 황 교수가 자네를 추천하더라니.”

시원스레 패배를 승복한 스누피 교수는 자하오에게 닭갈비를 사주었고, 자하오의 어깨를 툭툭 치며 한마디 덧붙였다.

“자네는 손도 정신 상태도 매우 안정적이군. 훌륭해. 외과나 응급 중증 환자를 다루는 곳에 딱 어울리겠어.”

“동물을 보정할 때는 몇 가지 주의할 점이 있어. 관절 부위를 고정하고 사람이 서 있는 높이를 동물과 진찰대에 맞게 조정해야 해. 채혈할 때는 혈관 방향과 손 방향이 잘 맞게끔 주의하고.”

융제가 시범을 한 번 보이자 MJ는 금세 따라 했다.

‘참 빨리 배우네. 춤을 춰서 그런가.’

이틀 동안 보정 동작을 지도하던 융제는 전에도 어디선가 MJ를 본 적이 있다는 느낌이 퍼뜩 들었다. 곰곰이 생각해 보니 학과 송년회와 크리스마스 파티에서 솔로 무대를 펼치던, 노래방에서 노래할 때도 단연 눈에 띄던 바로 그 학생이었다! 신은 공평하다. 융제처럼 똑똑한 사람도 때로는 둔하기 그지없다. 한 학기가 다 지나고 나서야 융제는 그 인기 많고 매력적인 MJ와 눈앞에 있는 후배가 동일인이라는 사실을 깨달았다.

요 며칠 MJ는 많이 달라 보였다. 까불까불거리지도, 겉멋을 부리지도, 게으름을 피우지도 않았다. 건들거리는 모습은 남아 있지만 동물을 대하는 태도는 매우 부드러웠다.

"네가 어떻게 대하느냐에 따라 동물들이 너를 대하는 태도가 정해져. 녀석들은 거울과 같다고 보면 돼. 겉으로 내보이는 태도나 목소리로는 속마음을 감출 수 없어."

영리한 MJ에게 융제는 더 많은 것을 가르쳤다.

"동물들은 감각 기관으로 단서를 수집하지. 또 동물은 말을 못하기 때문에 동공, 귀, 꼬리의 각도까지 자세히 관찰해야 해. 이런 것들을 통해 동물이 어떤 기분인지 알 수 있어. 현재 동물행동학, 피어프리(fear free) 커리큘럼과 인증이 많은데, 의료와 직접적 연관은 없으나 임상에는 큰 도움이 되는 거야."

MJ는 잘 알아들었다는 듯 고개를 끄덕였다.

이것이야말로 MJ가 마음에 드는 이성을 대하는 기교 아니겠는가? 조용히 관찰하다가 상대의 갈망과 약점을 찾아내고, 그쪽에서 먼저 적극적으로 행동하게 만든다. 모든 공격에는 허점이 드러나기 마련이기에 가장 좋은 행동 방침은 수동적 태세를 취하는 것이다. 이는 보정의 원칙이나 마찬가지였다. 동물로 하여금 안전하다고 느끼게 하되 통제당한다는 기분이 들지 않게 하라.

MJ는 가장 고단수의 보정 방법은 아예 보정하지 않는 것, 즉 더 큰 것을 잡기 위해 일부러 놓아주는 것이라고 요약정리를 했다. 물론 이는 이틀 동안 보정 및 동물행동 지도를 받고 내린 결론이지, 융제를 겨냥한 것은 아니었다.

융제 선배는 한 마디로 규정하기 어려운 사람이었다. 예민하고 예측하기 힘든 고양이를 마주하듯, MJ는 늘 자신이 불리한 쪽에서 있다고 느꼈다. 아니, 이는 승률이 너무 낮고 위험한 게임이라는 사실을 스스로에게 재차 일깨웠다. 심지어 융제 앞에서는 평소의 자기 모습마저 사라져 버리는 느낌이었다. 하지만 MJ는 때로 기꺼이 모험을 즐기는 사람이었다.

TNVR 활동 기간 동안 다양한 사람들과 온갖 사연이 있는 길고양이, 떠돌이 개가 찾아왔다. 순조로운 작업을 위해서는 정밀하고 복잡한 수술과 행정 업무를 단순화해야 했다. 현장의 동선은 공장 생산 라인의 컨베이어벨트처럼 '자료 작성과 확인→분류→마취→제모→소독→수술→회복→주의 사항 당부 및 인도'의 과정이 되풀이되었다.

실습생들은 이 라인이 원활히 돌아가게끔 하는 작은 나사못이었다. 수술 부위의 제모를 맡은 이민은 봉사 기간 내내 털을 깎고 나자 아무리 털어내도 콧구멍과 귀, 눈에 잔털이 남아 있는 느낌이었다. 이민은 이제 전기면도기의 달인이 다 됐다고, 난동을 부릴 리 없는 동기들의 머리쯤은 공짜로 깎아줘도 되겠다고 생각했다.

루산은 이민이 제모한 수술 부위를 소독하는 일을 맡았다. 야전병원의 열악한 환경에서 다른 것은 몰라도 소독은 절대 대충 넘어가선 안 되는 작업이다. 먼저 요오드를 묻힌 솜, 그다음엔 알코올을 묻힌 솜으로 수술 부위를 중심으로 원을 그리는데, 이를 하루에도 수십 번 반복했다. 저녁 식사 때 호박 수프를 숟가락으로

저으면서도 루산은 이 동작이 이렇게 익숙하게 느껴지나 싶었고, 소독한 곳을 오염시키지 않으려는 동작처럼 습관적으로 팔꿈치를 쳐들곤 했다.

자하오와 청한은 동물과 케이지를 동선에 따라 이동시키는 일을 맡았다. 처음에는 힘차게 움직였지만 고된 육체노동에 여기저기 쑤시기 시작했고, 이틀째 오후가 되자 멀리서 덩치 큰 믹스견을 보기만 해도 온몸의 근육이 살려달라고 절규하는 듯했다.

전체 동선은 명확하고 매끄럽게 연결되어 상당히 효율적이었지만, 체육관 안에 유독 통제가 안 되는 구역이 하나 있었다. 인심 좋은 지역 주민들이 점점 더 많은 책상과 의자를 차지하고는 음식을 잔뜩 쌓아놓는 것이었다. 음료수, 광둥식 죽, 굴튀김, 샤오빙, 굴전…, 봉사단원들이 언제든지 가져다 먹을 수 있게 책상에 차려놓은 음식을 보며 자하오는 어릴 때 고향에서 묘회(廟會)[*]에 갔던 생각이 났다. 그곳에는 먹어도 먹어도 바닥나지 않을 음식과 "이거 먹을래?"라고 끝도 없이 묻는 사람들이 있었다.

음식을 가져온 주민 중에는 지난번 자하오에게 돼지 거세를 부탁한 아주머니도 있었다. 귀가 잘 안 들리는 아주머니는 날마다 새로운 음식을 가져와서는 그 짧고 정신없는 휴식 시간에 자하오를 찾아내 손을 덥석 잡고 물었다.

"학생은 돼지 거세할 수 있지? 우리 집에 잠깐 가서 도와줄 순 없나?"

[*] 명절이나 기념일에 절 앞에 서는 각종 노점이나 오락 행사.

수수 계란말이와 볶음 면이 입에 꽉 차 있던 자하오는 아무 대답도 할 수가 없었다. 결국 부탁을 거절하기도 뭣해서 그날 일을 마치고 나서 아주머니 집에 따라가기로 했다.

돼지 거세 정도는 자하오도 해낼 자신이 있었다.

아주머니 집 뒤뜰에 있는 버려진 돈사에 이르자 문 앞에 수레가 하나 놓여 있고, 그 안에는 뜻밖에도 하얗고 커다란 개 한 마리가 누워 있었다. 꼼짝도 하지 않아서 자하오는 처음엔 사체인 줄 알았다.

양쪽 뒷발 주변은 피로 웅덩이를 이뤘고, 부러진 다리뼈가 돌출되어 주변이 부어오르고 고약한 냄새가 났다. 상처 주변에는 파리 떼가 윙윙거리고 있었다.

"며칠 전 자원 재활용장에 납품하러 가는 길에, 이 녀석이 차에 치이는 걸 봤어. 너무 불쌍해서 손수레에 싣고 왔지. 그런데 마침맞게 체육관에 수의사 양반들이 오셨다는 거야. 학생, 돼지 거세를 할 줄 알면 이 개도 수술해 줄 수 있지?"

아주머니는 이번만큼은 유난히 또렷한 말투로 물었고, 자하오가 도리어 말을 더듬었다.

"저, 저는…, 이, 이건 많이 다르죠. 아니 전혀 달라요. 이런 건…, 전 못해요."

귀가 안 좋은 아주머니는 제대로 알아듣지 못했고, 같은 수술인데 왜 못한다는 것인지 이해하지도 못했다. 그저 문을 박차고 나가버리는 자하오의 뒷모습만 바라볼 뿐이었다.

“누구 생리대 가져온 사람 있을까?”

샤오페이가 아카이에게 물었다. 오늘따라 샤오페이는 목소리에 힘이 없고 평소의 30퍼센트밖에 기운을 못 썼다. 3주간 변비에 시달리고 수시로 아카이에게 짜증스런 표정으로 대했는데, 알고 보니 오늘 생리를 시작하려고 그런 것 같다.

“나야 모르지. 일단 다른 사람한테 빌려 쓰면 저녁에 내가 사다 줄게. 늘 쓰는 브랜드로 사다 주면 되지?”

루산이 자신의 생리대를 빌려주고 힘들어하는 샤오페이를 숙소에 데려다주었다. 그러고는 아카이와 함께 물건을 사러 나갔다.

마트 계산대 앞에 긴 줄이 늘어서 있었다. 루산은 편의점에 가서 살 걸 그랬다고 후회하며 주위를 두리번거렸다. 계산하려 줄 선 사람들의 쇼핑 카트에 담긴 물건은 음료수와 간이 매트, 접이식 의자가 대부분이었다. 게다가 옆에서는 점원으로 보이는 사람이 확성기를 들고 큰 소리로 외쳤다.

“불꽃 축제 전문 코너가 마련되어 있습니다. 없는 게 없으니 얼른 가서 구매하세요!”

아카이가 한쪽 면을 가득 채운 포스터들을 가리켰다. 포스터에 써진 행사의 명칭은 중요하지 않았다. 중요한 것은 포스터 속 현란한 불꽃이 피어오르는 밤하늘, 그리고 장소는 어우춰 해변이라는 사실이었다. 시간은 공교롭게도 오늘 저녁 7시 30분, 그러니까 바로 40분 후였다!

"가고 싶어?"

"당연하죠!"

루산과 아카이는 눈빛을 교환하며 1초 만에 합의를 봤다. 아카이가 생리대를 숙소에 가져다주고 루산은 해변에 먼저 가서 자리를 잡기로 했다. 시간도 아끼고 명당도 차지하기 위해 따로 움직이기로 한 것이다.

"이따 봐요!"

루산은 자신이 길치라는 사실을 잠시 잊었다. 길치는 진먼에 와도 똑같이 길치였다. 5분 거리에 있다는 어우춰 해변까지 가는데 루산은 섬을 두루두루 돌면서 30분이나 소비했다.

해변은 이미 발 디딜 틈도 없었고, 명당자리가 남아 있을 턱이 없었다. 어느새 첫 번째 불꽃이 밤하늘을 가르며 피어올랐고, 사람들의 탄성 속에서 루산은 재빨리 두 사람이 앉을 만한 곳을 찾아 두꺼운 판지를 깔았다. 드디어 자리도 잡았고, 이제 아카이 선배만 오면 되었다. 기대에 찬 루산의 얼굴에 불꽃의 화려한 빛이 어렸다. 모처럼 맞는 달콤하고 찬란한 순간이었다.

이날 마지막 동물 환자는 들것에 누운 채 진료를 받으러 왔다. MJ는 칼퇴근은 포기한 지 오래였다. 하지만 지금은 겨울 방학이고, 게다가 오늘은 밸런타인데이인데 병원에서 보내고 싶은 사람이 누가 있겠는가? 아니, 꼭 그렇지만은 않다. MJ는 진찰에 몰두한 융제의 옆모습을 바라보며 어쩌면 더 좋은 기회일지도 모른다고 생각했다.

환자는 지난주에 새끼 여덟 마리를 낳은 어미 개였다. 임신 기간에 영양식을 많이 먹어서 젖도 잘 나오고 어제까지는 멀쩡했는데 오늘 갑자기 입에 거품을 물고 경련을 일으켰다고. 어미 개의 증상을 얘기하면서 슬픔에 젖은 보호자는 MJ가 건네준 휴지로 눈물과 콧물을 닦았다. 그런데 눈물을 다 닦기도 전에 두 눈이 휘둥그레졌다. 융제가 주사를 놓자 개가 벌떡 일어선 것이다.

"와! 정말 신기하네요!"

보호자는 고마움과 함께 연신 찬사를 쏟아냈다. 거의 무릎을 꿇고 절이라도 할 기세였다.

"어쩌면 이렇게 실력이 좋으세요? 정말 명의십니다. 젊고 똑똑한 데다 예쁘고 어쩌면 몸매까지…."

보호자는 자신이 아는 모든 미사여구를 동원해 융제의 모든 면을 칭찬했고, 어미 개도 회복해서 바로 집으로 돌아갈 수 있게 됐다. 융제가 보호자에게 설명했다.

"산욕 마비였어요. 새끼들에게 모유를 많이 먹여서 칼슘 수치가 많이 떨어진 거죠. 집에 가면 충분히 쉬게 해주고 새끼들한테는 분유를 먹여야 합니다."

결론적으로 야근할 필요는 없게 되었다.

"퇴근하자!"

극찬을 받아서인지 MJ에게 말하는 융제의 목소리가 유달리 경쾌하게 들렸다. 그러면서도 진료실을 나설 기미가 없는 융제에게 MJ가 상투적인 멘트를 날렸다.

“시간 되면 우리 집에 개 보러 오실래요?”

야밤에 여자에게 개를 보러 자기 집에 오라는 남자의 말을 액면 그대로 해석하는 사람은 없을 것이다.

밸런타인데이 저녁, 융제는 MJ의 숙소에 가서 허스키를 자세히 검사한 후 발가락 사이의 염증과 경미한 치석, 외이도 염증, 과체중 문제가 있음을 발견했다.

“내일 먹는 약과 바르는 약을 처방해 줄게. 하루 두 번씩 먹이고 발라줘. 그리고 운동량을 늘려야 해. 규칙적으로 산책을 시켜줘야 체중이 줄고, 혼자 오래 두지 않으면 발을 핥는 일도 좀 줄어들 거야.”

분명하게 진단을 내린 융제는 “다른 문제는 없지?”라며 돌아갈 채비를 했다.

“있는데요.”

기타를 든 MJ가 현관에서 융제 앞을 가로막으며 기타 줄을 가볍게 퉁겼다.

“이건 좀 골치 아픈 문제인데요, 이 녀석이 노래를 너무 좋아해서 제가 기타를 치기만 하면 따라 부르거든요. 문제는 그 노래라는 것이 너무 공포스럽다는 건데, 이럴 땐 어떡해야 하죠?”

허스키는 과연 MJ의 기타 소리에 맞춰 고개를 쳐들고 소리 높여 노래를 불렀다. 뇌를 뚫고 나오는 듯한 울부짖음에 융제는 허리가 끊어져라 웃어댔고, 급기야 소파를 짚고 주저앉아 MJ에게 기타를 그만 치라고 손짓을 했다. 기타 소리와 함께 허스키의 노랫소리도 뚝 멈추자 융제는 또 한바탕 크게 웃었다. 그러더니 배를 움켜쥔 채 MJ에게 또다시 기타를 치라고 손짓하며 이 사랑스럽고도 신기한 광경을 계속 감상했다.

MJ가 〈작은 별〉부터 〈애아별주(愛我別走)〉, 〈왕벌의 비행〉, 〈아름답고 푸른 도나우강〉까지 잇따라 연주하자 뚱이도 빠짐없이 따라 불렀고, 단 한 음도 맞지 않는 뚱이의 울부짖음이 온 거실에 메아리쳤다.

'아카이 선배는 어떻게 된 거야? 언제쯤 도착하지?'

밤하늘은 온통 행복한 불꽃으로 뒤덮였고, 루산이 깔고 앉은 두꺼운 판지 한쪽에는 한 사람이 앉을 자리가 남아 있었다. 변화무쌍한 불꽃이 잇따라 밤하늘을 수놓았지만 루산은 감상할 여유가 없었다. 어둑한 해변에서 간혹 자리를 찾느라 서성이는 형체가 눈에 띄었다.

'아카이 선배인가? 선배가 날 찾아낼 수 있을까?'

해변에 있는 사람들 모두 핸드폰으로 불꽃을 배경 삼아 사진을 찍으며 즐겼지만 루산은 계속 전화를 하고 메시지를 보냈다. 아카이는 잇따라 보내는 메시지를 하나도 읽지 않았고, 심지어 한동안 신호가 끊기기도 했다.

'핸드폰이 고장 났나? 아니면….'

자하오는 아주머니 집에서 황급히 뛰쳐나왔다. 도망치는 게 아니라 구원병을 요청하기 위해서였다.

"저는 능력이 안 돼요. 할 줄 아는 사람을 데려올 테니 잠시만 기다리세요!"

귀가 어두운 아주머니는 앞의 말은 못 알아들었지만 기다리라는 말만은 제대로 알아듣고 순순히 기다렸다.

스누피 교수는 방역소 팀장의 식사 초대를 받고 나가면서 흑기사 용도로 다른 선배들도 데려갔다. 민박집에 남은 샤오페이는 소파 하나를 다 차지하고 누워 있는데 얼굴에 '아무 말도 하지 마, 꼼짝도 안 할 거야'라고 씌어 있었다. 자하오는 발을 동동 구르면서도 TV를 보는 샤오페이에게 감히 말을 건넬 수가 없었다. 다행히 구세주가 나타났다.

"자하오, 핸드폰 충전 선 좀 빌려줄래?"

자하오는 반색하며 아카이의 핸드폰에 충전 선을 꽂아주고는 아카이를 밖으로 끌고 나왔다. 그리고 다친 개가 있다면서 자세한 건 가면서 얘기하자고 했다.

"개방성 골절이고요, 출혈이 심해 저혈압 상태예요. 호흡이 가쁘고, 상처는 감염이 심해서 패혈증을 일으킬지도…."

길에서 자하오가 설명하는 증상만 들어도 개는 위독한 상태였다. 즉시 응급실로 보내야 했다.

"선배님, 저 때문에 개가…. 아주머니가 이틀 동안 얘기하셨는데 제대로 소통이 안 됐고, 저도 할 줄 아는 게…."

"그런 소리 마."

하지만 사고를 당하고 이틀이나 방치되었다면, 이제 와서 아무리 응급 치료를 한들…. 아카이는 들고 온 왕진 가방을 바라보면서 이 초라한 약이 무슨 쓸모가 있겠나 싶었다. 그러나 자하오가 자책하도록 놔둘 수는 없었다. 그래서 일부러 문외한이나 하는 말을 했다.

"믹스견은 참을성이 강해. 녀석들의 생명력은 우리가 상상하는 것보다 훨씬 강하다니까. 그러니까 공연한 걱정 말고 현장에 가서 살펴보자. 이쪽으로 가면 돼?"

아주머니는 사실 오래 기다릴 필요가 없었다. 자하오가 구원병을 데리러 간 지 얼마 되지 않아 개는 더 이상 헐떡이지 않았다. 숨이 끊어진 것이다. 개가 죽으면 강물에 떠내려 보내는 것이 마을 풍습이었다. 개가 죽은 것을 확인한 아주머니는 밭 근처의 배수로에 개를 떠내려 보내고 불경까지 외워주었다. 무거운 개의 사체를 처리하느라 무척 힘이 들었지만 부지런한 아주머니는 수레에 잔뜩 고인 고름과 피까지 물로 깨끗이 씻어냈다.

헐레벌떡 달려온 아카이와 자하오가 뒤뜰에 들어섰을 때, 아주머니는 폐지 뭉치를 수레에 싣고 있었고 땅바닥에는 물이 흥건했다. 아카이는 순간 집을 잘못 찾아왔나 싶었다. 자하오가 말한 죽어가는 개는 어디 있단 말인가? 귀가 어두운 아주머니와 손짓과 발짓까지 동원해 소통한 끝에 자하오와 아카이는 비로소 자초지종을 알게 됐다.

"제가 너무 늦게 왔네요. 정말 죄송해요."

벌게진 얼굴로 자하오가 말했다.

아주머니는 큰 소리로 별일 아니라며 자하오를 위로했다. 길거리를 돌아다니는 개나 고양이가 죽는 일은 다반사이며, 집 없는 동물들을 다 데려다 보살필 수는 없지 않느냐는 것이었다. 아주머니가 위로할수록 자하오는 표정이 굳어졌다.

뜬금없이 아카이가 웃음을 터뜨렸고, 놀란 자하오가 물었다.

"선배님, 왜 그러세요?"

'너무나도 황당하잖아?'

아카이는 이런 장면이 무척 익숙했다. 레지던트 1년 차에는 아카이도 자하오처럼 세상 모든 생명을 구하겠다는 사명감에 불탔다. 다만 의술이 아직은 미숙하여 동물들의 죽음을 다 막을 길이 없었다. 한번은 생후 2개월 된 강아지가 개홍역[*]으로 죽은 일이 있었다. 입원실에서 보호자와 그 개를 판 빈식장 주인은 누가 병원비를 낼 것인가를 놓고 치열한 공방을 벌였다. 그런데 병원비 문제를 해결하고도 두 사람 모두 자리를 뜨지 않고 아카이를 위로하는 것이었다.

"내 개가 죽었는데 의사 선생님이 왜 울어요? 정작 난 별로 슬프지도 않은데."

아카이는 아무 일도 아니라며 얼버무렸지만 사실 과거의 자신이 우습고, 자책하는 자하오가 우스웠다. 소중한 생명을 이렇게

[*] 디스템퍼바이러스. 몸에 농포가 생기며 설사나 폐렴 등을 일으키는 급성 전염병.

쉽게 물에 흘려보내는 현실이 우습고, 경황이 없어 신발을 좌우로 바꿔 신은 자신도 우스웠다. 한바탕 웃는 것 말고 달리 도리가 있겠는가! 아카이는 웃으며 눈가의 눈물을 닦았다.

"선배님, 괜찮으세요?"

자하오는 여전히 마음이 놓이지 않는 모양이었다. 아주머니 집에서 나온 두 사람은 골목 어귀에서 차가운 바람을 맞으며 한참을 서 있었다. 이윽고 아카이가 입을 뗐다.

"자하오, 넌 다음 학기 때 소동물과는 피했으면 좋겠어. 네 성격상 내과나 외과 모두 맞지 않을 것 같아서 하는 말이야. 공부하다 보면 자신의 부족한 면이 보이고, 더 열심히 배우겠지. 그런데 배울수록 부족한 점이 더 눈에 들어오고 그 틈은 영원히 메워지지 않거든…."

말은 이렇게 했지만 아카이는 자하오의 망연한 눈 속에 담긴 여린 마음과 씁쓸한 체념을 읽어냈고, 그것이 얼마나 귀중한 것인지 잘 알았다. 아카이가 또 웃으며 자하오의 어깨를 툭툭 쳤다.

"신경 쓰지 마. 그냥 농담으로 한 말이야!"

저녁 내내 목청껏 노래를 부르고 난 뚱이는 지쳤는지 방바닥에 엎드려 잠이 들었다.

"이 녀석은 잘 때 개헤엄 치는 것처럼 네발을 이렇게 저어요. 개도 꿈을 꿀까요?"

이렇게 물으면서 MJ는 융제가 마취 단계에 따른 수면 중 근육 이완 상태를 설명하거나 중추 신경이 근육을 통제하는 메커니즘을 설명할 줄 알았다. 그런데 돌아오는 대답은 뜻밖이었다.

"그렇겠지. 개들도 호수에서 헤엄치는 꿈을 꾸지 않겠어?"

두 사람은 뚱이 옆에 엎드린 채 녀석이 눈을 감고 네 다리를 불규칙하게 움직이는 모습을 지켜보았다. 어수룩한 몸짓이 한없이 행복해 보였다.

조용한 거실에서 MJ가 가만히 노래를 흥얼거리기 시작했다. 혼성 듀오의 달콤한 발라드, 입원 병동에서 MJ가 자주 흥얼거리던 그 노래라 융제는 듣는 순간 머릿속에서 가사가 저절로 재생되었다. MJ가 부르는 노래를 계속해서, 반복해서 듣고 싶었지만 융제는 불쑥 입을 열어 노래를 끊어버렸다.

"무슨 노래야? 처음 들어보네."

"정말요? 이 노래 모르세요? 메신저 친구 추가해요. 보내드릴게요."

밤하늘을 수놓는 불꽃이 점점 정교하고 화려해지면서 사람들의 환호도 고조되었다. 루산에게 뜻밖의 설렘을 안겨준 행사도 이제 막바지를 향하고 있었지만 아카이는 아직도 나타나지 않았다. 펑! 소리와 함께 마지막 불꽃이 솟아올랐다. 밤하늘에 거대하게 펼쳐지며 사방을 대낮처럼 밝힌 불꽃이 마침내 사라졌다.

불꽃놀이의 여운을 계속 즐기려는 듯 사람들은 셀카를 찍거나 함께 사진을 찍으며 아쉬움에 쉽게 자리를 뜨지 못했다.

이윽고 사람들이 천천히 흩어지기 시작했다. 루산도 인파에 섞여 느릿느릿 움직였지만 어디로 갈지 막막하기만 했다. 아카이 선배가 이따가 보자고 한 것은 온다는 뜻일 텐데! 온다고 했으니 틀림없이 올 텐데. 어쩌면 샤오페이 선배의 생리통이 너무 심해서 곁에 있어 줘야 할 수도 있다.

'그래도 최소한 못 온다는 연락은 할 수 있잖아.'

하지만 아카이에게서는 여태 아무런 소식도 없었다. 생리통 vs 불꽃놀이, 샤오페이 vs 자신…, 루산은 아카이의 마음에서 자신의 순위가 뒤로 밀리는 기분이었다.

인파의 흐름을 따라가던 루산의 무거운 발걸음이 멈춘 곳은 쓰레기를 모아두는 곳이었다. 누군가 사람들에게 쓰레기를 아무데나 버리지 말고 이곳에 모으라고 안내하고 있었다. 루산도 깔고 앉았던 판지를 버리려고 줄을 서서 기다렸다. 차례가 와서 판지를 버리려는 순간, 누군가 손을 뻗어 판지를 받았다.

"너무 늦었지? 미안해. 사실은…."

아카이 선배였다.

"괜찮아요."

루산은 그 이유를 알고 싶지 않았다. 샤오페이 때문이든 다른 중요한 일 때문이든 이제 상관없다. 자신의 순위가 뒤로 밀리고 오래 기다렸어도 아카이가 마침내 나타났다는 사실이 중요하다. 아카이 선배는 온다고 말했고 마침내 온 것이다!

“정말 괜찮은 거야? 불꽃놀이는 어땠어?”

“그럭저럭…, 괜찮았어요.”

루산의 눈 속에서 파도가 일렁였고, 아카이의 얼굴은 그 속에 잠겨 있었다.

5학년 2학기

지금 우리가 할 수 있는 최선만 생각해

12

음력설을 쇠고 며칠 지나지 않았는데 겨울 방학이 끝났다. 방학이라면 당연히 늦잠을 자다가 가까스로 일어나 멍하니 시간을 보내련만, 5학년 실습생들은 실컷 게으름을 부려보지도 못한 채 새 학기를 맞았다.

지난 학기 내내 입은 실습복에서 빳빳한 새 옷 느낌은 흔적도 없이 사라졌으며 아무리 빨아도 지워지지 않는 얼룩이 여기저기 보였다. 실습복을 잃어버린 학생마저 있었다. T108 교실의 5학년 학생들은 새 학기를 맞아 전처럼 들뜨지 않았다. 모든 과를 돌아가며 한 번씩 실습해 봤기 때문에 어떤 과에서 어떤 일을 하는지 대략 알고 있었다. 정확히 말하면, 전혀 모를 때보다는 낫지만 속속들이 아는 것도 아니었다. 이를 바탕으로 학생들은 이번 학기에 어느 과에서 붙박이로 실습할지 결정해야 했다.

과마다 실습생 정원이 다르고 지원자가 몰리는 과도 있지만, 그것이 그 과의 인기를 반영하는 것은 아니며 장래의 취업을 보장해 주는 것도 아니었다. 학생들은 7월에 있을 수의사 시험에 대비해 실습이 부담스럽지 않은 과를 선택하려는 것뿐이었다. 시간을 내서 시험공부를 하고 자격증을 딸 수 있는 곳으로 가는 것이 현명한 선택이었다.

가령 정시 출퇴근이 가능하여 학생들이 가장 선호하는 진단검사과(사실 혈액 샘플을 어떻게 추출하는지는 생각도 안 났다), 그리고 외부 진료 가는 날이 나들이 같아서 수려한 경치를 즐기고 마음까지 상쾌해지는 대동물과(외부 진료가 날마다 있는 것은 아니니 차멀미의 고통만 극복한다면 주 3일 이상 쉴 수 있다)는 언제나 가장 먼저 마감되었다. 대부분 상위권 학생들로 채워졌는데, 편의와 공정성을 위해 조교가 1학년부터 5학년까지의 성적을 합산하여 순위를 정하기 때문이었다.

정원이 가장 많고 근무 시간이 가장 길며 심지어 휴식 시간도 거의 없는 소동물과는 어김없이 정원이 가장 늦게 찼다. 따라서 달갑진 않지만 경쟁에 밀려 다른 선택지가 없는 학생들을 받을 수밖에 없었다.

이런 현상에 익숙한 교수와 의사 들은 서로 '평정심'을 외치며 위로했지만, 역설적으로 무척 신경을 쓴다는 심정만 드러내는 꼴이었다. 실습생 지원서를 쓰는 이날 아침, 스누피 교수와 황 교수는 병원 1층의 T108 강의실 부근에서 몇 번이나 마주쳤다. 교실

문은 아직 열리지 않았고 결과도 발표되기 전이었지만 두 사람은 상대방에게 자신은 그저 지나는 길이었다고 거듭 강조했다.

누구에게도 설명할 필요 없는 계획과 고충을 안은 이민, 루산, 청한, 자하오, MJ는 미리 약속이라도 한 듯 소동물과에서 만났다. 반가움과 함께 뜻밖이라는 생각도 교차했다. 성적으로 보면 1등과 꼴찌가 한곳에서 만난 것이다. 지원했던 과의 순위에서 밀려서 왔든 아니면 처음부터 지원했든 배후 사정은 저마다 다르겠지만, 어쨌든 한 팀으로 다시 만난 것도 인연이니 모두들 기쁘게 받아들였다. 다섯 사람을 본 황 교수는 무표정한 얼굴로 스누피 교수에게 '축하합니다'라는 메시지를 보냈다.

같은 시간, 내과 2진료실에서는 늘 그렇듯 같은 의사의 진료가 진행 중이었다. 사용 연한이 한참 지난 낡은 에어컨은 당장이라도 폭발할 듯 요란한 소리를 내며 돌아가고 있지만 그럭저럭 작동은 된다. 이곳은 루산에게 분명 새로운 시작이었다. 아카이의 진료에 동행하면서 루산은 지난 학기 실습과는 모든 것이 다르다는 것을 깨달았다. 자신이 어떻게 해야 할지 더 많이 파악한 듯싶으면서도 또 정반대 상황에 처한 기분이었다.

아카이의 지시에 따라 루산은 먼저 진료 대기실에서 보호자에게 기본 자료와 동물의 증상 및 병력을 확인했다. 이를 기본으로 동물의 체중, 체온, 혈압 및 기타 기본적인 검사 수치까지 감안하여 필요한 검사와 가능한 진단을 작성한 후, 오전 진료가 끝나면 각 사례에 대해 토론했다.

온화하고 무던한 아카이였지만, 이 시간에 루산의 보고를 들을 때마다 '도대체 무슨 생각을 하는 거야?'라는 마음속 외침을 애써 누르느라 저도 모르게 얼굴 근육이 씰룩거렸다. 루산의 전반적 사고 논리는 늘 엉뚱한 방향으로 흘러갔고, 때로는 흔한 임상 증상에 대처를 못하고 쩔쩔매기도 했다.

'괜찮아. 처음부터 잘하는 사람이 어디 있겠어.'

아카이는 자신의 볼을 꼬집으며 참을성 있게 루산을 격려했다.

"책을 많이 읽고, 생각하는 연습을 많이 해봐. 사례가 누적되면 어느 정도 진전이 생기니까 다음번엔 방향을 더 빨리 찾을 수 있을 거야."

점점 위축되는 자신감처럼 보호자에게 문진하는 루산의 목소리도 점점 작아져서 제대로 들리지도 않을 지경이었다. 엉뚱한 진단 또는 공백으로 남겨놓는 사례가 30건이나 축적된 끝에, 경험이 쌓여서인지 아니면 그저 우연이었는지 몰라도 루산은 이번에 찾아온 동물 환자의 진단에 80퍼센트의 확신을 갖게 되었다. 진찰실에 들어선 주인공은 다름 아닌 지난번에 루산이 구해준 슈나우저 보배와 그의 보호자 왕전우였기 때문이다.

"맞아. 요로 결석이 재발했어."

아카이가 말했다. 기나긴 연패 기록은 여기서 멈췄지만 루산은 조금도 기뻐할 수 없었다. 슈나우저가 수술받은 지 겨우 3개월이 지났을 뿐인데 이토록 빨리 결석이 생기다니, 그것도 여러 개가 생기다니! 엑스레이를 찍어보니 큰 것은 유리구슬만 하고 작은 것은 BB탄 크기였으며, 가는 모래처럼 보이는 결석도 많이 있었다. 퇴원할 때 보호자에게 반드시 처방 사료를 먹이라고, 오줌을 참게 하지 말라고, 물을 많이 먹이라고 단단히 당부하지 않았던가!

"그때 그 의사 선생이구먼. 지난번에 제대로 치료를 안 해서 같은 병이 재발했잖소!"

왕전우는 석 달 전과 마찬가지로 만신창이가 된 슈나우저를 루산에게 건넸다.

"난 일하러 가야 하니 알아서 처리해 주쇼."

그러고는 1천 위안짜리 몇 장을 쥐여주며 덧붙였다.

"죽어도 어쩔 수 없지. 어차피 내 개도 아닌데."

왕전우는 트럭에 올라타더니 흙먼지를 일으키며 그대로 사라져 버렸다.

몇몇 견종은 타이완에 살기에 적합하지 않다. 얼음과 눈을 견딜 수 있게 털이 촘촘히 나 있는 시바견과 허스키에게 습하고 더운 타이완의 여름은 지옥이나 다름없다. 또 몇몇 견종은 어떤 환경에도 적응하기 어렵다. 인위적으로 개량된 불도그는 납작한 코와 호흡기의 기형으로 말미암아 호흡에 어려움을 겪을 수밖에 없다. 몇몇 견종은 유전자에 성격이 새겨진다. 가령 핏불 테리어는 처음부터 투견을 목표로 개량되어 공격성이 매우 강하다. 한번 물면 상대가 죽을 때까지 놓지 않는다.

“야생동물보다도 무서운데요. 곰을 만나면 죽은 척하거나 나무에라도 오르겠지만, 투견에게 물리면 119를 누를 한 손이라도 남아 있기를 기도하는 수밖에 없겠어요.”

MJ가 웃으며 이렇게 말하자, 융제는 말없이 그를 쏘아보았다.

“넌 네 입장만 생각하고 동물 입장은 생각도 안 하니? 개는 원래 야생동물이고 그에 맞는 생활 방식이 있어. 가축으로 길들여져 인간의 필요에 따라 살아가는 견종들은 그 존재만으로 ‘원죄’라고 생각해 본 적은 있어?”

‘알아요, 알아. 당연히 알죠. 선배를 즐겁게 해주려고 농담한 건데 또 실패했네요. 난 구제 불능입니다. 그래서 어쩌라고요?’

MJ는 이런 푸념을 애써 삼키고는 고개를 끄덕이며 스스로 반성했다. 사실 MJ의 유머 감각은 동서고금, 남녀노소에 두루 통하는 것은 물론 품질 인증이라도 받을 수준이다. 그런데 요즘 융제와 지내는 시간이 많아지면서 융제에게 잘 보이려 하면 할수록 무리수를 두어 민망한 상황을 연출하곤 했다.

‘수석 레지던트라는 자리 자체가 농담을 못 받아들이게 설계돼 있는 거 아냐? 수의사라는 전문가의 이미지와 선배라는 신분의 괴리, 이게 바로 융제 선배의 ‘원죄’라고.’

그때 진료실 밖에서 다급한 노크 소리가 났다. 진료 차트를 작성하던 융제가 미처 대답하기도 전에 문이 벌컥 열리면서 군인 몇 명이 뛰어 들어왔다. 그들은 힘을 합쳐 셰퍼드 한 마리를 들어서 진료대에 올려놓았다. 축 늘어진 셰퍼드는 온몸에 구토물과 배설물이 묻어 있었다.

"잠시 한눈판 틈에 이 녀석이 화분에 든 비료를 먹는 바람에 이렇게…."

융제는 당장 셰퍼드의 바이탈 사인과 기본 생리학적 지표를 측정하고, 채혈하고 수액을 놓은 뒤 보온 조치를 해주었다. 아무리 급박하고 한 치 앞이 보이지 않는 상황에서도 융제는 흔들리지 않았다. 특유의 카리스마로 현장을 장악해 일사불란하게 일을 처리하는 모습에 비록 스포트라이트는 없었지만 작은 진료대는 화려한 무대로 변신했고, MJ도 어느새 융제의 활약을 지켜보는 관객이 되어 있었다.

군인 몇 명이 MJ에게 다가와 비료 봉지를 내밀며 물었다.

"이걸 먹었거든요. 위험한 건가요?"

'당연히 위험하죠! 보면 몰라요?'

치밀어오르는 말을 꾹 누른 MJ는 비료 봉지를 받아 들고 성분을 살펴보았다. 봉지에 빼곡히 적힌 성분은 종류가 너무 많아서 다 확인하려면 밤중이 될 터였다. 게다가 혈액검사 결과를 기다릴 여유도 없어서 융제는 일단 활성탄과 소화관 점막 보호제를 투여하면서 시간을 벌었다.

"유기농 비료를 먹어서 중독된 겁니다. 조금만 먹어도 생명이 위험합니다."

융제가 비료의 성분을 확인한 후 말했다.

군인들은 입구에 모여서 쑥덕거리다가 초조하게 전화를 걸었다. 사건의 위기 등급이 총기 분실에 맞먹을 정도로 심각한 분위기였다. 언뜻 들으니 '재산 폐기' '업무 소홀 보고' '비료 한 봉지를 다 먹었다' '다른 군견 세 마리' 같은 말들이 오갔다. MJ는 예의를 차릴 새도 없이 큰 소리로 끼어들었고, 급기야 직접 전화를 가로채서 전 중대 장병들을 상대로 방송했다.

"비료를 먹었다고 의심되는 개는 상태와 상관없이 당장 응급실로 데려와요! 안 그러면 다 죽어요!"

황 교수가 엑스레이 속 희끄무레한 것을 가리키며 그게 뭔지 자하오에게 대답하라고 했다.

"대변 같습니다."

자하오의 대답에 황 교수가 고개를 저었다.

"너무 오래되어 딱딱하게 굳은 대변 아닌가요?"

황 교수는 한숨을 쉬었다.

"잘 봐, 이건 결석이라고!"

황 교수는 최대한 인내심을 발휘하며 설명했다.

"함부로 추측하지 말고 진료 차트와 과거 병력을 잘 보고 판단해. 자, 여기가 복강이지. 형태에 주의해서 관찰해 봐. 결석이 몇 개 있어?"

차트를 들여다본 자하오는 더욱 갈피를 잡을 수 없었다.

'며칠 동안 먹지 않고 구토만 하고 대변도 못 봤다면 대체…, 내가 이걸 어떻게 알아? 나더러 점괘라도 뽑아보란 얘기야?'

이런 생각을 하면서 자세히 보니 마치 초승달처럼 생긴 두 개의 물체가 앞뒤로 나란히 있었다.

“이건… 장내 이물질인가요?”

자하오가 말했다. 더 정확하게는 초승달 두 개가 장에 박혀 있는 상황으로, 두 개가 나란히 있어 웃는 것처럼 보인다고 대답하려 했다.

“그건 콩팥이야. 정상적인 신장(腎臟)이라고!”

황 교수가 한숨을 쉬며 고개를 가로저었다. 그리고 이번에는 단전에서부터 끓어오르는 화를 참지 못하고 버럭 소리를 질렀다.

“이건 우신(右腎)이고 이건 좌신(左腎)이야. 뭐가 장이고 뭐가 이물질이란 말이야? 지난주에도 같은 내용을 설명해 줬잖아! 그 정도 했으면 원숭이라도 알아듣겠다. 한 번만 더 제멋대로 추측하면 저 위에 매달아 놓을 테니 그리 알아!”

듣고 있던 동기들이 슬그머니 웃었고 자하오도 비어져 나오는 웃음을 억지로 참았다. 이렇게 시작된 악운은 계속되었고, 자하오는 날마다 황 교수에게 불려 가 맞는 답이 나올 때까지 엑스레이 사진을 판독해야 했다.

그뿐이 아니었다. 외과에서 아르바이트하는 학생이 자전거 사고로 못 나오게 되자, 자하오는 황 교수에게 불려 간 김에 수술 도구와 수술용 천을 세척하고 바닥을 쓸고 캐비닛을 정리해야 했다. 알고 보니 자하오는 동작이 재빠르고 정리도 깔끔하게 잘했다. 그리하여 황 교수는 아르바이트생이 못 나오는 동안 자하오에게 일을 맡기기로 했다.

"앞으로 수술 도구 세척과 소독을 맡아주게."

이 말은 자하오가 황 교수로부터 들은 말 가운데 가장 인정해 주는 것에 가까운 첫 마디(이자 유일한 한 마디)인 셈이었다.

줄무늬 치즈 고양이의 체중을 재고 과거 병력을 들은 이민은 당뇨병을 떠올렸고, 그 생각을 그만 입 밖으로 뱉어버렸다.

그 말에 고양이 보호자는 정곡을 찔린 듯 손을 빼내며 경계하듯 물었다.

"그걸 어떻게 아셨죠?"

"너무 뚱뚱하잖아요."

이렇게 대답하며 이민은 뒤에서 샤오페이가 노려보는 것을 전혀 눈치채지 못했다. 루산이 손짓으로 입을 다물라는 신호를 보냈다. 실습생은 함부로 진단해서는 안 된다. 특히 주치의의 동의 없이 보호자에게 병에 대해 말하는 것은 금기다. 초짜든 베테랑이든 보호자의 눈에는 모두 병원을 대표하는 의사이기 때문이다.

고양이 보호자에게는 청천벽력 같은 일이었다.

"어떻게 그런 말을! 그래요. 난 초등학교 3학년 때부터 지금까지 뚱뚱했어요. 사람들이 뚱보라고 놀리는 게 싫어서 온갖 다이어트 방법을 시도해 봤지만 효과가 없었다고요. 하지만 당뇨병은 가족 유전으로 알고 있어요. 아직 젊은 제가 벌써 당뇨병이라고 하면 부모님이 걱정하실까 봐 알리지도 않았는데…"

고양이 보호자는 이민이 자신을 두고 한 말이라고 오해한 것이었다.

루산이 이민을 한쪽으로 잡아끌었지만 이민은 속사포처럼 변명을 늘어놓았다.

"제가 말한 건 보호자님께서 데려온 고양이였다고요. 물론 보호자님도 살이 찌셨고 당뇨병까지 있다지만 전 전혀 몰랐어요. 전 다른 사람의 신체나 질병으로 놀리거나 비웃는 사람이 아니랍니다. 제가 말한 것은 사실이고, 게다가 이 고양이도 아주…."

그때 샤오페이가 주사기 뚜껑을 열더니 피를 뽑는 대신 날카로운 바늘 끝으로 이민을 가리키며 경고를 날렸고, 이민은 그제야 '뚱뚱하다'는 마지막 말을 입속으로 삼켰다.

각종 검사 결과를 종합한 후, 샤오페이는 당뇨병과 그에 따른 합병증인 췌장염으로 최종 진단을 내렸다. '통통이'라는 이름처럼 통통한 치즈 고양이는 입원이 결정되었다. 수액을 맞고 식이 요법을 하면서 혈당치를 면밀히 체크하여 인슐린 투여량을 조절하기로 했다. 두 시간에 한 번씩 혈당을 체크하는 임무는 "거 봐요. 내 말이 맞잖아요!" 하면서 의기양양해하는 이민에게 돌아갔다.

래브라도 리트리버 '조이'는 눈동자가 보이지 않을 정도로 털이 새까맸다. 사진을 찍어도 초점이 잘 안 맞고 온몸을 뒤덮은 검은 털만 반드르르하게 찍혔다.

조이를 데려온 여성은 흰색 정장 차림에 청춘 드라마에 나오는 엄친딸의 분위기를 풍겼다. 반면에 옆에 서 있는 남편은 체크무늬 셔츠 차림에 인터넷 토론방에서 튀어나온 은둔남 분위기로, 충성스러운 집사나 운전기사처럼 보였다. 부부는 림프종에 걸린 조이의 증상을 인터넷에 올려 문의하고 네티즌들의 의견에 따라 여러 병원을 전전한 끝에 수의대 부속 동물병원을 찾은 것이다. 조이가 림프종 진단을 받은 지 9개월 만이었다.

“우린 다른 의견도 듣고 싶어서 왔어요. 그러니 사실대로 말씀해 주셨으면 좋겠어요. 우리 조이를 살릴 수 있을까요? 치료가 불가능하다면 사랑하는 이 아이가 불필요한 고통을 겪게 하고 싶지 않아요.”

여자가 말했다. 엄친딸 이미지가 너무 선명하게 박힌 나머지 여자의 입에서 나오는 ‘실례합니다’ 같은 말도 스누피 교수의 귀에는 청춘 드라마 대사처럼 들렸다.

청한은 불필요한 고통이 무엇을 말하는지 이해하기 어려웠다. 동물에게 필요하며 동물이 감당해야 할 고통이란 어떤 것인지, 그걸 누가 결정할 수 있을까? 수의사도 보호자도 함부로 결정할 수 없는 문제다. 설사 전지전능한 신이라도 이런 결정을 내리기는 쉽지 않을 것이다. 청한이 보기에 무고한 생명은 소중히 여겨야 하는 존재이고, 모든 동물은 무고하며, 그들에게 고통을 겪게 해서는 안 되었다.

스누피 교수는 일단 견주가 가져온 두툼한 병력 자료를 살펴본 후, 지금까지의 경과와 추가 검사가 필요한 부분을 분석하고,

림프종의 원인과 예후에 대해 간단하면서도 알기 쉽게 설명했다. 여자는 간간이 고개를 끄덕이며 알겠다는 뜻을 표했고, 남자는 노트북을 꺼내 빠른 속도로 타이핑을 했다. 결국 스누피 교수의 설명은 실시간으로 온라인 커뮤니티에 올려져 네티즌들의 검증을 받아야 했다. 10여 분 동안 설명을 마친 스누피 교수는 너무 목이 말라 물을 마시고 쉬고 싶었다. 그때 여자가 또다시 똑같은 질문을 했다.

"사실대로 말씀해 주세요. 우리 조이 살릴 수 있을까요?"

격앙된 음성과 살벌한 눈빛이 당장 손을 뻗어 스누피 교수의 어깨라도 흔들어댈 기세였다.

여자가 원하는 것이 스누피 교수의 오랜 경험이나 전문적 소견은 아닌 듯했다. 청한의 의구심은 최고조에 이르렀다. 병의 진단이 그렇게 간단하다면 한 명의 수의사를 배출하기 위해 그토록 많은 시간과 노력을 들일 필요도 없을 것이다. 이런 보호자라면 차라리 시중의 점술사를 찾아가 점괘를 받아내는 편이 빠를 성싶었다.

종양 질환은 복잡하고 애매하여 예측이 어려우며, 병의 진행에 영향을 끼치는 요인도 대단히 많다. 따라서 '살릴 수 있다' 또는 '가망이 없다'로 직접적인 판정을 내리기 어렵다. 대략 '앞으로 얼마 정도 더 살 수 있겠다'로 추정할 수 있을 뿐이다. 남은 기간이 길 수도, 짧을 수도 있지만 중요한 것은 종양과 공존하며 살아가는 삶의 질이며, 이 점이야말로 논의와 선택이 필요한 부분이었다.

스누피 교수가 다른 제안을 했다.

"조이가 고통받는 걸 원치 않는다고 하셨죠. 그렇다면 더더욱 생각해 보실 필요가 있습니다. 앞으로 조이에게 허락된 마지막 시간 동안 보호자님께서는 어떤 고통을 감내하실 수 있을까요? 그에 따라 앞으로 어떤 치료 방법을 선택할지 결정할 수 있습니다. 또는 치료하지 않는 것도 하나의 선택지가 되겠지요."

'치료하지 않는다'는 말은 도저히 가망이 없다는 뜻일까? 그 말을 듣는 순간 여자의 머리에 많은 생각이 떠오르며 과거의 일들이 스쳐갔다.

"내가 이 아이를 얼마나 사랑하는지 아세요?"

여자는 상념에 빠져 조이와의 인연을 스누피 교수에게 털어놓았다.

조이는 처음부터 맹인 안내견이 되기 위해 태어난 개였다.

그러나 맹인 안내견 협회에서는 조이가 너무 소심하고 주변 환경의 자극에 민감하게 반응하기 때문에 쉽게 산만해지고 겁을 먹으며, 훈련에도 제대로 적응하지 못한다고 판단했다. 한배에서 태어난 조이의 형제자매들은 잇달아 테스트에 통과하여 맹인 안내견이 되었지만, 조이는 모든 면에서 뒤처져 안내견의 기준에 도달하지 못했다. 아무래도 맹인 안내견으로는 적합하지 않지 싶었다.

"그 점이 저와 닮았어요."

여자가 말했다.

"심지어 조이는 생일도 저와 같은 날이라니까요!"

협회의 훈련사는 조이를 자원봉사자 가정에 위탁해서 사회성을 강화하기로 했다. 여러 절차와 검증을 거쳐 조이는 신혼부부였던 보호자의 집으로 왔고, 갓난아기처럼 사랑으로 보살핌을 받으며 안정적인 환경에서 인간의 세계를 새롭게 인식했다. 당초 정해졌던 기간인 8개월이 지나자 조이는 협회의 각종 테스트를 통과하여 뒤늦게나마 어엿한 안내견이 되었다.

"얼마나 자랑스러웠는지 몰라요. 마치 저 자신이 불가능한 시험을 통과한 것 같더라니까요!"

여자는 그렇게 스스로를 설득하며 이 필연적인 이별을 받아들였다.

맹인 안내견으로 일한 지 몇 년이 지나 은퇴할 나이가 되자, 조이에게는 또다시 남은 생애를 함께할 가정이 필요해졌다. 이번에는 기간이 정해지지 않은 만남이었다. 하지만 협회에서는 은퇴한 맹인 안내견은 노령견이기 때문에 신체 기능이 갈수록 쇠퇴하고 이에 따른 의료비 부담이 만만치 않다는 사실을 특별히 고지했다.

"그런 건 상관없이 조이 입양을 신청할 겁니다. 조이가 우리 집에 다시 올 땐 이미 할머니로 변했겠지만 이번에는 절대 헤어지지 않을래요."

조이를 정식으로 입양한 지 2년이 채 되지 않았을 때였다. 조이는 원인을 알 수 없는 구토와 설사를 시작했고 증상은 호전되었다가도 악화되기를 반복했다. 동물병원 여러 곳을 전전했으나 제대로 된 병명을 밝혀내지 못했다. 그러던 어느 날 남자가 목욕을 시키다가 조이의 겨드랑이 양쪽에서 크고 작은 멍울을 한 개씩 발견했다. 그제야 수의사는 종양을 의심했고, 검사 결과 림프종으로 밝혀졌다.

여자의 애틋한 이야기가 끝나자 진찰실 전체가 숙연해졌다. 한

쪽에 있던 청한은 스누피 교수의 어깨를 흔들어댈 정도까지는 아니더라도 그들이 조이를 얼마나 사랑하는지 느낄 수 있었고, 조이가 주인과 함께 오래오래 행복하고 즐거운 나날을 보내기를 진심으로 기원했다.

스누피 교수가 고개를 끄덕이자 헝클어진 머리가 따라서 휘날렸다. 이어서 스누피 교수는 현실적인 주제로 돌아왔다.

"적극적으로 치료하려면 항암 치료 또는 수술로 절제하는 방법, 두 가지 선택이 있습니다. 적극적으로 치료하지 않고 호스피스 방식을 선택할 수 있습니다. 하지만 조이의 상태가 아직 그 정도까지는 아니니 돌아가서 생각해 보십시오."

수술 당일까지 왕전우는 슈나우저 보배를 보러 오지 않았다.

루산이 담당하는 입원 동물 세 마리 가운데 급성 및 중증에 속하지 않은 동물은 보배뿐이었다. 그러다 보니 손이 많이 가지 않았고 성격도 가장 순했다. 요 며칠 바빠지면서 루산은 보배에게 사료를 먹이고 수액을 체크하고 기본 생리학적 지표를 기록하고는, 보배의 머리를 쓰다듬어주며 "보배야, 얌전히 있어야 해" 하고서 증세가 더 위급한 입원 동물들을 보살피러 갔다. 아니, 때로는 머리를 쓰다듬고 말을 건네는 것마저 생략하기도 했다.

그러고 한밤중에야 병원을 나섰고, 오토바이를 타고 가다 보면 뭔가 빼먹은 느낌이 들었다(조금 전 정신을 팔다가 신호 위반이라도 했나). 숙소로 돌아오면 야식으로 패스트푸드를 먹고 초점 없는 텅 빈 눈으로 변기에 앉아서는 핸드폰으로 계속 뭔가를 기록하고 메시지를 주고받았다. 마지막에 핸드폰을 만지다 잠들지 않았다면 샤워할 생각이 났을 것이고, 머리카락을 말린 후 침대에 누워서야 비로소 슈나이저 보배가 떠올랐을 것이다.

왕전우는 이미 수술 동의서에 서명했고, 미리 받은 돈도 수술비를 충당하기에 충분했다. 수술은 금세 끝났지만 저체온에 수술 후 회복이 오래 걸렸다. 그래도 혈뇨의 색깔은 빠르게 옅어졌다. 루산은 수시로 보배의 동영상을 찍어 보내며 회복 상황을 알려줬지만 왕전우는 다음 날이나 되어서야 메시지를 읽었다. 일이 바빠서 전화나 메시지를 할 시간이 없을 텐데 아마 병원에 특별히 당부할 일도 없었을 것이다.

루산은 자신이 보배를 제대로 보살피지 않았다는 죄책감이 들었다.

보배가 회복실에서 아직 깨어나지 않았을 때, 루산은 헤어드라이어로 따뜻하게 해주는 동시에 소리로 자극을 주었고, 한편으로는 발을 문질러주면서 말을 걸었다. 무슨 이야기를 해줄까 하다가 문득 어린 시절이 떠올랐다.

루산의 오빠와 여동생은 모두 알레르기와 천식이 심했는데 루산만 그런 증상이 없었다. 부모님이 오빠와 여동생을 응급실에 데려다주고 밤새 아픈 아이를 지키느라 집을 비울 때면 루산은 집에 홀로 남아 잠을 이루지 못했고, 자신도 부모님과 함께 있고 싶었다. 부모님의 눈에는 루산이 알아서 하는 아이라 걱정할 필요가 없었는지 손이 덜 가는 아이였다. 루산이 보배에게 말했다.

"아저씨는 너무 바빠서 못 오시는 거야. 널 잊으신 게 아니니까 속상해하지 마. 병원에 있는 동안은 내가 가족이 되어서 널 보살펴줄게."

이윽고 보배가 마취에서 깨어나 눈을 크게 떴다. 보배는 정신이 흐릿하여 나타나는 섬망 증상이나 비틀거림도 없이 한 번에 우뚝 일어섰다.

존재감이 느껴지지 않을 정도로 얌전한 보배는 모레쯤이면 퇴원할 수 있을 것이다. 하지만 퇴원한 후에도 집 안에 갇혀서 온종일 오줌을 참으며 왕전우가 돌아오길 기다릴 것이다. 보배는 산책을 나갈 때만 오줌을 누는 습관이 있다. 바꾸기 힘든 이런 습관 때문에 결석은 금세 재발할 것이고, 온몸이 망가진 채 또다시 병원을 찾을 것이다. 이런 보배에게 무엇을 해줄 수 있을까? 루산은 30초간 열심히 생각하다가 잠이 들었다.

비료를 잘못 먹은 군견 셰퍼드는 응급 처치 후 위험한 고비를 넘기고 입원해 있었다. MJ는 그 개를 '복뎅이'라고 불렀는데, 복이 많아 가장 먼저 병원에 실려 와 살아났기 때문이다. 똑같이 화분을 둘러싸고 비료를 먹은 다른 셰퍼드들은 먹은 양이 적었는지 증상이 늦게 나타났고, 10여 분 늦게 병원으로 출발했으나 오는 도중에 죽고 말았다.

군인들은 돌아가며 귀에 6374호라는 번호를 새긴 셰퍼드를 면회하러 왔다. 매번 오는 군인의 얼굴이 바뀌었는데, 군견을 면회하는 것도 교대로 보초를 서는 것과 같은 일상 업무였기 때문이다. 이들은 중간 계산을 마치고 영수증을 받아 장부에 기록하고 개가 아직 살아 있는지 확인하고, 사망증명서나 재산 폐기 등 번거로운 행정 절차를 밟지 않아도 된다는 사실을 확인하고는 이상 없다며 재빨리 자리를 떴다. 그리하여 MJ는 셰퍼드의 입원 상태를 누구에게 보고해야 할지 알 수 없었다. 부대에 공문이라도 보내야 하는 걸까?

요 며칠간 MJ는 셰퍼드의 이름을 '냉혈한 저격수'나 '격투기 천왕', 또는 더 적합한 이름으로 개명할까 고려중이었다(뭐라고 부르든 누가 신경 쓴다고? 융제가 옆에서 한마디 했지만). 위독한 상태를 벗어난 셰퍼드가 점차 본성을 드러내기 시작했기 때문이다. 셰퍼드는 애초에 늑대였다. 사나운 야생동물이었다. 사람이 우리에 다가가면 낮게 크르릉거리며 이빨을 드러내고 공격 태세를 갖췄다. 셰퍼드는 발길질이나 입질을 할 때 상대의 사정을 봐주지 않고 동작이 매우 민첩하여 웬만한 사람은 제압할 수 없었다.

얼마 전에 MJ는 복뎅이가 벽을 바라보며 이쪽에 관심을 두지 않은 틈을 타서 슬그머니 배변 패드를 갈아주려 했다. 그런데 실수로 물그릇을 건드려 소리가 나자 복뎅이는 순식간에 돌아서서 패드를 덥석 물었고('그래그래, 돌려줄게, 똥오줌에 절었어도 네 거라 이거지') MJ의 눈앞에서 순식간에 패드를 갈기갈기 찢어버렸다. 우리 안에 흩날리는 패드 조각을 보며 MJ는 패드에 '애도'를 보낼 따름이었다.

“아무래도 복뎅이는 전쟁 상황에 적군을 섬멸할 무기로 특수 부대에서 훈련받았나 봐요.”

“하나도 안 웃겨.”

융제가 말했다. MJ의 유머가 또 실패하는 순간이었다.

“복뎅이 자세를 잘 봐. 저건 개가 극도로 두려워할 때 보이는 방어 태세야.”

융제가 설명을 덧붙였다.

“군인들이 찾아올 때마다 몹시 흥분해서 짖어대고 심지어 우리를 들이받아 상처를 입을 정도잖아. 그건 개가 낯선 우리 안에 갇혀 있어서 물러설 곳이 없기 때문이야.”

생각해 보니 맞는 말이었다. 며칠 전 MJ가 위장용 군복 스타일 바지를 입고 나타나자 복뎅이는 극도로 흥분해 평소의 10배쯤 되는 공격력과 적대감을 보여준 바 있었다.

융제가 손을 높이 쳐들자 셰퍼드는 즉시 뒤로 물러서며 더 격렬하게 짖어댔다.

“평소에 많이 맞은 것으로 의심이 돼.”

융제가 대걸레를 쥐고 높이 쳐들자 우리 안의 복뎅이는 더욱 사납게 이빨을 드러내며 똥오줌까지 지렸다. 융제가 더 가까이 다가가자 셰퍼드는 좁은 우리 안에서 앞으로 달려들면서 펜스와 벽을 미친 듯이 들이받았다.

너무나도 안쓰러운 모습이었다. 격렬하게 저항하는 셰퍼드를 바라보면서 MJ의 비웃음은 연민으로 바뀌었다. 군견으로 태어난 것이 이 개의 원죄일까, 셰퍼드는 그동안 어떤 삶을 살아온 걸까? 복뎅이에게 주변 환경과 사람은 하나같이 엄청난 공포 그 자체였을 것이다.

"지금 배고파해도 먹으면 곧바로 설사하니까 먹이를 줘선 안 돼. 아직 황달기도 있고 간 수치도 높아서 한동안 더 입원해 있어야 해."

융제가 한마디 덧붙였다.

"입원 기간에 가능하면 매일 개를 우리에서 데리고 나가 산책하는 연습을 시켜."

"뭐라고요!"

복뎅이의 입꼬리가 말려 올라가는 것을 본 순간, MJ는 조금 전 느꼈던 연민을 거둬들였다. 연민의 대상은 개가 아니라 자신이었다! 융제의 지시는 피비린내 나는 원형 경기장에 MJ를 던져놓고 야수와 격투하라는 것이나 다름없었고, 찢어발겨지는 쪽은 MJ 자신이 될 것이 불 보듯 뻔했으니까!

혈당 측정기 사용법을 소개하는 동영상은 매우 상세했으며 샤오페이도 직접 몇 차례 시범을 보였다. 바늘로 살이나 귓불을 찔러 온전한 둥근 형태의 피 한 방울을 짜낸 후, 준비된 혈당검사지에 놓고 소량의 혈액을 빨아들인다. 모든 조작을 정확히 할 경우 5초 후에 결과가 표시된다. 모든 과정이 우아하면서도 효율적으로 이루어진다면 기기의 소모품 정리까지 5분 안에 끝난다. 그러나 이민에게는 이 간단한 조작마저 쉽지 않았다.

고양이 통통이에게서는 과일 한 접시가 썩어가는 체취가 났는데, 여기에 고양이 모래판 가장자리에 오래된 배설물이 딱딱하게 굳어 도랑에 쌓인 침전물 같은 냄새까지 더해졌다. 게다다 사다만 놓고 먹는 걸 깜박해서 뜨거운 햇빛 아래 두 시간이나 방치된 도시락까지 고약한 냄새를 더했다.

이민은 자꾸만 꼬이는 초파리들을 손을 휘저어 쫓았다. 아니, 머릿속을 떠나지 않는 냄새를 쫓는다고 하는 것이 정확했다. 손동작이 굼떠지지 않도록 온 신경을 집중해도 바늘은 애꿎은 자신의 손가락에만 박힐 뿐 고양이의 살에 제대로 꽂히지 않았다. 2시간에 한 번 혈당을 측정할 때마다 이민은 한없이 시간을 끄는 자신에게 화가 났다. 결국 이민은 온종일 썩은 과일 냄새가 나는 곳에서 빠져나오지 못하는 신세가 되어버렸다.

그러다 보니 자연스레 루산, 청한, 자하오, MJ가 돌아가며 혈당 측정을 도와주게 됐다. 이들은 이민의 자존심을 고려해 현장이 피투성이가 되는 것을 차마 볼 수 없어서 이러는 건 절대 아니라고 강조했고, 그러면서 한마디 덧붙였다.

"밤 시간에는 남자들이 체크할게. 하긴 넌 여자도 아니지만."

청한은 교대 시간이 되기도 전에 미리 나타났다. 그것도 야식까지 챙겨서 말이다.

"내가 아직 저녁을 안 먹었거든. 너도 아직 식사 전일 것 같고…. 같이 먹을까?"

긴 복도 끝에서 모퉁이를 돌아 대기실과 원형 계단식 교실을 지나니 개를 산책시킬 때 자주 오는 마사 앞 경사로가 나왔다. 이렇게 멀리까지 오느라 루웨이(滷味)* 도시락은 다 식어버렸지만, 마침내 입원 병동의 지독한 냄새에서 해방된 이민은 긴장이 풀려 아무 데나 털썩 주저앉았다. 도시락을 먹으며 이민은 청한에게 "고마워요. 루웨이가 참 맛있네요"라거나 "모기가 아주 많네요"라는 말은 하지도 않았다. 이민이 불쑥 말했다.

"대학원 시험에 지원하지 않았어요."

"그래? 잘했네."

청한이 대답했다. 배가 고프지 않은지 청한은 도시락을 거의 먹지 않았다.

"잘하긴요. 석사, 박사까지 올라가야죠. 에스컬레이터를 타고 최고층까지 직행해서…."

순간 두 사람의 머릿속에 '학생이 고층 건물에서 뛰어내렸다'는 캠퍼스 괴담이 떠올랐으나 입 밖으로 꺼내지는 않았다. 이민이 다급하게 해명했다.

"난 스트레스 받는 성격이 아니라서 뛰어내리는 일은 없을 거예요. 5학년 실습에서도 조금도 좌절하지 않을 거고요. 다만…, 그래요, 인정해요. 난…, 내가 임상에 부적절하다는 건 알겠어요. 그치만 졸업하고 뭘 해야 할지 모르겠는걸요."

"그래서 대학원 안 가기로 한 결정을 잘했다고 한 거야. 너는

* 오향을 넣고 간장에 졸인 고기나 채소로 타이완의 대표 서민 음식이다.

성적이 좋으니 어떤 시험이라도 거뜬히 합격해서 직통 에스컬레이터를 타게 될 거야. 그건 그저 지금 너의 막연함을 몇 년 뒤로 미루는 것뿐이야. 이번 결정으로 최소한 자신의 적성에 맞지 않는 게 뭔지는 알 수 있을 거고, 실습에서 좌절을 맛보는 것도 분명 의미는 있을 거야."

청한이 말했다.

"떠나 있는 몇 년 동안 무슨 생각을 했어요? 왜 돌아온 거에요? 이번에 실습을 무사히 마치면 졸업하고 뭘 할 생각이에요?"

한꺼번에 쏟아지는 이민의 질문은 하나같이 대답하기 까다로웠다. 청한은 대답 대신 마사 옆 텅 빈 운동장과 먼 곳의 불빛을 바라보았다. 학교라는 세계를 떠난다는 건 쉽지 않은 일이었다. 이민이 곧 닥칠 졸업을 앞두고 당혹감을 느끼는 것도 당연했다.

"네가 졸업 후 뭘 해야 할지 알 것 같은데. 일단 나랑…."

청한의 말에 이민은 그를 돌아보며 뒷말을 기다렸다.

"…군대부터 가자!"

"못됐어, 정말! 루웨이나 먹어요. 남은 도시락은 선배가 다 먹으라고요."

이민은 벌떡 일어나 자리를 떴다.

수석 레지던트 융제는 MJ 혼자 사나운 셰퍼드를 상대하도록 두진 않았다. 자신도 매일 시간을 내 목줄을 채워 우리 밖으로 데리고 나가 병동에서 걷게 했으며, MJ가 개를 데리고 나갈 때도 동행하면서 걷는 범위를 조금씩 늘려가게끔 했다. MJ는 날마다 놀라움을 금치 못했다. 이 무시무시한 일을 무사히 마쳤다는 사실 때문만이 아니었다. 날마다 새로운 어려움을 극복하며 차츰 변화하는 셰퍼드의 모습 때문이었다.

셰퍼드가 자신보다 키가 큰 상대에 겁을 먹는다는 걸 알아차린 MJ는 일단 두려움을 뒤로하고 앉은걸음으로 개에게 다가가서 천천히 목줄을 채웠다. 셰퍼드는 우리에서 나올 때도 반항했다. 익숙한 울타리 밖으로 나간다는 것 또한 셰퍼드로서는 위험을 느낄 수밖에 없는 일이었다. 개의 옆에서 걸을 때는 너무 가깝지도, 너무 멀지도 않은 거리를 유지해야 했다.

"개가 안전하다고 느끼는 거리를 알아내는 연습도 해야 해."

융제가 말했다. MJ가 적절하다고 생각하는 거리를 유지하며 한 바퀴 돌고 병실로 돌아와도, 다시 우리에 집어넣으려 하면 셰퍼드는 또다시 반항했다. MJ는 먹을 것으로 유인해 절묘한 타이밍에 목줄을 풀고 셰퍼드를 우리에 집어넣었다.

휴! 드디어 무사히 임무를 완수했다. 가장 어려운 단계는 시작과 끝이었다. MJ가 '나 지금 개랑 밀당하는 듯?'이라 말한다면 융제에게서는 '하나도 안 웃겨'라는 대답이 돌아올 게 뻔했다.

융제가 셰퍼드에게 다정한 격려를 건넸다.

"오늘은 복도까지 나갔다 왔네. 점점 잘하는구나. 내일은 대기실까지 도전해 보지 않을래?"

이렇게 하루하루 훈련을 하다 보니 열흘도 안 되어 셰퍼드는 사람에게 이빨을 드러내지 않게 되었다. MJ의 착각인지 모르지만, 사람을 바라보는 셰퍼드의 눈빛도 상당히 온순해졌다. 물론 위장용 군복 무늬를 보면 1초도 안 되어 야수로 변하는 것은 여전했다.

"복뎅이는 보면 볼수록 부드럽고 다정하네."

융제의 말에 MJ가 농을 건넸다.

"아니, 왜 내가 지은 이름을 따라 불러요? 난 또 누구 얘길 하나 했네. 셰퍼드한테 그런 이름은 안 어울린다면서요."

"그럼 내가 이름을 지어주면 되지. '여우' 어때? 《어린 왕자》에 나오는 여우 말이야."

"안 돼요! 한번 복뎅이는 평생 복뎅이라고요. 한번 해병은 영원한 해병인 것처럼요."

"내 맘이야! '여우'라고 부를 거야. 여우, 여우, 여우!"

사뭇 억지를 쓰는 융제를 보면서 MJ는 융제도 그저 보호 본능을 유발하는 여자일 뿐이라는 생각이 들었다. 방어기제로 무장한 마인드와 수석 레지던트라는 지위를 벗어버리면 사실 융제야말로 그 여우와 다를 바 없었다. 여우가 어린 왕자를 길들이는 건지, 아니면 어린 왕자가 여우를 길들이는 건지는 몰라도, 한 걸음 한 걸음 가까워지는 이 과정에 MJ는 기꺼이 뛰어들었다. "장미를 중요하게 만든 건 네가 장미에 쏟은 시간 때문이야"라는 《어린 왕자》 속 대사를 믿기 때문이었다.

융제가 깨끗한 물을 담은 물그릇을 우리에 넣어주자 셰퍼드는 기다렸다는 듯이 벌컥벌컥 물을 마셨다. 물그릇 절반을 비운 개가 하품을 하며 느긋하게 엎드리자 융제는 손을 뻗어 개의 어깨와

등, 엉덩이까지 쓰다듬어주었다. 셰퍼드의 털은 사실 매우 부드러웠고, 융제는 내친김에 뒷다리까지 손을 뻗어 개의 무릎을 쓰다듬었다. 그 순간 셰퍼드가 펄쩍 뛰어오르며 고개를 돌려 융제를 물려고 했다.

"안 다쳤어요?"

MJ가 물으며 융제의 손을 살폈다. MJ는 어느새 융제를 잡아끌고 우리 문을 닫은 뒤 융제를 품에 끌어안고 있었다. 이 모든 동작이 1초도 안 되어 이루어졌다.

황 교수는 자하오가 아직 덜 바쁘다고 생각했는지 무척 까다로운 케이스를 맡겼다. 화상을 입고 병원을 찾은 '검둥이'라는 개였다.

차를 마시려고 불에 올려놓은 펄펄 끓는 물 주전자가 엎어지는 바람에 근처 바닥에 누워 자던 검둥이가 양쪽 뒷다리에 화상을 입은 것이었다. 검둥이의 보호자인 할아버지는 검둥이의 상처에 간장, 치약, 식용유, 녹차 오일 등을 발라주며 시간을 허비했고, 그러는 동안 상처는 온갖 것으로 뒤범벅이 되면서 화농이 생기고 감염이 심해졌다. 뒤늦게 병원을 찾아온 보호자를 바라보며 황 교수는 고개를 절레절레 흔들었다.

"너무 늦게 왔어요. 치료는 해보겠지만 최악의 경우 다리를 절단할 수도 있습니다."

이때 보호자가 변명을 늘어놓거나 황 교수의 진단과 처치에 조금이라도 의문을 제기하면 황 교수는 문 쪽을 가리키며 "나는 치료 못 합니다. 살펴 가십시오"라고 말했을 것이다. 동물을 제대로 보살피지 못하는 보호자에게 황 교수는 굳이 예의를 차리지 않았다(이는 실습생에게도 마찬가지였다). 검둥이 할아버지가 쫓겨나지 않은 것은 이 한마디 때문이었다.

"모든 것은 선생님의 지시에 따르겠습니다. 제가 치료를 못 하니 현천상제(玄天上帝)의 계시를 받고…."

할아버지는 경건한 눈빛으로 황 교수를 바라보며 말을 이었다.

"현천상제께서 선생님을 찾아가라고 하셨습니다."

상처 부위가 광범위하고 악취까지 심했기 때문에 자하오는 날마다 썩은 조직과 분비물부터 제거해야 했다. 어떤 부분은 상처가 깊어서 뼈가 보일 정도였으므로 철저히 닦아내고 소독한 후 약을 발라주고 붕대를 몇 겹씩 감아줬다.

감염 부위에서 나오는 화농성 분비물은 날이 갈수록 줄었지만 상처 부위는 좀처럼 줄어들지 않았다. 심지어 검둥이가 늘 웅크리고 있어 뒷다리가 체중의 압박을 받는 통에 상처는 계속 악화되었다. 아무래도 다리를 절단하는 수술을 고려해야 할 성싶었고, 어차피 할 거라면 빠를수록 좋았다. 자하오가 처치하는 동안 검둥이 할아버지는 그때마다 바로 옆에서 법술을 했는데, 그 과정이 어찌나 요란한지 자하오는 황 교수가 이 사실을 알면 기분 나빠 하면

도교에서 모시는 북방 하늘의 상제.

서 할아버지를 쫓아내지 않을까 걱정될 정도였다.

할아버지는 법기를 딸랑딸랑 흔들며 자하오와 검둥이 주위를 일곱 바퀴 돌았다. 이어 칠성보(七星步)[1]를 걸으며 천지의 정기를 끌어들인 부적을 그렸고, 부적을 태운 가루를 뜨거운 물과 찬물이 섞인 음양수(陰陽水)에 넣어 처치를 마친 자하오에게 건네주었다. 알고 보니 검둥이가 아닌 자하오에게 마시라는 것이었다.

"그걸 마셔야 현천상제의 법력이 의사 선생님 몸을 통해 전달되어 검둥이를 치료할 수 있다오."

당연히 자하오는 할아버지가 떠난 뒤에 그 물을 쏟아버렸다. 할아버지는 날마다 찾아왔고, 이따끔 신도들이 사원에 공양한 과일, 떡, 약밥, 쌀국수 등을 나눠주면서 이렇게 말했다.

"가지(加持)[2]를 받은 음식이니 선생님을 보호해 줄 겁니다."

그날따라 채소 찐빵이 너무 맛있었다. 황 교수가 한 입 베어 물더니 자하오에게 물었다.

"이거 검둥이 할아버지가 가져오신 건가?"

자하오가 우물쭈물하며 대답을 못 하자 질문이 이어졌다.

"부적 가루 물은 마셨고?"

[1] 도교에서 북두칠성에 예배하며 일정한 규칙으로 걷는 걸음.

[2] 부처나 신의 법력으로 중생에게 힘을 주는 것.

자하오는 두 손으로 입을 틀어막았다. 황 교수는 다 알고 있었던 것이다!

검둥이를 보호하기 위해 자하오는 즉시 해명했다.

"검둥이 할아버지께 법기를 흔들 때 소리를 작게 내달라고 부탁드렸어요. 다른 동물에게 피해가 없게끔 검둥이 주위에서만 해달라고도 했고요. 그마저도 다음부터는 못 하게 할 테니, 교수님, 제발…."

황 교수는 고개를 가로저으며 말했다.

"이 미련퉁이 같으니. 그냥 내버려둬. 개와 고양이 병동은 물론이고 입원 병동 전체를 딸랑딸랑거리며 몇 바퀴씩 돌게 놔두고, 동물들이 빨리 나아서 퇴원하는지 지켜보자고. 원래 그런 사람이니 어쩌겠어. 입만 벌리면 괴력난신이 튀어나오지만 심성은 고운 분이야. 전에도 개를 여러 마리 키웠고, 개들이 아파서 입원한 적도 많았지. 개들이 나아서 퇴원할 때마다 현천상제의 법력으로 나은 거라고 여겼어."

황 교수는 찐빵을 또 한 입 베어 물더니 자하오 귀에 대고 엄청난 비밀을 알려줬다.

"작년에 한 실습생이 그 부적 가루 물을 마시고 사흘이나 설사로 고생했다네."

MJ가 셰퍼드를 길들이는 모습을 본 루산은 자신도 슈나이저 보배에게 행동훈련을 시켜서 실내에서 소변보는 습관을 들이기로 했다. 하지만 시간이 촉박해서 제대로 하기도 전에 퇴원 날짜가 다가왔다. 루산은 훈련 과정을 동영상으로 기록하여 그날의 병세와 함께 보호자에게 보내주었다. 보배가 퇴원하는 날, 왕전우는 휴대전화로 받은 동영상을 보며 코웃음을 쳤다.

"이런 걸 보내서 어쩌겠다는 거요? 아무 소용없어요. 이 녀석은 내 딸아이처럼 고집이 세서 밖에 나가지 않으면 오줌을 안 눠요. 그런데 알다시피 내가 산책할 시간이 어디 있소? 다음에 이런 병이 재발해서 이 녀석이 죽어도 어쩔 수 없소. 어차피 내 개도 아니니까."

왕전우는 보배를 안고 긴 복도를 걸어갔다. 루산은 조만간 보배가 똑같은 병으로 이 복도에 다시 나타날 것을 예감했다. 하지만 그때 가서도 이번처럼 무사히 치료받고 퇴원할 수 있을지는 확신할 수 없었다.

13

조이의 보호자는 심사숙고 끝에 종양을 제거하는 외과 수술을 결심했다. 수술을 받은 조이는 예후가 좋아 빠르게 회복되었고, 체력도 정신력도 애초부터 종양이 없었던 것처럼 좋아졌다. 마치 처음 만났던 한 살 때의 조이로 돌아간 것만 같았다.

"이렇게 좋아질 줄 알았다면 인터넷에서 함부로 조언하는 사람들 말을 듣는 대신 곧바로 수술받으러 왔을 텐데."

조이가 퇴원하는 날, 스누피 교수는 정기적으로 내원하여 검사를 받아야 한다고 당부했다. 그러나 보호자는 진료 예약을 해놓고도 번번이 전화로 취소하거나 연기했다.

"조이와 함께 섬을 일주하러 왔어요" "조이랑 등산하러 왔는데 예약 시간에 못 맞추겠네요" "함께 여행을 왔는데 비행기가 결항

돼버렸어요"와 같은 이유였다.

아무래도 조이는 너무 바쁘게 지내는 듯했다. 스누피 교수는 낙관할 수 없는 혈액검사 수치를 바라볼 뿐 더는 보호자를 재촉하지 않았다. 림프종은 예측이 어려운 병이었다. 임상 경험이 풍부한 스누피 교수가 이런 상황에서 할 수 있는 거라곤 '조이와 함께 즐거운 시간 보내시라'는 말뿐이었다.

치즈냥 통통이는 입원한 지 꽤 되었는데도 혈당 수치가 그대로였다. 샤오페이는 혈당 곡선을 계속 체크하며 인슐린 투여량을 조절했고 인슐린 교체도 고려해 보았다. 정기간행물 자료도 찾아보고 다른 의사들과 논의도 해본 끝에 샤오페이는 이런 결론에 이르렀다.

"측정 혈당치 자체에 문제가 있는 거 아냐?"

그렇다. 측정 방식과 시간이 정확하지 않으면 수치도 부정확할 수밖에 없다. 그러고 보니 예전에 통통이가 채혈할 때 작업대 주변이 핏자국으로 얼룩져 있었다. 손이 둔해서 실수가 잦은 루산의 짓이 틀림없었다. 이번 일은 가엾은 통통이를 영 신뢰가 가지 않는 실습생에게 맡겨놓은 자신의 잘못이었다. 잘못된 혈당 수치를 보고 잘못된 판단을 내리다니…. 샤오페이는 통통이를 직접 맡아 혈당을 다시 체크하고 스스로 돌보기로 했다.

검둥이는 그대로 두었다가는 전신 패혈증으로 번질 위험이 있었지만, 다행히 제때 다리 절단 수술을 받았다. 절개 부위가 광범위하기 때문에 봉합할 때 그 부위를 완전히 감쌀 수 있는 근육과 피부를 남겨두었다. 황 교수는 계산이 서 있어서 예상보다 30분 일찍 검둥이의 왼쪽 다리 봉합을 마치고서 어시스턴트 자하오에게 말했다.

"나머지 한쪽은 자네가 해보게."

자하오는 무영등(無影燈) 각도를 조절하고 주사기와 핀셋을 들고 섰다. 마운드에 선 투수가 된 기분이었다. 경기가 시작되면 그동안 불펜에서 했던 워밍업과 투구 연습 하나하나가 헛되지 않았음을 증명해야 했다. 황 교수는 그동안 자하오에게 남은 수술 실로 바나나 껍질이나 마우스 패드를 꿰매는 연습을 시켰고, 기하학적 도형 따위는 물론 자수까지 놓게 했다. 이 모든 것이 정식으로 등판하는 오늘을 위한 준비였다. 자하오는 마치 옆에 아무도 없는 듯 침착한 태도로 남은 한쪽 다리의 봉합을 끝냈다.

"그럭저럭 봐줄 만하군. 연습을 더 하긴 해야겠지만."

황 교수의 입에서 이런 말이 나왔다는 것은 "봉합을 깔끔하게 잘했군"을 의미하는 엄청난 칭찬이었다.

수술 후 마취에서 깨어난 검둥이는 진통제를 맞았지만 좀처럼 기운을 차리지 못하고 거의 먹지도 못했다. 자고 일어나보니 뒷다리 두 개가 사라져 있었지만, 충격이 가시기도 전에 앞발로 기어보겠다며 고꾸라지면서도 기를 썼다. 검둥이 할아버지는 도저히 받아들여지지 않는 현실에 한동안 멍하니 서 있었다. 이윽고 웅크리고 앉은 할아버지는 검둥이를 아주 오랫동안 껴안고는 귀에 대고 계속 뭐라 뭐라 소곤댔다(아마도 불경이나 주문을 외워줬을 것이다). 이어서 법기를 꺼내더니 전보다 훨씬 복잡한 의식을 치렀고, 칠성보를 걸을 때도 정신을 더 집중했다. 그는 이런 의식을 통해 기적이 일어날 거라고 굳게 믿었으며, 옆에서 지켜보는 자하오마저 검둥이에게 기를 모아주는 의식에 기꺼이 동참하고 싶어졌다.

수술 후 사흘째 되던 날에도 검둥이는 기운을 차리지 못했고, 할아버지는 아무래도 신농대제(神農大帝)[*]나 관공(關公)[**]께 기도를 올려야겠다면서 다른 법기를 꺼내 전보다 훨씬 성대하게 의식을 치렀다. 그러고는 부적을 석 장이나 태운 가루를 음양수에 타서 자하오에게 마시라고 건넸다. 그날 이후 검둥이 할아버지는 더는 병원에 나타나지 않았다.

열흘이 지나자 검둥이의 상처는 잘 아물었고 수술 부위의 실도 제거했다. 검둥이는 이제 앞다리로 몸을 지탱할 수 있게 되었으며 식욕도 돌아왔다. 그러나 하반신에 늘 똥오줌이 묻는 바람에 온 우리가 오물로 더럽혀졌다. 전문 청소부나 다름없는 자하오도 두 손을 들 지경이었다.

'검둥이 할아버지는 어디 가신 거야? 설마 구름 위에 사는 신

[*] 중국의 전설 속 농업을 관장하는 신.

[**] 삼국 시대 촉나라 장수 관우를 가리킨다.

선을 찾아가셨나? 그렇지 않고서야 어떻게 이렇게 오랫동안 안 나타나실 수 있지?'

검둥이가 아무리 똥오줌으로 범벅이 되어 있어도 할아버지는 검둥이를 절대 포기할 리 없다는 걸 자하오는 잘 알았다.

"난 널 믿고 할아버지도 믿어. 너도 그렇지?"

검둥이는 대답 대신 고개를 돌리더니 조금 전 자하오가 말끔하게 치워놓은 우리 안에 또 한바탕 똥을 눴다.

조이가 진료실에 들어왔을 때, 청한은 하마터면 조이를 알아보지 못할 뻔했다. 온몸의 검은 털은 군데군데 색이 바래고 듬성듬성 빠지고 마구 헝클어져 있었으며, 상처나 피부병은 없지만 누렇게 뜬 핏기 없는 피부가 희미하게 드러났다. 온몸은 갈비뼈가 두드러질 정도로 말랐는데 배만 엄청나게 튀어나와 있었다. 움푹 파인 눈 속에서 검은 눈동자는 예전의 반짝임이 사라졌으며, 동공에는 여전히 마주 보는 사람의 얼굴이 비쳤지만 표면이 희끄무레한 막에 싸여 있었다.

예상보다 훨씬 빨리 악화된 모습이었다. 청한이 진료 차트에 적힌 날짜를 보니 조이가 수술을 받고 생기를 되찾은 날로부터 두 달도 채 되지 않았다. 스누피 교수가 짧고 단호하게 검사 결과를 말했다.

"종양이 재발해 온몸으로 전이된 상태입니다."

조이의 보호자도 순식간에 10년은 늙은 듯 청춘 드라마 속 엄마 또는 평범한 아주머니의 모습이 되어 있었다. 그녀는 스누피 교수에게 그동안 아픈 조이를 돌보느라 얼마나 힘들었는지 모른다고 하소연했다. 섬 여행에서 돌아온 뒤로 조이는 편식이 심해지고 대소변을 아무 데나 보는 등 맹인 안내견 때 익힌 규칙을 모조리 잊어버렸다. 심상치 않다고 생각하는 중에 갑자기 걷지도 못하게 되더니 밤에는 큰 소리로 울부짖는 바람에 이웃으로부터 항의를 받을 지경에 이르렀다. 목욕을 시키거나 대소변 볼 때 어딘가를 조금만 건드려도 많이 아픈지 갑자기 보호자를 물기도 했다.

"조이 때문에 잠도 잘 못 자요. 무슨 소리만 나면 일어나서 살펴봐야 하니까요. 바델지수에 따른다면 우리 집은 외국인 도우미를 쓸 조건에 해당될 겁니다.* 선생님께서 증명서를 발급해 주실 수 있는지요?"

조이의 보호자가 물었다.

동물에게 그런 증명서가 있다는 것도 금시초문이지만, 설사 증명서를 발급해 준들 그런 신청을 받아줄 기관이 어디 있단 말인가! 조이의 증상을 들어보니 알츠하이머로 추정되었다. 늙고 병든 동물을 돌보는 일은 노인 환자를 돌보는 것 못지않게 정신적으로나 체력적으로 힘들다. 남자 보호자가 온 힘을 다해 돌본 덕택에 조이는 욕창 없이 깔끔한 모습을 유지할 수 있었으리라. 믿음직한

* 타이완에서는 의료 복지의 일환으로 일상생활 수행 능력을 평가하는 바델지수(Barthel Index)가 일정 점수에 달하면 외국인 요양 도우미를 신청할 수 있다.

운전기사이자 충실한 집사인 남자는 어느새 은둔남에서 초췌한 아저씨가 되어 있었다. 그의 초점 없는 눈빛과 퉁퉁 부은 몸을 보며 스누피 교수는 종합건강검진을 권하고 싶을 정도였다.

“우리는 조이를 너무너무 사랑해요. 절대 포기하고 싶지 않아요. 인터넷에서 검색해 봤더니 항암 치료가 가능하지만 부작용도 많을 거라더군요. 조이가 이 몸으로 견뎌낼지도 의문이고요. 그래서 말인데….”

우물쭈물하며 울먹이던 여자는 드라마에서 튀어나온 엄마나 아주머니 같은 말투로 물었다.

“선생님, 사실대로 말씀해 주세요. 우리 조이 정말 살릴 수 있을까요?”

지난번과 다를 바 없는, 아무도 결정할 수 없는 중요한 문제를 다시 들고 나온 것이다.

청한은 조금 전 스누피 교수가 조이의 초음파를 찍은 후 갓 나온 혈액검사 보고서를 들고 진료실로 돌아가지 않고 복도에 멈춰서서 했던 말을 떠올렸다.

“자네는 수의사들이 새로운 지식과 기술을 끊임없이 배우는 이유가 뭐라고 생각하나?”

“질병과 싸우고 더 많은 문제를 해결해서 동물들의 고통을….”

청한은 불확실한 일에 대해 함부로 단정할 수 없어서 뒷말을 흐렸고, 스누피 교수가 대신 말을 맺었다.

“동물들의 고통을 덜어준다고 대답하려 했을 거야. 사실 나도 그렇게 생각해 왔어. 하지만 때로는 동물의 복지가 인간의 복지와 충돌할 때가 있지. 이런 균형을 유지하기 어려운 세상에 살면서 나는 결정을 내리는 사람은 되고 싶지 않아. 한때는 이렇게 열심히 노력하고 많은 것을 공부해서 뭘 할 수 있나 싶어서 낙담하기도 했어."

스누피 교수는 헝클어진 머리카락을 휘날리며 잠을 못 자서 충혈된 눈으로 혈액검사 보고서를 청한에게 건넸다.

"이번 케이스는 동물과 주인이 함께 행복하고 고통도 함께 나누는 경우라서 다행이야. 이 불가역적 림프종을 치료할 방법은 없지만, 나는 수의사로서 최선을 다해서 동물의 고통을 덜어주고 보호자의 고통도 덜어주려고 해."

말을 마친 스누피 교수는 느린 걸음으로 보호자들이 기다리는 진료실로 향했다.

이런 이유로 청한은 스누피 교수의 대답을 예상할 수 있었다.

"두 분은 조이를 데리고 여러 곳을 다니며 사랑이 넘치는 가족이 되어주셨습니다. 조이는 참으로 행복한 맹인 안내견입니다. 지금 제 의견을 묻는다면, 저는 안락사를 제안하겠습니다."

결정적인 단어가 스누피 교수의 입에서 나오자, 조이의 두 보호자는 그 자리에 주저앉아 머리를 부여잡고 통곡했다. 눈썰미 좋은 청한은 두 사람의 입가에 한 줄기 해탈의 미소가 떠오르는 것을 놓치지 않았다.

자하오의 예상은 빗나가지 않았다. 할아버지는 검둥이를 포기하지 않았을 뿐 아니라, 어떻게 하면 살릴 수 있는지 백방으로 수소문하고 있었다.

며칠이 지나 검둥이 할아버지의 가족이 찾아와서야 자하오는 자초지종을 알게 됐다. 할아버지는 깊은 산속에 있는 사원을 찾아가 부적을 구해 와야 검둥이의 건강을 회복할 수 있다는 신명의 계시를 받았다. 미신적인 요소가 다분한 데다 노인에게는 쉽지 않은 미션이었지만 할아버지는 당장 길을 떠났다. 그러나 불행히 도중에 뇌졸중으로 쓰러져 그동안 중환자실에서 집중 치료를 받다가 어제 비로소 일반 병실로 옮겼다는 것이었다.

가족들은 병원에 입원한 할아버지를 돌보느라 그동안 검둥이를 보러 올 경황이 없었다. 그런데 막상 와서 보니 그야말로 최악의 상황이 눈앞에 펼쳐졌으니, 어쩌면 좋단 말인가? 저마다 생업에 바쁜 가족들에게 거동을 못하게 된 할아버지는 이미 무거운 짐이었다. 거기다 뒷다리를 잃고 똥오줌 더미에 누워 있는 검둥이라니, 재앙이나 다름없었다. 결국 가족들은 자하오에게 단도직입적으로 말했다.

"의사 양반, 이러면 어때요. 지금까지 들어간 입원비와 수술비는 계산하겠습니다. 하지만 나중에라도 할아버지가 물으면 검둥이는 이미 죽었다고 해주세요."

자하오는 고개를 끄덕였지만 이 얘기를 황 교수에게 전할 생각은 없었다. 그래서 가족들에게 말했다.

"사정은 이해합니다. 하지만 검둥이 상태는 점점 호전되고 있습니다. 제게 시간을 좀 주시겠어요?"

그날 저녁, 5인방이 자하오와 MJ의 숙소에 모였다. 이들은 외국 사이트에서 본 디자인과 설명을 토대로 기존의 낡은 휠체어를 분해한 플라스틱 파이프와 철골대, 인라인스케이트 바퀴를 이용해 검둥이를 위한 휠체어 만들기를 시도했다. 하다가 실패하면 다시 만들기를 반복한 끝에 검둥이 전용 휠체어를 완성했다.

다음 날 아침, 자하오는 들뜬 마음으로 휠체어를 입원 병동으로 가져갔다. 크기는 그런대로 맞았지만 검둥이는 휠체어에 올려놓기만 하면 놀라서 얼어붙었다. 가까스로 앞다리를 이용해 앞으로 걷기를 시도했지만 두 걸음도 떼지 않아 허우적대다가 휠체어째 나동그라지기 일쑤였다. 놀란 검둥이는 대변을 지렸고, 입원 병동 바닥은 사방이 배설물 천지였다.

"이쪽! 저쪽! 그리고 이쪽도 깨끗이 닦아."

지나가다 이 광경을 본 황 교수는 바닥을 치우라고 지시하고는, 격려도 저지도 하지 않고 싸늘하게 말할 뿐이었다.

"연습들 많이 해야겠어."

루산은 요즘 소외된 기분이 들었다. 사실 사립 여학교에 다닐 때 잘나가는 애들로부터 따돌림을 당하던 루산에게는 익숙한 느낌이었다. 자신과 샤오페이 선배 사이에 투명하고 두꺼운 벽이 생긴 듯한데, 이유가 뭘까? 루산은 온갖 이유를 생각해 보았다.

'선배는 매운 음식을 좋아하는데 난 아니라서? 언젠가 무심코 했던 농담이 귀에 거슬렸나? 아니면 연인 사이가 그렇듯 나에 대해 속속들이 알고 나니 관심이 시들해졌나? 그것도 아니면 내가 아카이 선배를 좋아한다는 사실을 눈치채기라도….'

그러다 루산은 퍼뜩 깨달았다. 계절이 바뀌는 것을 되돌릴 수 없듯이, 지금 자신은 그런 사소한 일로 순식간에 천국에서 지옥으로 떨어지던 중학생이 아니었다. 병원에는 루산의 손길을 기다리는 일이 산더미처럼 쌓여 있고, 같은 조에 좋은 동기들도 있다. 게다가 봄부터 여름까지 루산을 기쁘게 해준 사건도 있다. 슈나우저 보배의 보호자 왕전우가 동영상을 보내온 것이다!

왕전우로부터 소식이 온 것은 이번이 처음이 아니었다. 사실 어른들이 누군가에게 받은 명언이나 덕담이 적힌 이미지를 아침 댓바람부터 보내주면 루산은 그때마다 보지도 않고 삭제해 버리곤 했다.

왕전우가 보내온 첫 번째 동영상을 열어보니 차 안의 블랙박스가 보였다. 이어서 왕전우가 운전석에 올라 트럭의 시동을 걸고 안전벨트를 매더니 조수석의 누군가에게 안전벨트를 매주었다. 조수석에 앉은 승객은 바로 보배였다! 왕전우가 강아지를 데리고 출근길에 오른 것이다!

두 번째 동영상은 공사 현장이 배경이었다. 화면에 등장하는 보배는 목줄을 매고 있었다. 보배는 바닥에 앉아 도시락을 먹는 인부들 앞을 지나 자갈과 건축 자재 옆을 조심스레 지나쳐 잔디밭으로 들어갔고, 이곳저곳 냄새를 맡으며 한 바퀴 돌더니 소변을 시원하게 보는 것이었다. 루산은 기쁨의 환성을 질렀다.

"잘했어! 아주 훌륭해!"

이제 보배는 사람이 올 때까지 집을 홀로 지키며 소변을 참는 일은 없을 것이다. 처방한 사료를 먹고 물을 많이 마시면 재발을 늦출 수 있으니, 당분간 병원에서 보배를 만날 일은 없을 것이다. 루산은 너무 기뻐서 울음이 터지려고 했다. 루산은 입원 병동에서 만나는 사람마다 신나서 동영상을 보여주었다.

"이거 봐요. 너무 감동적이지 않아요? 오줌 누는 거 제대로 봤어요? 한 번 더 볼래요?"

고양이 병실에 들어간 샤오페이는 통통이의 밥그릇에 담긴 음식을 보고서야 그간의 궁금증이 풀렸다.

그동안 샤오페이는 두 시간마다 정확한 방법으로 혈당을 검사하고 빠짐없이 기록했다. 그런데 이렇게 해서 도출한 혈당곡선은 실습생이 작성한 기존 곡선과 별 차이가 없었다. 도대체 뭐가 문제일까? 차트와 검사 수치를 다시 확인하고 학회지와 교과서를 들춰 보고 인슐린 투여량을 조절해 봐도 소용이 없었다. 이제 보니 식이요법을 제대로 지키지 않아 혈당 조절이 안 된 것이다! 오늘 뒤늦게나마 이 장면을 목격해서 천만다행이었다. 밥그릇에는 감자칩,

찐빵 조각, 슈크림 등 사람이 먹는 간식이 잔뜩 들어 있었고, 통통이는 고개를 파묻고 신나게 먹고 있었다. 샤오페이가 떼어놓지 않았다면 몇 초 뒤에는 그릇을 싹 비웠을 것이다.

고양이 보호자가 옆에 있는 것도 아랑곳하지 않고 샤오페이는 불같이 화를 내며 실습생들을 모두 불러들였다.

“내가 분명히 말했을 텐데. 통통이는 당뇨병이 있으니 단백질을 늘리고 탄수화물을 줄여야 한다고! 이러니까 아직도 혈당이 안 잡히지! 누구야? 도대체 누가 통통이한테 저런 음식을 줬어?”

서슬 퍼런 질책에 실습생들은 입도 뻥긋하지 못한 채 눈빛만 교환하며 누가 그랬냐고 확인했다.

“제가 줬어요.”

고양이 보호자가 고개를 숙인 채 손을 들었다.

“우리 통통이가 너무 가엾어서 그랬어요. 아픈 데다가 전보다 너무 살이 빠져서…, 좋아하는 음식도 못 먹는 게 속상하고 미안했거든요.”

🐾

검둥이의 운명은 할아버지에게 달려 있었다. 할아버지의 병세는 아직 차도가 없었지만 걱정만 하고 있을 수는 없었다. 절망할 때가 아니라 이런저런 시도를 하며 희망을 만들어가야 했다. 자하오는 검둥이의 휠체어에 대한 기대를 버리지 않고 끊임없이 도전하고 있었다.

청한이 검둥이가 자꾸 넘어지는 원인을 알아냈다. 온몸을 지탱하기에는 검둥이의 앞다리 근력이 부족했고 그러니 당연히 휠체어 바퀴의 진행 방향을 조절할 수 없었다. 그리하여 재활 훈련부터 해나가기로 했다. 검둥이의 하반신에 커다란 수건을 묶고 사람이 뒤에서 잡아주며 아침저녁으로 앞다리 근육을 쓰는 연습을 시켰다. MJ는 금세 허리가 끊어질 것 같다고 하소연을 했고, 5인방이 교대로 매일 15분씩 두 차례의 재활 훈련을 마치고 나면 각자의 허리도 재활이 필요해질 지경이었다.

휠체어를 개조하기 위해 이민은 거리에 나가 노인들이 사용하는 보행 보조기를 자세히 관찰했다. 노인들의 보행 보조기는 바퀴가 미끄럽지 않아 힘들이지 않고 방향을 바꾸거나 제동할 수 있었다. 그래서 검둥이 휠체어 바퀴를 마찰력이 강해 미끄러지지 않는 것으로 바꿨다. 루산은 공원에서 아이들이 타고 노는 세발자전거 뒤에 긴 손잡이가 달려 있고, 어른들이 그걸 잡고 밀어주는 것을 발견했다. 그래서 검둥이의 휠체어에도 긴 손잡이를 달아주었다.

비가 오지 않는 저녁이면 틈날 때마다 검둥이와 병원 뒤뜰로 나갔다. 검둥이는 휠체어를 조종하며 걸어갔고, 처음에는 모퉁이를 돌 때면 걸음을 멈추고 도와주기를 기다렸다. 몇 번 연습하다 보니 검둥이는 왼쪽, 오른쪽으로 방향을 바꿀 수 있게 됐고 심지어 드리프트까지 하게 되었다. 휠체어 운전에 점점 익숙해진 검둥이는 나중에는 뒤에 달린 손잡이를 잡아줄 필요가 없게 되었으며, 심지어 입원실의 다른 개와 비탈길에서 경주까지 할 정도로 발전했다!

"멋지다, 검둥이!"

"어서 앞질러야지!"

"파이팅!"

저무는 황혼 속에서 예정에 없이 벌어진 달리기 시합에 5인방은 환호하며 누가 이기나 내기를 했고, 박수를 치며 왁자지껄 웃고 떠들었다.

진단센터 외과 병동, 반쯤 열린 창문 틈으로 들어온 석양에 눈이 부셨지만 황 교수는 차마 눈을 깜박일 수가 없었다. 곧 날이 저물 텐데, 검둥이와 함께 있는 실습생들의 모습을 한순간도 놓치고 싶지 않아서였다.

"미련퉁이들! 하긴 그래야 청춘이지."

황 교수는 수의학과 학생이던 예전의 자신을 보는 것만 같았다. 검둥이는 이제 달리기도 할 수 있게 됐는데, 조던에게도 저 언덕길을 뛰어다닐 기회가 올까? 책상에서 혈액검사 보고서를 집어 든 황 교수는 돋보기를 벗고 깊게 팬 양미간을 손으로 문질렀다.

더운 날씨가 아니라도 빙수 가게 문이 열렸으면 언제라도 빙수를 먹으라는 뜻이다.

육상 경기를 벌인 건 분명 검둥이인데, 지치고 갈증 나는 건 응원단 쪽이었다. 일행은 학교 앞 빙수 가게로 우르르 몰려갔다. 이런저런 이야기를 나누다가 대화는 어느새 언젠가 열린 교내 야구

대회에서 자하오가 홈런을 쳐서 역전승한 날로 흘러갔다. 그날 배드민턴장 근처에서 응원하던 MJ의 옆모습이 찍힌 동영상이 인터넷을 한동안 달구기도 했고, 어느 해인가 열린 과 대항 야구대회에서는 인원수를 채우느라 이민까지 동원되었다. 일행의 이야기를 흘려듣던 루산이 자하오의 팔꿈치를 툭 치며 물었다.

"입원 병동에 있는 웰시코기 조던 말인데, 내일 모레 복막 투석하는 거 맞지?"

"그래. 보호자가 큰 기대는 하지 않지만 어쨌든 시도는 해보자고 했어."

자하오가 빙수를 듬뿍 떠먹으면서 대답했다.

"근데 보호자 적는 칸이 왜 비어 있지? 조던 주인이 누구야?"

"황 교수님."

고개를 젖히고 그릇에 남아 있는 빙수를 털어 넣던 자하오는 실언했음을 퍼뜩 깨달았고, 사레가 들려 캑캑거리며 황급히 말했다.

"큰일 났다! 절대 말하지 말라고 했는데…."

허둥지둥 입을 막았지만 이미 엎질러진 물이었다.

이날 검둥이 할아버지는 전처럼 딸랑딸랑 법기를 흔들진 않았으나 사람들이 지켜보는 가운데 신비로운 힘을 발휘했다.

휠체어에 앉은 할아버지는 일그러진 얼굴로 침을 흘리고 있었다. 오른쪽 몸이 마비되어 가족들이 휠체어를 밀고 입원실로 향했다. 사람들이 검둥이를 안아 검둥이의 휠체어에 앉혀놓고 가볍게 밀어주자 검둥이는 온 힘을 다해 입원 병동 안을 쏜살같이 오갔다. 심지어 배수구 덮개를 피해 가는 고난도의 묘기를 선보이기도 했다. 지켜보던 사람들은 감동한 나머지 저도 모르게 손뼉을 쳤고, 검둥이 할아버지도 왼손과 왼발로 휠체어를 두드리며 뜨거운 눈물을 흘렸다.

그렇게 몇 번을 왕복하던 검둥이는 할아버지의 휠체어 옆으로 오더니 날렵하게 몇 바퀴를 돌면서 제 휠체어 바퀴를 할아버지의 휠체어에 부딪쳤다. 예전에 할아버지의 발치에 매달리며 재롱을 부리던 그 모습 그대로였다. 비록 지금은 사람도 개도 휠체어를 타고 있지만, 검둥이는 여전히 애교를 부릴 수 있었다!

할아버지가 천천히 몸을 구부려 왼손으로 검둥이의 머리를 쓰다듬었다. 검둥이는 뛰어올라 할아버지 얼굴을 핥으려 했지만 실패했고, 휠체어째 오른쪽으로 뒤집히고 말았다. 할아버지는 오른손을 어떻게든 움직이려고 애썼지만 전처럼 손을 뻗어 검둥이를 일으켜줄 수가 없었다. 검둥이는 이리 뒤척 저리 뒤척하다가 끝내는 혼자 힘으로 일어났고, 계속 할아버지 주위를 맴돌며 할아버지의 발을 핥았다.

"나도 당장 재활 운동을 해야겠다. 검둥이도 이렇게 달릴 수 있는데 나라고 못 하겠어? 너희들에게 짐이 되고 싶지 않구나. 내 힘으로 일어나서 검둥이를 돌봐줘야지."

할아버지가 가족에게 힘겹게 말했다.

웰시코기 조던의 복막 투석은 예정대로 오전 10시에 시작되었다. 전반적인 분위기가 상당히 무거워서 사람들은 기침 소리도 크게 내지 못했다. 조던의 상황이 결코 낙관적이지 않은 데다 보호자가 다른 사람도 아닌 황 교수였기 때문이다.

투석 과정이 끝난 후에는 하룻밤은 곁에서 지켜봐야 하기 때문에 실습생들이 두 시간마다 교대하며 상황을 체크했다. 새벽 1시까지 조던이 깨어나지 않자 황 교수가 청한에게 차갑게 말했다.

"아무래도 가망이 없겠어. 숨이 끊어지면 일단 냉동고에 넣어 뒀다가 아침 출근 시간에 동물 장례업체에 연락해 주게."

수술 후 살아날 가망이 없는 다른 개를 대하는 것과 똑같은 태도였다. 그러고 나서 황 교수는 퇴근해 버렸다.

자하오의 교대 시간은 아침 6시였다. 집을 나설 때는 어둡더니 병원에 도착했을 때는 이미 날이 밝았다. 이른 아침의 눈부신 햇살은 사물에 금빛 윤곽을 둘러주어 눈에 익은 낡은 사물에도 새로운 희망을 불어넣는다. 자하오조차 이런 생각이 들었다.

'기적이 일어날지도 몰라.'

회복실은 텅 비어 있었다. 검둥이의 몸에 주렁주렁 달렸던 줄이 다 뽑혀 있는데 응급 처치한 흔적도 없었다. 자하오가 냉동고를 뒤져봤지만 아무것도 없었다. 조던은 어디로 갔단 말인가!

황 교수의 진료실과 실험실에도 아무도 보이지 않았다. 자하오는 마사 앞의 비탈길까지 가봤지만 보이는 거라곤 일찍 일어난 말들뿐이었다.

시장기를 느낀 자하오는 남학생 기숙사 근처 식당에서 오믈렛을 먹기로 했다. 테니스 코트를 가로질러 텅 빈 농구 코트에 이르렀을 때, 골대 밑에 한 중년 남자가 개를 안고 있는 모습이 보였다. 황 교수와 조던이었다.

자하오는 황 교수 옆에 앉았고, 두 사람은 말없이 한참을 그렇게 있었다. 얼마 후 운동장에는 공부를 안 해도 되는 학과의 학생들인지 한 무리의 학생들이 나타나더니 이른 아침부터 집합하여 몸을 풀기 시작했다. 황 교수가 물었다.

"어이, 미련퉁이, 자네 농구 잘하나?"

"보통입니다. 수의학과 팀에서 가드를 맡고 있습니다."

자하오가 겸손하게 대답했다.

"학창 시절에 덩크 슛이 그렇게 멋있어 보이더라고. 그래서 나중에 개를 키우면 이름을 마이클 조던으로 지으려고 했지. 그런데 자네도 알다시피 수의사라는 직업은 사실 개를 키우기에는 적합하지 않아. 나중에 장학금을 받고 미국으로 유학을 떠나 공부할 때는 매일 허리띠를 졸라매는 생활을 했어. 학위를 받고 학교에 돌아와 강단에 서면서 경제적으로 안정이 되자 결혼하고 아이를 낳았어. 그러느라 몇 년이 훌쩍 지나버렸지. 내 아이들과 지내는 시간보다 학생들과 함께하는 시간이 많았어. 어찌나 손이 많이 가는 녀석들인지…."

불어오는 바람에 찬 기운이 느껴지자 황 교수는 겉옷을 여몄고, 조던을 감싼 큰 수건도 더 바짝 여몄다.

"아들이 초등학교 다닐 때 개를 키우고 싶다는 거야. 마침 외래에 선천성 심장 기형으로 버림받은 강아지 한 마리가 있어서 집에 데려갔어. 조던은 집을 오래 비우는 나 대신 내 아이들 친구가 되어주었고, 아이들은 밖에서 돌아오면 나보다 조던을 먼저 찾을 정도였어."

황 교수의 말투는 여전히 차가웠지만 듣는 자하오는 울음이 터져 나오려고 했다. 입원 중인 조던을 면회하러 왔던 황 교수의 아들들은 아버지를 쏙 빼닮았으며 차가운 말투까지 똑같았다.

"수의사라면 신부전증이 어려운 병이라는 걸 다 알 거야. 복막투석을 해도 조던의 상태가 좋아지리라는 보장이 없었지. 외과의사로서 난 자네들에게 연습을 많이 하라고 가르쳤어. 현재 의료기술의 극한까지 숙련하고 한계를 넘어서면 언젠가 자네들이 나를 능가해 더 새롭고 훌륭한 방법을 생각해 낼 수 있을 거야."

황 교수는 품에 안긴 조던을 바라보았다. 자하오가 보기에 조던은 이미 싸늘하게 굳어 있었지만, 황 교수의 눈빛은 언젠가 조던이 치유되리라고 믿는 듯했다.

"미련퉁이, 그렇게 할 수 있겠어? 날 넘어설 수 있겠냐고?"

황 교수가 자하오에게 물었다.

농구 코트에서 학생들이 드리블을 연습했다. 공이 바닥에 닿을 때마다 나는 팡팡 소리가 자하오의 심장을 두드렸다.

14

“특별한 이변이 없는 한 이번 시험은 우리 인생에서 마지막으로 치르는 중요한 시험이 될 거야.”

시험이라면 질색하는 청한이 매일 이런 말로 동기들을 각성시켰다.

“어떻게든 이 관문을 통과해야 해. 졸업 직후 배운 게 아직 머릿속에 남아 있을 때 수의사 면허시험에 합격하는 게 가장 좋아. 이번에 놓치면 아무래도 생활 리듬이 깨져서 공부에 전념하기 어려워지고, 삼수는 재수보다 더 힘들다고.”

청한이 모처럼 선배의 자세로 돌아간 순간이었다.

시험을 앞두고 다들 공부에 매진하며 탁상 달력에서 하루하루 날짜를 지워갔다. 그런데 달력에 이틀은 예외라고 표시되어 있었다. 한 사람도 빠짐없이 참가해야 하는 특별한 행사로, 대망의 사은회와 졸업식 날이었다. 공부하느라 바쁜 자하오를 대신해, 각 과목의 내용을 세 번이나 복습한 MJ가 사은회에서 상영할 추억 영상을 만들기로 했다. 사실 동영상 편집을 전문가 수준으로 해내는 MJ에게 이런 일은 누워서 떡 먹기였다.

자하오가 자료를 넘겨주면서 말했다.

"영상을 모아서 클라우드 스토리지에 저장했어. 사은회 때 쓸 사진과 영상이고 비밀번호는 이거야."

자하오가 덧붙였다.

"사진만 해도 수천 장에다 동영상도 잔뜩이라 보다가 코피 날 뻔했어."

"에로 영화도 아닌데 무슨 코피까지 날 정도야?"

MJ가 놀려댔다. 자하오가 자료를 선택하고 분류하는 데는 영 소질이 없어서라고 여긴 것이다.

그런데 클라우드를 연 순간 MJ는 입이 딱 벌어졌다. 자하오가 모아놓은 사진과 동영상은 실로 너무나 방대했다. 해저에 잠수할 때 눈앞에 형형색색의 구경거리를 놓치고 싶지 않은 것처럼, 산더미같은 자원 재활용장을 돌아다니면서 저마다 이야기를 담고 있는 오래된 물건을 버리지 못하고 결국 다시 주워 담듯이, MJ는 사진과 동영상에 깊이 빠져 헤어 나오지 못하고 밤새 화면을 바라보며 바보같이 실실 웃었다. 결국 어렵게 고르고 골라 5분짜리 영상으로 편집해야 했지만 5년 동안 함께한 추억들을 담기에는 턱없이 짧은 길이였다.

머리가 아프고 눈이 침침해질 무렵, MJ는 자하오의 소장품이 궁금해져 다른 폴더들을 열어보았다. 그러나 아무리 뒤져봐도 별다른 것은 없었다.

'5년 동안 여자 친구 하나 안 사귀었다고? 평범한 남자가 아닌데…, 설마… 자하오가 좋아하는 사람이 나는 아니겠지?'

이런 실없는 생각을 하며 계속 폴더를 살펴보는데, '케이크 위의 딸기'라는 제목의 폴더가 눈에 딱 들어왔다.

'자하오 녀석 취향이 일본풍이었어?'

폴더를 열어본 MJ는 약간 실망했다. 하지만 그것도 잠시, 사진 속 주인공을 본 MJ는 벌어진 입을 다물지 못했다. 대학교 1학년 때의 루산, 신입생 오리엔테이션에서 놀림당하던 루산, 교복데이[*]를 즐기는 루산, 루산이 쓴 쪽지, 실험하는 루산, 별똥별을 보다가 잠든 루산, 달콤하게 웃는 루산, 열아홉 살부터 스물두 살까지 생일날의 루산…, 그야말로 루산의 모든 것이 기록되어 있었다.

몇몇 흐릿한 사진을 보다가 MJ의 기억이 확 살아났다. 그날은 MJ의 생일이었다. 루산이 케이크 위에 놓인 딸기를 먹지 않고 놔두자 이민이 손을 뻗어 가져가려다 자하오에게 제지를 당했고, 세 사람이 실랑이하는 바람에 딸기가 바닥에 떨어져 버렸다. 그러자 루산이 울먹이며 말했다. 딸기를 너무 좋아해서 아끼느라 먹지 않은 거라고, 바라만 봐도 기분이 좋아서 먹는 순간을 기대하며 즐거운 기분을 만끽하고 있었다는 것이었다.

[*] 타이완 대학생들이 고교 시절 교복을 입고 즐기는 행사.

당시 MJ는 그 말을 이해할 수 없었고, 단지 세 사람이 다투는 게 싫어서 자기 케이크에서 모든 과일을 걷어다 주면서 그만 좀 싸우라고 말했다.

여우를 길들일 때 성큼성큼 다가가지 말고 한 걸음씩 다가가라는 의미를 MJ는 이제야 알 것 같았다. 정말 지켜주고 싶은 사람이 있으면 그 사람이 자기보다 잘 지내도록 보살피게 되며, 그런 행동 자체가 행복이다. 이토록 순수하고 아름다운 감정이 마치 케이크 위의 딸기처럼 쉽게 바뀌어서는 안 된다.

한밤중이 되어서야 MJ는 졸업식 때 쓸 추억 영상 제작을 마쳤다. 그리고 날이 밝기 전에 수천 장에 이르는 사진들을 다시 열어 내장된 안면인식 프로그램을 이용해 융제가 포함된 모든 사진을 추출하여 자신의 USB에 저장했다.

마지막으로 MJ는 생명의 위험을 감수하며 '케이크 위의 딸기' 폴더를 복사해 USB에 담았다. 그리고 USB를 봉투에 넣어 루산에게 건넸다.

"이게 뭐야?"

"졸업 선물이다."

자하오가 알았다간 MJ는 죽은 목숨이었다.

교수들은 가족들에게 사은회 날 귀가가 늦을 거라고 일찌감치 일러두었으며, 소중히 간직해온 술도 연구실에 가져다 놓았다. 본인이 지도하는 대학원생과 실습생 들에게는 그날 장기 자랑을 대비하여 미리 연습해 두라고, 때가 되면 돌아가며 무대에 오르라고 지시했다. 1등은 못할지언정 꼴찌는 면해야 하지 않겠냐는 생각에서였다. 반 대항 구기대회에 출전할 때도 마찬가지였다. 진도를 정하고 학술논문 세미나를 준비할 때처럼 빈틈없이 진행했다.

자하오는 선배들, 의사들, 교수들을 상대로 선호하는 요리에 대한 정보 수집을 마쳤다. 그리고 교내 식당 주방장과 친분을 쌓고 가격을 흥정하고 이런저런 아이디어도 내보는 등 모두가 만족할 만한 굉장하고 근사한 요리를 차려내기 위해 갖은 수단을 동원했다.

언제부터 시작된 전통인지는 알 수 없지만 수의학과의 사은회 장소는 호텔이나 고급 레스토랑이 아니었다. 교내 식당 앞 공터에 천막을 치고 테이블을 설치한 후 음식을 차린다. 그야말로 홈그라운드의 이점을 충분히 살려 밤새워 먹고 놀 수 있게 한 것이다.

이런 사정을 모르고 지나가다 이 장면을 보는 사람은 크리스마스나 명절도 아닌데 왜 교정에서 때 아닌 연회가 열렸는지 의아해했다. 1년에 한 번 열리는 사은회는 교수와 학생이 함께 즐기는 파티로, 천막 아래 원탁에 차려진 푸짐한 음식을 양껏 먹고 각자 주량대로 마시며 지난 5년간 가르쳐준 교수들에게 감사를 전하는 자리였다.

주방장은 아침부터 재료를 마련하여 요리를 시작했다. 점심시간도 되기 전부터 교정은 이것저것 찌고 삶는 냄새로 가득했고, 냄새에 이끌린 사람들은 좀처럼 실험에 집중할 수 없었다. 도대체 무슨 음식을 만드는지 훔쳐보느라 건물의 층마다 창문이 열렸다 닫혔다. 성대한 만찬을 위해 점심도 대충 때우고, 오후 간식도 오늘은 참겠다는 사람들이 많았다.

하지만 입원한 동물들은 때맞춰 먹여야 하고, 개들의 산책은 거를 수 없으며, 마사의 말들도 한 번씩 밖에 나가 달리게 해줘야 한다. 이날은 날씨가 유난히 좋아서 해가 넘어가기 전에 온 하늘을 물들인 노을빛이 잔디밭에 드리워졌다. 사람들 얼굴이 붉게 물들고 동물들은 신이 나서 뛰어다녔다. 이들은 '카운트다운'의 뜻을 알까? 이별을 앞둔 서운함을 느낄까? 원래 보살피던 사람이 새로 온 사람에게 업무를 인계하고 주의 사항을 당부하는 것을 보면서 동물들은 어떤 기분이 들까. 새로운 냄새를 맡고 새로운 습관과 행동에 익숙해질 무렵, 원래의 담당자가 떠나는 것을 동물들도 알까? 확실한 것은 동물의 체취가 떠나는 사람의 몸에 배어 있고, 그 사람의 마음속에 자신의 존재를 새긴다는 사실이다.

주황색 하늘이 자주색으로, 짙은 보라색으로 바뀌었다가 짙은 남빛이 되었고, 달이 일찌감치 모습을 드러냈다. 사은회 시작 전부터 졸업생들과 교수들이 속속 도착해 얘기를 나누기 시작했다. 대화 주제는 자연스럽게 수의사 면허시험 준비와 졸업 후 계획에 집중되었다.

준비된 음식이 줄줄이 나오고, 술에 강한 병리실 사람들이 각 테이블을 돌며 술을 권하기 시작했다. 젠 교수가 초승달 눈웃음을 지었다. 루산은 출장 진료 때 목장주와 젠 교수로부터 들은 술자리에서 취하지 않는 비결을 떠올렸다. 먼저 차를 진하게 한 잔

탄다. 농도가 진한 차는 독주와 색이 비슷하다. 김이 사라질 만큼 차를 식힌 후 그 잔을 들고 다니며 다른 사람들에게 술을 권한다는 것이었다. 그 생각을 하니 루산은 저도 모르게 웃음이 터져 나왔다.

"너였구나. 돼지 위축성비염을 보고할 때 돼지 비갑골도 헷갈리던 그 후배 맞지?"

병리실의 선배들이 늘어서서 술을 한 잔씩 따라주자 루산은 일일이 다 받아 마셨다. 세상이 빙글빙글 돌기 시작했고, 급한 대로 의자를 짚고 겨우겨우 앉았다.

원래 MJ가 올라가기로 되어 있는 무대에 다룽 교수가 먼저 마이크를 잡고 노래를 부르기 시작했다. 사실 다룽 교수는 노래 부르기를 정말 좋아해서 선배들은 교수의 애창곡까지 알고 있었다. 후렴구에 이르자 다룽 교수는 다 같이 부르자고 분위기를 유도했다. 한 사람씩 호명까지 하는데 호응하지 않을 도리가 없었고, 장내 분위기가 뜨겁게 달아올랐다.

노래를 마친 다룽 교수는 황 교수에게 바통을 넘겼다.

"나 노래 못해, 못한다고!"

거듭 마다했지만 황 교수는 반쯤 떠밀려 무대에 올랐다. 그런데 황 교수가 노래를 시작하자마자 다들 입이 쩍 벌어졌다. 성악계의 인재가 외과 수술계에 잘못 왔구나 싶을 정도였다. 멜로디와 음정, 박자가 정확하고 무대 매너도 수준급이어서 노래가 끝나자 모든 학생이 입을 모아 앙코르를 외쳤다. 황 교수는 다시 근엄한 표정으로 돌아가 "나 노래 못해, 못한다고!" 하면서 행군하듯 딱딱한 걸음걸이로 자리로 돌아갔다.

분위기가 한창 무르익고 디저트가 나올 때가 되어서야 졸업생들 차례가 돌아왔다. 이번 무대는 MJ의 지휘 아래 5학년 졸업생들이 함께 선보이는 힙합댄스였다. 연습 시간도 부족했고 춤에 소질도 없는 데다가 선배들이 권하는 술을 사양할 수 없었던 졸업생들은 무대에 오를 때쯤에는 대부분 거나하게 취해 있었다. 춤출 때 같은 쪽 손과 발이 올라가는가 하면 몇 박자씩 느리게 움직이는 모습이 취권이나 슬로모션을 연상시켰고, 그러다가 마지막에는 우연찮게 원 박자를 따라잡아 관객들이 폭소를 터뜨리게 만들었다. 선배들은 물론 몇몇 교수마저 평소의 근엄한 이미지를 내려놓고 춤을 따라 하며 장내는 온통 흥겨운 분위기에 휩싸였다.

음악이 끝나자 학생들은 서로 부축하며 퇴장하고 무대에는 MJ 혼자 남았다. 객석이 갑자기 조용해졌다. MJ가 과연 어떤 무대를 보여줄까?

MJ는 옷깃을 높이 세우고 모자를 쓰더니 대뜸 소리를 질렀다.

“무슨 소리야! 선무당이 사람 잡는 소리 하지 말랬잖아!”

그러자 무대 아래서 누군가 소리쳤다.

“다룽 교수님이네!”

이어 MJ는 우아한 동작으로 손을 씻고 안경을 코끝에 걸치더니 또 소리를 질렀다.

“아직도 못 알아듣겠어? 원숭이라도 그 정도 말했으면 알아들었겠다. 미련퉁이 같으니라고! 복도에 나가 서 있어! 한 번만 더 틀렸다간 저 위에 매달아 놓을 테니 그리 알아!”

"황 교수님!"

무대 아래서 학생들이 입을 모아 소리쳤지만, 당사자인 황 교수가 쳐다보자 다들 움찔하여 고개를 숙이고 웃음을 참았다.

MJ는 이번에는 머리카락을 헝클어뜨리더니 잠에서 막 깬 표정으로 개를 달래는 시늉을 했다.

"착하기도 하지. 너 정말 착하고 귀엽구나."

"스누피 교수님!"

다 같이 소리치는 순간 때마침 슬그머니 자리를 뜨려던 스누피 교수가 모두의 눈에 띄었고, 다시 붙들려 온 교수는 계속 술을 마셔야 했다.

술을 너무 마셔서인지, 아니면 억지로라도 분위기에 젖어보려는 자신이 부끄러워서인지 청한은 빨개진 얼굴로 술잔과 술병을 들고 다니며 조원들에게 술을 권했다. 이어 교수들에게도 일일이 감사의 인사를 했다. 원래 말수가 적은 청한이지만 오늘은 "선생님, 제게 다시 기회를 주셔서 고맙습니다"라고 말하면서 목이 메었다. 청한이 실습을 무사히 끝낸 모습에 다른 교수들도 마음의 짐을 내려놓을 수 있었다.

"잔을 다 비울 것 없어."

다룽 교수가 청한의 어깨를 토닥이며 격려했다.

"졸업 축하하네. 앞으로 갈 길이 멀지만 자네는 틀림없이 훌륭한 수의사가 될걸세."

어쩐 일인지 청한은 눈이 빨개져서는 벌서듯 미동도 하지 않고 그 자리에 멍하니 서 있었다. 1년이 지났어도 아직 수의사가 될 준비가 안 되었는지, 아니면 '동물의 죽음을 어떻게 대해야 할까'라는 다룽 교수의 물음에 여전히 대답할 수 없는 자신이 좋은 수의사가 될 자격이 없다고 생각하는지는 알 수 없었다.

"자넨 아직 자신과 타협하는 법을 배우지 못했군. 앞으로 어떤 위치에서 무엇을 하든 동물의 생명이 머릿속에서 떠나지 않을 텐데, 수의사가 되면 분명…. 아니, 내가 쓸데없는 말을 너무 많이 하는군. 술이나 마시자고!"

다룽 교수는 마음에서 우러나는 흐뭇한 미소를 지었다. 이어 얼굴이 빨개질 정도로 신나게 웃고는 남은 잔을 비웠다.

오늘따라 루산은 줄곧 자하오를 피해 다녔다. 이유는 알 수 없지만 적어도 자하오는 그렇게 느꼈다. 졸업생들은 삼삼오오 몰려다니며 선배들과 사진을 찍었지만 루산은 아카이에게 가지 않고 샤오페이를 찾아가 술자리에서 하는 숫자 게임을 했다. 그러나 동작이 느려서 계속 지기만 했고, 벌주를 자처해서 마시는 꼴이 되었다. 저러다가 취해서 쓰러질까 걱정된 자하오가 게임에 합세했고 이민도 끼어들었다. 이민은 자기는 정신이 말짱하다고 장담했지만 이미 취해서 숫자도 제대로 계산할 수 없었다. 여전히 온몸으로 살벌한 호기를 발산했지만 술 취한 이민의 목소리는 부드럽고 달콤했다. 사람들이 이쪽 테이블로 몰려와 숫자 게임을 구경했다.

루산은 어느새 게임에서 빠져 관전하는 모양새가 되어버렸고, 구경꾼들에게도 자꾸만 밀려나 가장자리까지 와서는 천막 기둥에 기대섰다. 루산은 맞은편에서 불어오는 산들바람을 맞으며 서 있었다. 목이 살짝 잠기고 얼굴은 몹시 뜨거웠다. 그래서인지 뜨거운 눈물이 흘러내리는 데도 뜨겁게 느껴지지 않았다. 느닷없이 왜 눈물이 나는 건지 자신도 알 수 없었다.

지난 1년은 너무나도 힘들었지만, 루산은 자신의 목표를 향해 착실히 걸어왔다. 여러 면에서 부족한 자신의 모습을 직시하며 부족한 부분을 채우기 위해 계속 배우고 수없이 연습했다.

'이거야말로 학생으로서 권리야! 맞아, 난 지금 너무 기뻐서 우는 거야. 한 달 후에 있을 수의사 면허시험에 합격하면 어릴 때부터 지금까지 간직해온 꿈이 실현되는 거라고!'

이유를 막론하고 한바탕 실컷 울고 싶어진 루산은 눈앞이 흐려질 때까지 울었다. 두어 번 토한 것 같은데 자신뿐 아니라 누군가의 몸에도 토한 것 같았다. 그 사람의 커다란 손이 루산의 머리카락을 부드럽게 어루만지며 루산을 자신에게 기대게 했다. 그리고 고개를 숙여 루산의 이마에 가볍게 입맞춤했다. 루산은 그것이 우정에서 비롯된 것이 아닌 사랑의 입맞춤임을 확신했다.

예전의 루산이라면 상대가 누구인지 알아볼 용기도 나지 않았을 것이다. 졸업은 시작이 아니라 끝이어야 한다. 상대가 자하오든 아카이든 상관없이 루산의 세상은 무너지지 않을 것이다. 어엿한 수의사로 거듭나려면 성숙하면서도 용감해야 하며, 사랑 앞에도 마땅히 그래야 한다. 그래서 루산은 눈물을 닦고 그를 똑똑히 보기로 했다.

루산이 고개를 들자 그가 말했다.

"레지던트 2년 차 수련을 마치면 미국으로 가서 전문의 면허를 딸 계획이야."

MJ는 모든 교수, 심지어 약사와 청소 아주머니의 성대모사까지 마친 다음 무대에서 내려왔다. 그러고는 웃음의 소재가 되어준 당사자들에게 일일이 술을 권했다. 융제 쪽을 힐끗 보니 아직 말짱해 보여 속으로 안도했다. 이런 편안한 자리에서도 융제에게 감히 술을 권하는 사람은 많지 않았다. 청한 말고는.

술병이 다 비고 잔에 남은 술도 조금뿐이면서도 청한은 융제 곁으로 비틀거리며 다가갔다. 그리고 애써 또박또박 말했다.

"고마워. 나를 위해 나서준 모든 것에 감사해."

융제는 들고 있던 주스 잔을 내려놓더니 청한이 마시려던 술잔을 낚아채 자기가 마셔버렸다. 온 얼굴이 시뻘게진 융제는 잔뜩 화난 것처럼, 서 있을 수도 없을 만큼 화난 것처럼 보였다. 융제가 듣고 싶었던 말은 고맙다는 말이 결코 아니었다. 이 자리에서 그걸 모르는 사람은 아무도 없었다.

MJ는 이 사람 저 사람과 잡담을 나누며 융제가 있는 쪽으로 건너왔다. 취한 청한이 또 멍청한 짓을 하려 들면 저지할 생각이었다. 뜻밖에도 청한은 MJ를 한 손으로 잡아끌더니 다른 손으로는 융제의 손을 잡고 두 사람의 손을 포개주었다. 그러고는 결혼식 주례자처럼 신중한 태도로 경건하면서도 또랑또랑하게 말했다.

"두 사람이 함께하면 틀림없이 행복할 거야."

그날 밤 다들 얼마나 많이 취했는지, 그래서 얼마나 황당한 행동을 하고 취중 진담을 얼마나 토해냈는지, 사은회에서 있었던 일들은 훗날 두고두고 회자될 것이다. 동창회 때마다 그 얘기가 나올 것이고, 삶의 여러 단계에서 함께할 것이며, 시간이 갈수록 이야기에 살이 붙어 과연 어디까지가 실제로 있었던 일이고 어디부터가 과장인지 구분하기도 어려워질 것이다. 유일하게 공인된 사실은 자하오가 술에 취한 동기들을 하나하나 숙소에 데려다준 일뿐이었다.

다음 날 아침, 천막은 거둬지고 책상과 의자도 말끔히 치워졌다. 사람들은 일상으로 돌아갔으며 수의사 시험 날짜와는 하루 더 가까워졌다.

수술실은 여전히 아침부터 저녁까지 예약이 꽉 차 있고, 복도의 대기 의자에는 차례를 기다리는 동물들과 보호자들이 줄지어 앉아 있었다. 그러나 어딘가 달라진 분위기였다. 그동안 진찰실에서 은연중에 느껴지던 경쟁하는 분위기는 사라졌다. 실습생들이 모습을 감췄기 때문이다.

지난 학기가 끝나고 새 학기는 아직 시작되지 않았다. 융제는 해마다 실습생들을 내보내고 새로운 실습생을 받아 처음부터 가르치는 일에 익숙했다. 물론 이민처럼 유리한 위치를 선점하기 위해 진찰실에 미리부터 진을 치고 있는 적극적인 학생들도 있을 것이고, 자하오처럼 둔감하거나 루산처럼 예민한 실습생도 있을 것이며, 청한 같은 이상주의자도 있을 것이다. 그리고 MJ 같은…, 아니, MJ 같은 실습생은 두 번 다시 없을 것이다.

레지던트를 뽑는 심사 회의에서 융제는 MJ를 위해 적극적으로 나섰다.

"MJ는 누구보다 적응을 잘하고 창의성이 가장 뛰어난 학생입니다."

사실 틀린 말은 아니었다. 그러나 '안정성이 떨어지고 자신이 흥미를 느끼는 일에만 책임감을 발휘한다'는 스누피 교수의 지적도 사실이었다. 마음이 급해진 융제는 '이 학생과 일하는 것이 무척 즐거웠다'는, 프로답지 못하고 심지어 사심이 담긴 말까지 뱉어버려 장내에 박수가 터져 나왔다. 결국 마지막 한 자리는 MJ에게 돌아갔다.

융제는 MJ에게 한시라도 빨리 이 좋은 소식을 알리고 싶었다. 이로써 MJ는 최소한 1년의 취업 경력을 미리 준비하게 된 셈이었다.

예비 수의사 가운 전달식 및 선서식이 있던 날, MJ는 텔레파시라도 통한 듯 미리 병원에 도착해 융제의 진찰실 문을 두드렸다.

"선배님, 레지던트 신청은…"

"결과는 나왔어. 하지만 공문 절차가 남아 있으니 공식적인 발표는 며칠 더 있어야 해."

"포기하려고요."

"뭐라고?"

융제는 귀를 의심했으나 MJ의 표정을 보니 제대로 들은 것이 틀림없었다.

"하지만 심사 회의에서 이미 통과되었는데 이제 와서 포기하겠다니…"

뜻밖에도 이런 방식으로 MJ에게 결과를 직접 알려준 셈이 되어버렸다.

"따로 서류를 작성하거나 수속을 밟아야 하나요? 절차상 필요하다면 정식으로 포기 의사를 밝힐게요."

"이유가 뭐야?"

"따로 인생 계획이 있고 개인적인 이유도 있답니다."

MJ는 공식적인 말투로 예의를 갖춰서 대답했다.

"오래 고민한 끝에 신청한 거 아니었어? 레지던트 수련 과정은 네가 원했던 거잖아?"

다급한 마음에 힐난하는 말투가 나와버렸지만 융제로서는 많이 자제한 것이었다. 마음 같아서는 한바탕 욕을 퍼붓고 싶었다. 면접에 대비해 프레젠테이션이며 분석을 하고 케이스까지 줬건만,

MJ에게 쏟아 부은 시간이 전부 물거품이 되어버렸다니!

“죄송하지만 선배님하고 일을 같이할 수 없어요.”

MJ가 말했다.

‘그게 이유라고? 날 탓하는 거야?’

이 말이 자신을 위해 나서준 융제의 강력한 항변임을 MJ는 결코 모를 것이다.

융제는 수치심과 분노를 감추기 위해 선배다운 의젓한 태도로 돌아가 애써 미소를 지었다. 그리고 단지 한 명의 졸업생을 배려하는 말투로 물었다.

“레지던트를 안 할 거면, 생각해둔 인생 계획이 있어?”

“걱정해주셔서 감사합니다. 그건 개인적인 문제라서 보고할 필요는 없는 것 같아요.”

MJ가 이렇게 대답했다.

융제는 금방이라도 폭발할 듯이 MJ의 두 눈을 매섭게 노려보았다. 돌이켜보면 MJ는 늘 이런 식이었다. 가까운 듯하면 멀어지고, 뜨거운 듯하다가도 차가워졌다. 사람을 끄는 겉모습이 모두 허상일지라도 융제는 MJ의 진심을 꿰뚫고 있다고 여겼다. 그런데 이제 보니 자신은 또 하나의 허상을 믿었을 뿐이었다.

“음.”

융제는 간신히 화를 억누르며 이 외마디를 내뱉었다.

“선배, 지난번 청한 선배가 취해서 한 말은 마음에 담아두지 말아요.”

MJ가 눈치도 없이, 주제넘게 던지는 말에 안 그래도 난감한 융제는 더더욱 부글부글해졌다.

"당장 나가줄래? 문 잘 닫고."

밖으로 나온 MJ는 문을 조심스레 닫았다. 그러고는 무심한 듯 건들거리는 태도와 얄미운 미소를 거두고 문 앞에 한참을 서 있었다. 이윽고 MJ는 문 너머에 있는 융제에게 마음속으로 인사를 건넸다.

'안녕, 잘 지내요. 영원한 작별이 아닌 거 알죠. 내가 준비될 때까지, 더 좋은 사람이 될 때까지 기다려줘요.'

MJ가 대강당에 도착했을 때는 졸업식이 이미 시작된 후였다. MJ는 어둠 속에서 자하오 옆을 찾아갔다. MJ의 심상치 않은 표정에 자하오가 입 모양으로 무슨 일이냐고 묻자, MJ도 입 모양으로 '똥 밟았어!'라고 대답했다. 잘생기고 얄미운 얼굴로 말이다. 하필이면 학장인 황 교수가 이야기를 시작하려는 순간이었다.

황 교수가 마이크를 툭툭 치더니 말을 시작했다.

"학생 여러분, 날 싫어하는 사람이 대다수인 거 잘 압니다. 오늘 졸업하게 되어 다행이네요. 사실 나도 여러분이 별로라서."

황 교수 특유의 유머에 여기저기서 웃음이 터져 나왔다. 오늘이 지나면 이런 유머도 들을 수 없을 것이다.

"수의학과를 무사히 졸업하는 건 쉬운 일이 아닙니다."

황 교수가 정색하고 말했다.

"능력이 안 되고 공부가 싫은 학생은 1, 2학년 때 이미 그만두고 나갔습니다. 5학년까지 다니고 올 한 해 실습을 하면서 아직 나한테 쫓겨나지 않은 것만으로도 시련을 견딜 수 있는 학생임이 증명된 겁니다. 이런 여러분에게 관례대로 나는 축하를 해야겠지요. 여러분이라면 장차 수의사를 하지 않더라도 잘 살 겁니다. 적어도 청소부만큼은 엄청나게 잘할 테니까요."

장내는 또 한바탕 웃음바다가 되었고, 웃음소리가 사그라들기 전에 황 교수는 말을 이었다.

"이 교정을 나가는 순간부터 여러분은 더는 학생이 아닙니다. 그렇지만 여전히 실수할 수 있고, 어쩔 줄 모르는 상황에 맞닥뜨릴 수도 있으며, 미련퉁이처럼 멍청해지는 순간도 있을 것입니다."

"옆에 앉은 동기들, 이 병원에서 일하는 선배들, 그리고 여러분 앞에 서 있는 교수님들은 앞으로 여러분과 같은 동료입니다. 우리는 여러분의 든든한 지원자이며 함께 의논할 수 있는 전우가 될 것입니다. 결코 서로 경쟁하는 적이 아니라는 말입니다."

황 교수가 말을 이어갔다.

"물론 여러분이 멍청한 질문을 하면 나는 앞으로도 계속 욕을 해줄 겁니다."

단상 아래에서 훌쩍이는 소리가 더는 숨길 수 없이 터져 나왔고, 웃고 있는 자하오도 눈시울이 붉어졌다.

"수의학과의 교수로서, 나는 이곳을 졸업하는 한 사람 한 사람이 모두 기본적으로 수의사가 될 수 있는 능력을 갖췄다고 확신합니다."

황 교수가 학생 하나하나의 얼굴을 훑어보며 말했다.

“그리고 언젠가는 여러분 한 사람 한 사람이 나의 자랑거리가 될 겁니다.”

진지한 표정으로 건네는 애정 어린 축복에 우레와 같은 박수가 터져 나왔다. 황 교수는 울음을 삼키고 다시금 차갑게 말을 이었다.

“이제 가운을 수여할 차례죠? 저기, 반 대표는 왜 울고 야단입니까? 어서 가운이나 가져와요.”

각 조의 졸업생들이 번갈아 단상에 올라 황 교수가 친히 나눠주는 의사 가운을 받았다.

황 교수의 말이 아직도 귓가에 맴돌았다. 이 가운을 입게 되기까지 얼마나 우여곡절이 많았던가! 루산은 이미 온 얼굴이 눈물 콧물로 범벅이 되어 있었다.

꼿꼿이 선 이민은 이 모든 것을 해낸 자신이 자랑스러웠다. 하지만 한편으로는 지난 한 해 동안 수많은 도움을 받았다는 것, 혼자라면 결코 해내지 못했으리라는 것도 잘 알았다.

한 번 포기했던 청한은 두 번째 실습을 가까스로 버텨냈다. 어떤 관문은 극복했지만 어떤 시련 앞에서는 무너지기도 했다. 눈앞에 가로놓인 죽음은 언제나 무겁고 여전히 감당하기 힘들지만, 앞으로는 돌아서서 도망치기보다는 정면으로 맞닥뜨리기를 시도할 것이다.

MJ는 의사 가운이 맞춤옷처럼 어울렸다. 1년 전 이맘때 의사 가운을 입은 자신의 모습을 상상해 본 적은 있지만 생각했던 것보다 훨씬 근사한 모습이었다.

황 교수는 늘 그렇듯이 자하오의 머리부터 쓰다듬어주었다. 질문을 하면 우물거리며 대답도 못하던 자하오, 머릿속에 대체 뭐가 들었냐고 야단맞던 자하오였다. 가운을 건넨 황 교수가 자하오의 어깨를 가볍게 토닥여주었다. 체격이 건장한 자하오는 약간 끼는 듯한 가운을 어렵사리 걸쳤다. 깐깐한 황 교수에게 단골로 지적당하면서 특별 훈련까지 받은 자하오인지라 여전히 배우는 속도는 느릴 것이다. 그러나 자하오는 누구보다 믿음직한 학생이었고, 황 교수는 자하오에게 하면 된다는 사실을 깨닫게 해주었다.

의사 가운을 입은 졸업생들이 제자리에 앉자 자하오가 졸업생 대표로 선서하기 위해 단상에 올라갔다.

눈물을 글썽이며 눈을 비비던 루산은 순간 눈을 의심했다. 천국에 가 있어야 할 귀여운 강아지 포키가 자신의 발치에 나타난 것이다.

MJ가 결코 잊을 수 없는 강아지, 좋은 수의사가 될 결심을 하게 해준 아기 퍼그 포켓몬도 천진난만하고 귀여운 얼굴을 바짝 쳐들고 더는 고통 없는 표정으로 MJ의 발치에 기대 있었다.

이민은 목장에서 혼절하던 날의 냄새를 느꼈다. 그리고 그날 어미 소의 난산으로 다 같이 줄다리기해서 세상에 나오게 한 송아지를 보았다. 그 송아지가 꽤 많이 자라서 창밖에서 풀을 뜯어 먹고 있었다!

청한을 둘러싼 동물은 더 많았다. 어디가 아파서 왔는지 기억나지 않는 동물도 있었지만 청한은 모두의 이름을 절대 잊을 수 없었다. 단 하루를 보살폈든 몇 개월을 보살폈든, 모두가 청한 곁에서 부비적거리고 핥아대며 애교를 부렸다. 그중 앞장서서 무리를 이끄는 동물은 까만 털이 반지르르한 조이였다.

단상에 오르는 자하오는 힘겹게 걸음을 옮겼다. 어릴 때부터 가장 친하게 지낸 수퇘지 초바가 계단 오르는 데 서툴렀고, 옆에서 웰시코기 조던까지 뒤엉켜 야단법석을 떨었기 때문이다. 황 교수에게 자신의 모습이 보이느냐고 묻기라도 하듯 조던은 높이높이 뛰어올랐다.

수의사 선서가 적힌 종이를 펼쳐 든 자하오가 오른손을 들자, 졸업생들도 엄숙하게 오른손을 들었다. 자하오가 선서문을 또박또박 읽어 내려갔다.

"나는 수의학과 졸업생으로서 다음과 같이 선서합니다.

나는 나의 스승과 선배를 존중하고 나의 동료를 손과 발처럼 여길 것입니다.

나는 배운 지식과 전문 기능을 잘 활용하여, 동물의 건강 개선, 동물 복지 강화, 동물의 생명 존중, 건강 보호, 동물의 고통 완화, 축산물 원료의 안전 수호, 공중위생 촉진 및 새로운 의료 지식 발전에 활용하겠습니다.

나는 반드시 양심과 존엄성에 근거하여 수의사라는 천직을 행하며, 전문 지식의 끊임없는 정진을 평생의 책임으로 삼겠습니다.

나는 인류와 동물의 관계 개선과 사회 화합 및 환경 보호를 위해 노력할 것이며, 모든 역량을 다하여 수의학의 고귀한 전통과 영예를 지킬 것입니다.

이상의 이념에 입각하여, 나는 정중하고 자발적으로 이상의 서약을 지킬 것을 선서합니다.

선서인: 수의학과 제102기 졸업생 장자하오."

졸업생들도 저마다 자신의 이름을 말했다. 이 순간의 자신, 옆에 있는 교수님과 동기들, 그리고 공부하는 동안 사심 없이 함께해 주고 자신의 생명을 교재로 제공해 준 모든 동물과 앞으로 만나게 될 동물들에게 하는 신중한 약속이었다.

졸업, 그 후

동물의 행복을 지켜내는 진짜, 낭만 수의사

약국

15

이른 아침, 돼지들은 살짝 배가 고프다. 사람의 발소리를 듣거나 사료 냄새를 맡으면 돼지들은 목청껏 꿀꿀거린다. 배고파! 빨리 와서 밥 줘! 돼지들의 아우성에 눈을 뜬 자하오는 서둘러 아버지의 작업에 합류했다.

전날 밤 아무리 일찍 잠자리에 들었어도, 아니면 전공 서적의 최면에 걸려 단잠을 잤어도 자하오는 결코 아버지보다 일찍 일어날 수 없었으며 아버지의 속내도 짐작할 수 없었다.

“어차피 떨어질 시험을 뭣 하러 보냐. 요즘은 수의사가 되어봐야 전망이 밝지 않다고. 그래도 수의사를 고집하면 다리몽둥이를 부러뜨릴 테니 그리 알아!”

아버지는 입으로는 퉁명스럽게 말하면서도 자하오를 위해 돼지곰탕을 끓이고, 가족이나 이웃에게는 자하오의 공부에 방해되니 발소리도 죽이고 목소리도 낮추라고 주의를 주었다. 그뿐 아니라 근처는 물론 멀리 있는 사찰까지 찾아다녔고 심지어 통 큰 기부까지 하면서 자하오의 합격을 기원했다. 아버지와 어머니가 다투는 내용은 작년과 조금도 달라지지 않았다. 자하오를 억지로 수의학과에 보내 저렇게 고생하게 만든다며 서로를 탓했다.

하지만 자하오는 지금 달라졌다. 시험에 합격하면 행운이며 떨어지면 운명이라 생각하고, 능력이 미치는 한도 내에서 최선을 다할 생각이었다. 관련 서적을 최소한 한 번씩 훑고 시험에 임할 것이며, 시험이 끝나면 군대부터 갈 계획이었다.

선택은 늘 어렵다. 루산은 날마다 도서관으로 출근해 방대한 기출문제와 노트에 고개를 파묻고 공부에 몰두했다. 갖가지 기출문제를 푸는 데 두뇌의 99퍼센트를 가동한 루산은 남은 1퍼센트로 간신히 점심 메뉴를 결정하곤 했다.

'어쩐지, 이민은 항상 똑같은 가게에서 똑같은 도시락을 사 먹더라.'

루산은 이민이 생각났고, 함께 시험을 준비하는 동기들 얼굴도 떠올랐다.

'다들 잘하고 있겠지? 자하오는 두꺼운 병리학 원서랑 전염병학 원서를 베개로 쓰는 거 아냐? 청한 선배는 가족과 안 다투나

몰라? MJ는 실험진단 과목 중 너무 많아 외우기 힘든 부분을 랩으로 만들어 부르겠지?'

생각만 해도 웃음이 났다. 루산은 때때로 MJ가 "내가 줬다고 말하면 절대 안 된다" 하면서 건네준 USB를 열어보곤 했다. 그 안에는 자하오의 눈에 비친 자신의 사진이 빼곡히 들어 있었다. 자하오는 공기처럼 존재감은 없지만 반드시 있어야 하는 존재였다.

'바보, 왜 진작 말을 안 했대?'

루산은 그것도 모르고 지난 5년간 이민과 자하오를 맺어주려고 했다. 하지만 자하오가 정말 고백해 온다면 그때는?

"내가 어떻게 하면 좋겠어?"

루산이 뚱이에게 물었다. 루산의 다리를 베고 자던 뚱이는 졸음 가득한 눈으로 하품하면서 기지개를 켜더니 도로 단잠에 빠져들었고, 그러면서 은근슬쩍 지독한 방귀를 뀌었다.

졸업 후 루산은 자하오가 군대에서 제대할 때까지 허스키 뚱이를 맡아주기로 했다. 개를 돌보는 일은 평생의 일이다. 친구도 마찬가지다. 과거, 현재, 미래를 막론하고 루산은 공기와 같은 친구 자하오를 잃고 싶지 않았다.

수의사 면허시험을 일주일 앞두고 루산은 수의대 부속 동물병원으로부터 뜻밖의 연락을 받았다. 결원이 생긴 레지던트 자리에 합격했으니 앞으로 2년 동안 소동물과에서 수련 과정을 밟으라는 것이었다. 놀라움과 기쁨이 교차하는 가운데 루산은 학교 홈페이지에 올라온 인사이동 소식을 보았다. 융제는 외과부 주임으로 승진했고, 수석 레지던트 자리를 이어받은 사람은 아카이였다.

'그러니까 아카이 선배는 미국에 전공의 시험을 보러 가지 않은 거야? 그러니까 내가 아카이 선배와 함께 일하게 된 거야? 그러니까….'

잠 못 이루며 뒤척이는 밤, 루산은 어엿한 수의사가 된 자신의 모습을 상상했다. 루산의 감정은 루산 자신의 것이었으며, 루산은 누구에게 선택당하지 않고 스스로 용감하게 선택할 작정이었다.

'국가고시 볼 때까지 아융 전화도 안 받고 아카이 선배 메시지도 확인 안 할 거야. 내가 먼저 자하오에게 연락하는 일도 없을 거야. 한다면 한다.'

시험 당일, 루산은 지하철역에 도착해서야 지갑을 깜빡했다는 걸 알아차렸다. 가방 속에는 수험표, 신분증, 필통은 물론 핸드폰도 없었다. 오직 아침으로 먹을 음식만 들어 있었다. 머릿속이 하얘진 루산이 개찰구에서 멍하니 서 있는 바람에 뒷사람들은 영문을 모르고 기다려야 했다. 이런 자신이 무슨 수의사가 되겠냐며 루산은 스스로를 비웃었다.

'아니야! 이제 와서 포기할 순 없다고. 제 몫을 해내는 수의사가 되고 말 거야!'

그리하여 루산은 살아오면서 가장 빠른 속도로(그래도 느리지만) 500미터 떨어진 집까지 달려가 신분증과 수험표 등을 챙기고, 당장 110[*]을 눌러 자신의 급박한 상황을 눈물로 호소했다.

몇 분 뒤, 루산을 태운 경찰 오토바이가 거리를 질주했고, 다행

[*] 한국의 112에 해당한다.

히도 마지막 1초를 남겨놓고 루산은 시험장에 뛰어들었다.

시험이 시작되었으나 루산은 아직도 숨이 차고 심장이 쿵쾅거렸다. 시험문제는 대부분 기출문제에서 본 듯했으나 막상 답을 고르려니 자신이 없었다. 1번에서는 아카이 선배의 얼굴이 떠오르고, 2번에서는 자하오 얼굴이, 3번에서는 첫사랑 아융 얼굴이 떠올랐으며, 4번에서는 세 사람 얼굴이 모두 떠올랐다. 지난 한 달간 두문불출하면서 노력했건만, 이렇게 물거품이 되나 싶었다.

다른 고사장 밖에서는 청한의 어머니가 학부모 대기 구역에서 사과를 깎고 있었다. 어린아이도 아닌데 시험장에 부모가 따라올 필요가 있을까? 청한 어머니는 아들이 사과를 좋아하는지 아닌지도 모른다. 사과 껍질을 깎는 것은 단지 자신의 마음을 진정시키기 위해서다. 청한은 쓰러져도 그 자리에서 벌떡 일어나는 강인한 아들이었다. 이런 자랑스러운 외아들이 한때 모든 것을 버리고 먼 길을 떠났다. 다시는 돌아오지 않을 줄 알았으나 착한 아들 청한은 할머니가 위독하다는 소식에 두말없이 돌아왔다. 그리고 아버지에게 중의학 전문대학원에 진학하기로 약속했다. 청한은 틀림없이 시험에 합격할 것이다. 중의학 전문대학원이든 수의사 면허시험이든 말이다. 그런데 수의사가 될 생각도 없으면서 굳이 이 시험을 볼 필요가 있을까? 어머니는 이해하기 힘들다. 그저 자신의 마음을 다스리고자 사과를 줄기차게 깎을 뿐이다.

3교시 시험이 시작되자, 감독관은 빈 좌석에 커다랗게 결시 표시를 했다. 2교시까지 결시했으니 이제부터는 입장을 불허하여 기권으로 처리한다는 의미다.

결시 표시가 된 책상은 이민의 자리였다.

수의사 면허시험의 결시율은 상당히 낮다. 1년에 단 한 번 있는 시험이라 이번에 놓치면 내년까지 기다려야 하기에, 자신 없는 학생도 경험 삼아 일단 출석하는 게 일반적이다.

이민은 당연히 만반의 준비를 하고 시험장으로 향하던 길이었다. 다만 안타깝게도 운명이 뜻밖의 사고를 맞닥뜨리게 했을 뿐이다.

그날 아침은 교통 흐름도 원활했고, 시간도 충분해서 이민은 오토바이를 타고 시험장으로 가는 길에 계획했던 대로 여유 있게 아침을 사 먹었다. 그러나 사고는 예상치 못한 데서 일어나는 법. 사거리에서 신호를 기다리던 이민은 앞에 서 있는 오토바이에 쇠줄로 잡종 개 한 마리가 묶여 있는 것을 발견했다.

초록불로 바뀌자 오토바이가 출발했고 개도 달리기 시작했다. 오토바이가 속도를 내면 개도 속도를 높여 달렸다. 오토바이는 거침없이 달렸고, 개는 죽을힘을 다해 따라갔지만 결국 힘이 빠져 바닥과 마찰을 일으키며 질질 끌려갔다. 개 주인은 힐끗 돌아보는가 싶더니 계속 속도를 높였다.

이민은 그 오토바이를 뒤쫓기 시작했다. 모퉁이를 돌아 시험장으로 가지 않으면 1교시 시험 전에 도착할 수 없는데도 이민은 오토바이를 계속 추격했고, 다음 교차로에서 가까스로 양심 없는 견주를 막아섰다. 이민은 그의 코앞에서 삿대질을 하며 경고를 날리고 조목조목 따졌고, 상대가 반박할 틈을 주지 않고 당장 개의 상태부터 살폈다. 개는 네 발바닥과 관절, 복부에 심한 찰과상을 입고 출혈이 심했으며 발가락뼈에도 골절이 있었다. 이민은 간단한 응급 처치로 부러진 뼈를 일차적으로 고정한 다음 자신의 오토바이에 개를 싣고 응급실로 향했다.

이 '정의의 사도'가 대체 어디서 나타났을까? 개 주인은 어안이 벙벙한 채 길바닥에 홀로 남겨졌다.

동물병원 접수대에 온 이민은 지갑을 꺼내다가 수험표를 보게 됐다. 시계를 보니 벌써 정오가 가까웠다.

길거리에서 처음 만난, 자신과는 아무 상관없는 개 한 마리 때문에 중요한 시험을 놓치다니, 이민은 믿을 수가 없었다.

'내가 언제부터 이렇게 바보가 됐지?'

이번 수의사 면허시험에서 수석 합격을 노린 일은 수포로 돌아갔다. 그 치욕은 이민을 수년간 따라다녔고, 나중에 수석으로 합격하고 공직 수의사가 될 때까지 그 일을 잊을 수 없었다. 사람들은 이민에게 왜 공직 수의사가 되었냐고, 공중보건이나 질병 방제에 관심이 있어서 그런 거냐고 묻곤 했다.

그럴 때마다 이민은 체제를 개혁하는 것이 목적이라고 대답했다. 나중에 방역검역국의 고위 관료가 되어 모교에 강의를 하러 온 이민은 종종 그때의 에피소드를 이야기했다.

"시험에서 필기 성적이 전부는 아닙니다. 실습과 실제 행동이 더 중요합니다. 몇 년 전 이름 밝히기를 거부한 여성이 길거리에서 죽을 고비에 놓인 개 한 마리를 구하려고 자기 인생과 명예가 걸린 시험을 놓친 일이 있었습니다. 그래서 면허를 취득하지 못했죠. 그렇다고 그 여성이 수의사가 아니라고 말할 수 있을까요?

당연히 그렇게 말할 순 없죠! 여러분이 어떤 위치에 있든 어떤 신분이든, 동물을 생각하고 그들의 생명과 삶의 질을 지키고자 최선을 다해주세요. 그것이야말로 수의사가 마땅히 할 일입니다."

이 이야기를 들은 후배들은 자신도 이 선배처럼 이상을 품고 모든 생명을 따뜻하게 대하는 수의사가 되리라 다짐했다. 그들의 눈에 비친 이민은 과거 청소 아주머니와 약사에게까지 무시당하던 1등이 아니라, 자하오, 루산, MJ, 청한까지 포함한 다섯 사람의 복합된 이미지로 보였다. 과연 누가 누구에게 영향을 주었을까?

자하오는 수의사 시험에 불합격했다.

예상했던 결과였지만 자하오 아버지는 충격에 뇌졸중으로 쓰러졌다(입버릇처럼 수의사 하지 말라던 아버지 아니었던가). 그리하여 집안의 외아들 자하오는 군대에서 제대한 후 자연스레 양돈장을 이어받고 부모님을 보살피게 되었다. 기회가 되면 자하오는 또다시 수의사 시험에 응시할 것이다. 한 번에 안 되면 두 번, 세 번, 붙을 때까지 계속 도전할 것이다.

MJ는 군견 담당 군의관으로 자원입대했다. 그리고 제대하기 전까지 동영상, 공청회 등 여러 경로를 통해 군견을 위한 목소리를 냈다. 물론 군대 상사들로부터 일을 크게 만들지 말라는 협박을 받기도 했다. 그러나 수의대 부속 동물병원 외과 주임의 전폭적인 지지 속에서 관련 위원회가 열렸고, 퇴역 군견을 민간이 입양하도록 하는 법안이 통과되었다.

MJ는 그 외과 주임이 융제임을 직감했다. 그렇게 효율적으로 일을 추진하는 사람, 그토록 정의롭고 용감한 사람이라면 융제가 틀림없었다.

MJ는 전역 후 동물병원 몇 군데를 전전했으나 마음을 잡지 못하고 몇 번이나 일을 그만뒀다. 나중에 청한의 소개로 유럽에 가서 실습생으로 일하며 동물행동 관련 학위를 땄고, 졸업한 후에는 유럽뿐 아니라 세계 곳곳을 누비며 일했다. 가는 곳마다 융제에게 엽서를 보냈지만 끝부분에는 서명을 하지 않고 '또 봐요'라는 말만 썼다.

엽서를 받아본 융제는 역시 MJ답다고 생각했다. 두 사람은 꼭 다시 만날 테니까. 반드시 그럴 테니까.

청한은 중의학 전문대학원을 마치고 중의사 시험에 순조롭게 합격했다. 진료를 보는 틈틈이 중의학과 접목한 수의학을 공부하고 유기견 보호소에 정기적으로 방문하여 침과 뜸을 놔주었다. 또한 모교에 중의학과 접목한 수의학 과정을 개설했다.

루산은 수의사 시험에 꼴찌로 합격했다. 그래도 합격했으니 다행이었다. 레지던트가 되고도 루산은 여전히 정신을 못 차리며 쩔쩔매거나 깜짝 놀라 비명을 지르는 모습을 후배들에게 자주 보여주었다. 보다 못한 황 교수는 루산을 자르겠다고 으름장을 놓기도 했다.

어느 날 루산이 진료를 볼 때였다. 갑자기 경보음이 요란하게 울리고, 루산은 머리가 지끈거린다. 무슨 일이지?

창문과 문틈으로 매캐한 연기가 새어들고 있다.

그제야 루산은 정신이 번쩍 든다. 불이 났잖아!

루산은 슈나우저를 번쩍 들어 품에 안고 열기로 뜨거워진 문을 박차고 나간다. 놀라서 뛰쳐나온 크고 작은 동물들로 로비가 아수라장이다.

"얘들아, 이쪽으로 와! 그래그래, 착하지."

자신도 무서워 죽을 지경이면서 루산은 최대한 부드럽고 침착한 말투로 동물들을 진정시킨다. 평소에 모든 상황을 파악해 둔 것처럼 동물들을 지휘해 무사히 대피시킨다. 어디서 그런 용기가 났을까, 루산 자신도 알 수가 없다.

뜻밖에도 루산은 매우 침착하면서도 과감하게 행동했다. 마치 꿈속에서 수천 번 연습이라도 해둔 듯했다. 이것으로 매일매일 반복한 임상 훈련이 사람을 변화시켰다는 것이 사실로 증명되었다. 루산은 능히 제 몫을 해내는 수의사가 되겠다는 목표를 향해 한 걸음 더 나아가는 것을 느꼈다. 부드럽고 환상적인 배경음악이 흘러나오며 공기마저 달콤한데….

"그럭저럭 봐줄 만하군, 아직 연습이 더 필요하지만."

황 교수는 멍 때리며 바보처럼 웃고 있는 레지던트 루산을 보면서 고개를 가로젓더니, 루산의 어깨를 툭 치며 덧붙였다.

"미련퉁이, 이건 훈련일 뿐이라고!"

저자

린리신

林俐馨

중싱中興대학교 수의학과를 졸업하고, 타이베이예술대학교에 진학해 시나리오창작대학원을 졸업했다. 이러한 이력을 살려 어렸을 적 꿈이었던 영화 분야에 뛰어들어 시나리오 작가로 활동했으며, 지금은 두 아이를 키우며 그 꿈 못지않게 자부심을 느끼는 수의사 역할에 전념하고 있다.

《낭만 수의사, 희망을 처방합니다獸醫五年生》는 저자가 수의사로 일했던 경험을 적극 활용해, 사람들이 막연하게 상상했던 수의사와 수의과 대학 생활을 어렵지 않으면서 생동감 넘치게 묘사하여 독자들에게 극찬받은 소설이다. 이 작품으로 저자는 제5회 대만문화부 TV 프로그램 극본 창작상을 받았으며, 그 외에도 활발한 작품 활동으로 홍콩청년문학상, 다거우펑읍打狗鳳邑 문학상, 신베이新北시 문학상 등을 수상, 국가문화예술창작 지원금을 받기도 했다.

《낭만 수의사, 희망을 처방합니다》는 졸업을 앞둔 수의대생들의 좌충우돌 실습기를 다룬 소설로, 눈앞에서 살아 숨 쉬는 듯한 다섯 명의 주인공과 그 주변 인물들, 의료 현장에서 생사의 고비를 실시간으로 경험하며 싹트는 우정과 사랑, 생명에 대한 경외심과 벅찬 감동이 그대로 전해지는 스토리 덕분에 대만에서 드라마 제작을 확정 지었다.

역자

차혜정

서울외국어대학원대학교 한중통역번역학과를 졸업하고 나서 베이징 대외경제무역대학에서 공부했다. 현재 가톨릭대학교 및 서울외국어대학원대학교에서 중국어 통번역 강의를 하면서 출판 번역 에이전시 베네트랜스에서 전문번역가로 활동하고 있다. 옮긴 책으로 《아빠 교육의 힘》, 《시진핑》, 《한비자에게 배우는 처세술》, 《불광불급》, 《새로운 중국을 말하다》, 《화폐전쟁》, 《넓은 땅, 중국인 성격지도》, 《적벽대전 1》, 《적벽대전 2》, 《인류의 운명을 바꾼 역사의 순간들》 등이 있다.

낭만 수의사, 희망을 처방합니다

초판 1쇄 발행 2024년 9월 30일
초판 7쇄 발행 2024년 11월 18일

지은이 린리신
옮긴이 차혜정
감수 홍성현

책임편집 양수인
디자인 studio forb
책임마케팅 김서연, 김예진, 김소희, 김찬빈, 박상은, 이서윤, 최혜연, 노진현, 최지현, 최정연, 조형한, 김가현, 황정아
마케팅 최혜령, 도우리
경영지원 백선희, 권영환, 이기경
제작 제이오

펴낸이 서현동
펴낸곳 ㈜오팬하우스
출판등록 2024년 5월 16일 제2024-000141호
주소 서울특별시 강남구 테헤란로 419, 11층 (삼성동, 강남파이낸스플라자)
이메일 info@ofh.co.kr

ISBN 979-11-94293-03-3 (03820)

모모는 ㈜오팬하우스의 출판 브랜드입니다.